Obsessão MORTAL

J. D. ROBB

SÉRIE MORTAL

Nudez Mortal
Glória Mortal
Eternidade Mortal
Êxtase Mortal
Cerimônia Mortal
Vingança Mortal
Natal Mortal
Conspiração Mortal
Lealdade Mortal
Testemunha Mortal
Julgamento Mortal
Traição Mortal
Sedução Mortal
Reencontro Mortal
Pureza Mortal
Retrato Mortal
Imitação Mortal
Dilema Mortal
Visão Mortal
Sobrevivência Mortal
Origem Mortal
Recordação Mortal
Nascimento Mortal
Inocência Mortal
Criação Mortal
Estranheza Mortal
Salvação Mortal
Promessa Mortal
Ligação Mortal
Fantasia Mortal
Prazer Mortal
Corrupção Mortal
Viagem Mortal
Celebridade Mortal
Ilusão Mortal
Cálculo Mortal
Celebração Mortal
Esconderijo Mortal
Festividade Mortal

Nora Roberts

escrevendo como

J.D. ROBB

Obsessão MORTAL

Tradução

Renato Motta

1ª edição

BERTRAND BRASIL

Rio de Janeiro | 2025

CIP-BRASIL. CATALOGAÇÃO NA PUBLICAÇÃO
SINDICATO NACIONAL DOS EDITORES DE LIVROS, RJ

R545o Robb, J.D., 1950-
Obsessão mortal / J.D. Robb ; tradução Renato Motta. - 1. ed. - Rio de Janeiro : Bertrand Brasil, 2025. (Mortal ; 40)

Tradução de: Obsession in death
ISBN 978-65-5838-383-3

1. Ficção americana. I. Motta, Renato. II. Título. III. Série.

25-97954.0 CDD: 813
CDU: 82-3(73)

Meri Gleice Rodrigues de Souza - Bibliotecária - CRB-7/6439

Texto revisado segundo o Acordo Ortográfico da Língua Portuguesa de 1990.

Direitos exclusivos de publicação em língua portuguesa somente para o Brasil adquiridos pela:
EDITORA BERTRAND BRASIL LTDA.
Rua Argentina, 171 — 3º andar — São Cristóvão
20921-380 — Rio de Janeiro — RJ
Tel.: (21) 2585-2000,
que se reserva a propriedade literária desta tradução.

Este é um terrível infortúnio a enfrentar:
Nenhum inimigo a um amigo pode se igualar.

— Jonathan Swift

O Mal chama o Bem de "meu irmão"...

— Algernon Charles Swinburne

Prólogo

Matar foi mais fácil do que imaginei, e muito mais gratificante. Finalmente sinto que fiz algo importante, algo que merece atenção de verdade. A vida inteira eu tentei e fiz o melhor que pude, mas ninguém jamais reconheceu meus esforços nem enxergou quem eu era, como eu era.

Posso afirmar, de forma objetiva e honesta, que fiz um trabalho bom e eficiente neste novo e importante projeto, do início ao fim.

Houve momentos durante as muitas semanas — meses, na verdade — de planejamento, seleção e elaboração dos mínimos detalhes em que perdi a paciência e até senti irritação com meu modo de agir.

Houve momentos em que duvidei, momentos em que quase perdi a coragem e o foco. É fácil perder a coragem quando ninguém valoriza suas habilidades e esforços.

Mas agora vejo que todo esse tempo (e, de fato, talvez tenham sido anos de planejamento) valeu a pena.

O tempo gasto valerá novamente a pena, pois toda a preparação e o planejamento foram feitos para os que virão a seguir.

Por ter passado aquelas semanas observando o alvo, aprendendo suas rotinas, me esforçando para conseguir entrar em seu prédio muito antes desta noite; por ter investido nos mais avançados equipamentos e praticado cada passo durante horas a fio, obtive meu primeiro sucesso.

Meu primeiro peso na balança rumo ao equilíbrio. Meu primeiro tributo, suponho, em homenagem à minha amiga e parceira.

Porque aquela loura platinada piranha merecia morrer.

Não foi Shakespeare que disse algo sobre "matar todos os advogados"? Preciso confirmar isso. De qualquer modo, uma já foi, e essa nunca mais vai ganhar dinheiro em cima da escória que representava ou... o mais importante de tudo... nunca mais vai insultar ou rebaixar a pessoa que mais admiro. A pessoa que merecia seu RESPEITO!

Sinto a honra de ter desempenhado um papel fundamental em consertar o que estava errado; em trazer justiça para uma mulher que, por conta das limitações do seu trabalho, é incapaz de fazer justiça com as próprias mãos.

Eu serei a pessoa que vai vingá-la.

Em breve ela saberá que existe alguém que sempre irá lutar por ela e fazer o que precisa ser feito. Quando receber minha mensagem, saberá que existe alguém que a apoia, que a entende, que a admira e respeita mais do que todos os outros. Como ninguém nunca fez por mim. Nossa conexão é tão intensa que muitas vezes consigo até ler os pensamentos dela. E me pergunto se ela também consegue ler os meus.

Às vezes, tarde da noite, sinto que ela está aqui comigo, ao meu lado. De que outra forma eu saberia por onde começar e o que fazer?

O nosso vínculo é algo espiritual que eu valorizo; algo profundo, forte e mais antigo que o tempo. Somos, em essência, a mesma pessoa, as duas faces da mesma moeda.

A morte nos une.

Agora provei a ela o meu valor. Ainda há muito a fazer, porque a lista é longa. Mas esta noite quero aproveitar a oportunidade de colocar no papel meus sentimentos e fazer uma pequena celebração. Amanhã voltarei a trabalhar a serviço da justiça.

Um dia, quando chegar a hora, nós nos encontraremos; e então ela saberá que tem a mais verdadeira das amizades.

Esse será o dia mais feliz da minha vida.

Capítulo Um

Em uma manhã fria e seca dos últimos dias de 2060, a tenente Eve Dallas estava de pé em um quarto suntuoso decorado com pinceladas ousadas de roxo, tons de cinza metálicos profundos e detalhes em verde. Do lado de fora do apartamento, os dirigíveis anunciavam a *IMPERDÍVEL LIQUIDAÇÃO PÓS-NATAL!* Vendedores ambulantes apregoavam pulseiras falsas de grifes famosas e imitações de bolsas de marca para multidões de turistas que lotavam a cidade naquela semana das festas entre o Natal e o Ano-novo.

Lá fora, a vida seguia. Dentro do luxuoso quarto repleto de cores e estilo, no entanto, ela havia cessado para sempre.

Um enorme arranjo de lírios brancos e rosas roxas num vaso alto com vidro espelhado sobre o pedestal diante da ampla janela não era suficiente para disfarçar o cheiro da morte. Ao contrário, sua fragrância doce e enjoativa predominava.

Em uma cama grande o suficiente para seis pessoas jazia o corpo de uma mulher que tinha sido deslumbrante. Mesmo agora, seu estilo meticuloso transparecia na combinação perfeita de calças prateadas, blusa lilás de seda e unhas perfeitamente cuidadas — das mãos e dos pés — com esmalte roxo em todos os dedos.

Os olhos, com cílios longos e pesados, fitavam o teto, com uma expressão levemente confusa.

Uma ferida fina e profunda circundava a garganta. O sangue, agora coagulado, tinha escorrido daquela feia curva do pescoço diretamente para o chão, estragando a roupa de cama cinza macia e o tapete caro, pingando dos cabelos louros.

A língua estava posta sobre um prato de cristal facetado na linda mesa de cabeceira ao lado da cama.

Porém o mais chocante, pelo menos para Eve, foi a mensagem escrita na parede que ficava acima da cabeceira acolchoada da cama. Letras maiúsculas em preto contrastando no cinza.

PARA A TENENTE EVE DALLAS,

COM GRANDE ADMIRAÇÃO E RESPEITO.

A VIDA DELA ERA UMA MENTIRA; SUA MORTE FOI NOSSA VERDADE. ELA NÃO TINHA RESPEITO POR VOCÊ, FALAVA MAL DE VOCÊ E PROCURAVA LUCRAR MINANDO TUDO AQUILO PELO QUE VOCÊ TRABALHA.

FOI MEU PRAZER E HONRA EQUILIBRAR ESSA BALANÇA.

A JUSTIÇA FOI FEITA.

ASSINADO: UMA PESSOA LEAL E AMIGA DE VERDADE.

Ao lado de Eve, a sua parceira, detetive Peabody, soltou um longo suspiro e exclamou:

— Puta merda, Dallas!

Sem demonstrar se tinha ou não pensado a mesma coisa, Eve se virou para o policial uniformizado na porta do quarto.

— Quem encontrou o corpo?

— O assistente pessoal dela. A vítima faltou a um jantar ontem à noite e depois não voltou ao trabalho, onde tinha uma reunião pela manhã. Então o assistente, Cecil Haversham, veio até aqui. Ninguém conseguiu entrar em contato com a vítima pelo *tele-link*, e ela não veio até a porta. Ele entrou porque tinha as senhas e as chaves da casa dela; afirmou que regava as plantas e cuidava das coisas da vítima quando ela estava fora. Entrou no apartamento por volta das 9h15 desta manhã, ouviu o telão do quarto ligado no mesmo volume que está agora, e foi na direção do som até encontrá-la. Recebemos o chamado da Emergência exatamente às 9h19 da manhã, então o tempo confere.

— Onde ele está?

— O apartamento tem uma sala de jantar que pode ser isolada do restante da casa. Estamos segurando-o lá dentro.

— Segurem por mais tempo. Quero os discos de segurança do prédio, parte externa e interna; também quero que vocês comecem a interrogar os vizinhos imediatamente, a partir deste andar.

— Sim, senhora. — Ele apontou o queixo para as palavras escritas na parede. — A senhora conhecia a vítima?

— Já nos encontramos durante a investigação de alguns casos. — Para desencorajar outras perguntas, Eve se virou.

Ela e Peabody tinham isolado o local depois de entrar no apartamento. Eve ligou a filmadora de lapela antes de entrar no quarto. Manteve-se parada diante da cama por alguns instantes. Eve era uma mulher alta e magra, com cabelos castanhos curtos desalinhados, olhos de policial num tom castanho-dourado e o rosto anguloso e sério.

Sim, elas já tinham se encontrado, refletiu por alguns instantes, mas Eve não sentia a mínima simpatia pela vítima. Mesmo assim, tinha a impressão de que ela e Peabody passariam os últimos dias daquele ano defendendo a outrora poderosa advogada de defesa que tinha — na opinião de Eve — a ética de uma cascavel.

— Vamos confirmar a identidade da vítima, Peabody, e desempenhar cada etapa deste procedimento da forma mais rigorosa possível.

Com um aceno de cabeça, Peabody tirou o casaco de couro rosa que tinha ganhado de Eve no Natal. Colocou-o cuidadosamente de lado, antes de pegar o aparelho de identificação de digitais no kit de trabalho. Com o gorro cor-de-rosa listrado com pompom também rosa ainda cobrindo o cabelo escuro, aproximou-se do corpo.

— A vítima foi identificada como Leanore Bastwick, moradora deste endereço.

— A causa da morte parece bem óbvia. Estrangulamento, provavelmente provocado por garrote, mas o médico-legista confirmará isso. Descubra a hora exata da morte.

Mais uma vez Peabody se inclinou sobre o kit de serviço. Mexeu nos medidores, percebendo a ordem implícita de Eve de que o registro fosse perfeito.

— Momento exato da morte: dezoito horas, trinta e três minutos de ontem.

— Nenhuma marca de luta, nenhuma ferida defensiva visível, nenhum outro ferimento. Nenhum sinal, à primeira vista, de entrada forçada no apartamento. A vítima está completamente vestida e há muitos objetos de valor facilmente transportáveis à sua volta. Não vejo sinais de agressão sexual, nem de roubo. Parece um assassinato direto.

Peabody ergueu o olhar para a mensagem na parede.

— Parece mesmo.

— Exato. Os discos de segurança podem contar uma história diferente, mas parece que a vítima abriu a porta para alguém que conhecia, ou pensava conhecer. Seu assassino a deixou incapaz de se defender; faça uma anotação para que o médico-legista dê prioridade aos exames toxicológicos e examine o corpo atentamente em busca de quaisquer sinais de algum spray ou arma de choque, marca de seringa, ou tentativa de forçá-la a voltar para o quarto. Apartamentos como este têm excelente isolamento acústico, então ela pode ter gritado por socorro, mas provavelmente ninguém ouviu. As janelas também têm telas de privacidade.

— Não há sinal algum nos punhos e nos tornozelos de que o assassino tenha usado algemas ou cordas.

Eve se aproximou do corpo, examinou a cabeça e ergueu-a para olhar a parte de trás do crânio.

— Não há nenhum ferimento que indique lesão por objeto contundente. — Pegou seus óculos de visão microscópica no kit de trabalho e examinou mais de perto. — Vejo uma leve escoriação e uma pequena contusão junto da nuca. Ela provavelmente caiu para trás e bateu com a cabeça. Estava incapacitada, drogada ou atordoada, seja quando abriu a porta ou, se conhecia o assassino ou assassina, depois que a pessoa entrou. O indivíduo a trouxe aqui para o quarto, carregando-a no colo ou forçando-a a vir. A roupa de cama não está amassada e os travesseiros ainda estão devidamente arrumados atrás dela.

Erguendo uma das mãos da vítima, examinou os dedos, as unhas, e olhou por baixo das unhas.

— Tudo ok, nenhum vestígio aqui, nada que indique que ela conseguiu arranhar a pessoa que a assassinou. As vítimas normalmente lutam e se debatem quando alguém as estrangula, mas esta não reagiu.

Com os óculos de visão microscópica ainda no lugar, Eve se inclinou sobre o prato de cristal para examinar a língua decepada.

— O corte me parece limpo e reto... sem irregularidades, nem marcas de serrilhado. Provavelmente foi usada uma lâmina fina e muito afiada. Talvez um bisturi. Não dá para falar besteira sem a língua — completou Eve, quase para si mesma. — Não é possível defender criminosos se você não consegue falar. Cortar a língua da vítima foi algo extra, um toque pessoal, uma espécie de... homenagem.

— Para você.

Eve analisou a mensagem e tentou esconder esse pensamento doentio com um semblante gélido.

— Como eu disse, é o que parece. Eu e ela nos desentendemos por causa de Jess Barrow alguns anos atrás... e também pouco antes disso, quando o sócio dela foi morto. Ela era durona, mas parecia fazer seu trabalho. Como era advogada de defesa, procedia da forma que julgava correta.

Afastando-se do corpo, Eve entrou em um closet grande e perfeitamente equipado.

— Ela já tinha escolhido uma roupa para usar ontem à noite. Vestido preto, sapatos elegantes, roupas íntimas de qualidade e joias que parecem verdadeiras. Nada foi mexido aqui. Ela saiu do closet depois de escolher a roupa que usaria no jantar.

Eve entrou no elaborado banheiro da suíte, todo branco e prateado. Mais flores roxas — que deviam ser as favoritas de Leanore — estavam em um vaso quadrado de vidro transparente sobre a longa bancada branca.

— As toalhas estão penduradas no secador elétrico, há um roupão no gancho ao lado do chuveiro, uma taça de vinho e um tipo de gosma facial foi colocada sobre a bancada.

— Uma máscara.

— Não vejo máscara nenhuma.

— Máscara *facial*, Dallas! — explicou Peabody, dando tapinhas nas próprias bochechas. — Ela usava uma marca muito sofisticada. Como não há mais nada sobre a bancada, parece que ela se preparava para fazer um tratamento facial e tomar um pouco de vinho enquanto isso, para depois tomar banho; mas parou e foi atender à porta.

— Certo, muito bem. Ela se preparava para a reunião, precisamos confirmar isso no computador dela. Ia ficar limpa, linda e cheirosa, mas alguém bateu na porta.

Eve saiu do banheiro e continuou:

— Nada fora do lugar aqui. O telão do quarto estava ligado. Ela queria um pouco de companhia ou diversão enquanto se preparava para o jantar. Estava lá atrás, no banheiro ou no closet, quando ouviu a campainha.

— Há um sistema de segurança na porta do prédio — lembrou Peabody. — Ela autorizou o assassino a entrar?

— O registro do sistema nos informará isso. Seja como for, ele ou ela entrou no prédio e a vítima abriu a porta.

Eve imaginou Bastwick, em sua roupa chique de ficar em casa, caminhando até a porta e vendo quem era pelo olho mágico ou pelo monitor de segurança.

Por que ter uma boa segurança se você não a usa?, pensou Eve. Ela confirmou quem era antes de abrir, concluiu. Não se sentiu ameaçada e abriu a porta.

— Ele a derrubou no chão assim que entrou — completou, em voz alta. — Em seguida arrastou-a ou carregou-a até a suíte.

— Será que não foi ela que o levou lá pra dentro? — sugeriu Peabody. — Um amante, talvez?

— Ela estava com uma reunião marcada, não tinha tempo para sexo. Não usava roupas sedutoras, nem maquiagem. O visitante pode tê-la forçado a ir até o quarto, mas não me parece que foi assim. Não vejo nada desarrumado, não há nada fora do lugar.

Eve parou, voltou e analisou os pés de Bastwick, ainda calçados com chinelos prateados.

— Não há marcas de arranhões nos calcanhares. Ela não foi arrastada.

— Ele a carregou, então? — sugeriu Peabody, os lábios franzidos em seu rosto de feições quadradas, enquanto calculava a distância entre a sala de estar e o quarto. — Se ele a trouxe até aqui, precisou percorrer uma boa distância com ela no colo. Por quê?

— Sim, por quê? Não vejo sinal algum de agressão sexual. Talvez ele a tenha vestido novamente depois de atacá-la, mas... Morris ou os legistas nos confirmarão isso. O assassino a levou para a cama.

Não há sinal de ela ter sido amordaçada, mas também é algo a ser confirmado pelos legistas. Ele a matou enquanto ela ainda estava inconsciente ou atordoada, foi tudo rápido. Ele cortou a língua dela para provar algo, escreveu a mensagem para eu saber do favor que ele me fez, e em seguida saiu.

— Vamos conversar com o assistente dela e depois analisar os registros do sistema de segurança. Quero dar mais uma boa olhada neste lugar antes de chamarmos os peritos.

O nome de Cecil Haversham combinava com sua aparência. Ele tinha uma postura formal e elegante. Usava o cabelo branco muito curto, num corte militar, e o visual combinava com seu cavanhaque elegante e perfeitamente aparado. As pregas centrais das calças do terno em cinza-pedra de três peças que ele usava exibiam vincos tão marcados que pareciam lâminas.

Um ar de angústia emanava dele em ondas, como se pedisse desculpas pelo inconveniente. Estava sentado numa cadeira de encosto curvo, ao lado da mesa de jantar vermelha vibrante; as mãos cuidadosamente cruzadas sobre a mesa.

Eve acenou para a policial ao seu lado, a fim de dispensá-la, e se dirigiu até a cabeceira da mesa com Peabody, que ocupou a cadeira em frente à testemunha.

— Sr. Haversham, sou a tenente Dallas e esta é a detetive Peabody. Entendo que este é um momento difícil para o senhor.

— Sim, é muito perturbador. — Sua voz tinha um leve sotaque de classe alta britânica, embora a rápida pesquisa que Eve fizera sobre ele indicasse que tinha nascido na cidade americana de Toledo, em Ohio.

— Há quanto tempo o senhor trabalha para a srta. Bastwick?

— Quase dois anos como seu assistente administrativo. Antes disso, trabalhei como assistente do Sr. Vance Collier, na firma de advogados Swan, Colbreck, Collier e Ives.

— E como conseguiu emprego com a sua chefe?

— Foi ela que me ofereceu o cargo, com um aumento considerável de salário e benefícios. E eu achei que trocar o direito societário e tributário pelo direito penal seria mais... estimulante.

— Na condição de assistente dela, o senhor certamente tem acesso aos arquivos de seus casos, aos nomes dos clientes e aos compromissos sociais dela.

— Sim, claro. A Srta. Bastwick é.... quer dizer, *era* uma mulher muito ocupada, em termos profissionais e pessoais. Parte das minhas funções é organizar a agenda dela, lembrá-la de seus compromissos e garantir que o tempo seja bem administrado.

— Conhece alguém que poderia desejar algum mal à Srta. Bastwick?

— Ela atuava como advogada de defesa criminal e fez inimigos, é claro. Advogados de acusação, clientes que julgavam que o desempenho dela não tinha sido adequado em algum caso... um disparate, é claro. E os indivíduos representados pela Promotoria, e até mesmo alguns policiais.

Ele dirigiu um olhar firme para Eve, embora ligeiramente angustiado.

— Isso deve ter a ver com a natureza do trabalho dela, entende?

— Sim. Alguém entre essas pessoas chama a sua atenção?

— Estive me perguntando justamente isso enquanto fiquei sentado aqui, digerindo tudo. No passado ela recebeu ameaças, é claro. Mantemos um arquivo de tudo, e eu me ofereço para fornecer uma cópia para a senhora, tenente, caso a empresa me autorize. Mas não consigo pensar em ninguém que se destaque como agressivo... pelo menos não nesse nível tão trágico. A Srta. Bastwick sempre dizia que, se ninguém a ameaçasse ou a xingasse de nomes pouco simpáticos, isso significava que ela não estava fazendo bem o trabalho dela. Devo dizer, tenente... detetive, que vocês devem se encontrar na mesma posição com frequência. O trabalho que vocês fazem cria inimigos, principalmente se fizerem direito.

— Não posso negar isso — respondeu Eve, sentando-se à mesa. — Conte-me como tudo aconteceu, passo a passo. Em que momento você ficou preocupado com a Srta. Bastwick e o que fez a respeito?

— Só fiquei preocupado, preocupado *de verdade*, hoje de manhã. Geralmente chego ao escritório mais cedo, por volta das 8h15. Isso me dá tempo para conferir as mensagens recebidas, repassar a programação diária, preparar as anotações ou os documentos necessários para os compromissos da manhã. A menos que a Srta. Bastwick esteja no tribunal ou tenha um compromisso externo mais cedo, ela sempre chega entre 8h30 e 8h40. Quando cheguei para trabalhar esta manhã, havia uma mensagem dos senhores Chance Warren e Zane Quirk. A Srta. Bastwick tinha um jantar marcado com eles ontem à noite às oito horas, no restaurante Monique's, na Park Avenue. A mensagem foi enviada exatamente às nove e três da noite passada. Os clientes estavam um tanto irritados porque a Srta. Bastwick ainda não tinha chegado.

— Eles ligaram para o escritório? Depois do expediente?

— Ligaram. Na mensagem, Warren afirmava que eles tinham tentado entrar em contato com a Srta. Bastwick pelo *tele-link* de bolso dela, pelo número comercial que ela tinha fornecido, como faz com todos os clientes. Como não tiveram resposta, tentaram o escritório e deixaram uma mensagem.

Ele fez uma pausa e limpou a garganta antes de continuar.

— Como isso não é nem um pouco do feitio dela, fiquei muito preocupado e tentei entrar em contato diretamente com a Srta. Bastwick ligando para o seu *tele-link* pessoal, mas só consegui deixar uma mensagem de voz, nos dois números dela. Em seguida, entrei em contato com o Sr. Warren e descobri que a Srta. Bastwick sequer tinha chegado ao restaurante. Ele me contou que jantou apenas com o Sr. Quirk, e ambos ainda permaneceram no restaurante até depois das dez.

Quando ele fez uma pausa e limpou a garganta outra vez, Peabody interrompeu.

— Quer que eu pegue um pouco de água pra você, Sr. Haversham?

— Ah, não quero dar trabalho...

— Não é trabalho algum. Agradecemos sua cooperação — disse ela, já se levantando.

— Obrigado pela gentileza. — Ele passou o dedo pelo nó da gravata. — Eu fiquei aguardando que a Srta. Bastwick chegasse por volta das oito e vinte esta manhã porque, a pedido dela, eu tinha agendado uma reunião com outro cliente no escritório, para antes do expediente. Como ela também não apareceu, remarquei com o cliente e tentei o *tele-link* de novo. Confesso, tenente, que... ah, obrigado, detetive — ele agradeceu, quando Peabody lhe trouxe um copo grande com água. Tomou um gole e soltou um longo suspiro, antes de continuar:

— Conforme ia dizendo, confesso que nesse instante fiquei preocupado demais. Imaginei que a Srta. Bastwick poderia ter se sentido mal na noite passada, ou talvez sofrido um acidente. Tomei a decisão de vir até aqui para o caso de ela estar doente e não ter conseguido alcançar o *tele-link*. Como expliquei à policial, tenho as chaves e as senhas dela, pois cuido de suas plantas e de outros assuntos sempre que ela está fora. Como ela não atendeu à campainha, decidi usar a chave para entrar no apartamento. Entendo que isso pode parecer invasão de privacidade, mas eu realmente estava preocupado.

— Parece sensato, para mim — comentou Eve.

— Obrigado. — Ele tomou mais um gole, lentamente. — Chamei por ela ao ouvir vozes vindas do quarto, mas logo percebi que o telão de entretenimento estava ligado, então chamei pelo nome dela mais uma vez. Já muito preocupado por ela continuar sem me responder, fui diretamente para o quarto dela. Chamei-a mais uma vez do corredor, caso ela estivesse indisposta, e em seguida fui até a porta do quarto.

— A porta estava aberta ou fechada?

— Ah... aberta. Eu a vi imediatamente. Eu a vi e... entrei no quarto, de algum modo achando que ainda poderia ajudá-la. De repente parei, pouco antes de chegar ao pé da cama, pois ficou claro que eu já não poderia ajudá-la. Fiquei muito abalado. Eu... Talvez tenha gritado de pavor, não tenho certeza. Peguei meu *tele-link*. Minhas mãos tremiam tanto que quase deixei o aparelho cair. Entrei em contato com a Emergência. A operadora foi muito calma e gentil, gostaria de acrescentar; ela me orientou a não tocar em nada e a esperar pela polícia. Toquei na porta da frente ao entrar, e toquei novamente na maçaneta quando fui receber os policiais. E posso ter tocado no batente da porta do quarto, não consigo me lembrar direito.

— Tudo bem.

— Eu vi o que estava escrito na parede, não pude deixar de ver, mas não entendi a mensagem.

— No arquivo de ameaças arquivadas, o senhor se lembra de alguma na qual meu nome tenha sido mencionado? Alguém que a ameaçou tem alguma ligação com o caso Jess Barrow?

— Não sei dizer ao certo. Entrei para a firma depois do caso Barrow, embora esteja bem familiarizado com ele.

— Por uma questão de procedimento, você pode nos dizer onde esteve ontem, entre as 17 e as 20 horas?

— Ah, Deus. — Dessa vez ele tomou um gole mais demorado de água. — Bem... sim, claro. Saí do escritório às cinco e cinco. Minha esposa tinha planos de jantar com a irmã dela, pois era a minha vez de receber em casa meu clube de xadrez. Marion não tem nenhum interesse em xadrez. Cheguei em casa por volta das cinco e vinte, e logo comecei os preparativos para o jantar. Marion saiu por volta das cinco e quarenta e cinco para se encontrar com a irmã e tomar alguns drinques. O primeiro integrante do nosso clube chegou exatamente às seis da tarde. Fizemos uma refeição leve e jogamos até... acredito que já eram cerca de nove e meia da noite. O último do grupo deve ter ido embora alguns minutos depois das dez, o que foi pouco depois de Marion voltar pra casa. Somos oito pessoas no clube de xadrez. Posso lhe fornecer o nome de todos.

— Nós agradeceríamos. É praxe.

— Claro, entendo. A Srta. Bastwick era uma chefe muito exigente. Prefiro assim, porque eu rendo mais quando tenho tarefas, objetivos e desafios específicos. Acredito que combinávamos muito bem um com o outro. Também entendo que alguns possam achar que ela era uma pessoa difícil de se lidar. Não era o caso comigo.

Pela primeira vez ele desviou o olhar, com os olhos úmidos. Eve não disse nada enquanto ele visivelmente lutava para se recompor.

— Desculpe. Estou muito angustiado.

— Sem pressa.

— Obrigado. Eu não considerava a Srta. Bastwick uma pessoa difícil de lidar. Mesmo que achasse isso, não mudaria o que digo agora. Qualquer coisa que eu possa fazer para ajudar a descobrir quem tirou a vida dela, basta pedir, tenente.

— O senhor foi muito útil — agradeceu Peabody. — Talvez o senhor pudesse, agora, nos dar uma ideia de como a Srta. Bastwick se dava com seus sócios, seus colegas e o pessoal da empresa.

— Ah, bem, sempre ocorrem alguns atritos de vez em quando, como seria de esperar. Existe muita competição nesse ramo, mas devo dizer que ela era valorizada e respeitada. Eu... meu próprio assistente já tentou entrar em contato comigo várias vezes. A policial pediu para eu não atender meu *tele-link*, então o desliguei. Mas devo voltar ao escritório assim que me for permitido sair daqui. Há muitas coisas que necessitam ser feitas com certa urgência, rotinas que precisam ser administradas.

— Só mais uma coisa — pediu Eve. — Ela estava trabalhando em algum caso grande neste momento? Algum caso quente?

— Suponho que os senhores Warren e Quirk se qualificariam nesse quesito. Eles estão sendo acusados de peculato e fraude, por parte da própria consultoria financeira. O assunto chegará aos tribunais na próxima semana. A Srta. Bastwick estava muito confiante na obtenção de um veredito inocentando-os de todas as acusações. Ela era uma poderosa advogada contenciosa, como a senhora sabe.

— Sim, eu sei. Há alguém que possamos contatar para o senhor, Sr. Haversham?

— Para mim? — A expressão dele pareceu vazia, por um momento. — Não, não, mas mesmo assim obrigado. Vou voltar para o escritório e fazer o que precisa ser feito.

— Agradeceríamos se o senhor puder nos enviar cópias dessas ameaças.

— Sim, falarei com o Sr. Stern imediatamente.

— Podemos providenciar para que um dos policiais o leve de volta ao escritório — ofereceu Peabody.

— É muita gentileza, mas o trabalho não fica longe daqui, e confesso que gostaria de caminhar um pouco. Acredito que isso ajudará a organizar meus pensamentos.

Ele se levantou ao mesmo tempo que Eve.

— Quanto à família dela, tenente. Acabei de pensar nisso. Ela tem pais e uma irmã. Os pais moram em Palm Beach e a irmã... — Ele parou por um momento e esfregou a têmpora. — Ela mora com a família em East Washington. Devo contatá-los?

— Pode deixar que nós cuidaremos disso — garantiu-lhe Eve. — Se o senhor conseguir se lembrar de mais alguma coisa, nos avise.

— Aviso, sim, pode ficar tranquila. Tenho mais uma pergunta, para minha paz de espírito. A morte dela foi rápida?

— Acho que sim.

— Espero que ela não tenha sofrido.

Enquanto Peabody o guiava até a porta, Eve voltou ao closet.

— Ele me pareceu um rapaz doce, mesmo sob tensão — comentou Peabody, ao voltar. — E acho que realmente gostava dela.

— Seria o primeiro — respondeu Eve. — Ela sempre foi durona, tinha sangue-frio e era arrogante. Não creio que tivesse uma longa lista de amigos de verdade, mas certamente haverá muitos conhecidos, clientes e sócios. Há um cofre aqui na suíte, como eu imaginava. Não me parece que tenha sido arrombado, mas vamos precisar da DDE aqui para abri-lo, a fim de darmos uma olhada. Também vamos precisar conversar com o pessoal da seguradora para verificar os objetos de valor. Só para cobrir todas as possibilidades, Peabody, na mínima chance de essa mensagem ser um arenque.

— Arenque vermelho?

— Isso, uma "pista falsa". Por que o arenque tem de ser vermelho? Por que diabos essa expressão foi inventada e o que realmente significa? É irritante!

Eve parou por um momento e pressionou os dedos nos olhos.

UMA PESSOA LEAL E AMIGA DE VERDADE.

As últimas palavras da mensagem ficaram martelando na cabeça dela. Eve precisava expulsá-las da mente, pelo menos por agora.

— Ok, isso vai ser o caos. Precisamos comunicar à família da vítima imediatamente, pois a notícia vai vazar muito rápido. Precisamos que a assistente da Promotoria nos ajude na obtenção das cópias de tudo o que pudermos conseguir. As ameaças, a lista de clientes, os arquivos de todos os casos. O escritório de advocacia dela vai reclamar como sempre, talvez num tom mais agressivo que o normal. A mídia vai salivar assim que essa porcaria de mensagem for divulgada, e com certeza vai ser.

— Quem mataria uma pessoa por sua causa? — Peabody esperou até que Eve baixasse as mãos. — Quer dizer... quem mataria uma pessoa só por ela ter sido rude com você ou, digamos, arrogante?

— Não consigo pensar em ninguém. Tenho tendência a evitar relacionamentos com homicidas.

— Não me refiro a um nome específico, Dallas. Estou falando de um tipo de pessoa, ou uma categoria. Quem sabe alguém que você ajudou? Alguém que você talvez tenha salvado de algum perigo. Ou alguém próximo de alguém que você tenha ajudado ou salvado. É uma possibilidade. Alguém que esteja sempre acompanhando a sua carreira é outra. Alguém cujo sonho é ser como você, um dia. Você recebe bastante atenção da imprensa, Dallas, quer goste ou não. Eu sei que você *não gosta*, eu entendo. Mas você está sempre exposta na mídia, e já resolveu muitos casos importantes.

— *Nós* resolvemos!

— Sim, mas eu não sou casada com um irlandês lindo, que tem mais dinheiro que Deus. E que também recebe muita atenção da imprensa. Some isso a todo o burburinho causado pelo caso Icove, mais o livro que Nadine escreveu sobre o assunto e o grande sucesso do filme que fizeram a partir da história.

— Porra! — Frustrada e com uma leve dor de cabeça, Eve passou a mão pelos cabelos. — Isso vai me perseguir para sempre. Mas você me deu uma visão objetiva, e é esse tipo de direção que precisamos seguir. Alguém que sente que me deve alguma coisa e torce por mim. Uma pessoa que quer ser como eu... que imagina que me *defenderá* fazendo o que eu não posso fazer: matar meus inimigos, ou alguém que pareça ser um. Porque porra, Peabody, eu nunca mais pensei na Bastwick desde que o Barrow perdeu o recurso, há mais de um ano.

Ela voltou para o quarto e leu a mensagem outra vez em voz alta.

— "Ela não tinha respeito por você" — murmurou Eve. — Tomara que esse não seja o motivo principal, porque existe uma lista tão grande de pessoas que não têm respeito por mim que poderia dar a volta no planeta. Eu sou a porra de uma policial! "A vida dela era uma mentira; sua morte foi nossa verdade." Nossa? Ele tem um cúmplice? Ou está falando sobre mim... ele e eu?

— É o mesmo tema, não é? Isso foi feito por você e pela justiça. Bastwick é uma advogada de defesa criminal, você é a policial. Além do mais, a pessoa que escreveu isso é alguém que sabe escrever. Foi usado um ponto e vírgula. Quantos assassinos nós conhecemos que saberiam usar ponto e vírgula?

— Ora... bem observado. Ok, teremos de pesquisar o policial daquele caso, o juiz, o tal acordo desrespeitoso e a coisa toda. Agora, porém, precisamos nos concentrar na vítima e por que motivo específico ela foi escolhida. Era uma mulher que chamava atenção, rica, atraente e com muitos inimigos.

— Parece com você — disse Peabody, numa voz calma. A preocupação que pressionava seu peito transpareceu nos olhos escuros da parceira de Eve. — Talvez seja mais uma ligação.

— Eu não sou rica. Roarke é rico, e eu não me enfeito dos pés à cabeça, como ela fazia todos os dias.

— Você me parece ótima.

— Poxa, obrigada, Peabody.

— Olha só... você é alta, magra, tem as maçãs do rosto atraentes e uma covinha no queixo. Você está sempre bonita e fica muito bem diante das câmeras. É durona e... bem, tem a maior cara de policial, mesmo quando está toda arrumada e maquiada, em um dos eventos do Roarke. Talvez o assassino seja um cara com algum tipo de desejo oculto, e esse pode ser o jeito que ele escolheu para... sabe como é... cortejar você.

— Porra, mais uma vez! — Porque essa ideia a deixava um pouco enjoada. — Precisamos revisar os registros da segurança, em vez de especular. E vamos seguir em frente, pode chamar os técnicos da perícia e ligar para o necrotério. — Eve olhou mais uma vez para o corpo. — Ela precisa ser devidamente cuidada.

— Quanto ao assassino? — Peabody apontou o queixo em direção à mensagem antes de pegar o casaco. — Ele não entende isso. Não entende nada disso.

Capítulo Dois

Eve transferiu o arquivo do sistema de segurança do apartamento e do prédio para o seu tablet e, a fim de avaliar as probabilidades, revisou atentamente as imagens a partir de uma hora antes do momento exato da morte.

— O assassino poderia morar no prédio ou ter entrado a qualquer momento, mas provavelmente aparecerá nestas imagens.

Ela observou as pessoas que entravam e saíam. A maioria carregava sacolas de compras. Aquele povo *nunca* parava de fazer compras? Como poderiam utilizar todas aquelas coisas? Isso a deixava perplexa.

— Está chegando perto do momento que nos interessa — alertou Peabody. — A menos que meus medidores estejam descalibrados, já estamos nas imagens de quinze minutos antes da hora da morte. Talvez tenha sido alguém que mora no prédio ou...

— Pronto! E lá vamos nós...

Junto de Peabody, Eve observou um entregador, gênero indeterminado, aproximar-se da porta principal e do painel de segurança.

— Congele a imagem! Veja só, ele... ou talvez ela... segura uma grande caixa no ombro, e isso bloqueia o rosto por completo nas câmeras. Veste casacão marrom, calças marrons, botas de cadarço, luvas marrons, usa uma touca escura sobre o cabelo; um cachecol enrolado no pescoço que lhe cobre a parte inferior do rosto. Não dá nem para ter certeza da cor da sua pele.

— Do jeito que está posicionado, a gente não consegue ver sequer a campainha que ele está apertando. A DDE pode melhorar a imagem, mas só pode ser o botão do apartamento da vítima. Ele parece ter uma compleição forte, mas...

— O casaco é grande e volumoso. Não dá para ter certeza do peso aproximado. Mas podemos obter uma altura mais próxima do real. Entrou direto. Mudamos para as imagens do interior. Ele se encaminhou sem hesitação até o elevador — observou Eve, um segundo depois. — Conhece o posicionamento exato das câmeras. O filho da mãe já esteve aqui antes, ou então teve acesso à posição das câmeras de segurança. Mantém a caixa sobre o ombro no ângulo certo. Entrou no elevador... O que temos aqui, de importante? Mãos. Não me parecem mãos grandes. Poderiam ser de homem, mas também de uma mulher. Temos mãos, pés, altura. Podemos fazer uma análise a partir daí. Droga, saiu do elevador direto, reposicionou a caixa para esconder o rosto e seguiu em direção à porta da vítima.

— Ela abriu a porta para ele... ou ela... exatamente como você disse. E... ele está enfiando a mão no bolso. Dallas...

— Sim, eu reparei. Move-se com rapidez. Ela abre a porta. "Srta. Bastwick, Leanore Bastwick? Trouxe uma encomenda. É bem pesada, senhorita, posso colocá-la dentro da sua sala?" Sim, ela abre a porta um pouco mais e recua; ele fica fora do alcance da câmera. E avança, pegando alguma coisa. Droga, ele se posicionou mais uma vez fora do alcance da imagem. Chuta com o pé a porta para fechá-la atrás dele. Movimentos suaves e rápidos. Porra!

— Aconteceu tudo como você disse, antes de ver a gravação — constatou Peabody.

— Pois é, mas isso não ajuda muito. — Eve encolheu os ombros e acelerou a filmagem até ver a porta tornar a se abrir. — Ele entrou e saiu em 27 minutos. Isso demonstra controle, muito controle, foco, determinação. Continua carregando a caixa, que ainda bloqueia o rosto.

— Mas... Você percebe?

— Não sei. O que deveria perceber?

— Ele tem um jeito quase saltitante no andar. Como alguém que está feliz, alguém que está se sentindo muito bem, o bastante para exibir sua euforia. Mesmo assim ele ainda se mostra atento; é cuidadoso o bastante para esconder o rosto da câmera o tempo todo, sair do prédio e desaparecer. Notifique o Departamento de Trânsito e envie essas imagens para eles, vale a pena tentar. Vamos ver se o assassino pegou o metrô. E vamos verificar todos os táxis da área. Certamente ninguém tão cuidadoso pegaria um táxi perto do prédio, mas precisamos tentar.

Elas vasculharam a cena do crime, passando pelo escritório da casa de Bastwick; etiquetaram os aparelhos eletrônicos para facilitar o trabalho da DDE, a Divisão de Detecção Eletrônica, e vasculharam os *tele-links* da vítima em busca de qualquer comunicação que pudesse ajudar.

Eve conversou brevemente com Dawson, o chefe dos peritos.

— A DDE vai enviar pessoal para pegar os eletrônicos. O assassino usou o elevador B para entrar e sair, então procurem lá também. Mandei desligá-lo até passar pela perícia.

— Ok, já entramos em ação, tenente. — Dawson estudou-a com olhos escuros e irrequietos por baixo do capuz branco de perito. — Vamos tentar de tudo, Dallas. Ninguém deixa uma etiqueta de presente com seu nome em um cadáver. — Ele analisou a mensagem na parede, assim como ela fizera. — Esse é um tremendo jeito de remexer no passado — opinou ele.

Eve saiu do quarto e voltou para perto de Peabody. As duas deixaram o prédio juntas.

— As primeiras conversas não deram em nada — informou-lhe Peabody. — Ninguém viu o entregador... isto é, a pessoa. O Departamento de Trânsito ainda está examinando as imagens das câmeras de segurança, mas até agora não apareceu nada que chame a atenção. Claro que ele pode ter largado a caixa em algum lugar.

— Acho que não, porque talvez ele precise dela outra vez.

— Outra vez? — Peabody sentou-se no banco do carona da viatura de Eve. — Você acha que ele vai atacar outra pessoa?

— As probabilidades são altas, por causa do caminhar saltitante do assassino — lembrou à parceira, e saiu da vaga. — Foi divertido demais para ele não repetir a dose. Mas vamos direto ao ponto. Examine namorados e namoradas, ex, colegas de trabalho, clientes.

— Jess Barrow. Ele está na cadeia, mas se alguém quisesse se vingar de você e dela ao mesmo tempo, ele se qualifica. Você porque foi a pessoa que o prendeu, e ela porque não conseguiu livrá-lo da cadeia.

— Ela conseguiu uma pena menor para ele no tribunal. Mas, sim, precisamos dar uma olhada nele. Depois temos a firma. Fitzhugh e agora Bastwick... já são dois sócios assassinados em pouco mais de dois anos. Vamos examinar o arquivo de ameaças dela com visão microscópica.

— Hum. E quanto aos *seus* desafetos?

Eve tamborilou os dedos no volante enquanto dirigia em direção à Central de Polícia.

— Eu não fui ameaçada. No meu caso, devíamos dar uma olhada no outro tipo de mensagem, as... Como é mesmo que chamam? Mensagens de fãs. O problema é que eu não guardo nenhuma dessas porcarias quando recebo.

— Eu guardo. Recebi algumas mensagens muito legais depois do lançamento do filme sobre o caso Icove. — Pensar nisso fez Peabody corar de satisfação. — Minha mensagem favorita foi de uma garota de 12 anos que disse que queria ser uma estrela de cinema, mas agora quer ser policial como eu. Muito fofa! Você deve receber uma tonelada dessas mensagens.

— Não sei. — Desconfortável com o rumo que aquele papo estava tomando, Eve endireitou o corpo no banco. — Se alguma coisa passou pela Central, eu enviei direto para o Kyung, pois ele é o relações-públicas da corporação, certo? Se a mensagem veio do pessoal de Hollywood, mandei que eles mesmos cuidassem disso. Sou uma policial, pelo amor de Deus!

Peabody esperou dois segundos antes de continuar.

— Bem, eles provavelmente têm tudo isso arquivado.

Eve tirou a mão do volante e passou-a com força pelos cabelos.

— Sim, sim, devem ter os registros de tudo, você está certa. Tudo precisa ser lido e analisado. Espera só um segundo.

Ela precisava se acalmar e raciocinar. Não tinha acabado de dizer que era policial? Então precisava começar a pensar como uma.

Tinha de deixar de lado a emoção, o pavor doentio que sentia e a maldita dor de cabeça que se apoderava dela antes de dar o próximo passo.

— Vamos pedir para Mira designar algum tipo de psiquiatra para cuidar disso e fazer a ponte entre Hollywood e o Kyung. Ele não é idiota, então vai criar um sistema organizacional para tudo; vai ligar para a psiquiatra da polícia e buscar um especialista em ciência do comportamento para analisar os dados. Se a mensagem deixada na parede não for uma cortina de fumaça... o que é uma probabilidade baixa, mas deve ser considerada... é provável que o assassino já tenha se comunicado ou tentado se comunicar comigo de alguma forma, em algum momento do passado. Ele *sente* essa conexão. Portanto, vamos cobrir essa área com pessoas que sabem o que procurar e onde.

— Ok. Entrarei em contato com o Kyung para jogar essa parte em cima dele. Afinal, é ele quem cuida da nossa comunicação com a mídia, certo? — continuou Peabody, repetindo as palavras de Eve. — Ele fará o contato. Se houver algum sinal de alerta, nós vamos identificá-lo e segui-lo.

— Certo de novo. Cuide disso, Peabody — ordenou Eve, enquanto entrava na garagem da Central. — Vamos manter isso de modo confidencial o máximo de tempo que conseguirmos, mas precisamos cobrir todas as áreas. Vou direto para o gabinete de Whitney — acrescentou, depois de estacionar. — Preciso entregar ao comandante um relatório completo, o mais rápido possível. Faça as coisas acontecerem nas comunicações. Escreva seu relatório, envie uma cópia para o comandante e outra para Mira.

— Você deveria falar com ela também — acrescentou Peabody, se referindo à principal psiquiatra e analista de perfis criminais da Polícia de Nova York.

— Eu sei, vou fazer isso. Mas vou até Whitney primeiro. Ele vai considerar os prós e os contras de nos deixar... ou *me deixar*... cuidar deste caso. Preciso fazer com que os prós vençam.

— Não tinha pensado nisso. *Deveria* ter pensado nisso. Caramba! — Peabody entrou no elevador com Eve.

— Você cuida da merda da comunicação e eu cuido disso. Seja rápida — ordenou Eve. — Quero ir até o escritório da Bastwick e depois vou fazer uma visita ao necrotério.

Eve permaneceu depois que Peabody saiu do elevador. Policiais e civis se amontoaram e se espremeram no interior da cabine. Normalmente, ela teria saído também e seguido por uma das passarelas. Mas, ainda que fossem irritantes, os elevadores da Central eram mais rápidos.

Quando finalmente conseguiu sair, lembrou a si mesma de que deveria ser clara, minuciosa e imparcial ao relatar o ocorrido.

Entrou na antessala, seguiu até o gabinete do Whitney e deu de cara com a assistente dele.

— Preciso vê-lo.

A mulher arqueou as sobrancelhas, surpresa.

— Olá, tenente! Você não está na agenda dele, eu...

— É de extrema importância que eu fale com o comandante Whitney o mais rápido possível.

Com um aceno de cabeça e sem fazer perguntas, a assistente tocou de leve no fone de ouvido e falou em voz baixa.

— Senhor, a tenente Dallas está aqui e pede para falar com o senhor. Sim, senhor, agora mesmo. Claro — Ela tocou no fone novamente e disse: — Pode entrar, tenente.

— Obrigada. — Eve caminhou na direção das portas duplas, mas parou por um instante e se virou. — Você conhece a assistente da Dra. Mira?

— Conheço, sim. — A mulher sorriu. — Muito bem, na verdade.

— Ela poderia fazer umas aulas com você — murmurou Eve, e abriu a porta de Whitney.

O comandante estava sentado atrás da enorme mesa, um homem grande e de ombros largos que no momento falava no seu *tele-link* do escritório. Gesticulou para que Eve entrasse e fez sinal para que ela esperasse um pouco.

Ela fechou a porta atrás de si e aproveitou os breves momentos que ele levou para encerrar a ligação. Eve fez um balanço de tudo, certificando-se de que conseguia ser imparcial.

O comandante Whitney ocupava uma mesa de gabinete, pensava Eve, mas seus olhos eram tão astutos quanto os do policial de rua que um dia fora.

— Leanore Bastwick.

— Exatamente, senhor.

Embora ele apontasse para uma cadeira, Eve avançou e permaneceu de pé.

— Quis vir informá-lo pessoalmente sobre a situação.

— Percebi.

Ele tinha um rosto largo e moreno, o cabelo curto preto cada vez mais tomado pelos fios brancos. Mas, aos olhos de Eve, ele parecia descansado e até mesmo relaxado, então presumiu que o Natal tinha sido bom.

Ela estava prestes a estourar aquela bolha de tranquilidade.

— O senhor já foi informado sobre o assassinato dela, então... — começou Eve.

— Tendo em vista que ela era uma importante advogada de defesa criminal, com quem este departamento batia de frente regularmente, e que também cortejava a mídia, fui informado pela Emergência do seu status como investigadora principal. O que mais preciso saber?

— O corpo da Bastwick foi descoberto por seu assistente administrativo, Cecil Haversham, aproximadamente às nove horas desta manhã, quando ele, preocupado com a ausência dela nas reuniões agendadas, foi ao seu apartamento. Como assistente da vítima, Haversham tinha conhecimento das senhas dela. Verificaremos seu álibi para a hora exata da morte, mas no momento ele não é suspeito. A vítima foi estrangulada, provavelmente com um garrote, sem sinais evidentes de luta ou agressão sexual. A hora da morte foi às dezoito e trinta e três da noite de ontem. As câmeras de segurança mostram um indivíduo entrando no prédio disfarçado de entregador; ele usou a caixa da entrega para esconder o rosto das câmeras.

— O que indica que ele conhecia bem o prédio e a localização das câmeras.

— Exatamente, senhor. Ela abriu a porta para esse indivíduo. As câmeras do corredor o pegaram enfiando a mão no bolso direito enquanto ela recuava para que ele entrasse. Ele saiu do local, carregando a mesma caixa, cerca de 25 minutos depois de entrar no apartamento da vítima.

— Trabalho rápido.

— Entrou e saiu do prédio em menos de 30 minutos. De fato um trabalho ágil, senhor.

— Trabalho profissional? — sugeriu ele, recostando-se.

— Tarefa limpa como a de um profissional, em quase todos os aspectos. Mas essa não é a maior probabilidade, no momento. Os peritos estão investigando a cena do crime e o corpo já foi levado para o necrotério. Solicitei o trabalho do Morris, chefe dos legistas.

— Obviamente — Whitney gesticulou com as mãos. — Haverá alguma atenção da mídia, considerando a predileção da vítima pela mesma defesa profissional que ela oferecia aos seus clientes, mas não vi nada no relatório que justifique esse comportamento incomum, tenente. Geralmente você não vem até mim, Dallas, a menos que seja convocada. O que mais preciso saber sobre esse caso?

— Posso usar sua tela, comandante?

Ele gesticulou para ela, em concordância.

Demorou um pouco para Eve conseguir fazer funcionar. Por Deus, ela odiava eletrônicos quase o tempo todo. Mesmo assim conseguiu encontrar a fenda do disco para inseri-lo e ligá-lo.

A tela foi preenchida com a mensagem escrita na parede acima do corpo.

Whitney se levantou da cadeira e caminhou lentamente ao redor da mesa, com os olhos fixos na tela.

— Quando foi que você viu ou falou com a vítima pela última vez?

— Durante o recurso recusado de Jess Barrow. Cerca de um ano atrás. Não cuidei de nenhum caso em que ela estivesse envolvida desde então. Nós nos confrontamos algumas vezes, naquela época. E isso aconteceu novamente durante a investigação do então suspeito Jess Barrow no caso do assassinato de Fitzhugh, sócio da advogada que foi morta agora. Foram trocas entre policial e advogada de defesa, nada mais. Eu não gostava dela, nem como pessoa nem como advogada. Mas a verdade é que não gosto de muitas pessoas.

— Você já expressou o desejo de que ela estivesse morta?

— Comandante...

— Nem mesmo de forma casual, tenente? — O olhar dele, nivelado com o dela, ordenava claramente: "Não me enrole!" — No calor do momento, por exemplo, ao conversar com alguém?

— Não, senhor, nunca fiz isso. Posso ter a chamado... com certeza eu a chamei de vários nomes pouco elogiosos. A verdade, senhor, é que simplesmente não nos enfrentamos tantas vezes assim. Se esse for o caso, tive mais desentendimentos com Fitzhugh antes de nos encontrarmos no tribunal do que com Bastwick. Eu e ela nunca tivemos relações pessoais, nem sociais; nunca conversamos fora dos limites de uma investigação ou do tribunal. Pela facilidade com que o assassino teve acesso ao apartamento dela, eu diria que ele conhecia Bastwick muito melhor do que eu.

— Essa história vai vazar para a mídia. — Whitney acenou com a cabeça para a tela.

— Sim, senhor, vai. Mesmo que conseguíssemos mantê-la sob sigilo, o assassino não vai fazer isso. Qual o sentido de se dar ao trabalho de escrever essa mensagem e depois não receber atenção ou agradecimento por ela?

Whitney voltou à cadeira e tornou a se sentar.

— Nós dois sabemos que essa situação seria consideravelmente menos... melindrosa... se eu designasse outro investigador para o caso.

— Talvez isso fosse mais prático, comandante, mas estou pedindo que não faça isso. Se o assassino realmente quis dizer o que escreveu, esse assassinato foi um favor *para mim*, uma punição por desrespeito *a mim*. Tirar-me do cargo de investigadora primária poderia... e acho que seria considerado... ainda mais desrespeitoso. Esse indivíduo pensa que me conhece, mas não é verdade. Isso me dá uma vantagem.

Argumentos imparciais, lembrou Eve a si mesma.

— Peabody está coordenando a análise das correspondências enviadas para mim pela Central e levando em consideração a minha exposição por causa da investigação do caso Icove, do livro e do filme, por meio do pessoal de Hollywood. Além disso, vamos solicitar à Dra. Mira que designe um especialista psicológico comportamental para analisar a correspondência recebida, caso ela não tenha tempo para analisar tudo sozinha. É provável que o assassino tenha tentado entrar em contato comigo antes desse crime, talvez mais de uma vez. Como já tenho algum conhecimento prático da firma da vítima por causa do homicídio anterior, isso me dá uma vantagem.

Coloque tudo para fora, disse a si mesma. Seja rápida e lógica.

— Dois homicídios na mesma firma de advocacia desafiam a possibilidade de ter sido coincidência. O conhecimento que o assassino tinha sobre o prédio da vítima, a posição exata das câmeras, o apartamento onde ela morava e o fato de ele saber que ela estava em casa e sozinha àquela hora, caso contrário ele não teria entrado em ação, indica que conhecia muito bem a rotina da vítima, ou que fez uma pesquisa considerável.

— Mas é o *seu* nome que está na parede, Dallas.

— Sim, senhor, é o meu nome. Ele quer minha atenção, comandante, ou não teria deixado rastros no local, muito menos um bilhete escrito na parede. Quero *dar atenção* a ele. Ao fazer isso, é possível que ele tente entrar em contato comigo de novo. É impossível dizer que isso não seja pessoal em algum nível, é o meu nome naquela parede, afinal. Mas espero que o senhor acredite na minha palavra quando lhe asseguro de que isso não vai atrapalhar meu trabalho.

Juntando as mãos como se estivesse fazendo uma prece, Whitney bateu com os dedos uns nos outros e avaliou Eve.

— Se eu transferisse este caso para outro investigador da sua divisão, quem você me recomendaria?

Ouvir aquilo foi como um chute no estômago, mas ela se refez e respondeu com a verdade.

— Não há nenhum policial na minha divisão que eu não recomendaria. Cada um deles dará continuidade a essa investigação de forma minuciosa e diligente, e trabalhará com dedicação até encerrar o caso.

— Essa foi a resposta certa. Você deve manter isso em mente, assim como eu. Falarei com Tibble, o secretário de Segurança Pública. Você conversará com Kyung sobre a melhor forma de lidar com o caos que vai se tornar a divisão quando isso vazar para a imprensa, o que sem dúvida vai acontecer. Espero que cumpra sua palavra, tenente. Se isso a atrapalhar, você precisa me dizer e se afastar.

— Sim, senhor.

— Vá trabalhar.

— Obrigada, comandante.

Ela lutou para não transparecer muito alívio ao sair do gabinete.

Você precisa ser imparcial, disse a si mesma outra vez. Este é só mais um caso.

Mas isso era puro papo-furado... não passava disso. *Nunca* era só mais um caso.

Ela foi direto para a Divisão de Homicídios, ignorando a leve dor de cabeça que sentia na parte de trás do crânio. Assim que entrou em sua divisão, parou por um momento e avaliou o que dissera.

Tinha sido completamente honesta.

Em relação a todo e qualquer detetive dali. Desde Jenkinson bebendo um café ruim enquanto encarava o monitor com uma carranca, até Baxter, com seus sapatos caros e cintilantes apoiados na mesa enquanto falava ao *tele-link*. Carmichael e Santiago estavam juntos numa mesa, discutindo em voz baixa.

As decorações de Natal ainda estavam montadas, inclusive a árvore ridícula e esquelética, o objeto peculiar de milho Kwanzaa da tradição afro-americana até a menorá amassada, isso sem contar o Papai Noel zumbi, que era tão divertido quanto esquisito.

E a placa, que agora tinha sido pendurada acima da porta da sala de descanso e, se dependesse de Eve, ficaria ali para sempre.

Não importa a sua etnia, o seu credo, a sua orientação sexual ou o seu posicionamento político, nós o protegemos e servimos, porque você pode morrer.

Era exatamente assim a rotina dali, pensou, ao ver Reineke saindo da sala de descanso com mais café ruim.

Eve seguiu para sua sala, onde tinha um café muito bom. Chegou a considerar, como nunca fizera, disponibilizar o verdadeiro e excelente café do Roarke na sala de descanso. Mas logo rejeitou a ideia por considerá-la sentimental demais.

Ninguém sai por aí quebrando a tradição de tomar café ruim na sala de descanso dos policiais só por se sentir satisfeito por ter bons homens sob seu comando.

Além do mais, eles perderiam a diversão de entrar furtivamente e roubar o café bom do AutoChef dela. Quem era Eve para estragar a diversão?

Então, tirou o casaco, programou seu café e se sentou para começar a analisar suas anotações e montar o quadro do assassinato.

A vítima merecia as rotinas e os procedimentos corretos e usuais da investigação, e Eve trabalhava melhor quando essas rotinas estavam todas em seu devido lugar.

Assim que estivessem, ela e Peabody começariam os interrogatórios no escritório da vítima, e depois iriam procurar Morris no necrotério. Ela iria pessoalmente até os peritos e técnicos de laboratório para conseguir respostas rápidas.

E encontraria algum tempo, em algum momento, para seguir as ordens do comandante e conversar com Kyung.

Nadine, pensou Eve, esfregando distraidamente a nuca. Nadine Furst — a excelente repórter de TV e autora do *best-seller O caso Icove*. Ela precisava conversar com Nadine.

Se alguém pesquisasse direitinho — e Eve tinha certeza de que o assassino tinha feito isso — saberia que ela e Nadine eram amigas pessoais. Nadine poderia ser vista como um canal de acesso... a figura pública, a personalidade da televisão e a repórter feroz... um caminho para alcançar a policial.

De qualquer forma, quando os detalhes da cena do crime começassem a vazar, Nadine Furst iria farejar a história como um gato fareja um rato.

Era mais inteligente trazê-la para dentro do caso antes disso.

Enquanto considerava a melhor abordagem, Eve ouviu o estalido de saltos altos no corredor que levava à sua sala. Pensando em Nadine, levantou-se depressa para cobrir o quadro com as suspeitas do assassinato.

Mas foi Mira quem entrou.

Não era comum Mira ir até ela; muito menos entrar na sala da Eve e fechar a porta.

— Sente-se! — ordenou Mira.

Sentindo mais surpresa do que irritação, Eve apontou para a cadeira diante da própria mesa.

— Pegue esta aqui, doutora.

— Sente-se! — retrucou Mira e, de forma deliberada, sentou-se na cadeira de visitante terrivelmente desconfortável. — Você é uma mulher inteligente — começou ela. — É uma policial excepcional. Sendo assim, sabe que deveria repassar essa investigação para outra pessoa.

— Sou uma mulher inteligente — concordou Eve —, e uma policial excepcional. Sendo assim, nem que a vaca tussa vou passar isso adiante só porque alguém está me usando como desculpa para matar.

— Isso torna tudo pessoal.

Eve sentou-se e respirou fundo.

— *Todos* os casos são pessoais — retrucou, e isso fez Mira, em seu pedestal de dignidade, franzir a testa. — Assassinato é o crime mais pessoal que existe. Um bom policial sabe ser objetivo em relação aos aspectos pessoais que ele implica.

— Eve — Mira parou e gesticulou para indicar que queria a chance de falar.

Eve assentiu.

Mira vestia um terninho terracota-escuro, em vez de suas cores suaves habituais, mas, como sempre, ela estava perfeita. Seu cabelo castanho-escuro balançava num corte curto, seu estilo mais recente. Emoldurava seu belo rosto, fazendo com que os olhos azuis calmos parecessem mais profundos.

Ou talvez estivessem apenas transparecendo aborrecimento, ponderou Eve.

Mira se ajeitou na cadeira e estremeceu quando o assento provavelmente beliscou sua bunda; depois, cruzou as pernas.

— É pessoal para o assassino e para você. Essa pessoa se vê... Vamos usar o pronome masculino para simplificar... como seu amigo, ou mais, como seu herói. Ele fantasiou um relacionamento com você, que estreitou ainda mais, agora que matou por você. Ele te deu um presente. Em algum momento ele vai aguardar seu agradecimento.

— Pois ficará decepcionado.

— E, quando isso acontecer, ele voltará a atacar.

— Doutora, se eu passasse o caso para outro investigador, a mensagem que isso transmitiria seria que, basicamente, este crime não vale o meu tempo, nem meu esforço, certo? Ele então teria de matar de novo e fazer melhor, certo? Teria de procurar uma vítima que eu achasse que valeria o meu tempo e esforço, a senhora não acha?

Mira balançou de leve a ponta do salto em tom terracota.

— Você é uma policial excepcional — murmurou. — Sim, é possível. O que está claro nessa situação é que *você* é o foco dele.

— Não sei se isso está claro. Diria que provavelmente sim. Mas também é possível que isso tenha a ver com Bastwick. Preciso fazer meu trabalho para confirmar ou refutar essa possibilidade. A meu ver, parece que as perguntas que deveríamos fazer, em termos de perfil, são: Por que o foco sou eu? De onde veio essa amizade fantasiosa? Como posso explorar isso para detê-lo? Me ajude a fazer isso, doutora.

Com um longo suspiro, Mira olhou para o AutoChef.

— Quer aquele chá que a senhora gosta? Acho que tenho um pouco aqui.

— Aceito, sim. Estou chateada, Eve. Você é importante para mim.

Eve se levantou e programou o chá.

— A senhora não pode deixar que isso se torne pessoal.

— É *sempre* pessoal — rebateu Mira, depois sorriu quando Eve olhou para ela. — Um bom psiquiatra, assim como um bom policial, sabe ser objetivo em relação às pessoas com quem trabalha. Esse criminoso idealizou você, Eve. Isso é muito perigoso.

— Por quê? — Eve entregou o chá a Mira. — Não pergunto por que é perigoso, isso eu entendo. Por que ele me idealizou?

— Você é uma mulher forte com uma carreira perigosa. Alguém que cresceu nessa carreira.

— Há muitas policiais mulheres — lembrou Eve. — Muitas em patentes altas.

— Não é só isso. Muitos dos seus casos atraem atenção considerável da mídia. Você é casada com um homem importante, muito bem-sucedido, misterioso, que também atrai certa atenção da imprensa.

Ela tomou um gole do chá enquanto Eve ponderava sobre aquilo.

— Você foi destaque em um livro *best-seller* que virou um filme de sucesso aclamado pela crítica — continuou Mira. — Você arrisca a vida para proteger e servir, quando poderia simplesmente viajar, levar uma vida abastada e privilegiada. Em vez disso, você trabalha muitas horas, às vezes até demais, assumindo grandes riscos para buscar justiça.

— Seguindo essa linha, por que matar Bastwick? Ou qualquer pessoa? Esse trabalho é meu.

— Mas você não está fazendo justiça como essa pessoa acha que deveria — ressaltou Mira. — Como conseguiria? Você é a policial ideal, mas também é prejudicada pelas regras do seu trabalho. Então essa pessoa buscará justiça por você.

— Mas, e quanto a Bastwick? Ela não era importante.

— Não para você em particular, mas para o assassino ela representava todos os réus, todos contra quem você trabalha. Todos os que te desrespeitaram e não te deram o tratamento adequado.

— Caramba, pelo amor de Deus! — Ela olhou de volta para o quadro de suspeitos do crime e viu Leanore Bastwick. Viva e morta. — Mas Bastwick e eu quase não interagíamos. E, quando nos falamos, pelo menos na maioria das vezes, foi há bastante tempo.

— Mas o crime pode ter sido planejado há algum tempo também, bem avaliado e estudado. Podemos descobrir que Bastwick disse algo em público, ou algo improvisado que foi ouvido sobre você; talvez tenha comentado algo que pode ter despertado a indignação do assassino, mais recentemente. Não raiva, pelo menos por enquanto.

Eve olhou para o quadro do assassinato outra vez.

— Mas isso pode acontecer, doutora. Bastwick também era uma mulher que se destacava em sua área. Este pode ser um dos motivos para a escolha. Este foi um assassinato bem planejado e bem controlado. Nitidamente focado em um objetivo. Um crime cometido na esperança, acredito eu, de algum reconhecimento. Se tivesse sido um ato altruísta... como a mensagem tenta transmitir... não teria havido mensagem alguma. — Ela olhou para Mira em busca de confirmação. — Certo? Quando você faz um favor a alguém e é sincero, *não espera* ser glorificado por isso.

— Não se o ato for realmente genuíno. Isso foi feito em busca de retorno. Da sua parte.

— O assassino quer minha atenção, isso eu entendi. Se eu não der essa atenção, ele vai matar de novo. Se eu der... ele vai matar alguém do mesmo jeito. Ele *gostou* de matar. Além do mais, quando alguém é o objeto da sua... afeição, por falta de uma palavra melhor, você não quer continuar sentindo essa afeição?

— Sim, mas essa pessoa sempre quer algum tipo de gratidão, reconhecimento e até reciprocidade. Eve, ele quer algum tipo de retorno.

— De qualquer forma, que eu lide com isso... e, a menos que estejamos todos errados e o foco seja realmente Bastwick... ele ainda não terminou. Se eu persistir na investigação, haverá mais chances de detê-lo, e talvez eu até consiga prever quem será a próxima vítima.

— Em algum momento *você* será a próxima. Você vai decepcioná-lo e ele se sentirá traído. Os ídolos sempre caem, Eve.

— Eu seria a próxima em algum momento, de qualquer maneira.

Mira não disse nada, simplesmente ficou ali sentada por um momento, tomando seu chá.

— Eve... Se isso tivesse sido uma provocação, uma espécie de comunicação do tipo "pegue-me se for capaz", eu ficaria menos preocupada. Mas não se trata de uma disputa. Isso foi uma espécie de oferenda.

Ela respirou fundo e colocou a xícara de lado.

— Vou analisar pessoalmente a correspondência. Procuraremos por alguém que tenha repetido o contato. Alguém que escreveu ou tentou entrar em contato com você, de alguma forma, várias vezes. Alguém que vê isso como uma espécie de relacionamento. Isso também pode ter escalado por meio dos contatos sucessivos.

— Não li o relatório da Peabody de forma tão objetiva quanto deveria — admitiu Mira. — Mas o que li indica que o assassino é muito controlado, muito cuidadoso, tinha conhecimento prévio da segurança e dos hábitos da vítima. Então ele a estudou, a perseguiu ou está, de alguma forma, a par dos hábitos dela. Ele também estudou você e, embora queira sua atenção, não deseja ser pego ou impedido. "Uma pessoa leal e amiga de verdade" — apontou Mira. — Isso indica que ele acredita que sim, é o único capaz ou disposto a defender você. Roarke deveria se colocar em alerta.

— Roarke?

— Seu marido não puniu a mulher que te desrespeitou, Eve. Como ele poderá ser digno de você?

— Se você acha que ele teria Roarke como alvo...

— Ainda não — interrompeu Mira —, mas em algum momento, sim. Ele pode se sentir compelido a eliminar aqueles mais próximos para se sentir perto de você. Por enquanto, é uma lista de inimigos... se é que ele tem uma. Mas garanto que ele conhece todos aqueles que você ama. Seus amigos, sua parceira.

Eva se colocou de pé mais uma vez.

— Peabody? Os policiais da minha divisão? Mavis... meu Deus, a *bebê*? — Ela não tinha feito essa conexão, ainda não tinha considerado essa hipótese. E agora que fazia isso e refletia... — Vou passar essa investigação adiante. Vou recuar. Vou pular fora!

— Não. — Mira balançou a cabeça. — Você estava certa, eu é que estava errada. Recuar agora não mudaria os motivos dele, e poderia até aumentar as necessidades de vingança. Você precisará ter muito cuidado com a maneira como reage às demandas públicas, com as coisas que você diz que podem e serão divulgadas pela mídia. Ele ficará atento a cada palavra sua, a cada gesto. E seus sentimentos em relação a essas palavras e a esses gestos serão a verdade *dele*. Você não é apenas a investigadora principal desse caso, Eve, nem tem uma mera ligação com a vítima. Na mente dessa pessoa, você é um alvo.

— Preciso proteger as pessoas ao meu redor — respondeu Eve. E Mira, pensou, também era uma delas. — Então, é melhor eu começar a trabalhar.

Capítulo Três

Um silêncio respeitoso havia tomado conta dos escritórios de advocacia da vítima. Eve supôs que, quando uma das sócias era assassinada por alguém que poderia ter representado... algum tipo de silêncio era esperado.

Mal precisou exibir seu distintivo para que uma mulher com terno listrado cinza e saltos altos vermelhos deslizasse pelas portas duplas de vidro.

— Bom dia, tenente... olá, detetive, sou Carolina Dowd, assistente administrativa do Sr. Stern. Vou acompanhá-las até a sala dele.

— Está tudo muito silencioso por aqui — comentou Eve enquanto elas passavam pelo luxuoso saguão marrom e cinza e entravam pelos corredores suntuosos.

— Estamos todos consideravelmente arrasados, como podem imaginar. A morte da Srta. Bastwick é um choque para nós, uma enorme perda.

— Você trabalha aqui faz muito tempo?

— Quinze anos.

— Então conhece todos os funcionários.

Dowd olhou rapidamente para ela enquanto passavam pelas diversas salas com as portas fechadas.

— É uma empresa muito grande, mas sim, posso dizer que conheço todo mundo.

— Consegue pensar em alguém que poderia desejar a morte da Bastwick?

— Não, de jeito algum! A Srta. Bastwick era muito respeitada e valorizada aqui.

Ela se virou na direção oposta à sala de Bastwick, conforme Eve se lembrava da visita anterior.

— Você certamente conheceu Fitzhugh.

— Sim, conheci, e sei que foi você quem descobriu a pessoa responsável pela morte dele. Espero que faça o mesmo pela Srta. Bastwick.

Dowd acenou com a cabeça para duas pessoas — um homem e uma mulher —, que se mostraram agitados e ocupados nas suas mesas em uma sala sofisticada. Então abriu, com vigor, outro conjunto de portas duplas, de madeira maciça.

— A tenente Dallas e a detetive Peabody estão aqui, Sr. Stern — anunciou, ao abrir as portas.

Stern, que estava de pé com as mãos cruzadas atrás das costas, contemplando a vista ousada e dura de Nova York através de uma parede de vidro do chão ao teto, virou-se para recebê-las.

— Por favor, entrem. — Ele atravessou um imenso e espesso tapete persa que cobria o piso de madeira brilhante, com a mão estendida. — Sou Aaron Stern. Este é um dia terrível, terrível. Podemos oferecer algo para vocês beberem? Chá? Café?

— Não é necessário, obrigada.

— Por favor, sentem-se. — Ele apontou para um espaço que lembrou a Eve uma sala de estar inglesa com suas poltronas curvas, uma mesinha de centro delicada e um sofá com franjas.

Lembrou-se da sala de Bastwick. Muito elegante, encerada, cheia de vidro.

— Obrigado, Carolina. — Ele se sentou e cruzou as mãos sobre os joelhos enquanto sua assistente recuava silenciosamente e fechava as portas.

— Receba nossos pêsames, Sr. Stern — começou Peabody.

— Sim, foi uma perda imensa. Leanore não era apenas uma sócia da firma; também era minha amiga.

Ele tinha uma ótima aparência, pensou Eve, com o bronzeado de inverno de um homem rico, o cabelo brilhante encaracolado, olhos castanhos. A gravata vermelha com estampa ousada contrastava com o terno carvão e lhe dava um ar vibrante.

Eve sabia que aquilo funcionava bem no tribunal.

— Quando você viu ou falou com ela pela última vez? — perguntou a tenente.

— Ontem, numa conferência via *tele-link*. Trabalhamos menos horas nesta semana, para que todos conseguissem aproveitar os feriados de Natal e Ano-novo, mas mesmo assim Leanore e eu prestamos consultoria em alguns casos ainda em andamento. Carolina participou da reunião, bem como o assistente paralegal de Leanore. Foi por volta das dez horas da manhã de ontem. Trabalhamos por mais ou menos uma hora e deveríamos voltar a nos reunir pessoalmente na tarde de hoje.

— Algum problema com alguém aqui na firma?

— Não.

— E quanto aos clientes?

— Leanore atendia bem seus clientes e sempre era franca e realista com eles. Também era competitiva no tribunal ao defendê-los, como você mesma sabe, tenente.

— Essa competitividade faz inimigos. O mesmo acontece quando se tenta seduzir o companheiro de outra pessoa. Como está Arthur Foxx?

Eve já sabia, pois tinha investigado, que o marido de Fitzhugh, um homem que odiava Bastwick, tinha se mudado para Maui havia mais de um ano.

Mas ela queria ver a reação de Stern.

— Acredito que Arthur se mudou para o Havaí. Não temos mais contato. — Ele respirou fundo pelo nariz. — Você certamente não acredita que Arthur tenha matado Leanore. Não, não! — Acenou com a cabeça. — Sei que ele não gostava da Leanore, mas não consigo imaginá-lo voltando a Nova York para fazer isso.

— As pessoas fazem todo tipo de coisas estranhas. — Embora não acreditasse que o autor do crime fosse Foxx, ela pressionou um pouco mais. — Alguma vez ele ameaçou Bastwick?

— Ele ficou arrasado na época da morte de Fitz. Todos nós ficamos, mas Arthur era mais dedicado e levou isso muito a sério. Você com certeza sabe, tenente. Do mesmo modo que sei das suas interações com Leanore durante aquele período, pois ela me contou. — Stern abriu as mãos. — Até onde eu sei, Arthur se mudou daqui, seguiu em frente e começou um novo capítulo da vida.

— Sabe se Leanore fez algum joguinho de sedução com o cônjuge de outra pessoa, depois do Fitzhugh?

Stern cerrou os dentes de leve.

— Não estou ciente de nada nesse sentido.

— Ela fez isso com você?

— Minha relação com a Leanore era profissional. Éramos amigáveis um com o outro, é claro, mas jamais nos envolveríamos de forma romântica ou sexual.

— Houve outras ameaças? Tendo Bastwick como alvo?

— Claro, mas isso faz parte da natureza do nosso trabalho. Cecil já organizou para você cópias dos arquivos que temos de todas as ameaças, ou o que chamaríamos de "correspondências perturbadoras". Tive uma longa conversa com ele e tomei conhecimento da mensagem deixada na cena do crime. Parece-me, tenente, que esta ameaça veio de alguém que *você* conhece.

— Veio *potencialmente* de alguém que me conhece ou acompanha o meu trabalho — rebateu Eve. — É *igualmente* possível que alguém tenha deixado essa mensagem para tirar nossa investigação do foco em algo mais pessoal. Você disse que eram amigos, então posso afirmar que teria conhecimento sobre a vida pessoal dela, social e sexual.

— Leanore era uma mulher interessante e atraente. Embora gostasse da companhia de homens, não havia ninguém sério ou exclusivo na vida dela. Dei permissão a Cecil para lhe fornecer o nome de seus acompanhantes mais habituais... seus amigos. Acredite em mim, se eu tivesse algum motivo para acreditar que qualquer uma dessas pessoas poderia ter feito isso, eu lhe contaria.

— Você perdeu dois sócios nos últimos dois anos, Sr. Stern.

Ele a encarou fixamente.

— Sócios, colegas, amigos. Antes que você me pergunte, ela deixou todos os bens para a mãe e a irmã, e a sua participação na firma para mim.

— Essa é uma bela herança... a parte dela na firma.

— A perda da Leanore foi muito grande em termos pessoais e profissionais. Poderemos perder alguns clientes, provavelmente isso acontecerá. Haverá muita agitação e uma grande publicidade negativa que será difícil controlar. Estávamos discutindo a contratação de um terceiro sócio para a firma, e recentemente havíamos escolhido um dos nossos... talvez dois. Cecil também está com os nomes deles para lhe informar, embora no caso de ambos também não haja motivo.

— Você poderia nos dizer onde estava ontem, entre quatro da tarde e oito da noite?

— Eu estava em Park City, Utah. Foi por isso que fizemos a conferência via *tele-link*. Minha noiva e eu passamos o Natal lá. Nós adoramos esquiar na neve. Voltamos ontem à noite e chegamos a Nova York por volta das nove. Carolina lhe passará o nome do nosso hotel e da tripulação do voo. Nós usamos o jatinho corporativo.

— Ok. Agradecemos seu tempo para nos receber.

— Carolina vai levar vocês até Cecil. — Stern se levantou da poltrona. — Eu gostaria de dizer uma coisa... Ela não gostava de você, tenente. Leanore transformava as pessoas do lado adversário em inimigos pessoais. Isso fazia parte do seu jeito arrojado e combativo. Ela não gostava de você, tenente, mas respeitava muito as suas habilidades. Quem a matou estava errado. Simplesmente errado. Se é que isso importa, agora.

— O que importa é descobrir quem fez isso e levá-lo à justiça. Se você quer que essa justiça seja feita, deve torcer para que a pessoa que a matou não contrate alguém do tipo dela para defendê-la.

Ele sorriu de leve.

— Ela seria capaz de defender o próprio assassino, se pudesse. Ela era esse tipo de pessoa. Vou acompanhá-las até a porta.

— Acho que Stern foi sincero — opinou Peabody, ao saírem do prédio. — Em quase tudo, pelo menos. Não creio que ele gostasse tanto dela, em termos pessoais, como tentou demonstrar. Ele a admirava mais em termos profissionais e era, digamos, apenas cordial no nível pessoal.

— Peabody, meu orgulho por você aumenta a cada dia.

— Sério? — Sorrindo de orelha a orelha, a detetive sacudiu os ombros dentro do casaco rosa.

— Ela não fazia o tipo dele, e não só em termos românticos. Ela teria tentado conquistá-lo, como fez com Fitzhugh, se achasse que ganharia alguma coisa com isso em termos profissionais. Não seria pessoal para ela, assim como não foi com Fitzhugh. O importante era o que ela poderia ganhar. Ela era fria e um pouco difícil... *muito* difícil — corrigiu Eve. — Stern é mais refinado, digamos assim. E não tem um ego carente, como era o caso de Fitzhugh.

— Foxx não saiu de Maui nos últimos seis meses, de acordo com as informações. Eu sequer teria pensado em Arthur Foxx se você não tivesse me pedido para investigá-lo.

— É por isso que sou a tenente e você é uma detetive humilde.

— Uma detetive antipática que arrasa com um casaco mágico de couro rosa. — Adorando dizer isso, Peabody acariciou a manga do próprio casaco.

— Não vá fazer amor com esse maldito sobretudo! Foxx era apenas alguém que precisávamos verificar, para eliminá-lo da lista de suspeitos. Ele não é um lunático, e quem fez isso é completamente desequilibrado das ideias. Além disso, ele a teria machucado, teria feito com que ela sofresse um pouco. Teria bagunçado o rosto dela. Na verdade, ele teria feito isso dois anos atrás, se realmente quisesse matá-la.

Verificar a vida atual de Foxx era apenas rotina, pensou Eve.

— Eu queria descobrir se Stern sabia que a Bastwick tinha tentado seduzir o terceiro sócio. Ele sabia, mas não se importava. E sim, não gostava muito dela. Mas admirava seu profissionalismo. Ela era mais espalhafatosa no tribunal e na mídia. Ele se beneficiava disso. E agora vai herdar a parte dela na empresa, o que é um ganho considerável, só que ele não tem mais aquela bela fachada para a firma, e quer uma.

— Confirme o álibi dele — acrescentou Eve, ao entrarem na viatura. — Vai ser consistente, mas quero retirá-lo da lista de suspeitos. Falaremos com os namorados da falecida depois de passarmos pelo necrotério.

— Namorados... Acho que é um jeito refinado de dizer que eles eram os parceiros sexuais dela.

— Alguns eram, claro. Outros certamente serão gays, pode ter certeza. Um gay bonito é o melhor amigo da mulher altamente profissional, certo?

— Não sei, eu não tenho um "melhor amigo" que seja gay — comentou Peabody, com ar melancólico. — Preciso arranjar um.

— Você acha que nenhum dos "acompanhantes" dela também poderia ser seu "melhor amigo"? — reagiu Eve, lançando um olhar de pena para Peabody. — Sério?

— "Melhor amigo" é só uma expressão.

— Uma expressão idiota. *Nenhum deles* vai ser seu amigo de verdade.

UMA PESSOA LEAL E AMIGA DE VERDADE.

— Veja o apartamento dela — continuou Eve, deixando aquele pensamento de lado. — Todo dela. O escritório dela, todo dela. Ela não gostava de compartilhar nada. Não havia coisa alguma em sua casa que indicasse que ela estava tendo um caso, ou se esforçando para ter um. Aposto que ela usava principalmente profissionais do sexo. Ela conseguiria o que queria com um acompanhante de agência... nem mais, nem menos.

— E não seria obrigada a preparar o café da manhã. Sim, é assim que ela veria as coisas. É meio triste.

— Não é triste conseguir o que se deseja.

— É triste não querer nada além de sexo pago, um apartamento estiloso, e no fim a pessoa que mais está sofrendo com sua morte ser seu assistente. Eu verifiquei as viagens dela. Ela nem ao menos foi visitar a mãe ou a irmã no Natal. Nunca saía da cidade. E, no dia seguinte ao Natal, voltou a trabalhar e morreu. É triste.

— Ela viveu do jeito que queria.

— Vou me considerar uma pessoa melhor se sentir um pouco de pena dela.

— Ela viveu do jeito que queria — repetiu Eve. — Mas não morreu do jeito que alguém possa querer. Isso é que é triste.

— Agora que você comentou... isso é verdade.

Eve seguiu pelo túnel branco do necrotério ao lado de Peabody. Numa piadinha de mau gosto, não havia redução de pessoal durante as festas por ali, pois aquela época do ano sempre trazia um banquete de assassinatos, mortes acidentais e suicídios.

Ela foi até a sala de Morris, teve um vislumbre dele através do vidro e abriu a porta.

Leanore Bastwick morreu sozinha, mas ali tinha conseguido muita companhia. Morris estava inclinado sobre um corpo masculino que Eve julgou ter vinte e poucos anos.

— Trabalho dobrado? — perguntou Eve, e Morris esticou o corpo ao se voltar na direção dela, com o bisturi na mão.

— Já terminei o seu. Este aqui chegou agora há pouco. Ele enviou um vídeo para a ex-namorada, que afirma não tê-lo visto até hoje de manhã. Isso é possível porque, segundo o relato que recebi, ela ficou noiva do ex-melhor amigo do morto no dia de Natal. Nosso jovem infeliz passou a maior parte do tempo afogando as mágoas numa combinação de drogas ilícitas e tequila barata, e então, às dez da noite passada, fez um laço com lençóis amarrados e enviou à senhora recém-noiva um vídeo dele chorando e ameaçando se enforcar.

— Uau, isso vai ser uma boa lição para ela.

— Tenho certeza de que foi isso mesmo que ele pensou. Ainda não está totalmente claro se ele pretendia chutar a cadeira na qual subiu ou se só era extremamente desajeitado. De qualquer forma, aqui está ele.

Morris sorriu e pousou o bisturi sobre a bancada. Vestia calças azul-marinho, uma camisa prateada e uma gravata em tons de azul e prata com um nó bem-feito sob o traje transparente de trabalho. Seu cabelo preto descia pelas costas em uma única trança pesada e grossa.

— E como foi o seu Natal?

— Ótimo. Peguei o vilão do caso que estava investigando, abri presentes, bebi champanhe cara. E você?

— Visitei meus pais na véspera do Natal, passei a manhã lá e jantei com Garnet DeWinter e sua filha muito charmosa. Uma criança dá brilho ao Natal, como champanhe. Como está sua família, Peabody? Fiquei sabendo que foi visitá-los.

— Foi ótimo. É maravilhoso ver todo mundo e mergulhar no caos por algumas horas.

— Entendo exatamente como é. E deixe-me dizer uma coisa: este seu casaco é um espetáculo.

— Eu *sei!* — Apesar do aviso de Eve, Peabody acariciou a manga mais uma vez. — Minha parceira incrível e seu marido tesudo me deram de presente de Natal.

— Não faça eu me arrepender disso, Peabody.

— Foi o melhor Natal de todos.

— E agora estamos de volta — anunciou Eve, antes de eles passarem metade do dia conversando sobre rabanadas ou algo assim. — O que você pode me dizer sobre ela, Morris? — quis saber, erguendo o queixo na direção do corpo de Leanore Bastwick.

— Uma mulher muito saudável, até a sua morte. — Morris foi até a bancada de duralumínio na qual ela repousava. — Fez alguns trabalhos com bons especialistas no rosto e no corpo. Nada exagerado, só o que poderíamos chamar de "ajustes". Sua última refeição, consumida cerca de quatro horas antes da morte, foi iogurte grego com granola.

— Isso é triste — disse Eve a Peabody.

— Mas ela bebeu cerca de meia taça de vinho trinta minutos antes da morte, isso é um pouco mais feliz. Não havia nenhum tipo de droga ilegal no organismo, e nenhum sinal de que ela consumisse alguma — acrescentou Morris. — Não encontrei feridas de defesa, nem sinais de imobilização forçada ou luta.

Ele entregou os óculos de visão microscópica para Eve e completou:

— Ela tem marcas de ter sido atordoada, o que explicaria a ausência de ferimentos de defesa. Estão na altura do abdome.

— Sim, estou vendo. O assassino tira uma arma de choque do bolso direito do casaco ao entrar no apartamento. Ela recuou depois de abrir a porta, para deixá-lo entrar. Rajada à queima-roupa e na potência alta. Por isso essas marcas mais claras na pele.

— Encontrei uma contusão muito leve na parte de trás da cabeça. Ela caiu de costas e bateu no chão, mas não com violência. Como acontece com a maioria das pessoas atingidas por armas de choque, ela provavelmente mais desmontou do que caiu, após uma convulsão.

— Quanto ela pesava?

Como foi Eve quem perguntou, Morris converteu o peso para o sistema que ela preferia.

— Cerca de 54 quilos. Não era pesada. Usava nos pés algo que pareciam chinelos feitos de material elástico. Não vi nenhum arranhão nos calcanhares. Provavelmente ele a carregou para o quarto no colo. Ela estava atordoada, desmaiada e com o corpo mole. Ele simplesmente a ergueu do chão ou jogou-a por cima do ombro e levou-a para dentro. A cama estava muito arrumada, assim como as roupas dela.

— Nenhuma agressão sexual. E nenhuma atividade sexual recente.

— Mais triste ainda — murmurou Peabody.

— Isso diminui as chances de ter sido um namorado, um ex, ou um aspirante a amante — considerou Eve. — Você espera algo mais agressivo, se fosse esse o caso... ou com mais indicativos pessoais na hora de matar.

— Ela não podia ter filhos, fez laqueadura — comentou Morris. — Presumo que tenha sido por opção. Um trabalho bem-feito. Não há indicação de que ela já tenha tido algum bebê. Cuidava bem do corpo — continuou. — Os procedimentos feitos e seu tônus muscular mostram que se exercitava regularmente. Como eu falei, não há sinal de que ela costumasse abusar de drogas ilícitas ou álcool.

— A vida dela era assim, mas como foi a morte?

— Concordo com sua avaliação feita no local do crime: estrangulamento. Feito com um fio fino e forte; uma corda de piano seria minha conclusão. Um garrote, e ele a pegou por trás.

Eve estreitou os olhos.

— Não a matou cara a cara.

— Não. Houve mais alavancagem por trás, pela força do fio, e o ângulo do ferimento confirmou isso. O assassino colocou-se atrás dela, apoiou-a numa posição quase sentada, enrolou o fio em volta do pescoço, torceu-o e puxou. Fez isso com força, pois cortou a laringe dela ao meio.

— Ok. — Eve não duvidava de Morris, então rodeou o corpo e tentou recriar a cena mentalmente. — Ele a jogou na cama. Tirou o casaco que vestia... não queria sangue na roupa que usava, pois vai ter de usá-la novamente ao sair dali. E tem um corpo volumoso. É preciso ter alguma liberdade de movimento. Permaneceu com as luvas, ou trocou-as por outro par. Luvas finas, agora, ou cobertas por selante. Talvez tivesse trazido uma capa protetora e luvas, e uma lata de spray selante na caixa. Abriu a caixa, tirou a capa, pegou as luvas, colocou-as e pegou o garrote.

— Uma capa protetora, spray selante ou luvas reduziriam qualquer chance de fibras na cama ou no corpo — acrescentou Peabody.

— Sim, isso mesmo. E ele planejou tudo, reservou algum tempo para cuidar de todos os detalhes. Agora era o grande momento. Ele subiu na cama e colocou-a meio sentada, para poder se posicionar atrás dela.

Eve contornou o corpo e parou na cabeça.

— O fio é fino e cortante. Como o assassino foi inteligente, provavelmente instalou alças nas extremidades para obter uma pegada firme e limpa. Ele não quer lhe causar dor, não precisa vê-la morrer, pois isso tornaria o crime algo pessoal. Não há necessidade de ver o rosto dela quando você a mata, e isso faz da vítima uma coisa, não uma pessoa. Apenas sinta o fio cortando a carne. Não se trata de sexo, não se trata de prazer... não naquele momento... trata-se de justiça. Então a ação é rápida e bem-feita.

"Não deixe o fio no local do crime, não deixe nada. O fio talvez seja colocado num saco plástico, mas volta para a caixa. Você a deita de volta, alisa a cama nos locais onde ficou bagunçada. Tudo limpo e arrumado. Você olha para ela?"

Eve parou e olhou diretamente para o rosto de Bastwick.

— Talvez não, talvez ainda não. Ele se mantém no controle, as mãos continuam firmes. O show não termina até você deixar sua mensagem. Isso é o centro de tudo: a mensagem.

Ponha isso na frente, em destaque, bem no centro, disse Eve, para si mesma. O momento é o de colocar a mensagem no topo de tudo, porque Bastwick não era uma pessoa para o assassino, apenas uma coisa. Uma coisa a ser apresentada.

— Você também trouxe a caneta marcador na caixa. Muito organizado. Você sabe exatamente o que pretende dizer. Você treinou, refinou o texto. Caligrafia forte, clara e objetiva; sem estilo, nada que possa conectá-lo à cena. Porque você já pensou em tudo.

"As luvas e a capa estão em outra bolsa, também dentro da caixa. Você terá de se livrar delas. Já sabe como e onde vai fazer isso. Agora, porém... agora você dá um passo para trás... agora você olha... agora você sente tudo. Você conseguiu! Fez tudo do jeito que imaginou, do jeito que ensaiou. Agora você treme um pouco, mas é de prazer. Foi um trabalho bem executado, e quem diria que isso o faria se sentir tão satisfeito?"

"Não posso ficar, não posso me demorar. Não posso estragar tudo. Casaco, luvas, cachecol, chapéu, tudo na caixa. Saia exatamente como entrou, lembre-se das câmeras. Parte de você quer dançar, parte de você quer assobiar uma música. Você está sorrindo... aposto que exibe um sorriso de orelha a orelha por trás da caixa, enquanto caminha até o elevador, muda a caixa de lado, entra na cabine, desce. Chega ao térreo, sai do elevador e desaparece. Vinte e sete minutos ao todo, do início ao fim."

Eve terminou com um balanço positivo de cabeça e enfiou as mãos nos bolsos, enquanto olhava para Morris.

— Esse passo a passo soa verossímil para você?

— Soa como um Stradivarius... — explicou ele. — A ferida no pescoço está limpa, de forma quase cirúrgica. Sem marcas de hesitação. O padrão sanguíneo mostra um fluxo inicial vertical e depois horizontal. A vítima foi erguida e depois caiu. As roupas dela já estão no laboratório, mas nossa inspeção inicial não revelou qualquer fibra ou cabelo, além dos dela.

— Foi quase profissional; limpo, rápido, impessoal. Se não fosse pela mensagem e pelo quase saltitar de alegria do assassino ao sair, eu poderia considerar a possibilidade de um trabalho profissional. Alguém fez o dever de casa.

— Pode ter sido um policial — Peabody estremeceu ao dizer isso. — Cara, odeio dizer isso, mas é possível. Você é uma policial respeitada e, sejamos honestos, os policiais não gostam muito de advogados de defesa. E essa advogada em especial era poderosa e tinha um jeito bastante sarcástico. Um policial pode ter entrado e saído do prédio sem que ninguém prestasse atenção, por assim dizer. Ou simplesmente ter encomendado o serviço. E você também já pensou nisso — encerrou Peabody, ao notar a expressão de Eve.

— Sim, isso passou pela minha cabeça. E seria muito fácil se você tivesse uma arma de choque do tipo que usamos na polícia. Basta colocá-la no máximo, segurá-la contra a garganta e matá-la de uma vez. Só que... esse tipo de assassinato *indicaria* uma mente de policial, então o garrote pode ter sido uma fachada.

— Mas foi um policial louco, se for esse o caso — acrescentou Peabody. — Porque a mensagem expressa loucura.

— Disso não há dúvida. Obrigada, Morris.

— Dallas. Tenha cautela especial neste caso... faça isso como um favor para mim. Louco — disse Morris, levantando as mãos num gesto exasperado. — Isso tudo é loucura.

— Sim, é verdade. Mas embora minha roupa não seja cor-de-rosa, graças ao bom Deus, eu também tenho um casaco mágico — disse Eve, fazendo-o sorrir antes de sair.

— Eu consegui *enxergar* tudo como aconteceu, exatamente do jeito que você descreveu. — Peabody curvou os ombros enquanto elas seguiam pelo túnel branco até alcançar a lufada do vento que indicava o fim de dezembro. Colocou o gorro sobre o cabelo preso em um rabo de cavalo alto que balançava. — Acho que já tinha sacado toda a sequência da maior parte da ação, mas consegui *ver* claramente os detalhes quando você repassou tudo. Não tinha pensado no casaco, nem nas luvas.

— Alguém tão cuidadoso não vai querer manchas de sangue da vítima no casaco. Você mesma tirou o seu, antes de examinar o corpo. Ele não vai querer que nada respingue nas luvas, ou em qualquer lugar da roupa. A caixa é útil. Bloqueia as câmeras, guarda tudo o que é necessário para ele entrar e sair. O assassinato cometido por trás diminui a probabilidade de ela conhecer o assassino. Aquilo foi uma tarefa. Não, foi mais como uma espécie de *missão*. Atordoá-la também serviu para abranger duas áreas: deixou-a apagada, sem lutar, sem chances de erro; e impediu que ela sentisse qualquer coisa. Até a mensagem deixada teve mais de um objetivo. Ela me permite saber que alguém está tomando conta de mim nesse mundo louco... e é uma forma de se vangloriar. Foi tudo muito eficiente.

— Vamos interrogar pessoas que a conheceram. Talvez surja alguma coisa.

Mas, depois de seis interrogatórios com várias pessoas que conheciam a vítima, não surgiu nada.

— Precisamos confirmar as viagens de outros cinco deles, na nossa lista. — Eve abriu caminho através do trânsito, seguindo para o laboratório. — Confirme que eles estão fora da cidade e faça as entrevistas por *tele-link*, se necessário.

— Deixa comigo! — Peabody estudou as próprias anotações. — Suponho que não teremos muitas novidades. Ela realmente não tinha amigos. Pelo menos não *de verdade*. Todo mundo está arrependido e chocado, mas... Dallas, ninguém a conhecia bem o suficiente para sentir muito além disso. É quase como se tivéssemos conversado com eles sobre alguém que conheceram por acaso numa festa, ou com quem tiveram conversas superficiais.

— Escolha dela. Parece que o trabalho era a sua vida, e o resto era apenas o resto.

Isso incomodava Eve porque ela sabia como era viver assim, aquela escolha, aquela vida. Sabia *exatamente* como era.

— Eficiente. Foi assim que você chamou o assassinato dela — voltou Peabody. — Objetivo e eficiente, sem paixão. É como se ela não fosse realmente importante, mas quanto a você...

— Eu *sou* o que é importante. Pode dizer logo de uma vez, Peabody, eu já entendi — Eve não explodiu, mas foi por pouco. — Ainda precisamos cobrir todos os ângulos. Stern vai herdar a parte dela na firma, então vamos investigá-lo com muita atenção; suas finanças, seu relacionamento pessoal com a vítima. Talvez um de seus parceiros sexuais quisesse mais, tenha ficado chateado e fez questão de promover uma matança. Talvez um cliente que ela representou tenha saído da prisão e buscou vingança. Mira precisa analisar logo o arquivo das ameaças.

— Ah, com certeza!

— E vamos começar a procurar quem poderia querer me dar uma advogada morta de presente de Natal.

Ela deixou isso no ar por um momento enquanto esperava o sinal abrir. O mais recente dirigível publicitário, conforme observou, havia trocado o tema das liquidações pós-Natal para o seguinte slogan de fim de ano: *"ADEUS COISAS VELHAS, FELIZES DESCONTOS NOVOS!"*

O dono da carrocinha de lanches mais adiante na calçada cuidava do seu negócio e espalhava mostarda amarela brilhante sobre *pretzels* quentinhos para um grupo de turistas. Todos usavam jaquetas azuis e bonés brancos.

O semáforo abriu, ela arrancou com o carro. E seguiu em frente com mil coisas na cabeça.

— Preciso ver minha correspondência e meus arquivos de casos antigos. Vamos vasculhar tudo. — Soltou um suspiro. — Tiras... Policiais que talvez sintam que me devem algo e odeiam advogados.

— Preciso lembrá-la de que serão muitos policiais. Porque não se trata apenas de uma dívida com você, Dallas. Trata-se de admiração.

Agora ela queria explodir de vez, mas se controlou. Porque Peabody não estava errada.

— Por que Bastwick, e por que agora? Essas são outras perguntas. Um presente de Natal pode ser um motivo verdadeiro. Só que isso tudo foi planejado com bastante antecedência, então o que serviu de gatilho para o ato?

— Pode ser o lance do caso Icove, a exposição excessiva na mídia. Para algumas pessoas o livro e o filme romantizam você e seu trabalho.

— Verdade — murmurou Eve, ao se ver bloqueada atrás de um ônibus que parecia estar peidando de tão barulhento. — Isso é puro romance.

Eve foi direto falar com o técnico-chefe do laboratório, Dick Berenski. Ele muitas vezes merecia o apelido de Dick "Cabeção", mas isso não significava que ele não se destacasse no que fazia.

— Preciso de tudo o que você conseguiu.

Ele ergueu um dos dedos longos e magros, mas manteve a cabeça ovalada, cheia de cabelo preto, inclinada sobre o microscópio por mais um momento.

— O que eu consegui é *nada*. Espere! — Ele apontou o dedo para ela, antes de Eve ter a chance de rosnar. — Esse *nada* devia te contar muita coisa. Nenhuma fibra, nenhuma impressão digital, nenhum traço de DNA, *nem um único* fio de cabelo no local que não pertencesse à vítima. Isso revelou que ela não tinha muita companhia, ou fazia todo mundo que entrava em sua casa passar spray selante dos pés à cabeça. E, com certeza, tudo isso junto revela que o assassino fez exatamente isso.

Ele se virou e esticou o pescoço para algum ponto atrás da Eve. O cavanhaque que recentemente começara a cultivar não pareceu nem um pouco mais lisonjeiro para Eve do que na semana anterior.

— Que foi? — quis saber Eve, virando-se para trás.

— Pensei que talvez você tivesse me trazido um presentinho de Ano-novo, só isso.

— Não abusa, Dickie!

— Acalme-se. Já marcamos isso como prioridade máxima, e olha que nessa época do ano nós nadamos em trabalho. Harvo foi pessoalmente ao local porque enfiou na cabeça que os peritos pudessem ter deixado escapar um fio de cabelo, ou talvez uma fibra. Tenho trabalhado muito na arma do crime. Estou dando alta probabilidade para uma espécie de mola feita de aço e com 0,05 centímetro de espessura. Uma corda de piano, no caso; aço temperado com alto teor de carbono. Isso é o mais provável. No entanto, a menos que você pegue um cara com um bom pedaço de corda de piano no bolso, não vai adiantar muito. Porque você pode encontrar um fio desses em qualquer lugar daqui até o inferno.

Ele girou ao redor da bancada sem se levantar do banquinho.

— Podemos fornecer a marca, o modelo e o lote da tinta da caneta usada para escrever o bilhete de amor para você.

Ele tocou na tela enquanto Peabody prendia o riso e Eve enfiava as mãos nos bolsos.

— Foi uma caneta marcadora comum de ponta fina, tipo Sanford. Em preto padrão. — Ele pegou um marcador da gaveta da bancada. — Como este aqui. Você vai encontrar um marcador desses em um milhão de gavetas e lojas de varejo em qualquer lugar daqui até o inferno, exatamente como a corda de piano. Posso lhe afirmar que nossos técnicos especializados em sangue concordam com Morris sobre a cronologia da ação. A vítima estava sentada, foi estrangulada por trás e caiu para a frente. Isso é tudo, Dallas. Se quiser mais de nós, traga-nos outras coisas para analisar.

— Ok — Eve ordenou a si mesma para relaxar os punhos. — Tudo bem.

— Eu conhecia a vítima — comentou Berenski, com ar casual.

— O quê?

— Do tribunal. Por aqui nós estamos sempre no tribunal, para testemunhar. Gostei da aparência dela... quem não gostaria? Mas se você me perguntar o que eu acho, ela era uma vaca exibida e insistente. Fui contra ela muitas vezes, e meu trabalho sempre foi aceito e confirmado. Meu trabalho sempre prevalece! — garantiu ele, num tom meio agressivo. — Nós fazemos nosso trabalho muito bem no laboratório, assim como você. Mas pode ter certeza de que não encontrará nenhum fã da vítima, por aqui.

Eve olhou ao redor. Muitas bancadas, estações de trabalho, paredes de vidro. Muitas pessoas, a maioria com um jaleco branco por cima de roupas comuns, fazendo coisas que ela não conseguia compreender e usando ferramentas, máquinas e computadores.

— Ela fodeu com alguém daqui?

— Não pergunto ao meu pessoal com quem eles trepam... pelo menos, quase nunca.

— Não falo com relação a isso. Estou falando de "foder com alguém" no tribunal. Ela sacaneou alguém durante o depoimento e fez com que o trabalho fosse jogado fora?

— Talvez tenha fodido um pouco, porque ela era mestra em fazer jogos mentais e distorcer as coisas. Você sabe como é.

Sim, pensou Eve, ela sabia como era.

— Alguém foi repreendido, demitido, suspenso ou perdeu a compostura com ela durante o depoimento? Você conhece alguém que a ameaçou ou levou algo do que ela disse para o lado pessoal?

Ele mostrou os dentes sob a ridícula desculpa de bigode.

— Você não pode desconfiar do meu pessoal por causa disso.

— Posso desconfiar de todo mundo que eu quiser. Você está no comando aqui, quero que revise seus registros, pense bem nos casos do passado. E quero uma lista de qualquer pessoa que teve qualquer tipo de desentendimento com ela. A morte dela foi limpa demais, Dickie.

Dick Cabeção era um pé no saco, na melhor das hipóteses, mas ela entendia o fato de ele querer defender seus funcionários.

— Quem saberia melhor do que qualquer outra pessoa como manter uma cena de crime intocada, senão pessoas que trabalham com evidências?

— Não me venha com esse papo escroto!

— Detesto isso tanto quanto você, mas investigue.

Ela se afastou na mesma hora, antes de ele ter chance de discutir, e deixou que os xingamentos batessem nas costas. Mas saiu sem pressa. Conhecia alguns pesquisadores de laboratório e técnicos de campo pelo nome; outros, ela conhecia apenas de rosto. Para ela, eles eram basicamente *nerds* de laboratório.

Só que talvez um daqueles funcionários pudesse achar que o relacionamento entre eles era mais do que entre tira e nerd.

Capítulo Quatro

Eve retornou à Divisão de Homicídios, encontrou uma mensagem de Feeney e foi logo até a DDE para se encontrar com o atual chefe da divisão, que também era seu ex-parceiro.

Viu pelo vidro que ele trabalhava sozinho. Vestia uma camisa de mangas curtas com cor de café anêmico. Fios grisalhos abriam caminho através de tufos de cabelos ruivos despenteados que cobriam seu rosto, como um leal cão bassê.

Quando Eve entrou, ele lançou um olhar breve na direção dela e acenou com a cabeça:

— Isso é uma bosta federal!

— Era *essa* a descrição que me faltava. Eu não estava conseguindo achar a definição certa, mas é essa: uma bosta federal.

Com outro aceno de cabeça, ele foi até o AutoChef.

— Programei uns shakes de espinafre pra nós.

— Dispenso isso... enquanto viver.

— É exatamente o que você precisa — insistiu ele, apertando alguns botões. E voltou com duas xícaras de café.

— Isso não parece espinafre. — Bastou uma fungada para perceber. — O cheiro é de café. Café de verdade. Café do Roarke!

— Tenho meus contatos. E programei isso no AutoChef como shake de espinafre. Nenhum dos meus garotos tocará nessa opção, nem que sua vida dependa disso. Quando algo não está carregado de açúcar ou cafeína eles nem chegam perto.

— Essa esperteza é um dos motivos de você ser capitão.

— Com certeza!

Ela olhou para a parede cheia de telões diante de Feeney. Ele já tinha aberto as imagens de vários ângulos diferentes das câmeras de segurança da cena do crime, uma em cada telão.

— O que você consegue me dizer sobre o suspeito desconhecido?

— Pode ser que ele estivesse calçando botas de sola com reforço para fazê-lo parecer mais alto, mas, se não foi esse o caso, calculamos sua altura em torno de um metro e setenta e três. As botas são da marca Urban Hikers, em tom castanho, vendidas em modelos unissex. Número 40. Um tamanho grande para mulheres e um pouco pequeno para homens. São sapatos populares e não muito caros. Muitos entregadores os usam. Têm um bom suporte, boa tração e preço acessível. Estes não me parecem muito novos.

— Não, não parecem. Dá pra ver que estão um pouco desgastados.

— Não tenho como calcular o peso dele, não chegaria nem perto de ser preciso. Também não é possível identificar as luvas com certeza absoluta. Mas reduzi as marcas e os modelos aos três mais prováveis. Todos são de marcas comuns, de preço intermediário.

Ele se sentou num banco com rodinhas.

— Pegamos a imagem de um pedacinho da pele dele, da têmpora esquerda. A imagem foi aprimorada por Inteligência Artificial e analisada; o sistema determinou duas opções: caucasiano ou talvez birracial. Não conseguimos dizer o sexo, não temos imagens suficientes para isso. No que diz respeito às mãos e aos pés, o sistema nos deu uma possibilidade um pouco maior para o lado masculino, mas não muito. A altura é um pouco elevada para mulheres, mas não muito. E, se o assassino fosse mulher, ela conseguiria parecer mais alta com salto embutido nas solas.

— Portanto eliminamos pessoas negras, hispânicas e asiáticas. E temos uma mulher alta com pés grandes ou um cara com mãos e pés pequenos, caucasiano ou birracial.

— De idade indeterminada. E destro, com probabilidade de noventa e seis por cento, pela inclinação da caligrafia. Usou a mão direita para apertar o botão da campainha no painel de segurança, e novamente a mão direita para tirar do bolso o que imaginamos ser uma pistola de choque ou spray. O laboratório de criminalística chegou basicamente à mesma probabilidade.

— Ok, tudo bem. Isso é mais do que eu já tinha quando cheguei aqui. E quanto aos *tele-links* e às informações da vítima?

— Coloquei McNab para cuidar disso — disse ele, referindo-se ao homem que morava com Peabody. — Conseguimos comunicações com o escritório dela e com os clientes, ele fará um resumo pra você. Ela falou com mãe e a irmã no Natal, e também com a Discretion, uma agência licenciada para promover encontros. E encomendou um acompanhante para passar o Natal.

— Pediu para a casa dela?

— Não, marcou numa suíte no Four Seasons. Ela mesma reservou o quarto; passou a véspera de Natal lá e mandou o acompanhante chegar à meia-noite em ponto.

— Vou seguir essa pista.

— McNab está acessando os computadores dela... o de casa, da firma, tablets, *tele-links*, tudo. Ela participou de uma teleconferência no dia em que foi morta, com seu sócio e alguns funcionários de apoio.

— Sim, isso bate com a informação que recebi de Stern.

— Quase não recebeu ligações em casa ou na firma, desde o Natal. Isso é bem comum para os feriados de fim de ano. Recebeu três e-mails pelo *tele-link* pessoal, e um no escritório, todos enviados pelos clientes com quem ela deveria se encontrar para jantar mas, em vez disso, foi assassinada. A revolta do cliente era grande na terceira ligação, e isso também seria compreensível. McNab vai me avisar caso encontre mais alguma coisa. Até agora não encontramos ameaças, nem discussões, nem comunicações suspeitas ou do tipo “desculpe, foi engano”.

Ele bebeu um pouco de café.

— Como você está agora, garota?

— Não sei. Ainda não pensei nisso. Não consigo entender, Feeney, não consigo analisar de fora para ter um foco claro. Ela não significava nada pra mim. Ela fazia o trabalho dela, eu fazia o meu. Não gostava do jeito como ela trabalhava, mas ela provavelmente também não gostava do meu. E agora ela está morta só porque algumas vezes nós duas nos enfrentamos profissionalmente?

— As pessoas matam por qualquer motivo, Dallas. Ninguém sabe disso melhor que você e eu. Sente-se aqui mais um instantinho.

— Não posso, ainda tenho de...

— Senta aí! Minha patente é mais alta que a sua.

— Ah, que inferno! — Ela se sentou, de cara amarrada.

— Tem alguém dando em cima de você?

— O quê? — Ela ergueu a cabeça. Se ela fosse do tipo que corava, suas bochechas estariam fervendo. — Não! Caraca, eu nunca me coloco nesse tipo de situação e... existe o fator Roarke.

— Webster deu em cima de você.

— Porra, Feeney!

— Não estou dizendo que Webster ainda sente sua falta, principalmente porque ele está passando quase tanto tempo fora do planeta do que dentro, brincando com aquela policial que conheceu no Olympus Resort. Mas ele andou dando em cima de você faz um tempinho. Ele é policial, um bom policial, apesar de ter ido para a Divisão de Assuntos Internos. E não é um assassino. Mas ele já demonstrou interesse por você... essas notícias sempre se espalham. Tem mais alguém?

— Não! — Ela queria muito mudar de assunto, de preferência *agora mesmo*.

— Mulheres também dão em cima de mulheres — lembrou Feeney apontando o dedo para ela. — Talvez você não tenha entendido dessa forma, ou não tenha percebido.

— Porra! — Ela se levantou, andou em círculos e tornou a se sentar. — Não. Eu notaria.

— Ok. Tem alguém ficando perto de você por mais tempo do que deveria? Tentando ser amigável ou simplesmente te fazendo favores? Alguém que você costuma ver, mas não percebe nada de estranho?

— Sei, sei como é. — Ela já havia se perguntado a mesma coisa um monte de vezes. Mas ele tinha razão em perguntar isso, para fazê-la refletir e pensar ainda mais. — Não, não consigo pensar em ninguém. Estamos cobrindo todas as possibilidades. Mira começou a examinar toda a minha correspondência com olhar de psiquiatra. Dick está de olho em alguém do laboratório que possa ter sido prejudicado pela vítima no tribunal.

— Esse é um bom ângulo de investigação — considerou Feeney.

— Tenho de olhar para ela com atenção, do começo ao fim, como faria com qualquer vítima. E preciso olhar pra mim também... para tentar ver o que não enxerguei de cara. E ainda preciso falar com Nadine, por causa das possíveis ligações com o caso Icove. Talvez alguém tenha entrado em contato com ela para falar de mim. E pode ter sido outro policial, Feeney.

Ele simplesmente assentiu com a cabeça e tomou mais um gole de café.

— Alguém que trabalhe em cenas de crime, e também com evidências — completou Eve. — Foi uma morte limpa. E mais uma coisa... ele gostou.

Feeney fez que sim mais uma vez.

— Sim, eu saquei isso. Ele saiu quase dançando do apartamento. Com certeza vai querer reviver a sensação.

— Ele levou algum tempo para planejar a morte da Bastwick. Talvez isso nos dê mais tempo, antes de ele tentar de novo.

— Talvez.

— Merda. — Ela se levantou e ficou parada dessa vez. — Foi um trabalho eficiente. Sendo assim, ele já deve ter planejado a próxima vítima. Já conhece o padrão e o tempo certo que levou. É apenas uma questão de *quando*, e se alguém quer causar uma boa impressão numa policial que investiga assassinatos...

— Você tem de cometer um assassinato. Mas não permita que isso mexa com a sua cabeça. Vamos prosseguir com a análise dos eletrônicos. Qualquer coisa que aparecer, você será a primeira a saber.

— Obrigada.

Como tinha muito em que pensar, Eve foi para sua sala e se trancou lá dentro.

Rotina antes de qualquer coisa, decidiu, e atualizou seu quadro do homicídio.

Sem suspeitos, sem pistas. Nenhuma conexão conhecida entre o assassino e a vítima... exceto a própria Eve. Nenhum motivo conhecido... exceto ela mesma.

Nenhuma conexão conhecida entre ela e o assassino, mas certamente haveria uma. Mesmo que essa conexão estivesse apenas na mente do assassino.

Assassinato limpo e eficiente. Sem emoção, exceto pela mensagem na parede. Mas nas palavras havia, sim, uma emoção: a necessidade de expressar uma ligação com ela.

Algo romantizado, foi o que Peabody tinha dito. "Romantizado" não significava necessariamente romance do tipo sexo ou contato físico. Seria mais como algo *idealizado*.

E isso a levou de volta ao livro sobre o caso Icove e ao filme que resultou dele.

Pegou o *tele-link* e ligou para Nadine.

— Eu jurei que não ia atender ninguém! — O cabelo de Nadine, louro com mechas mais claras, sempre pronto para a câmera, esvoaçava sob a brisa leve. Elegantes óculos escuros escondiam seus olhos, verdes como os de um gato.

Eve viu o brilho do sol na água refletido neles; ouviu o murmúrio das ondas, o tilintar da música e das risadas.

Quase conseguiu sentir o cheiro do protetor solar e do coco.

— Onde diabos você está?

— Estou na praia, na adorável ilha de Nevis, onde arranjei um lindo colírio para os olhos, jovem o bastante para renovar minhas experiências. Acabei de chegar aqui hoje de manhã e jurei que não atenderia meu *tele-link*, nem ligaria o computador. Nada na mão além deste adorável e refrescante mai tai. *Vários* desses lindos e refrescantes mai tais.

— Você está de férias, então.

— Resolvi tirar sete dias incríveis pra não fazer nada além de descansar, transar e beber muitos drinques tropicais. Está frio aí, não está? Frio, lotado e barulhento. E aqui estou eu sentindo a brisa quente da ilha, a areia branca e com meu drinque na mão. Mas chega de me gabar, pelo menos até me dar vontade de novo. O que está rolando por aí?

— Isso pode esperar.

— Ah, não. — Com uma risada, Nadine se virou para longe do *tele-link* e deu um sorriso sensual. — Bruno, querido, você poderia me trazer mais um deste?

— Bruno? Sério?

— Ele tem o corpo de um deus grego, é um viking na cama e além do mais... não que isso importe, considerando esses dois atributos... consegue manter conversas realmente interessantes e inteligentes. Tem 28 anos, ou terá no mês que vem. Roubei-o do berço e vou aproveitar enquanto a coisa durar. Agora me conte, o que houve?

— Leanore Bastwick.

— A rainha de gelo dos advogados de defesa criminal — começou Nadine, mas logo ergueu as sobrancelhas. — Ela está morta?

— Completamente morta, se é que isso é possível.

— Isso dá uma ótima história, mas minha equipe pode lidar com ela sozinha. Estou transando com o Bruno. Ou vou estar, daqui a pouco. — Ela baixou os óculos escuros e exibiu os penetrantes olhos de raposa. — Você é a investigadora principal?

— Sim. E o assassino deixou uma mensagem. Para mim.

— Para você?! — Dessa vez Nadine se endireitou na espreguiçadeira, tirou os óculos escuros e o leve sorriso presunçoso desapareceu. — Foi alguma ameaça?

— Não. Isso é assunto confidencial, Nadine, vamos manter sob sigilo enquanto...

— Pode parar! "Assunto confidencial" é o suficiente. Que tipo de mensagem ele deixou?

— O que pode ser visto como uma carta de fã. Explicava que Bastwick foi morta porque não tinha sido legal comigo.

— Quando foi a última vez que você e Bastwick bateram de frente? Como ela foi morta? O que exatamente a mensagem dizia? Quando...

— Nadine, uma coisa de cada vez. Liguei pra você para vermos a possibilidade de algum maluco ter obsessão pelas questões ligadas ao caso Icove. Tanto o livro quanto o filme. Você recebe correspondência dessas pessoas.

— Claro, sobre o livro e sobre o filme, recebo muitas.

— Precisamos cruzar as suas correspondências com as minhas para ver se conseguimos identificar alguém que tenha ligado ou tentado entrar em contato com *nós duas*. Alguém que dispare um sinal de alerta em Mira. Se você autorizar algum dos seus funcionários a nos fornecer cópias de tudo, nós cuidaremos disso. Só não conte a eles o motivo.

— Combinado. Quero ver essa mensagem. *Extraoficialmente*, Dallas. Quero ver, sim, porque ela pode disparar algum sinal de alerta *em mim*. Se houver alguma conexão sobre o que ele diz e *como* diz, talvez me faça pensar em alguém.

Poderia mesmo, considerou Eve. E em questões de sigilo, Nadine era um cofre.

— Tudo bem. Vou enviar a mensagem pra você. Mas não compartilhe isso com o Bruno.

— Pretendo compartilhar outras coisas com o Bruno. Vou te repassar minha correspondência, você me envia a mensagem. Mais uma coisa, Dallas... tome cuidado.

— Pretendo fazer isso.

Eve desligou e pensou em mergulhar novamente no trabalho, mas ouviu passos no corredor. Passos masculinos, concluiu ela, firmes e decididos. Resignada, girou o corpo na direção da porta ao ouvir a batida.

— Sim, pode entrar.

Kyung, o relações-públicas da polícia.

— Tenente, sinto muito por interromper seu trabalho.

— Isso teria de acontecer em algum momento.

— Pois é — concordou ele, ao entrar. Era um homem alto e atraente, vestindo um terno cinza-ardósia de corte perfeito. Depois de olhar de forma desconfiada para a cadeira de visitantes meio bamba, apoiou o quadril no canto da mesa. — O comandante Whitney já me contou tudo.

— Ok.

— Também vou conversar com a Dra. Mira, caso haja algo que devamos tratar do ponto de vista psicológico ou de perfil para levar a público. E acabei de falar com a detetive Peabody.

— Ok, de novo — Kyung não era um idiota, lembrou Eve a si mesma. — Eu esperava receber algumas ligações de repórteres, mas até agora escapei disso.

— Todas as perguntas da mídia foram redirecionadas para o meu escritório.

Ela estreitou os olhos.

— Você consegue fazer isso?

— Consigo.

— E por que não faz sempre?

— Porque o dia tem só 24 horas. Poderíamos decretar Código Azul — continuou ele, se referindo à possibilidade de um apagão por questões de segurança —, mas com uma vítima tão proeminente na mídia como a Bastwick, isso serviria apenas para aumentar o interesse do público. Nossa linha, neste momento, é que você e a Peabody estão totalmente imersas na investigação, seguem todas as pistas que surgem e não podem perder tempo precioso para dar declarações ou entrevistas... mas o farão em algum momento — acrescentou, antes que Eve tivesse tempo de celebrar —, quando houver algo relevante a relatar. Enquanto isso, filtraremos todos os questionamentos.

— Quanto tempo você acredita que esse apagão vai durar?

— Teremos sorte se durar até amanhã. Alguém vai acabar vazando a mensagem. Um policial, um técnico, alguém do apoio civil — ele encolheu os ombros de um jeito elegante. — Mas, enquanto isso, vocês ganham tempo para fazerem o que deve ser feito sem que o foco da mídia mude. E o novo foco certamente será você.

— Sim, eu já saquei.

— E sua declaração seria...?

Ela soltou um suspiro.

— Toda a força e os recursos da Polícia de Nova York serão utilizados na investigação do assassinato da Srta. Bastwick. Na posição de investigadora principal do caso, vou seguir de forma diligente todas as pistas, a fim de levar o assassino à justiça.

— E quando os repórteres perguntarem, e eles certamente vão perguntar, por que você acredita que o assassino afirmou, por escrito, ter matado a Srta. Bastwick para homenagear e defender você?

— A menos que eles me deixem encurralada, vou tirar isso da pauta e manter o foco na vítima, não em mim.

— Ótimo. E se você for encurralada, qual será sua declaração?

— Ah, merda! — Ela realmente poderia ficar sem saída, admitiu. — Essa será uma questão com a qual vou lidar de forma ativa e pessoal. É uma questão que deve ser respondida, da mesma forma que o indivíduo responsável deve responder pela morte de Leanore Bastwick.

Kyung assentiu e curvou um dedo.

— Fale mais.

— Merda! — Ela se levantou, ficou parada por alguns instantes e então começou a circular pelo espaço minúsculo da sala. — Eu não conhecia a Srta. Bastwick no nível pessoal, apenas profissional. Ao fazermos o nosso trabalho, sempre cumprindo com nossas obrigações, fomos oponentes diretas no caso criminal de Jess Barrow. Policiais e advogados de defesa muitas vezes estão em lados opostos. Com policiais e assassinos isso acontece em todos os casos. Defenderei Leanore Bastwick como sempre defendo qualquer vítima... não só eu, mas toda a Polícia de Nova York e a Secretaria de Segurança. Usaremos, repito, todos os recursos disponíveis para levar o assassino da Srta. Bastwick a responder na justiça pelo que fez.

— Repita isso sem parar... Todos os recursos disponíveis que levarão o assassino à justiça. Não mencione a mensagem deixada no local e mantenha a atenção *na sua* própria mensagem.

— Não sei por que diabos o assassino deixou aquela mensagem, pra começo de conversa.

— Mas pretende descobrir.

— Com certeza!

— Então é isso. — Ele abriu as mãos. — Não preciso lhe dizer que Roarke também deveria ajudar nisso. A equipe de relações públicas dele deve cuidar disso imediatamente.

— Não, você não precisa me dizer — respondeu ela, enquanto pensava "Merda", mas disse apenas —, eu cuidarei disso.

— Muito bem. Se você precisar de mim para alguma coisa, estou disponível 24 horas por dia, sete dias por semana. Sei que não faço parte da investigação, tenente, mas precisarei saber o mais rápido possível, caso você receba qualquer contato vindo do assassino, ou de alguém que se apresente como ele.

— Vou avisar você.

Ele endireitou a postura, foi até a porta, fez uma pausa e disse:

— Dallas, mais uma coisa... Se cuide!

Ela meditou por um momento e olhou ao redor da sala. Precisava ir para casa, onde poderia trabalhar sem interrupções, e onde poderia contar tudo a Roarke. Não queria fazer isso por *tele-link*, nem por mensagem de texto.

Além do mais, ela se deu conta ao olhar as horas no *smartwatch*, já iria chegar tarde em casa.

Reuniu tudo de que precisava e vestiu o casaco.

Encontrou Peabody ainda em sua mesa, na sala de ocorrências.

— Leve o seu trabalho para continuar em casa. Diga a McNab que quero tudo o que ele conseguir. Também vou trabalhar de casa.

— Vou até a DDE para ver se consigo ficar o restante do turno com ele. Os outros nomes da lista conferem, com relação às viagens. Nenhum deles estava em Nova York no momento do assassinato da Bastwick. Quer saber de uma coisa? Já conversamos sobre como o assassinato da Bastwick pareceu trabalho de um profissional. Talvez uma dessas pessoas, ou um colega de trabalho... quem sabe Stern ou alguém da família dela... um deles pode ter contratado um assassino de aluguel e encomendou a mensagem.

— É um bom ângulo. Vamos verificar as finanças de todos os envolvidos e ver se há algo estranho. Leve o restante do trabalho pra casa — repetiu Eve, e saiu para fazer o mesmo.

No entanto, a caminho de casa, ela passou mais uma vez na cena do crime.

Quebrou o lacre, entrou no quarto da Bastwick, e passou um bom tempo lendo e relendo a mensagem que tinha sido deixada na parede.

A caminho de casa, ignorou o trânsito e as pessoas que lotavam as faixas de pedestres. Ignorou as buzinas, os motores acelerando, a muralha de barulho, as luzes que piscavam sem parar.

Ela se manteve focada naquele quarto. Cores elegantes, estilosas e discretas; tecidos caros.

Será que aquele lugar poderia ser um santuário para Bastwick? Eve ponderou. Ou será que ela também já tinha levado trabalho pra lá? Talvez lesse arquivos de casos na cama, enquanto planejava estratégias e estudava o estilo do advogado adversário. E analisava informações diversas sobre todas as testemunhas de acusação.

Uma mulher que parecia preferir a própria companhia à companhia dos outros; uma mulher descrita como dedicada, ambiciosa... e que adorava os holofotes da mídia.

Sim, ela certamente já tinha levado trabalho para o seu santuário.

Será que o assassino a conhecia?

Quanto mais investigava, mais Eve duvidava da possibilidade de haver algum vínculo pessoal genuíno.

Mas era alguém que a conhecia, sim. Que pesquisava e estudava sobre ela, assim como Bastwick pesquisava, estudava... e observava.

O assassino tinha de saber e ter certeza de que o alvo estava sozinho naquele momento.

Haveria algum jeito de ele acessar a agenda dela?

Isso poderia levar novamente a um colega de trabalho ou à equipe de apoio no trabalho da vítima. E tudo voltava para o lado pessoal, certo?

Mas não parecia pessoal.

Monte o quadro do crime e trabalhe de casa, disse Eve a si mesma ao passar pelos portões da mansão onde morava. Comece de novo, recomece tudo, volte ao início.

A casa era deslumbrante, alta e imensa, em pedra cinza com torres e torreões iluminados por luzes e envoltos em vegetação. Isso a fez lembrar que eles mal tinham saído do Natal e só faltavam apenas alguns dias para o Ano-novo.

E para a escapada que tinham planejado. Em algum lugar quente, pensou Eve enquanto estacionava e saía no vento forte. Um lugar silencioso; apenas os dois numa ilha cercada por águas azuis, o mais longe possível de assassinatos e negócios.

Um lugar onde ela poderia tomar mai tais, se quisesse.

Só que agora...

Havia apenas um suspeito desconhecido — sem gênero definido, sem idade, sem rosto, apenas uma probabilidade de etnia. E o único motivo tangível era ela mesma.

Água azul, praias de areia branquinha e privacidade não pareciam muito prováveis de acontecer num futuro próximo.

Ela entrou no saguão imenso, que brilhava assim como a parte externa, nas cores da estação. E deu de cara com Summerset, que naturalmente vestia o terno preto fúnebre e tinha o gato gordo sentado a seus pés.

Ambos a olharam friamente.

— Ah, você se lembrou que tem casa!

— Achei que, se eu demorasse o suficiente, você voltaria para o caixão. Não tive essa sorte — acrescentou, quando o gato se aproximou e se enrolou em suas pernas como uma fita grossa e peluda.

— É uma pena que você também não tenha tido a sorte de se lembrar de me avisar que iria se atrasar, principalmente numa noite em que há compromissos agendados.

Ela estava com o casaco no ar, prestes a pendurá-lo sobre o primeiro pilar da escada.

— Que compromissos?

— Se você se desse ao trabalho de consultar sua agenda, saberia que vão participar de um evento beneficente no Carnegie Hall daqui a... — com calma infinita, ele olhou para seu *smartwatch* — trinta e seis minutos.

— Porra... Porra. Porra! — exclamou ela, pendurando o casaco sobre o pilar. Começou a subir as escadas correndo, mas se conteve.

Summerset a irritava até a medula, mas isso não vinha ao caso. Porque poderia haver uma situação perigosa.

— Você recebe entregas aqui o tempo todo, certo?

— Recebemos, sim.

— Até eu liberar, você não deve abrir a porta para nenhum entregador. Não abra os portões, a menos que esteja à espera de alguma encomenda específica; verifique a identificação da empresa e do indivíduo, ou indivíduos, que fizerem a entrega.

— Posso lhe perguntar por quê?

— Porque eu não quero enterrar o tal caixão no qual suspeito que você dorme. Sem exceções! — acrescentou ela, e seguiu escada acima com o gato correndo atrás de suas pernas.

Foi direto para o quarto, lutando para pensar em como poderia se transformar de policial em esposa do Roarke... em trinta minutos.

Quando se tratava de aparições públicas, ela não conseguia essa façanha nem com trinta *dias* de antecedência. O que, obviamente, ela tivera. Mas esquecera.

Carnegie Hall... um evento beneficente para... Ah, que diabos isso importava? Tinha conseguido estragar tudo. De novo!

Correu até o quarto e encontrou o marido dando o nó na elegante gravata do smoking preto.

Por Deus, ele era lindo! Todo aquele cabelo preto e sedoso emoldurando um rosto que faria artistas e anjos chorarem. Olhos loucamente azuis, boca carnuda e esculpida, uma estrutura óssea que o manteria lindo mesmo que chegasse aos 100 anos.

Ele parecia ter *nascido de smoking*. Ninguém que o visse agora reconheceria o rato de rua de Dublin que tinha sido na adolescência.

— Ah, você chegou! — O sotaque irlandês flutuou em sua voz quando ele sorriu, e seus olhos encontraram os dela no reflexo do espelho.

— Desculpe. Desculpe!

— Não precisa se desculpar. — Ele se virou e foi até ela como o pôster ambulante de um modelo alto, moreno e lindo. Segurou o queixo dela e passou o polegar sobre a covinha antes de abaixar a cabeça para beijá-la. — Chegar um pouco atrasado ao evento não é crime; mesmo que fosse, tudo bem, porque eu estaria ao lado de uma policial.

— Certo. Tá legal, vou só... — Ia fazer o que mesmo? O que ela iria vestir?

— Seu vestido, sapatos, bolsa e casaco já estão todos junto à porta do closet. As joias, a menos que você queira usar outra coisa, já estão sobre a cômoda.

— Ok, certo. — Ela chegou à saleta de estar e simplesmente se jogou no sofá. Galahad desistiu de ir para a cama e pulou ao lado dela.

— Tenho a sensação de que estou vestido bem demais para o que faremos esta noite — comentou Roarke.

— Desculpe. Preciso só de um minuto. — Ela esfregou as mãos no rosto e as deixou lá.

— Eve... — O ar de resignação divertida virou preocupação quando Roarke se aproximou e se sentou ao lado dela. — Alguém está ferido?

— Bastwick. Leanore Bastwick. Está morta.

— Sim, soube pelo noticiário e presumi que você estivesse ocupada, e por isso se atrasou. Mas você mal a conhecia.

— Não tem a ver com ela. Quer dizer, claro que tem — corrigiu. — O problema sou eu. Fiquei me segurando o dia todo. Isso não pode atrapalhar as coisas.

— O que não pode atrapalhar?

— A situação não faz nenhum sentido. Mas isso não é novidade, certo? A gente precisa se lembrar o tempo todo de que muitas vezes as coisas não fazem sentido.

— Você não está fazendo sentido *agora*. — E aquilo o preocupou. — Conte-me tudo.

— É melhor mostrar. — Ela pegou o tablet e apontou para o telão. — Pode fazer essa imagem aparecer no telão? Você consegue fazer isso mais rápido que eu.

— Deixa comigo.

Ele pegou o tablet e digitou alguns comandos. O telão se acendeu.

E a imagem da mensagem da cena do crime apareceu.

— Isso estava na parede atrás da cama da vítima. Ela foi estrangulada. Estava totalmente vestida. Tinha leves queimaduras na barriga, marcas de uma rajada de choque. Nenhum outro sinal de violência. Sem feridas de defesa. Ela...

— Calma — murmurou ele, com um olhar frio enquanto lia a mensagem.

Eve não disse mais nada, apenas ficou sentada.

— Whitney já viu isso?

— Claro. Levei direto pra ele.

— E Mira?

— Também já sabe. O relações-públicas da polícia está cuidando da divulgação. Você precisa alertar seu pessoal sobre isso. Assim que a mensagem vazar, os repórteres vão enlouquecer.

Odiando aquilo, odiando de verdade, ela pressionou os dedos nos olhos.

— Esse é um problema fácil de lidar.

— Será preciso uma parede sólida para...

— Vamos lidar com isso — retrucou ele. — Você recebeu alguma outra mensagem dessa pessoa?

— Não. Quer dizer, não sei — corrigiu. — Mira está examinando minha correspondência em busca de informações. Se ela encontrar alguma coisa, vamos correr atrás. Estamos investigando o sócio dela na firma e outras pessoas, conhecidos, amantes, familiares. Ainda não apareceu nada até agora, mas...

— É pouco provável que apareça. Alguém lhe enviou algum presente, embrulho, fez algum tipo de contato?

— Não, que droga! — Em vez de ficar constrangida, como tinha acontecido ao ouvir aquilo de Feeney, dessa vez a pergunta a irritou por vir de Roarke. — Quem é a policial aqui?

— Você. Você é a *minha* policial. Você está defendendo a vítima, esse é o seu trabalho. Mas eu te defendo, e *você* é o alvo desta vez. O assassinato foi um *presente* para você. Tão brutal e sangrento como um gato que traz um rato morto e o coloca aos seus pés.

Com uma cara feia, Eve olhou para Galahad.

— Não *este* gato — explicou Roarke. — Isso é muito preocupante, Eve. Você é o alvo! — repetiu. — Mais cedo ou mais tarde a fera se voltará contra você. Vou trocar de roupa e você vai me contar tudo.

— Não vou recusar ajuda porque você é muito bom nisso. Bem que eu preciso de outro par de olhos e outro ponto de vista. Mas se você vai ficar irritado com isso...

— Irritado?

Levantando-se, ele tirou a gravata e o smoking. Ela sentiu outra fisgada de lamento quando o viu remover cuidadosamente o pequeno alfinete de lapela que ela lhe dera de presente de Natal.

Eram as flores do casamento deles: petúnias brancas feitas em madrepérola.

— Você acha que eu ficaria irritado só porque um canalha assassino tem uma quedinha pela minha mulher?

— Poderia ser *uma* canalha assassina — lembrou Eve, num tom neutro. — E a *sua* mulher é uma investigadora de assassinatos.

— Isso não a torna menos minha, não é? O canalha... ele ou ela, se você preferir... declara que fez justiça a você. Agora me conte como você passou o dia.

— Como eu... — Ela se levantou. — Como diabos você acha que eu passei o dia? Interrogando pessoas, seguindo pistas, consultando especialistas, redigindo relatórios... fazendo a porra do meu trabalho.

— Exatamente! — Ele se sentou na beira da cama, tirou os sapatos e as meias com uma frieza aparente que contrastava com o calor dela. — Só que, na opinião do assassino, *ele* fez o trabalho *por você*! A justiça foi feita. Você está desprezando o presente, tenente, e ninguém gosta que seu presente seja menosprezado.

— Então eu devia ter feito o quê? Devia ter agradecido?

— Você poderia ter repassado a investigação para outra pessoa. É claro que não fez isso, nem conseguiria, sendo como é. — Ele entrou no enorme closet enquanto falava. — Imagino que o assassino esteja arrasado. Por um lado, você está fazendo exatamente o que ele admira; mas, por outro, ele quer sua gratidão pelo presente.

— Estou cagando e andando se ele está arrasado. Vou fazer o *meu* trabalho.

— Ao fazer isso, em algum momento, você acabará transformando a paixão em raiva ou desespero. Acho que qualquer uma das duas coisas poderá ser fatal. — Roarke voltou vestindo jeans e suéter preto. — Em algum nível, você sabe disso e até já se perguntou como poderia apressar esse momento. Porque até que você faça isso, até que a raiva ou o desespero dele se voltem contra você, *outra pessoa* será o próximo presente.

— Como diabos você sabe o que ele pensa, sente e quer? — quis saber Eve.

— Ele está apaixonado por você. E eu também.

A raiva se transformou numa espécie de tristeza.

— Ele está matando pessoas por mim, Roarke. Isso me deixa doente por dentro!

— Ele... ou ela... está matando por si mesmo. — Roarke foi até Eve e segurou o rosto dela nas mãos. — Você é apenas uma desculpa. E fará um trabalho melhor quando aceitar isso por completo e colocar toda a culpa, toda *mesmo*, Eve, onde ela deve estar.

Ele a beijou mais uma vez.

— Agora, vamos até a sala de trabalho e você poderá me contar tudo.

Capítulo Cinco

Roarke programou espaguete com almôndegas no AutoChef. Como esse era o prato favorito de Eve, seria um conforto. Ele serviu duas taças generosas de vinho Chianti.

— Você trabalhará melhor com a barriga cheia — disse ele, quando ela simplesmente ficou ali parada, no meio do escritório de casa, olhando para o quadro de homicídios que mal tinha começado a montar. — Coma e me conte tudo desde o início. Você conseguirá um novo olhar — lembrou. — E terá um novo ponto de vista.

— Ok. — Ela suspirou. — Ok. — Ela se juntou a ele na mesa junto à janela. — Para começo de conversa, devo confessar que me esqueci completamente do nosso compromisso desta noite. Simplesmente *esqueci*. Não sei se teria me lembrado se esse fosse, digamos, um caso mais comum. Não sei mesmo se teria me lembrado.

— Eu também tive um dia muito cheio hoje. — Observando-a, ele tomou um gole do vinho. — Não tinha pensado no evento desta noite até Caro me lembrar, no fim da tarde. Talvez seja isso o que você precisa, tenente: uma assistente pessoal.

— A última coisa que quero é alguém me falando coisas enquanto tento pensar em outras. E a Polícia de Nova York não pode se dar ao luxo de me oferecer um assistente, mesmo que eu quisesse.

Ela cutucou uma almôndega com a ponta do garfo.

— E não me diga que Caro ou alguém parecido com ela poderia me enviar lembretes. Eu ficaria muito irritada!

— São necessários anos de prática e dedicação pra te deixar irritada.

— Talvez... É um evento beneficente, o de hoje à noite? Eles provavelmente estavam contando com você e seus grandes baldes de dinheiro.

— O preço do ingresso já cobre pelo menos um ou dois baldes. Faremos uma doação extra.

— Sou *eu* quem deveria fazer essa doação. — Culpada e irritada por se sentir assim, ela cutucou outra almôndega e decidiu comer um pouco do macarrão. — Você poderia me dizer quanto pretendia doar e para quem, e eu faria isso.

— Isso é fácil. Pensei em doar cerca de cinco milhões.

Ela engoliu em seco e levou junto o macarrão que tinha enrolado no garfo.

— Não tenho um balde com tanta grana assim, não chego nem perto disso. *Você* faz a doação.

— Combinado! — Ele estendeu o braço e apertou a mão dela. — Deixa isso pra lá, Eve. É só uma festa com gente ostentando roupas caras.

— Você gosta disso.

— Confesso que gosto, mas aprecio mais isso aqui: jantar com você, no silêncio da nossa casa. E, embora um assassinato possa não ser uma conversa de jantar muito atraente para alguns, não é o nosso caso. Agora me conte tudo, desde o início.

Por mais culpada e inquieta que ela se sentisse, saber que ele falava a verdade a fez se lembrar do quanto ela era abençoada.

— O assistente dela, já que falamos neles, encontrou-a morta hoje de manhã — começou Eve, e seguiu passo a passo.

— Eu gostaria de ver as imagens do sistema de segurança — pediu ele. — Presumo que você já aprimorou as imagens e analisou tudo.

— Feeney está cuidando disso. O melhor palpite que temos é a etnia: o assassino é caucasiano ou birracial. E sua altura, a menos que haja saltos internos nas botas, é de mais ou menos um metro e setenta e cinco. Também temos estimativas para as mãos e os pés... pequenos para um homem, mas não tão pequenos a ponto de serem raros. Roupas comuns e indefinidas. Não há como reconhecê-las.

— Ele já vinha vigiando o prédio antes.

Ela era muito sortuda, pensou Eve, porque Roarke captava as coisas bem depressa.

— Sim, com certeza. A gravação das câmeras do saguão é substituída de forma automática a cada 72 horas, então não há como voltar, mas... as gravações da garagem duram mais tempo! — Ao se lembrar dessa possibilidade, ela ergueu o dedo indicador. — Preciso verificar se ainda há imagens das últimas semanas. Droga, o assassino pode ter passado pelo local meses atrás, mas é provável que ele tenha passado novamente nas últimas semanas, para ter certeza de que nada tinha mudado.

— Você já solicitou os esquemas de segurança completos do prédio?

— Estou trabalhando nisso, mas tudo anda meio lento por causa das malditas festas de fim de ano.

— É improvável que isso ajude. Ele me parece muito eficiente para tornar o *seu* trabalho tão fácil.

— Eficiente, profissional, frio.

— Você acha que pode ter sido um assassino profissional?

— Peabody gosta dessa possibilidade. — Agora que conseguia conversar sobre o assunto e relatava fatos, evidências e probabilidades, a comida começou a descer com mais facilidade. Mas ela ainda não tinha encontrado o apetite perdido.

— Alguém que Bastwick conhecia pode ter contratado o assassino e ele está usando a mensagem como arenque.

— Um arenque vermelho? Uma pista falsa?

— Sim, isso mesmo. Não sei por que é vermelho. Um arenque roxo faria mais sentido... ou menos, sei lá, mas eu sei que se diz "vermelho".

— Eu te amo.

Ela sorriu de leve.

— Eu sei disso também. Já identificamos a arma do crime, mas isso não nos levará muito longe. Ele usou uma corda de piano, tão fácil de encontrar quanto calças marrons. Quanto à língua... Morris disse que foi um corte limpo e reto, sem sinais de hesitação. O simbolismo aí é bastante óbvio.

Ela enrolava, desenrolava e tornava a enrolar o macarrão no garfo, sem comer.

— E os aparelhos eletrônicos dela?

— McNab está cuidando disso, mas até agora nada de importante surgiu. Ela não tinha amigos próximos, pelo que parece. Nenhum amante exclusivo e nem, pelo visto, vontade de ter um. Ela passou uma cantada em Fitzhugh, o sócio que foi morto, quando ele ainda não estava morto.

— Ah, sim, eu me lembro de algo a respeito. Ele tinha um marido.

— O marido está no Havaí e tem um bom álibi. Não consegui achar nada que indique que Bastwick tentou dar em cima de mais alguém. Fitzhugh tinha força e poder na empresa, então havia um motivo para ela tentar seduzi-lo. Mas basicamente *ela* se tornou a chefona da firma quando ele bateu as botas, então por que se preocupar?

— Pela diversão? — sugeriu Roarke.

— Parece que ela seguiu outro caminho para se divertir. Reservou um quarto de hotel e um acompanhante e passou o Natal com ele. Tinha três profissionais do sexo que usava em rodízio, e o que descobrimos é que ela estabeleceu uma espécie de rotina quando se tratava de sexo.

— Mantinha-se segura, sem envolvimento emocional, e permanecia no controle.

— Sim, é o que eu acho. Teve uma conversa curta com a família no dia de Natal, mas não viajou e nem deu festa, pelo menos até onde sabemos. Vivia para o trabalho, esse era o foco. Eu a vejo com muita clareza porque também já fui assim. Vê-la era como olhar no espelho.

— Isso não é verdade. Nem de longe! — rebateu Roarke. — Você teve Mavis; ela tem sido sua família e é sua amiga há muito tempo. Feeney se enquadra no mesmo caso. Ele não foi apenas seu mentor e parceiro. Ele foi e é um pai pra você.

— Só que eu não saí por aí à procura deles.

— Mas também não os excluiu, não é?

— Ninguém exclui Mavis, se ela não quiser ser excluída. — Ela refletiu um pouco, olhando para o espaguete. — Eu tentei te excluir.

— E veja só no que deu. Você quer dizer que há alguma semelhança entre você e a vítima? Eu concordo. As duas são mulheres, obstinadas e bem-sucedidas; as duas atuaram dos dois lados da lei, mas cada uma servindo à justiça à sua maneira. Mulheres atraentes, inteligentes, ambiciosas e solitárias, cada uma ao seu modo. No seu caso, você *era* solitária, e gostaria de continuar sendo... mais do que consegue, hoje em dia.

— Acho que não conseguiria viver sem você. Foi assim que funcionou para mim. Talvez alguém a quisesse. — Ela enrolou mais um pouco do macarrão com o garfo e comeu sem pensar. — Mas ela não queria o amante, ele ou ela, de volta. Só que... — Ela balançou a cabeça e pegou a taça.

— Não houve paixão no assassinato.

— Nenhuma. Quando você quer alguém e essa pessoa o exclui da vida, sempre rola desespero, raiva ou vingança. Não consigo pensar em um motivo para matá-la. Não consigo encontrar o ângulo para isso. Todos os ângulos dizem que o foco de tudo sou eu. E não consigo entender.

— Outro policial, talvez. Um que admira você e se ressente da advogada de defesa que trabalha com a mesma diligência para garantir a liberdade dos criminosos que você tira das ruas.

— Sim, esse é um dos focos da investigação. Não é nenhuma das pessoas que trabalha comigo, Roarke. Não é um dos meus policiais. Não digo isso só porque são meus, mas porque os conheço por dentro e por fora.

— Concordo com você, porque também os conheço. Não existe ninguém na sua divisão que tiraria uma vida dessa forma, ou usaria você como desculpa pra fazer isso.

— Nenhum deles é psicótico, e esse crime foi obra de alguém mentalmente insano.

— Mas você não trabalha só com seus subalternos. Existem os policiais que são os primeiros a chegar à cena de um crime. Tem os que ajudam a proteger o espaço em volta, ou são os primeiros a conversar com os vizinhos. Pode ser um policial de outra divisão cuja investigação cruzou com a sua em algum momento. Alguém que já fez de você consultora em algum caso, ou vice-versa.

— Eu não conseguiria contar todas essas pessoas nem se quisesse — admitiu ela.

— Sem falar naqueles que trabalham no processamento dos casos, na análise forense e assim por diante.

— Estive no laboratório hoje de manhã e pensei: todas essas pessoas de jaleco branco saberiam como matar alguém de forma limpa; conseguiriam manter as evidências longe da cena do crime. E eu não as conheço... apenas algumas delas, e só. Existem os peritos, temos os legistas do necrotério, os técnicos, os funcionários do suporte técnico. Ou pode ser só uma pessoa maluca que se empolgou com o livro e o filme.

— Bastwick não apareceu em nenhum dos dois.

— É, não apareceu.

— Então por que ela? *Especificamente* ela?

— Ok. — Ela se recostou com a taça de vinho na mão. — Passei algum tempo examinando entrevistas que ela deu durante o julgamento do Barrow. Ela tentou argumentar no "tribunal" da opinião pública que eu sentia um desejo de vingança contra ela, que tinha contas a acertar, que era uma questão pessoal. Ela alegou que eu agredi fisicamente Barrow e encobri tudo, e ela não estava errada. Só que a tática não deu certo. Se eles tivessem descoberto o motivo pelo qual eu realmente dei um soco naquele filho da puta, eles precisariam aguentar as consequências. Enquanto eles estivessem insistindo no argumento de que Barrow inadvertidamente desenvolveu um sistema de controle da mente usando mensagens subliminares, tinham a chance de conseguir com que ele saísse quase ileso. Se eles tivessem de assumir que eu dei um soco nele porque ele usou esse sistema em nós, isso significaria que a lei iria acabar com ele também.

— Eu te magoei. Eu forcei você...

— Ele fez essas coisas — interrompeu Eve. — Ele usou você, me usou, usou Mavis. Ele fez tudo por diversão e lucro. E agora está fazendo alongamento dentro de uma cela na prisão. Ele não matou, mas forneceu uma arma.

— Bastwick não o livrou da prisão — lembrou Roarke. — Será que ele não conseguiu um jeito de se vingar de vocês duas *de dentro* da prisão?

— Fui conferir isso. Ele está em isolamento. Não tem acesso a aparelhos eletrônicos, então não pode pagar ninguém para fazer isso. Eu conseguiria imaginá-lo tentando encontrar um jeito de vir atrás de mim, porque não passa de um covarde chorão, mas não consigo vê-lo indo atrás da Bastwick. Mas vou investigá-lo mais uma vez. Vou dar uma olhada na firma dela para eliminar essa conexão e a possibilidade de alguém lá de dentro contratar um profissional.

— Você vai precisar dar uma boa olhada nas finanças deles.

— Acho que você é qualificado para essa função.

— É verdade. E quanto à família dela?

— Sim, vamos trabalhar por eliminação mais uma vez, por que não? Talvez você odeie sua irmã e decida matá-la, ou mandar matá-la. Mas por que me colocar nesse rolo? Mesmo assim vamos eliminar todas as possibilidades, uma de cada vez.

— Tudo bem, então. Me dê uma lista de pessoas para eu me divertir.

Ela assentiu e olhou para o vinho, mas resolveu deixar a taça de lado.

— Eu disse ao Summerset para ele não abrir os portões para nenhuma encomenda ou qualquer outra coisa do tipo, a menos que ele consiga confirmar a identidade do entregador. Disse pra ele não abrir a porta pra *ninguém*! Você pode reforçar minha ordem?

— Deixa comigo, mas você já deve saber que sua ordem é suficiente para ele. Você acha que só porque vocês dois gostam de se alfinetar alguém poderia... interpretar mal o relacionamento de vocês?

— Não, apenas que o assassino iria querer mais informações sobre mim e sobre nós, mas não quero correr riscos. Também não faria mal algum você reforçar sua segurança pessoal, pelo menos por enquanto.

— Porque, em algum momento, eu posso ser considerado um rival do seu *amigo* afetuoso e leal?

Ela ergueu o olhar e manteve-o nele.

— Algo assim.

— Devo ressaltar que, na medida em que é mais provável que *você* seja o centro disso tudo, a *sua* segurança pessoal é uma questão vital.

— Sou uma policial, Roarke. Carrego um distintivo e uma arma.

— Pode ser um policial criminoso aposentado. A aposentadoria não anula a experiência. Por que não fazemos como você disse? Vamos seguir em frente e eliminar as possibilidades passo a passo. Depois, nos preocupamos com o resto.

— Você certamente vai se preocupar comigo, mais do que o normal. Quando isso acontecer, lembre-se de outra coisa que eu disse antes. Eu não acho que conseguiria viver sem você. — Ela se levantou. — Vou pegar a lista pra você e começaremos a trabalhar.

Com Roarke instalado no próprio escritório, Galahad esparramado e roncando em sua cadeira de dormir, Eve terminou de montar o quadro do crime.

No fim de tudo, acrescentou a foto da própria identidade.

Tenente Eve Dallas, pensou, estudando sua imagem. Vítima em potencial, testemunha em potencial, motivo em potencial.

Ela já tinha sido vítima, e não voltaria a ser. Testemunha? Tudo bem, ela pretendia interrogar a si mesma de forma meticulosa e completa. Motivo? Pensar nisso a deixava doente, e isso tinha de parar.

A rotina, disse a si mesma, podia ser a melhor amiga de uma policial. Ela contava com isso.

Foi até sua pequena cozinha e programou um bule de café bem forte. Seguiu para sua mesa, reviu todas as mensagens recebidas, viu que tinha recebido e-mails de Mira, Nadine, McNab, Feeney e mais um de Cher Reo.

A obstinada assistente da Promotoria — que se vestia como uma modelo — ainda não trabalhava na Promotoria no tempo do caso Barrow ou Fitzhugh, mas Eve não tinha dúvidas de que Whitney já tinha conversado com todo mundo sobre a situação atual. Reo devia estar em busca de atualizações sobre o caso, pretendia trocar ideias. E uma parte desse papo, Eve sabia, seria pessoal.

Ao contrário da Bastwick, Eve não tinha conseguido bloquear ou adiar novas amizades.

Uma pessoa leal e amiga de verdade, pensou Eve, analisando mais uma vez o quadro do crime e a cópia da mensagem. O que significava aquilo? Será que o assassino acreditava que outras pessoas que tinham se tornado amigas eram falsas?

Sou a única pessoa com quem você pode contar, especulou Eve. *Veja o que eu fiz por você.*

Sim, era exatamente isso que parecia.

Embora tentada a abrir primeiro as mensagens da Mira, ela optou por buscar potenciais evidências.

Feeney. Nada de muito novo nos e-mails, mas ele tinha lhe enviado um relatório completo, incluindo todas as probabilidades de altura e número do sapato. Ele até conseguiu identificar a caixa. Feita de material reciclado comum, quadrada, com sessenta centímetros de cada lado, fechada com fita adesiva padrão.

O mais interessante, notou, é que Feeney conseguiu encontrar um ângulo melhor: digitalizou a imagem com mais precisão e obteve uma leitura perfeita da etiqueta na caixa.

O nome e o endereço da vítima vinham escritos com o mesmo tipo de letra da mensagem na parede. Na identificação do remetente estava o endereço da firma de advocacia da vítima.

Eve confirmaria os dados, mas apostava que aquilo tinha sido mais um disfarce. Se alguém perguntasse ao assassino o que ele estava fazendo ali, talvez até a própria vítima, a resposta já estava pronta: "Ora, vim entregar esta caixa para a Srta. Leanore Bastwick, da firma de advogados Bastwick e Stern."

Nada fora deixado ao acaso, refletiu Eve. Tudo tinha sido planejado de forma inteligente e cuidadosa.

Em seguida ela leu a mensagem de McNab.

Nada suspeito em nenhum dos aparelhos de comunicação analisados. Nenhuma discussão, nenhuma ameaça. Na verdade, ninguém tinha sequer perguntado à vítima quais eram os seus planos para o dia em que foi assassinada. Ela também não forneceu essa informação em nenhuma de suas conversas por *tele-link*.

McNab encontrou diversas ligações para clientes, para o Ministério Público e para o investigador interno dos casos em andamento no escritório da vítima.

Eve leu tudo, em busca de algo que chamasse sua atenção ou lhe inspirasse um palpite. Assim como McNab, não conseguiu nada.

Havia montes de arquivos de trabalho no computador da vítima na empresa, grande parte redigidos pelos sócios. Stern não estava cooperando muito com os casos da firma, mas Eve já não esperava isso dele. Afinal, ele representava criminosos, ou pelo menos pessoas acusadas de crimes.

Stern já tinha entrado com uma ação judicial e enviado os dados para o computador doméstico da Eve, citando a lei de sigilo entre advogados e clientes.

Ok, vamos jogar do seu jeito, pensou ela, e ligou para Reo.

— Oi, Dallas, como você está?

— Estou batendo com a cabeça no muro que Stern ou Bastwick & Stern ergueram. Estamos impedidos de ter acesso total às informações da Bastwick, o que vai dificultar nossa investigação do seu assassinato.

— Sei disso, Dallas. A lei de sigilo entre advogado e cliente é muito valorizada, não é brincadeira.

Eve fez uma careta para a tela e para a imagem da linda assistente da Promotoria, com cabelo louro volumoso e olhos azuis que poderiam até parecer inocentes.

— Ah, qual é, Reo, ela está morta! Um dos clientes dela pode ser o assassino.

— Você já tem um suspeito? Um ou mais de um dos clientes dela são suspeitos, neste momento?

— Todos eles são!

— Dallas, se você quer que eu lute contra a lei do sigilo, preciso ter um bom argumento. Uma causa sólida. O que posso fazer, e farei, é conversar diretamente com Stern, amanhã mesmo. Vou exigir que ele dê início a uma investigação interna.

— Ah, beleza! Se foi ele que cortou a língua dela certamente vai nos encaminhar para si próprio.

— Dallas... — Reo ergueu as mãos com a parte interna dos punhos se tocando. — Estou de mãos atadas. Mesmo assim, vou fazer tudo o que puder, aproveitar o que conseguir, forçar a barra onde houver chance. Agora me diga: você, que é a investigadora principal do caso, acredita que um dos clientes da Bastwick a matou?

— Não tenho informações suficientes para acreditar ou não nessa hipótese. Mas tenho um arquivo de ameaças feitas a ela ao longo dos anos. Um arquivo bem grande.

— Envie-me uma cópia. Nisso eu posso ajudar.

— Fiz um cruzamento rápido das informações que recebi e não estive envolvida de forma direta em nenhum dos casos que resultaram em ameaça à vítima. Baxter e Trueheart pegaram um assassino ano passado ligado a um desses casos; Reineke pegou outro há uns cinco anos; Reineke e Jenkinson investigaram um caso dela há mais de três anos.

— Marque esses três.

— Todos os três ainda cumprem pena. Bastwick derrubou o caso de Baxter: no de Reineke, ela conseguiu baixar a acusação de homicídio em segundo grau para primeiro. Sua promotoria aceitou o acordo.

— Ok.

— No último caso que ela perdeu, e perdeu feio, o cliente cumpre prisão perpétua na Estação Omega. Ainda estou analisando a possibilidade de alguém ter contratado um assassino para matá-la.

— Então vou olhar primeiro esses três casos, com mais atenção. Farei tudo o que puder, Dallas, é isso que eu quero que você saiba.

— Obrigada. Ok. Preciso voltar ao trabalho.

Ela passou da assistente de promotoria para a psiquiatra e abriu a mensagem da Mira.

Eve, estou lhe mandando uma lista de cinco nomes. São pessoas que enviaram mensagens para você. Embora eu deva levar vários dias para conseguir ler e avaliar todos os arquivos que recebi do setor de comunicação da Polícia, acho que esses cinco merecem uma análise mais profunda. Embora só um dos cinco more em Nova York, todos escreveram para você diversas vezes, e suas mensagens mostram um apego doentio à sua pessoa. São três homens e duas mulheres, com idades que variam dos 28 aos 69 anos.

Por favor, me avise de imediato se sua investigação revelar algum elemento adicional de preocupação ou ligação com eles.

Também estou lhe enviando, num arquivo separado, o perfil que fiz do assassino de Leanore Bastwick. Entre em contato comigo quando achar melhor para discutirmos isso. Nesse meio--tempo, eu continuarei a trabalhar; espero conseguir te mandar outra lista de nomes amanhã.

Ok, pensou Eve, respirando fundo e servindo-se de mais café. Abriu o primeiro nome da sua correspondência.

Quando Roarke voltou, ela estava de pé, andando de um lado para outro.

— As pessoas são descacetadas — disse ela, assim que o viu.

— Você sempre diz isso.

— Como é possível as pessoas serem ainda mais descacetadas do que eu imaginava? Já vi o que elas fazem umas com as outras por causa de uma palavra ríspida ou porque acordam um belo dia e pensam: "Ei, arrancar as tripas de alguém pode ser divertido." Só que isso é violência pura, e eu entendo os diversos níveis de violência que existem. Mas de onde vêm a burrice e o despirocamento geral de alguém? Ah, que se foda! — explodiu. — Ninguém é capaz de explicar.

Ela caminhou até o bule sobre a mesa, mas Roarke chegou antes e a manteve fora do seu alcance.

— Chega de café!

— Eu decido quando "chega". Quero a porra de um café!

— Não haverá mais café se você exagerar nele. — Quando ela o encarou, furiosa, Roarke simplesmente ergueu as sobrancelhas sobre o próprio olhar frio e determinado. — Se quiser socar alguma coisa ou alguém, pode tentar vir pra cima de mim, mas não será de graça.

— Ah, que se foda! — Ela se virou e voltou a caminhar pelo seu espaço de trabalho. — Que se fodam todos!

Para resolver o problema, ele levou o bule de café de volta para a cozinha e voltou com uma garrafa de água.

— Hidrate-se — sugeriu, mas ela o ignorou.

— Leia aquilo! — Ela apontou para o telão na parede e continuou andando em círculos.

Querida Eve,

Entendo que poucos chamam você de Eve, mas é assim que penso em você, sempre pensei. Durante toda a minha vida senti que algo — ou alguém — estava me faltando. Procurei e deixei as pessoas entrarem e saírem da minha vida durante essa busca. Mas ninguém realmente se encaixou. Você sabe o que quero dizer, sei que sabe. Sinto que a vida tem sido sempre assim com você.

Então, um dia, vi você em um telão, mas a onda de sentimentos que tomou conta de mim foi incrível. Você estava parada nos degraus da Central de Polícia de Nova York... tão poderosa, tão forte, tão real! E eu soube. Aí está você, pensei. Finalmente!

Você sentiu minha presença? Acho que sim. Por um momento, apenas por um curto instante, nossos olhos se encontraram. Você olhou diretamente pra mim, Eve. Sei que você sentiu aquele momento.

Eu senti tontura e completude ao mesmo tempo.

Nossos corpos já estiveram juntos antes, muitas vezes. Já nos amamos como poucos se amaram, uma vida após outra. Consultei uma vidente que sente essas energias e confirmei tudo o que já sabia. Nossos destinos estão traçados... vida após vida.

Sei que devo ser paciente. Venho acompanhando sua vida agora, e a sua carreira. Tenho muito orgulho de você! Entendo que você se casou... assim como eu... e devo esperar que você chegue ao fim desse seu relacionamento. Sei que será em breve, embora cada dia sem você dure mil anos.

Só sei que estou esperando.

Para estar com você, sempre com você, ao longo do tempo,

Morgan

— Ora, ora... — disse Roarke. — Ainda bem! Pelo menos ele será paciente até você me dar um chute na bunda.

— *Ela* — corrigiu Eve. — Morgan Larkin, uma mulher de 40 anos, mãe de um menino de 8. Três divórcios, todos de homens. É uma analista de sistemas de Columbus, em Ohio, que devia ter o mínimo de bom senso. E pode tirar esse sorrisinho da cara, meu chapa!

— Desculpe, mas minha mulher receber cartas de amor de outra mulher que se divorciou três vezes e tem um filho é um pouco divertido.

— Você não vai achar tão divertido depois que ler as catorze cartas que ela me enviou depois.

— Ah. Tudo bem, então ela é uma das suspeitas. Mas você diz que ela mora em Ohio?

— Sim, e tem um emprego de tempo integral; e um filho. Não encontro nenhuma viagem para Nova York, exceto para um fim de semana prolongado em fevereiro deste ano, onze meses atrás. E ela não tem grana suficiente para contratar um assassino profissional. Esta primeira carta chegou fará três anos agora em março próximo. Eu mal me lembro disso. Acho que revirei os olhos ao ler e guardei no arquivo. É importante arquivar e manter esse tipo de correspondência... por motivos que agora parecem óbvios pra caralho. Eu meio que lembro de uma outra carta que chegou alguns meses depois, mas àquela altura Peabody já trabalhava como minha "assistente" e eu tinha explicado o procedimento a ela: nada de respostas, porque o padrão é não encorajar nada do tipo.

Ela sentou-se e abriu a garrafa de água, finalmente.

— Ela veio a Nova York especificamente para me conhecer, uma das cartas fala disso. Ela entende que não posso ir até onde ela está, nem dar um chute na sua bunda assim, de imediato; mas ela precisa me ver, ouvir minha voz e blá-blá-blá, então nos encontraríamos no Dia dos Namorados no topo do Empire State Building.

— *Tarde demais para esquecer* — murmurou Roarke. — É um clássico. Uma história de amor.

— Sim, ela explicou isso na carta. A seguinte chegou em março. Ela se mostrou um pouco chateada, dessa vez. Poxa, como fui capaz de destroçar o coração dela daquele jeito e tudo mais? Pode-se dizer que tivemos nossa primeira briga. Então, alguns meses depois, foi como se nada tivesse acontecido quando ela me escreveu novamente; só que a partir daí ela começou a ser explícita sobre nosso amor físico, e mais exigente sobre como planejar nossa vida juntas.

Eve rolou a garrafa gelada sobre a testa e continuou:

— Não vejo como ela poderia ser a assassina. Quem matou Bastwick passou algum tempo aqui, estudou a rotina dela, conhece a cidade e sabe muito bem como se locomover. Também conhece alguma coisa sobre trabalho policial. Só que isso é...

— Perturbador — completou Roarke, aproximando-se e colocando-se atrás dela para lhe massagear os ombros.

— Há também um homem de 69 anos que mora em Boca Raton e me escreve uma vez por mês com a precisão de um relógio, desde que leu o livro da Nadine. A coisa começa mais ou menos normal. Você tem minha admiração, obrigado pelo seu trabalho... Depois fica cada vez mais pessoal, até me pedir que eu fuja com ele. Avisa que nós dois navegaremos pelo mundo e ele me tratará como uma rainha. Caraca, tenho metade da idade do sujeito, *ele* deveria ter noção disso. Mas ele tem muita grana. — Ela suspirou. — Não grana no nível Roarke, mas certamente não está mal de vida. Então vamos dar uma investigada nessa figura, embora ele não tenha antecedentes criminais. Teve apenas passagens por instituições de apoio, por problemas emocionais.

"Tem mais um cara na Inglaterra", continuou, meio irritada. "Aparentemente eu vou até ele em sonhos e trepamos como coelhos. Além do sexo, temos uma ligação especial, emocional ou psíquica, sei lá, dependendo do dia. Ele é a única pessoa em quem posso confiar. Forças sombrias me cercam o tempo inteiro. A lei, por mais idiota que seja, atrapalha o meu destino; então, quando não estamos trepando nos sonhos, ele me ajuda a resolver os casos policiais. Já até tentou entrar para a polícia inglesa, mas foi reprovado no exame psicológico."

— Estou chocado com essa informação.

— Pois é. — Ela pressionou os olhos com os dedos. — Há mais um cara, esse é da Califórnia. Pareceu sensato, a princípio, embora exagerado. É um grande fã do livro, do filme e de mim. Também combate o crime à sua maneira, segundo ele. E gostaria de trabalhar comigo. E depois transar comigo. Já avisou que não se incomoda se você participar de tudo.

A nuca de Eve estava tensa, como se estivesse repleta de nós. Roarke usou os polegares para tentar aliviar a tensão e manteve a voz tranquila.

— Não se incomoda se eu participar do trabalho ou do sexo?

— As duas coisas. Ele tem a mente muito aberta. Com a minha ajuda, ele gostaria de se mudar para Nova York e trabalhar como meu consultor. Seria alguém que encontraria maneiras de contornar o sistema para levar todos os bandidos à justiça. Ele não acredita que eu receba toda a admiração ou o respeito que mereço, pois, de acordo com sua última carta, eu deveria estar no Comando Geral da Polícia de Nova York, e se mostrou indignado por mim.

— Ele já viajou pra cá?

— Esteve em Nova York duas vezes, mas não nos últimos seis meses. Vou dar uma olhada em todos eles, mas...

— Ainda tem outros?

— O último foi a que Mira me enviou agora à noite. Mulher de 28 anos que mora em Nova York, no Lower West Side. Trabalha como assistente jurídica numa firma de advocacia. Sua especialidade é Direito de Família. Ela me escreveu oito vezes só no ano passado, com a distância entre as cartas diminuindo à medida que o tempo avançava. Ela sabe que iríamos nos tornar as melhores amigas, se algum dia nos encontrássemos. Tenta defender as vítimas e os inocentes também. Somos muito parecidas. Seu namorado terminou com ela no verão passado, e há uma carta longa, que mais parece um conto, na qual ela chorou as pitangas no meu ombro, pois sabe que eu era a única que conseguiria entendê-la. Não tem nada de sexual dessa vez, é mais como se ela já tivesse decidido que somos como irmãs, melhores amigas, e ela quer me ajudar do jeito que acredita que eu já a ajudei. Porque ela acha que eu a ensinei a se defender, a cuidar melhor de si mesma, a ser forte e a encontrar coragem. Pelo amor de Deus.

— Algum registro criminal?

— Não, nada. Uma leve acusação de posse ilegal de drogas, há alguns anos. Encontrei algumas reclamações por desordem e bebedeira. Vizinhos dela reclamando de gritos e brigas. Sempre brigas com o namorado, mas sem processos, nem acusações. Não consegui encontrar ligação entre ela e Bastwick. Também não encontrei nenhum gatilho que possa tê-la levado a matar, mas... Ela me parece esperta, tem um relacionamento doentio e totalmente fictício comigo; vê nosso trabalho como semelhante e muitas vezes fica frustrada porque as regras da lei não atendem plenamente à justiça. Ela parece estranha, mas também inofensiva. Mesmo assim...

Ele se inclinou e beijou o topo da cabeça de Eve.

— Você está chateada porque, independentemente de qualquer uma dessas situações se aplicar ou não à sua investigação, agora você entende que é um ponto central na vida de muitas pessoas que você sequer conhece... e que na verdade nem quer conhecer. Você não gosta de ser o centro das atenções, para dizer o mínimo. Para você, tudo tem a ver com a vítima, a pessoa que cometeu o crime, os sobreviventes, o trabalho.... Sua vida, nossa vida.

— Isso está errado?

— Não, de forma alguma. Mas é um fato com o qual você precisará lidar para conseguir fazer bem o seu trabalho desta vez.

— Não é só o livro... é o livro *e* o filme. Eu queria culpar isso por toda a atenção esquisita que eu atraí, mas parte do problema começou lá atrás. É assustador pra cacete.

Ele fez um som de concordância e beijou o topo da cabeça dela outra vez.

— Você vai saber lidar com isso porque você é quem é, e faz o que faz. O que você não disse, e nós dois sabemos muito bem, é que parte disso vem de mim, da mídia e da atenção que você recebe por ser minha mulher.

— Eu sou o que sou, faço o que faço, e grande parte disso é pelo fato de eu ser sua mulher.

— Tudo bem. — Ele deu a volta e sentou-se na beira da mesa para que ficassem cara a cara. — Meus funcionários também começarão a vasculhar a correspondência. Eu também consigo fazer um pouco disso, então vamos coordenar nossas buscas e ver se alguns dados se cruzam. Enquanto isso, as finanças que analisei até agora não levam à contratação de algum assassino. Stern realmente tem algumas contas escondidas, como já era de se esperar. Mas não encontrei qualquer saque alto ou transferência de fundos que se aplique aqui.

— Essa movimentação parece ilegal o suficiente para eu poder usá-la a meu favor e conseguir alguma vantagem?

— Não muito. — Roarke tomou um gole de água. — Vantagem para conseguir o quê?

— Para exigir que eles me deixem verificar toda a correspondência dos clientes da Bastwick. Ele invoca a lei de sigilo entre advogado e cliente. Reo está cuidando disso — acrescentou. — Por outro lado... droga, se houvesse alguma mensagem estranha, Bastwick a teria levado para o arquivo de ameaças recebidas, mas me irrita ser bloqueada.

— Isso fica para amanhã, assim como todo o resto.

Ela teria reclamado, mas a verdade era que já tinha feito tudo o que podia até o dia seguinte.

Roarke esperou até que Eve desligasse tudo e pegou sua mão. Ao sair da sala com ela, olhou para o quadro do crime.

Ver o rosto dela pregado ali provocou nele uma raiva súbita e violenta... e um medo gelado e pegajoso.

Capítulo Seis

Ela sabia que aquilo era um sonho, mas já tinha aceitado que iria sonhar antes de Roarke a puxar para perto, antes mesmo de ela fechar os olhos.

Ela flutuou através das imagens, sonho após sonho... uma voz... uma imagem... uma lembrança.

No carro com Roarke, parados na alameda de entrada da mansão, caindo um sobre o outro, rasgando as roupas, desesperados, loucos para sentir, ela precisando dele dentro dela, bombeando sem parar, como se sua vida dependesse disso.

E nenhum deles sabia que Barrow havia implantado aquele comando subliminar, um desespero de vida ou morte para acasalar.

No closet, na festa, ela machucada e com marcas roxas. Roarke empurrando-a contra a parede, rasgando-lhe a roupa sem cuidado algum, sentindo-se levado àquela sensação louca e selvagem pela mesma semente plantada.

— Shhh, é só um sonho.

Em algum lugar fora daquele sonho ela o ouviu, sentiu que ele a acalmava e afastava toda a dor e a afronta, mais uma vez.

Era isso que Barrow tinha feito com os dois. Era isso que Bastwick tinha defendido.

E pior. Muito pior.

Mathias, enforcado pelas próprias mãos, Fitzhugh banhado no próprio sangue. Devane abrindo os braços e abraçando a morte ao se jogar do parapeito do edifício Tattler.

Barrow não tinha experimentado o que tinha feito com eles, mas outras pessoas tinham. E foi o próprio Barrow que criou tudo aquilo. Por dinheiro, por poder.

Quanto a Roarke... Roarke quase tinha sido o próximo da lista. A armadilha já estava pronta, a semente esperando para ser plantada com o intuito de que ele acabasse por tirar a própria vida.

E Leanore Bastwick defendeu isso.

— Eu faço o meu trabalho, você faz o seu. Certo, tenente?

Na sala lotada, rostos estranhos e familiares observavam tudo, enquanto Bastwick se levantava da mesa da defesa. Vestia um de seus elegantes ternos de advogada em vermelho ousado e corte perfeito, com saltos altíssimos em um cinza metálico bastante chamativo. Um método sutil de chamar a atenção para suas pernas. Seu cabelo penteado para trás emoldurando o rosto bonito, de onde pendia um elegante cacho louro logo acima da nuca.

Eve estava sentada no banco das testemunhas. Um raio de sol entrava pela janela, inundando-a. Atrás dela, estranhamente, havia uma enorme estátua. A Justiça Cega, com um sorriso malicioso no rosto.

— Estou fazendo o meu trabalho — respondeu Eve.

— Está? Está mesmo, tenente, ou apenas procura um jeito de se vingar do meu cliente, Jess Barrow?

Bastwick estendeu o braço, e parte da luz do sol caiu sobre Barrow. Ele estava sentado numa espécie de centro de controle, girando botões e ajustando alavancas. Sorriu, piscou para Eve e disse:

— Oi, gata!

— Você não está aqui — disse Eve a ele. — Não dessa vez. — Ela voltou sua atenção para Bastwick. — Estou procurando pelo seu assassino.

— Ora, sério? Então por que perder tempo com Jess? Ele está na prisão porque você o forçou a confessar, depois de agredi-lo fisicamente. Seu marido o agrediu também.

— Você não gostou da trepada, Dallas? — questionou Jess. — Não pode me culpar por aquilo.

— Os tribunais decidiram sobre o destino de Barrow — respondeu Eve, com toda a calma. — Você perdeu essa causa, supere isso.

— E agora você *está procurando* pelo meu assassino? Você me odiava tanto quanto odeia Jess. Mais, até!

— Saber que você é uma vaca fria, manipuladora e mentirosa não é a mesma coisa que odiar você. E, de qualquer forma, farei meu trabalho.

— Qual é o seu trabalho?

— Proteger e servir o povo de Nova York.

Bastwick bateu as mãos com força na barra de madeira diante de Eve, enquanto o sangue brotava na fina ferida horizontal em sua garganta.

Eve ouviu a Justiça Cega rir baixinho, como se estivesse se divertindo com a cena.

— Por acaso você me protegeu?

— Vou proteger e servir tirando seu assassino das ruas. Vou proteger e servir fazendo tudo o que me for possível para identificar e prender seu assassino.

— Nós já sabemos quem me matou. Todos aqui sabem quem é a responsável pela minha morte. É você. — Com um gesto dramático, ela se virou em direção ao júri. — Senhoras e senhores do júri, a tenente Eve Dallas me matou!

Sim, havia rostos familiares no júri, reparou Eve. Rostos de pessoas que, como fizera com Barrow, ela ajudara a afastar da sociedade.

Reanne Ott, aquela que *tinha usado* o programa de Barrow para matar; Waverly, que tinha matado em nome do avanço da medicina; os Icove, é claro; e até mesmo Juliana Dunne. Essa última, Eve já tinha mandado para a prisão duas vezes, lembrou a tenente.

Havia mais pessoas, que mataram por lucro, por pura emoção, por ciúme, por ganância. Ou simplesmente porque queriam matar.

Encheu o júri de indivíduos contra mim, decidiu Eve, olhando para Bastwick. Jogada errada essa sua, senhora advogada, pois vê-los aqui me ajuda a lembrar por que eu faço o que faço.

— Você! — exclamou Bastwick, enquanto Eve a estudava friamente. — Estou morta por sua causa.

— O problema com esse argumento, senhora advogada, é que depois que a justiça foi feita em relação a Jess Barrow, nunca mais sequer pensei no seu nome. Você não significou nada para mim. Talvez você não devesse ter tentado livrar aquele idiota falando com a mídia, fazendo tudo o que podia para transferir a atenção para mim.

— Ah, agora a culpa é minha? — Bastwick passou a mão pela garganta e seus dedos ficaram vermelhos enquanto os sangue escorria. — *Isto* é culpa minha?

— Não. A culpa não é sua; nem minha. É de quem prendeu aquele fio de metal em torno do seu pescoço. Vou encontrar essa pessoa e detê-la, porque este é o meu trabalho.

— E o que você vai fazer? — perguntou Leanore Bastwick, se aproximando de Eve. — O que você fará, tenente, quando a pessoa que me matou deixar de enxergar você como alguém tão especial e digna... e vier caçar você?

— Farei tudo o que tiver de fazer.

— Você vai se proteger! Vai proteger a si própria porque será tarde demais para me proteger. Não vai proteger a próxima vítima que morrerá em seu nome. Você não protegerá ninguém além de si mesma porque não tem emprego algum enquanto não houver alguém morto. Sem o assassino, você não é nada! O assassino é seu único amigo de verdade. E com isto eu encerro meu caso.

Eve acordou abalada quando Roarke a puxou para mais perto; o fino amanhecer cinzento já atravessava a claraboia transparente que ficava sobre a cama e mostrava o céu.

— Você não dormiu tempo suficiente, nem dormiu bem.

Ela colocou os braços ao redor dele, absorvendo seu calor e seu cheiro.

— Você também não.

— Ainda é cedo. — Ele passou as mãos pelas costas dela em carícias longas e suaves. — Tente dormir um pouco mais.

Mas ela fez que não com a cabeça e se aconchegou ainda mais nele.

— Não consigo. Estou com muita coisa na cabeça.

— Que tal eu pegar um calmante pra você? — Ele roçou os lábios em sua têmpora. — Algo leve, apenas para você relaxar e conseguir adormecer novamente.

Ele fazia isso, refletiu Eve. O homem que comandava... bem, quase tudo. O homem que era dono de uma parte tão grande do mundo civilizado que a deixava envergonhada... e provavelmente de uma parte ainda maior do mundo incivilizado era capaz de se levantar da cama ao amanhecer só para lhe trazer um calmante.

Saber e sentir isso fez com que ela sorrisse; também ajudou para que ela esquecesse, ao menos por um minuto, o quanto o mundo poderia ser frio e duro.

— Por que você não pode ser meu calmante? — Ela inclinou a cabeça para trás e seus lábios roçaram o queixo dele. — Talvez eu também possa acalmar você.

Ela se remexeu e deslizou até seus lábios encontrarem os dele. E ali estava, pensou ela, toda a conexão de que precisava. Boca com boca. Amor com amor.

Ela permaneceu bem aconchegada, desejando o calor dele, as curvas do corpo dele, esbelto e firme.

Não para adormecer, mas para esquecer todo o resto e mergulhar em tudo o que ele lhe oferecia, tudo o que ele sempre daria, mesmo quando ela nem pensasse em pedir. Com ele, ela conseguia sair do tormento para o prazer com facilidade, sabendo que ele a seguraria com força, mesmo quando ela não pensasse em pedir.

Ela já tinha murmurado e se revirado durante o sono, presa em sonhos que a beliscavam e a provocavam. Tinha tremido por causa deles, então ele colocou mais lenha na lareira e a segurou mais perto a fim de afastar o frio.

Então, ela se virou para ele, pálida, com os olhos pesados, pedindo apenas amor. Pedindo apenas que ele tomasse dela o que quisesse.

Ele a acalmou e a tomou lentamente, aprofundando o beijo, levando-a para longe dos pesadelos, do frio, das sombras e das luzes fortes e brilhantes.

Tudo parecia mais suave: o amanhecer, o fogo brando da lareira, o movimento e o deslizamento das mãos dele sobre ela. Sua guerreira, mais ferida do que ela mesma imaginava.

E adorável, muito mais maravilhosa do que ela mesma acreditava. Sua policial alta e esbelta, com a mente afiada, um olhar aguçado e um coração que sentia demais.

Ela se abriu para ele, uma flor fascinante com espinhos que ele respeitava... e por onde se arriscava.

Quando ele deslizou para dentro dela, o suspiro que ela deu foi inevitável. Quando ele murmurou o nome dela, ela arqueou as costas para senti-lo mais fundo. E tomá-lo por completo.

Enquanto Eve se movia sob Roarke, sentindo o dia começar com um pouco de beleza, o entregador sem gênero definido caminhava rapidamente em direção ao buraco sujo e repleto de grafites que ficava a meio quarteirão de uma área imunda e quase esquecida chamada pelos moradores de Square.

Os viciados em drogas, opioides e outros químicos, os fantasmas e os *gamers* não vagavam pelas ruas no inverno, nem ao amanhecer. Alguns, certamente vários deles, ainda estariam no subsolo, em lugares como a espelunca favorita de Ledo, a Gametown.

Mas normalmente Ledo voltava para seu buraco antes do amanhecer. E, como as drogas tinham prejudicado sua visão, ele já não pontuava tanto nas mesas de sinuca. Mesmo assim ainda conseguia enganar um ou outro drogado e lhe aplicava o velho golpe do jogador inexperiente para ganhar apostas, ou um pouco de *rush* ou *X*. No entanto, o vendedor de drogas ilícitas esquelético e idiota que tinha insultado e agredido Eve Dallas agora enfrentava tempos muito difíceis.

Mas seus maus momentos estavam prestes a terminar.

A caixa de encomenda servia mais uma vez para esconder seu rosto, embora isso provavelmente não fosse necessário ali. Buracos como aquele não tinham câmeras de segurança, nem placas de reconhecimento palmar.

Ainda assim, cuidado e preparação minuciosa eram a chave para o sucesso.

A porta da rua não estava nem mesmo trancada; embora duas pessoas que dormiam na calçada tivessem entrado para se proteger do frio e dormir num pedaço estreito do chão, nenhuma das duas se mexeu quando a figura de casaco marrom grosso passou por cima delas.

Ambos cheiravam a esgoto e não traziam nada de construtivo ao mundo. Mas, acabar com a vida deles, por mais patéticas que fossem, não serviria a propósito algum.

Não traria nenhuma glória verdadeira.

A empolgação da figura de roupa escura aumentou enquanto ela subia as escadas, aflorada pela certeza de que iria matar novamente — desta vez *sabendo* da descarga de adrenalina que lhe traria uma satisfação imensa depois do crime.

E a importância do seu trabalho.

Tudo isso seria oferecido a Eve, até sua satisfação pessoal; tudo seria oferecido a ela por amizade. O homem que uma vez tinha machucado o rosto de Eve com um taco de bilhar finalmente encontraria justiça.

Não havia dúvida de que Eve ficaria satisfeita... e muito mais satisfeita agora por saber que uma escória humana como o Ledo tinha sido removida da sociedade.

Proteger e servir.

Ignorando o fedor de mijo e vômito, a figura assassina lidou rapidamente com a fechadura fraca e patética da porta.

Se Ledo não estivesse sozinho, ou tivesse conseguido atrair uma drogada ou uma acompanhante de rua para sua cama, seriam dois mortos na mesma oferenda.

De qualquer forma, desta vez *certamente* Eve veria, entenderia a mensagem e enviaria algum tipo de sinal de que tinha valorizado a devoção de alguém que lhe oferecia uma amizade verdadeira.

Silenciosamente, a figura das sombras entrou no buraco imundo, fechou e trancou a porta. Acrescentou uma barra de ferro junto à saída para bloqueá-la, só por garantia.

O ronco rítmico e nasal vinha da esquerda. O feixe fino de uma lanterna encontrou Ledo esparramado num colchão sujo. Sozinho.

Com satisfação no rosto, a figura assassina largou a caixa no chão, tirou a pistola de atordoar do bolso do casaco e começou a trabalhar.

Parecia normal tomar café da manhã com Roarke na sala de estar do quarto, apesar de ele ter escolhido mingau de aveia. Se ela tivesse chegado ao AutoChef primeiro, certamente estaria comendo panquecas, mas tinha ficado tempo demais debaixo do chuveiro e agora não tinha ninguém para culpar além de si mesma.

Como Galahad tinha ainda menos interesse em aveia do que ela, esticou-se sobre o encosto do sofá, balançando o rabo, os olhos bicolores vigilantes, obviamente esperando que o bacon de costume surgisse magicamente.

Acomodada diante da mesa, e sabendo que se colocasse muito açúcar mascavo, mel e belas frutas vermelhas embebidas na aveia ela conseguiria fingir que comia outra coisa, contou a Roarke sobre o sonho.

— Até o seu subconsciente deveria compreender o óbvio: você não é responsável pelas ações e escolhas de alguém determinado a matar.

— Eu sei, e geralmente sou capaz de *compreender* isso perfeitamente — argumentou. — Parece que eu estava focada em alguma outra coisa. Bastwick era apenas um veículo. Temos de investigar todos os ângulos, seguir o procedimento, e é isso que estamos fazendo. Mas não vamos encontrar algum colega de trabalho ressentido ou um ex-amante amargurado. O pior é que a única maneira de mudarmos realmente o foco para o que considero ser o ponto central de tudo será quando houver outro corpo com outra mensagem para mim.

A Bastwick do sonho estava certa a respeito disso, refletiu Eve. Ela não conseguiria proteger a próxima vítima.

— O assassino é meu amigo — murmurou Eve. — Foi isso o que ela me disse.

— Isso é papo-furado.

— Não é um papo-furado completo. Tire os acessórios em volta e sobra uma coisa: o meu trabalho é perseguir assassinos. Se ninguém matar ninguém, eu não terei mais um emprego. Essa é uma lógica bem fria, mas talvez seja a lógica do assassino.

— Tudo bem — admitiu ele. — Isso pode ser uma lógica fria, mas também é distorcida.

— O assassino também é, então combina. A estátua da Justiça... você conhece, aquela que tem uma venda nos olhos... se divertiu com tudo aquilo. Acho que é porque Bastwick e eu sabíamos, assim como qualquer policial e advogado sabe, que a justiça espia muitas vezes por baixo da venda.

Ela pegou mais aveia, só porque estava lá, e completou:

— É interessante.

Ele teria preferido que os sonhos tirassem férias e a deixassem dormir em paz.

— Você vai conversar com uma das mulheres que lhe escreveu, a que trabalha como assistente jurídica?

— Hilly Decker, sim. Verificaremos isso logo de manhã. Ela mora e trabalha perto da Central de Polícia, então vou me encontrar com Peabody a caminho de lá.

— Não é uma mudança completa, mas já são alguns passos em direção a outra linha de investigação. E Mira terá mais.... candidatos pra você, hoje.

— "Candidatos" — Ela conseguiu dar uma risadinha. — Para o cargo de novo melhor amigo de Dallas. Não tenho certeza de como acabei com o monte de amigos que eu realmente tenho, mas sei que um requisito principal para o cargo é que nenhum lunático assassino precisa se inscrever para ser aceito.

Ela comeu mais aveia, para se livrar logo daquilo.

— Converse com Summerset, ok? Antes de sair de casa para comprar seu próximo continente, ou algo assim.

— Vou conversar. — Sentindo o nervosismo dela, ele acariciou-lhe a coxa com a mão. — E vou me encontrar com meu pessoal de comunicação e relações públicas. Essas são as últimas coisas com as quais você precisa se preocupar.

— Certo, então. — Ela se levantou, atravessou a suíte para pegar o coldre e a arma; prendeu o coldre sobre uma blusa de gola rolê cor de ameixa. — Ainda vou revisar alguns dados — anunciou, enquanto enfiava o distintivo no bolso das calças cinza-carvão e prendia as algemas na parte de trás do cinto. — Logo depois vou sair. Ainda é bem cedo, então Peabody e eu devemos alcançar Decker antes que ela saia para o trabalho.

Ela pegou a jaqueta e franziu a testa.

— Não foi essa roupa que eu peguei no closet.

— Realmente não foi, mas é a jaqueta certa.

Como a jaqueta tinha o mesmo tom de cinza das calças e era enfeitada com uma listra vertical fina como um lápis que combinava com o suéter, ela presumiu que ele tinha razão. De qualquer forma a roupa estava lá, então ela encolheu os ombros e vestiu-a.

Então estreitou os olhos.

— Estou parecendo uma contadora?

— Nem em um milhão de anos. Sem querer ofender os contadores. — Ele se levantou e foi até ela. — Você parece uma policial bem-vestida.

— As palavras "policial" e "bem-vestida" são mutuamente excludentes. Existe até um nome para isso, como é mesmo? Oximoro. Exceto no caso de Baxter, é claro. Merda, preciso falar com ele, e com Reineke e com Jenkinson! — Ela esfregou a leve dor que começava a surgir entre as sobrancelhas quando percebeu que Roarke não disse nada. — Preciso conversar com todos eles. Certamente já haverá pedaços soltos de informação, é assim que a coisa funciona, mas tenho de falar formalmente com todos.

— Você dirige uma divisão que funciona muito bem, com bons policiais.

— Sim, eles são bons policiais. Ok, cuidarei disso.

— Cuide da minha tira particular muito bem-vestida. — Ele a beijou de leve.

Quando Eve se afastou um pouco, seu comunicador tocou. E o pavor tomou conta dela.

— Dallas falando!

— Emergência para a tenente Eve Dallas. Apresente-se na avenida B, 524, apartamento 311. Possível homicídio. A vítima foi identificada visualmente pelos guardas que atenderam ao chamado como Ledo. Seu nome completo ainda é desconhecido. Os guardas no local relatam ter encontrado uma mensagem escrita deixada para a tenente Eve Dallas. Possível conexão com a investigação em andamento.

— Sim, entendi. Avise a detetive Delia Peabody e mande-a para lá. Estou a caminho.

— Positivo. Emergência desligando.

— Ledo — Eve tentou engolir a culpa que sentiu. — Pelo amor de Deus!

— Vou com você, para que você possa me contar quem ele é no caminho.

— Não há necessidade de você vir.

— Eu gostaria de ir com você. — Roarke segurou os ombros dela com firmeza. — Depois eu saio do seu caminho. Se você não quiser pensar na preocupação natural do seu marido, considere-me como um novo olhar e ponto de vista diferente.

— Ok, tudo bem, você dirige. Enquanto isso vou pesquisar o que Ledo andava aprontando desde a última vez que lidei com ele.

Ela se moveu rápido, agarrou o sobretudo do primeiro pilar do corrimão, vestiu-o e hesitou apenas por um momento quando Roarke estendeu um cachecol que ela reconheceu como aquele que Peabody tricotara para ela de presente de Natal.

— Está frio lá fora — avisou ele.

— Tá bom, tá bom! — Ela o colocou em torno do pescoço enquanto se dirigia para a porta, grata por Peabody ter escolhido cores suaves.

Enquanto caminhava em direção ao carro, que já a esperava com o motor e o aquecedor ligados, ele colocou um gorro de esqui na cabeça dela.

— Este é preto. Aceite.

Em vez de discutir — ou reclamar por *ele* não estar usando um gorro idiota — ela se sentou no banco do carona e pegou seu tablet para fazer uma rápida investigação sobre Ledo.

— O primeiro nome dele é Wendall... quem poderia imaginar? Idade: 34 anos. Parecia dez anos mais velho, mas isso se deve ao abuso de drogas, entre todos os outros abusos que você possa imaginar. Cumpriu uma pena curta por posse de drogas pesadas desde a última vez que o vi; pegou uma pena de seis meses, cumpriu quatro e fez mais dois de reabilitação obrigatória. Seguiu à risca o programa, mas posso te garantir que não funcionou. Foi representado por um advogado indicado pelo tribunal. Não consigo encontrar nenhuma ligação entre ele e a Bastwick, e provavelmente não haverá. A menos que a conexão seja eu.

— Conte-me mais sobre ele — pediu Roarke, enquanto disparava pelos portões de casa.

— Bandido de segunda categoria... não, isso seria gentil. Traficante ilegal de terceira categoria, um metido a químico que gostava muito do próprio ofício. E já mostrava sinais dos subprodutos que vendia e consumia. Gostava de jogar sinuca e era muito bom nisso, mas perdeu o talento quando as drogas turvaram sua visão. Assombrava o submundo e era frequentador assíduo da Gametown. Um idiota, um completo fodido. Basicamente não era violento. Corria, se escondia e mentia. Merda!

Ela se recostou por um momento e fechou os olhos.

— Quando você cruzou com ele pela última vez?

— Antes do último inverno... meses antes da vez em que perdi meu distintivo no caso do roubo de órgãos e assassinato de moradores de rua.

Waverly, lembrou, fazia parte do "júri" dos seus sonhos.

— Eu levei Peabody comigo para o submundo da Gametown. Deixei-a apavorada.

— Hoje em dia ela não iria se abalar.

— Não, hoje não. Fui procurar Ledo porque soube que ele tinha contato com uma das vítimas; um velho chamado Snooks que ganhava algum dinheiro vendendo flores horríveis.

Ela voltou em pensamento àquele submundo úmido e perigoso. Aos túneis, aos cheiros fétidos, às almas perdidas.

— Conheci Ledo na Gametown, quando ele estava jogando sinuca. Um dos outros idiotas com quem ele jogava não quis que aquele jogo fosse interrompido e veio para o meu lado cheio de valentia. Peguei o taco do Ledo e derrubei o idiota com ele. Mas ele era muito grande, se levantou e voou pra cima de mim. Usei meu joelho como um taco para acertar os colhões dele. Ganhei a partida, pode-se dizer.

— Se o assassino está punindo as pessoas que atacaram você, de uma forma ou de outra, me parece que esse idiota grandalhão seria a vítima escolhida.

— Ledo adorava aquele taco, o que eu quebrei na cabeça de pedra do idiota grandalhão. Ledo agarrou o taco de volta com raiva e acabou me acertando na cara com ele. Foi sem querer, mas eu vi estrelas e isso deixou uma marca bonita no meu queixo.

— Você o prendeu?

— Não. Usei o ataque a uma policial como argumento para desmontá-lo e conseguir o que queria dele. Na verdade, ele me deu boas informações. Não fez nada além de me irritar, me aplicar um golpe acidental e ser ele mesmo. O que mostra o quanto era idiota.

— Tudo isso foi para o seu relatório.

— Sim. — Ela suspirou. — Tudo isso entrou no meu relatório. Acrescente o fato de que Ledo provavelmente tentou melhorar sua reputação contando a todos que tinha enfrentado a policial fodona e deixara uma marca na cara dela. Ele pode ter contado essa história quando fez sua última passagem pela prisão... e certamente exagerou no relato.

Roarke dirigia de forma rápida e suave, ultrapassando e deslizando ao lado dos maxi ônibus que já pegavam os passageiros da manhã, e dos táxis da Cooperativa Rápido.

— Você é a ligação, e isso ajuda você.

— Ter algum tipo de ligação com o assassinato não me serve de nada.

— Pare de se sentir mal. É mais fácil dizer que isso não é útil — acrescentou ele, tirando a mão do volante para tocar a dela. — Mas você pode aproveitar algo, e certamente fará isso. Você procura alguém que tenha conhecimento dessas duas vítimas, e de como elas lidaram com você. Bastwick foi bem clara contra você na mídia, isso é fácil de ver. Mas este se gabou para um grupo menor e mais restrito.

— Estou voltando a considerar a possibilidade de se tratar de um policial, ou possivelmente alguém envolvido na aplicação da lei, porque as chances de uma pessoa, cujo foco sou eu, conhecer tanto Ledo quanto Bastwick são mínimas. As duas vítimas não poderiam estar em posições mais opostas. Trata-se de alguém ligado à aplicação da lei, um advogado, algum funcionário do tribunal. Uma repórter, talvez — acrescentou, acompanhando o raciocínio.

Tamborilou com os dedos na coxa enquanto ele dirigia em direção ao centro da cidade.

— Pelo perfil de Mira ele ou ela é organizado, inteligente e controlado. Temos alguém que consegue implementar e executar planos no longo prazo e evita confrontos. Busca aprovação... pelo menos a minha... e quer valorização e reconhecimento.

— Uma pessoa que idealizou você — acrescentou Roarke. — E alguém que, e temos de considerar isso, também poderá demonizá-la com a mesma rapidez.

— Eu preferia que fosse assim — respondeu Eve. — Ele quer vir atrás de mim? Que venha, eu dou conta.

Alguns veículos enferrujados e amassados estavam encostados junto ao meio-fio da Square. A maioria tinha sido despojada de quaisquer partes utilizáveis e depois usada como tela para palavrões, sugestões, comentários ou pichações pornográficas.

Na parte de trás de um antigo carro de dois lugares, sem rodas ou portas, com a inscrição FODA-SE, BUNDÃO pintada em preto no porta-malas marrom desbotado, já estava parado um carro--patrulha dos grandes.

Alguns madrugadores — ou, mais provavelmente, jogadores que tinham virado a noite — perambulavam pelos degraus que levavam a um buraco no porão de uma galeria. Tinham as bochechas coradas e os olhos zangados.

Dois androides de ronda estavam em pé na calçada, parecendo tão mal-humorados quanto os androides conseguiam parecer, cada um com a mão na coronha de um bastão de choque.

— Bom dia, tenente — cumprimentou o primeiro, aproximando-se assim que Eve saltou do carro. Tinha sido criado para se parecer com um homem negro de trinta e poucos anos e ombros tão largos quanto a Grande Muralha da China. — Fomos chamados aqui para lidar com o controle de multidões *quando* e *se* for necessário; também viemos para vigiar todo e qualquer veículo oficial. Estamos programados em especial para lidar com as questões e a cultura específicas desta área.

— Ótimo, então continuem atuando. — Ela examinou o prédio com algumas janelas apagadas e outras cobertas por tábuas. — Ainda é muito cedo para surgirem problemas por aqui. — Ela lançou um olhar para dois vagabundos quando um deles fez barulhos exagerados de beijos em sua direção.

O androide de segurança se virou na direção dele, mas Eve balançou a cabeça.

— Pode deixar que eu cuido disso.

Ela se aproximou dos dois, com seu casacão de couro balançando ao vento.

— Quer um beijo? — perguntou ela.

— Não posso colocar meus lábios nos de nenhuma tira. — Seus olhos avermelhados de bordas rosadas a desafiaram, e quando seus lábios se abriram num sorriso, ele demonstrou a falta de qualquer indício de higiene bucal. — Mas tenho um pau grande aqui, caso você queira usar sua boca para alguma coisa.

A ideia fez seu companheiro magro e de pescoço comprido rir como uma menina escandalosa.

— Ele é grande mesmo?

Ele segurou sua virilha e bombeou os quadris para a frente.

— O maior que você já viu, sua vaca.

Ela inclinou a cabeça e sorriu.

— Já vi alguns bem grandes, então você vai ter de me provar.

Completamente doidão na onda do que quer que o tenha ajudado durante a noite, Pau Grande abriu a braguilha e puxou seu pênis, que já estava ficando duro. Eve admitiu em silêncio que ele talvez tivesse um direito razoável de se gabar em relação ao tamanho, mas isso tornava tudo ainda mais simples.

— Isso tudo é seu?

— Merda, você é cega e burra, vadia?

— Quero só ter certeza.

Ela o agarrou pelo membro — sinceramente grata por ter colocado as luvas — e torceu-o com força. Quando ele emitiu um som semelhante ao de uma chaleira quando assobia e espalha vapor, seu companheiro avançou gritando:

— Ei, ei!

Eve cerrou o punho livre e deu um soco curto e forte na garganta dele, aproveitando o tamanho exagerado do seu pescoço. Ele se engasgou, agarrou a garganta, tropeçou para trás e caiu de bunda no concreto coberto de lixo, em frente à porta do apartamento.

Pau Grande continuou fazendo aquele chiado agudo enquanto caía de joelhos.

— Você pode escolher — anunciou Eve, torcendo um pouco mais forte. — Posso mandar você com seu pau medonho e machucado para dentro daquela viatura grande, junto do seu amiguinho idiota. As acusações são: ato obsceno com exposição de partes íntimas do corpo, agressão a uma policial e posse de todas as drogas que vocês dois certamente têm nos bolsos. Você entendeu? Acene com a cabeça se entendeu.

A cabeça dele balançou devagar, seus olhos avermelhados lacrimejando e derramando lágrimas.

— Ótimo. Segunda chance: coloque seu pau ridículo pra dentro da calça, antes que eu acrescente poluição atmosférica à lista de transgressões. Balance a cabeça uma vez para a escolha um, duas vezes para a escolha dois.

Com muito cuidado, ele assentiu duas vezes.

— Muito bem!

Ela o largou. Os dois tossiram com tanta força que ela se perguntou se iriam vomitar algum órgão interno. Enquanto esperava que eles recuperassem o fôlego, ela tirou as luvas, virou-as cuidadosamente do avesso e enrolou-as uma na outra.

Ela não as usaria novamente.

— Há quanto tempo vocês estão aqui fora?

— Ah, vá se fo...

— Se completar a frase vou agarrar seu saco — avisou Eve, com um tom alegre. — Vou esmagar seus colhões como se fossem ovos cozidos. Há quanto tempo vocês estão aqui fora?

— Não a deixe ainda mais brava, Pick. Não a deixe brava!

Pescoço Comprido conseguiu ficar de joelhos e respondeu.

— Acabamos de descer depois do expediente, aqui mesmo neste quarteirão. Acabamos de chegar, vimos a polícia e tudo. Moro aqui. Bem aqui. — Ele apontou para o porão. — Não fizemos nada. Não vimos nada.

— Você conhece Ledo?

— Claro, claro, mora ali em cima.

— Quando foi a última vez que você o viu?

— Ahn... ontem, eu acho? Ou quem sabe anteontem à noite? Talvez perto da Gametown, ou algo assim.

Se ela precisasse de mais informações, já sabia onde encontrá-los. Endireitou o corpo e ordenou:

— Vão para casa. Agora! E continuem lá dentro.

Ela se virou e foi embora. Os androides agora pareciam ter se divertido com o que viram da melhor maneira que androides conseguiam simular. Roarke estava encostado na viatura de Eve, trabalhando em seu tablet.

— Devemos registrar esse incidente, tenente? — perguntou-lhe um dos androides.

— Que incidente? — Gesticulando para Roarke acompanhá-la, caminhou em direção ao prédio vizinho. — Não posso negar que precisava muito dessa diversão.

— Todo mundo tem direito a um pouco de entretenimento, de vez em quando.

— Isso até me animou. — Ela alongou os ombros quando eles entraram. — Foi você que me deu esse par de luvas?

— Provavelmente.

— Elas eram muito boas. Desculpe desperdiçá-las.

Mesmo considerando que deveria multar a si própria por jogar lixo na rua, ela atirou as luvas no chão já cheio de lixo antes mesmo de começar a subir a escada.

Alguém da região talvez conseguisse usá-las — e certamente não daria a mínima, mesmo que soubesse onde elas tinham estado.

Capítulo Sete

Peabody abriu a porta.

— Vocês vieram depressa — disse ela. — Eu acabei de chegar. Oi, Roarke. — Ela recuou para deixá-los entrar. — O policial Rineheart foi o primeiro a chegar. A pessoa que ligou para a Emergência mora do outro lado do corredor e está com a parceira dele. A testemunha afirma que estava saindo para trabalhar, viu a porta aberta e olhou para dentro.

Peabody apontou para onde Ledo estava deitado sobre um colchão fino manchado de sangue e diversos fluidos corporais sobre os quais Eve não queria pensar muito.

Estava completamente vestido: moletom desbotado dos Knicks, calças cargo pretas, meias grossas... que um dia tinham sido brancas, presumiu ela, mas agora exibiam uma cor de burro quando foge e muitos buracos irregulares que deixavam de fora os dedões dos pés.

Um sobretudo escuro e alguns cobertores puídos e esfarrapados estavam amassados ao lado dele, e a ponta mais grossa de um taco de sinuca se projetava de seu peito.

Constituição esquelética, cabelo cor de palha suja, olhos injetados dos viciados em drogas.

— Este é Ledo — Eve se virou para o policial. — Vamos lá.

— Respondi ao chamado da Emergência registrado às seis e dezesseis da manhã. Minha parceira e eu chegamos às seis e vinte. O prédio não tem sistema de segurança e a porta do apartamento estava aberta, exibindo o cadáver exatamente na posição em que está. Eu identifiquei Ledo visualmente, de imediato.

O policial, com cabelos grisalhos sob o quepe, olhou na direção do corpo.

— Trabalho nesta área há quatro anos, então eu o conheço bem. Misty Polinsky é o nome da mulher que deu o alarme. Mora do outro lado do corredor. Ela é jovem, tenente, e está muito abalada. Assim que a acalmamos, chamei alguns androides. Se deixássemos a viatura lá fora sem vigilância, não sobraria muita coisa dela quando tornássemos a sair.

— Ok. Comece a interrogar os vizinhos, só para cumprir as normas. Você quer ajuda para fazer isso?

— A maior parte das pessoas daqui me conhece bem, não haverá problemas. Dois deles moram nas calçadas e dormiam aqui dentro, no térreo, quando chegamos. Tivemos de sacudi-los com vontade para acordá-los. Conseguimos seus nomes e os enviamos para um abrigo. Eles não viram nada. Eu os conheço, tenente — acrescentou. — Estão sempre por aqui e será fácil localizá-los, caso a senhora queira conversar com eles, mas ambos estavam profundamente adormecidos.

Ela assentiu, pegou seu kit de serviço com Roarke e selou as mãos e os pés antes de seguir em direção ao corpo.

Rotina, disse a si mesma. Procedimento normal a ser seguido. E pegou os medidores.

— A identidade da vítima foi confirmada como Wendall Ledo, morador deste endereço. A morte aconteceu exatamente... — ela conferiu o medidor — às seis e três minutos da manhã. A testemunha deixou de ver o assassino por questão de minutos.

— Encontrei o restante do taco de sinuca aqui, Dallas — anunciou Peabody. — A metade superior.

— Acho que ele comprou um taco novo — murmurou Eve. — Sinuca era o jogo dele. Eu quebrei o outro que ele tinha, igual a este aqui. Quando ele tentou agarrá-lo com força acabou me acertando no rosto, sem querer, com a base do taco.

— Dallas... — Peabody tentou falar algo, mas Eve balançou a cabeça para os lados.

— Isso foi tudo o que o assassino precisou saber. Ledo tentou mentir para mim, e é por isso que a língua dele está naquela xícara.

— Não tinha visto! Vou embalar.

— Está muito frio aqui porque as janelas são uma porcaria. Ledo chegou em casa, provavelmente vindo da Gametown. Tirou o casaco e os tênis, mas se jogou na cama sem tirar o resto da roupa e se cobriu com esses cobertores de merda. O exame toxicológico será interessante. — Ela ergueu uma das pálpebras avermelhadas. — Ele não conseguiu abandonar as drogas, não conseguiu resistir aos produtos que ele mesmo vendia. Deve haver alguns deles escondidos por aqui, e pode apostar que os bolsos do casaco guardam ainda mais. Dê uma olhada nisso, Peabody.

— Argh! — foi a reação da detetive, mas se agachou para examinar o casaco manchado no chão.

— É fácil analisar um buraco como este e entender a rotina do Ledo. Ele dormia quase o dia todo porque seus negócios aconteciam à noite. Além do mais, o sol incomodava seus olhos. As drogas fazem isso. Num tempo frio como este, ele provavelmente se mantinha no subsolo. Talvez procurasse uma lanchonete para comer algo, mas fazia a maior parte de seus negócios no submundo. Sua rotina era "fique chapado, permaneça assim e jogue um pouco de sinuca; se ainda tiver sobrado algumas habilidades, ganhe o suficiente para comprar uma cerveja e um pouco mais para conseguir comida; talvez o suficiente para pagar por uma trepada rápida ou um boquete. Depois, volte para casa antes de o sol nascer, desmaie e repita tudo outra vez".

— Há várias substâncias suspeitas por aqui — anunciou Peabody. — Estão em sacos pequenos e transparentes; também encontrei dois molhos de chaves, 63 dólares em dinheiro vivo. Sem fichas de crédito, sem cartões de crédito; um *tele-link* de bolso e um pequeno saco aberto de salgadinhos de soja sabor queijo e cebola.

Eve sentou-se sobre os calcanhares.

— Tinha uma vida fodida, mas era a vida dele.

— As fechaduras foram violadas recentemente — avisou Roarke —, mas eram fáceis de violar.

Eve fez que sim com a cabeça.

— O assassino sabia que Ledo iria voltar para este seu buraco antes de o dia amanhecer. Além do mais, se ele ainda não tivesse voltado, bastava esperar um pouco por aqui mesmo, até ele chegar. Mas havia grande chance de que ele já estaria aqui. Não existe segurança alguma neste prédio, basta entrar. Mesmo assim eu aposto que você estava disfarçado... O uniforme de entregas, a caixa de truques. Bastava passar por cima dos moradores de rua apagados, subir a escada e arrombar a fechadura da porta. É uma fechadura de merda, mas você entrou sem arrombá-la, então essa é outra das suas habilidades.

Ela recriou as cenas passo a passo mentalmente, como se fosse o próprio assassino.

— O morto já estava totalmente apagado. Certamente o lugar estava escuro. As janelas são imundas e pouca luz entrava porque ainda era muito cedo. Muito menos as luzes da rua, ainda mais por estas janelas. Ele trouxe a própria lanterna.

Cuidadosamente, ela ergueu o moletom manchado de sangue e examinou o torso do morto.

— Ele trouxe a pistola de atordoar novamente. Um drogado desmaiado, mesmo assim você o atordoou? Covardia ou compaixão? Tenho de pensar a respeito disso. De qualquer forma, ele não sentiu nada.

Ela se colocou de pé e completou:

— O taco de sinuca está bem ali. O assassino o manteve por perto, como se fosse um ursinho de pelúcia. Quebrou o taco... isso é simbólico. Aplicou-lhe um bom golpe no mesmo lado do rosto, como Ledo fez comigo. Isso também é simbólico; caso contrário, por que não espancá-lo até a morte com o taco? Estou só especulando.

— Seria violento demais — sugeriu Peabody.

— Sim. Muito violento, muito passional e muito bagunçado. Espancar alguém até a morte simplesmente não seria eficiente. A escolha foi um único golpe, por vingança, e depois enfiar a ponta quebrada do taco em seu peito. Isso exige bastante força bruta. — Ela mexeu um pouco o corpo e colocou as mãos logo acima da base do taco.

— Espetou o taco nele e pressionou com força para baixo, usando o próprio peso. Provavelmente foi isso. Ele foi atravessado, como que por uma lança. Em seguida ele cuidou da língua... sua língua mentirosa. Por fim, escreveu a mensagem.

À TENENTE EVE DALLAS, COM RESPEITO E ADMIRAÇÃO.

ELE ERA UMA PRAGA PARA A SOCIEDADE, A MESMA SOCIEDADE QUE IMPEDE VOCÊ DE TRABALHAR COM REGRAS QUE PROTEGEM AS PRAGAS. ALGUMAS REGRAS RESTRINGEM A JUSTIÇA. VOCÊ E EU SABEMOS DISSO.

ELE VENDIA O SEU LIXO PARA PESSOAS QUE IGNORAM TODAS AS LEIS, E VIVIA NA SUJEIRA.

ELE MENTIU PARA VOCÊ E TE AGREDIU. EMBORA TEMESSE VOCÊ, NUNCA TE RESPEITOU. E FORAM ESSAS MESMAS LEIS QUE LHE PERMITIRAM LEVAR UMA VIDA DE PARASITA E SEM VALOR.

ESTE É UM ATO DE JUSTIÇA PARA A SOCIEDADE E... O MAIS IMPORTANTE E MAIS PESSOAL, UM ATO EM SUA HOMENAGEM, EVE. A MARCA QUE ELE DEIXOU NO SEU ROSTO JÁ DESAPARECEU; AGORA O INSULTO FOI PAGO COM JUROS, DE FORMA INTEGRAL.

TENHO VOCÊ COMO AMIGA. SAIBA QUE SEMPRE ESTAREI AO SEU LADO E NÃO PEDIREI NADA MAIS QUE SUA AMIZADE. AJUDAREI VOCÊ A LEVAR JUSTIÇA... JUSTIÇA VERDADEIRA PARA OS CULPADOS. ENQUANTO ESTIVER LENDO ISTO, SAIBA QUE EU PENSO EM VOCÊ A CADA HORA DE CADA DIA.

ASSINADO: UMA PESSOA LEAL E AMIGA DE VERDADE.

— Esta mensagem é mais longa — observou Eve. — Ele está se tornando mais conversador e... — ela pegou os óculos de visão microscópica e se aproximou das letras — ... também mais trêmulo. As letras não estão tão precisas e controladas desta vez. Ainda temos de analisá-las, mas parece que algumas palavras estão mais escuras ou um pouco mais grossas, como se ele tivesse pressionado o marcador com mais força. O meu nome, as palavras "justiça", "sujeira", "respeitou" e "verdadeira" também ganharam mais ênfase.

Ela recuou e tirou os óculos de visão microscópica.

— Ok. Vamos liberar a cena do crime para os peritos.

Peabody olhou ao redor do apartamento imundo.

— Agradeçamos à deusa de tudo o que é limpo e saudável. — Ela sorriu para Roarke. — Tenho simpatia pelos preceitos da Família Livre.

— É perfeitamente adequado, considerando a cena.

— Mande chamar os peritos e o rabecão — ordenou Eve. — Ligue para Morris, Mira e Whitney. A DDE deverá examinar o *tele-link* da vítima. Falaremos com a testemunha e mandaremos policiais para vigiar a cena do crime. — Ela olhou para Roarke. — Você deve ter um monte de outras coisas para fazer.

— Vou ficar aqui até você terminar.

Em vez de discutir, ela saiu, atravessou o corredor e bateu na porta ao lado com força.

Uma policial de constituição forte abriu a porta, olhou para o distintivo e então para o rosto de Eve.

— Bom dia, tenente.

— Seu parceiro já foi falar com os vizinhos. Os peritos e o necrotério foram notificados. Mantenha a cena do crime segura, policial Morales.

— Sim, senhora. A testemunha está abalada, mas disposta a cooperar. Acho que ela não viu nada. Sua história me parece verdadeira.

— Vamos dar uma olhada nela.

Eve entrou no apartamento. O pequeno espaço era como um espelho do buraco de Ledo em tamanho e formato, mas lhe faltava a decoração tóxica de chiqueiro. Misty Polinsky tinha um sofá velho e surrado coberto por uma manta estampada com flores silvestres; um tapete vermelho fino cobria o chão limpo. Havia um abajur com franjas e outro com a cúpula amassada. Ela — ou alguém — tinha pintado mais flores em caixas empilhadas que funcionavam como cômoda.

A cozinha consistia em uma pia do tamanho de uma xícara, um mini AutoChef e uma bancada do tamanho de um jogo americano. Mas estava limpa.

Misty estava sentada sobre a manta floral com as pernas dobradas e segurava com as duas mãos uma caneca lascada. Seu cabelo azul-celeste tinha um penteado com pontas em ângulo agudo e ela tremia sob um suéter enorme caído sobre os ombros estreitos.

Embora a maquiagem estivesse muito manchada, seus olhos eram expressivos. Estavam vermelhos, mas Eve deduziu que devia ser por causa do choro, e não das drogas.

— Srta. Polinsky, sou a tenente Dallas. Esta é a detetive Peabody, e nosso consultor civil. Como você está?

— Um pouco enjoada. A policial Morales me aconselhou tomar um pouco de chá, mas o enjoo não passou. Nunca vi nada assim. Nunca vi nada parecido com o Ledo caído lá.

As lágrimas rolaram... agora eram de choque e não de tristeza, na opinião de Eve, e isso a fez se sentar no braço do sofá.

— É difícil ver algo assim. Você conhecia bem o Ledo?

— Não exatamente. Quer dizer, eu já o vi e nos cumprimentamos algumas vezes, como fazemos com vizinhos.

— Você já esteve no apartamento dele?

— Não. Ele... ele me convidou, mas... bem, sabe como é. — Ela encolheu os ombros. — Eu não queria ir lá.

— Você já comprou alguma coisa dele?

— Não consumo drogas. — Seus olhos grandes tão azuis quanto o cabelo se arregalaram. — Juro por Deus! A senhora pode me testar e tudo mais. Eu não me envolvo em atividades ilícitas.

— Ok. — Eve leu algo em seu tablet enquanto falava e analisou o rosto da testemunha. — Quantos anos você tem, Misty?

— Vinte e dois.

— Quantos anos você tem aqui no Planeta Terra?

As mãos que seguravam a caneca tremeram.

— Eu não vou voltar. A senhora não pode me fazer voltar. Tenho uma carteira de identidade que diz que eu tenho 21 anos.

— Voltar para onde?

— Escute, eu só estava saindo para trabalhar. Trabalho no turno da manhã na cafeteria da esquina, três dias por semana. Del's é o nome do lugar... se bem que eu nunca conheci ninguém chamado Del por lá. Tive de ligar para avisar que chegaria atrasada, e agora Pete está bravo.

— Você também trabalha na boate Swing It quatro noites por semana.

O rosto de Misty ficou vermelho, emoldurado pelo cabelo azul.

— Eu apenas danço, ok? Não faço as outras coisas, só danço.

— Há quanto tempo você está em Nova York?

— Seis meses. Ou quase isso. Eu saí para trabalhar, policial.

— Tenente.

— Ok. Eu estava saindo para trabalhar e a porta do apartamento em frente estava aberta. Eu não devia ter olhado lá para dentro, mas a porta estava aberta e este não é um bairro bom, então dei só uma olhada para ter certeza de que o Ledo não tinha sido assaltado. Então eu o vi sobre a cama. E vi o sangue!

— Você entrou lá?

— Não, não. — Ela balançou a cabeça com força para os lados. — Corri de volta pra cá e tranquei a porta. Não sabia o que fazer, senti vontade de vomitar. Eu ia sair correndo de novo; resolvi ir para o trabalho e fingir que não tinha visto nada. Só que... Isso não seria certo. Não seria a coisa certa a fazer, então chamei a polícia.

Embora continuasse meio vermelho, seu rosto ficou rígido de raiva.

— Eu não deveria ter problemas por chamar a polícia. Por fazer a coisa certa!

— E não terá. Você viu alguém ou ouviu alguma coisa antes de dar uma olhada no apartamento do Ledo?

— Não. Contei à policial Morales que acordei às cinco e quarenta, como faço quando trabalho na cafeteria. Tomei um banho. A água nunca fica muito quente e os canos fazem um barulho infernal. Saí e me vesti para o trabalho. Hoje à noite tenho de trabalhar na boate, então guardei alguns trocados extras na bolsa, peguei uma barra de cereais e uma lata de refrigerante, porque não gosto de café. Depois peguei meu casaco, minhas outras coisas e saí. Eram seis e quinze. Olhei para dentro do apartamento porque a porta estava aberta.

— Você viu alguém passar por aqui que não reconheceu?

— Não sei. Às vezes as pessoas dormem no chão, lá embaixo. Não os conheço, mas eles não incomodam ninguém. E tem feito muito frio. E o dedetizador apareceu uma vez.

— Dedetizador?

— A pessoa que veio exterminar os insetos do prédio. Acho que foi o síndico que encomendou o serviço, mas, quando perguntei se ele podia chamar alguém para dedetizar o meu apartamento também, ele simplesmente riu na minha cara. É um idiota, mesmo.

— Você pode descrever essa pessoa? O dedetizador. Era homem ou mulher? Qual seu tipo de corpo, etnia e idade?

— Poxa, não sei. — Ela bebeu mais um pouco do chá, suspirou e acabou bagunçando a franja azul. — Suponho que era um homem, mas para ser sincera eu não sei. Ele usava um capuz, uma máscara, e trazia um pulverizador na mão. Eu o vi por menos de um minuto.

— Você falou com esse tal dedetizador?

— Só perguntei pela fresta da porta se ele ia dedetizar o prédio inteiro, e ele meio que fez que sim com a cabeça. Eu pensei "que ótimo!", porque as baratas me assustam. Arrumei um pouco a casa, como devemos fazer quando alguém vai entrar onde você mora, mas quando olhei de novo no corredor a pessoa tinha sumido.

Ela sorriu de leve e completou:

— E as baratas ainda estão aqui.

— Você notou algum tipo de logotipo ou nome na roupa dele?

— Nem pensei nisso. Desculpe.

— Eu gostaria que você trabalhasse com um detetive que cria retratos falados.

O rubor rosa sumiu, e agora ela arrancava com os dentes o que lhe restava do batom.

— Mas eu não vi nada que possa descrever.

— Nunca se sabe. Podemos levar você até a Central de Polícia, e nosso detetive que trabalha com retratos falados poderá te ajudar a lembrar alguns detalhes que você nem sabe que percebeu.

— A senhora vai me prender?

— Não. — Eve se sentou ao lado de Misty. — *Ninguém* vai prender você. *Ninguém* vai mandar você de volta. Você não está com problemas. Está até nos ajudando, e posso conseguir duzentos dólares pela ajuda, se você cooperar com o retrato.

— Você pode me conseguir... duzentos dólares?

— Isso mesmo. Precisamos da sua ajuda, Misty. Ledo era um idiota e deu em cima de você.

— Sim, mas... Bem, ele não foi agressivo nem nada, como alguns caras que aparecem.

— Isso mesmo. Agora, alguém o matou. Você pode nos ajudar a descobrir quem foi.

— Escute. Preciso trabalhar para pagar o aluguel. Os duzentos dólares cairiam muito bem, mas preciso receber um salário regular. Pete vai me demitir se eu não for trabalhar agora no turno da manhã.

— Você gosta de trabalhar para o Pete?

— É um trabalho como outro qualquer. Preciso pagar o aluguel, senão serei despejada.

— Certo. Mas você *gosta* de morar aqui?

Pela primeira vez, o vislumbre de um sorriso genuíno apareceu.

— Eu teria de ser cega, surda e louca para gostar de morar aqui, mas é o que tenho, e é melhor do que eu costumava ter.

Eve olhou para Roarke.

— Talvez eu possa ajudá-la a encontrar um lugar decente onde ficar até conseguir outro emprego e um lugar melhor que este para morar.

— Não vou para um abrigo de delinquentes juvenis! Eu não vou...

— Espere um minuto. Ninguém vai obrigar você a fazer nada.

Ela se levantou, mandou Peabody se sentar com Misty e chamou Roarke até o corredor.

— Ela tem 17 anos. Imagino que seja uma fugitiva de Dayton, Ohio, mas ninguém procurou por ela. Vi seu histórico médico e descobri um padrão de abuso físico constante. O pai está cumprindo pena, foi preso no mês passado por agressão. A mãe vive entrando e saindo da prisão, abuso de drogas. Sei que o abrigo para jovens que você está construindo ainda não está cem por cento pronto, só que... Na verdade ela não se encaixa perfeitamente... mas talvez haja um lugar para ela no Dochas por algumas semanas. Ela fará 18 anos em maio.

— Posso providenciar isso, se ela aceitar. Algumas das mulheres de lá não são muito mais velhas que ela.

Eve fez que sim com a cabeça, mas não disse nada. Roarke ergueu as sobrancelhas.

— Você quer que eu fale com ela, certo?

— Você vai convencê-la na mesma hora. Ela respeita o meu distintivo, mas tem medo dele. Provavelmente ninguém que usava um distintivo lhe deu muita ajuda na vida. Se você falar com ela de um jeito tranquilo, ela não terá medo.

— Tudo bem. — Ele lhe deu uma pequena cutucada na barriga. — Você está ficando mais sensível, tenente.

— Não posso deixar que minha única testemunha suma no mundo, posso? Nem arriscar que o dedetizador volte para pegá-la, só para se garantir. Ela trabalhará melhor com Yancy num retrato falado, caso eu não precise levá-la daqui sob custódia de proteção.

— Você pode usar isso como desculpa, se quiser. — Ele se inclinou para beijá-la antes que ela conseguisse escapar. — Me dê só um minuto para eu fazer os preparativos, presumindo que eu consiga um lugar para ela de imediato.

Com os preparativos feitos, Eve chamou outra patrulhinha para transportar Misty até a Central a fim de trabalhar com o detetive Yancy, seu artista preferido na área.

— Ela também tem uma alma de artista. — Com Eve, Peabody guardou seus kits de serviço no porta-malas. — Ela pintou as flores nas caixas e fez o pequeno desenho a lápis dos gatos, que está pendurado na parede. Que bom que você vai tirá-la daqui.

— A decisão é dela, e a instituição é do Roarke.

— Mesmo assim. Os peritos chegaram... e o rabecão também.

Eve esperou um pouco e foi até Dawson.

— Você trouxe a mesma equipe?

— Conforme solicitado.

— Ótimo, quanto menos mãos mexerem nessa massa, melhor. Você vai precisar se desintoxicar depois de analisar esse buraco. — Quando Dawson começou a rir, Eve balançou a cabeça. — Estou falando sério.

— Ah, merda! — Ele soltou um longo suspiro. — Fizz, Lottie, Charis! Chegamos à porta do inferno, mas teremos uma boa desintoxicação como sobremesa.

Ouviram-se gemidos quando a equipe descarregou o equipamento e vestiu o traje branco completo da perícia.

— Preciso de um analista de caligrafia especializado em grafologia.

Dawson comprimiu os lábios.

— Outra mensagem pra você?

— Isso mesmo.

— Vou ligar para Jen... Jen Kobechck. Ela é a melhor que nós temos.

— Isso vai me poupar tempo. Obrigada.

— Temos de cuidar uns dos outros. — Ele fez sinal para sua equipe. — Vamos começar a periciar tudo!

Eve voltou e entrou no carro.

— Agora você vai me dizer que vamos visitar o submundo? — quis saber Peabody.

— Talvez não. Carmine Atelli é o dono da Gametown. Já lidamos com ele quando fomos atrás do Ledo, da outra vez. Ele mora nas Torres Hudson.

— Mora bem!

— Até quem mora num ninho de ratos raivosos está melhor do que quem vive no submundo. — Eve saiu com o carro e seguiu o fluxo do trânsito. — É mais provável que ele esteja em casa a esta hora do dia, então vamos conferir. Mas precisamos fazer outra parada antes.

Como ainda eram nove horas, Eve resolveu visitar o apartamento de Hilly Decker. O prédio de três andares meio largado, típico do período pós-Guerras Urbanas, precisava de uma boa reforma. No entanto, se mantinha firme em um bairro de prédios e lojas de classe média-baixa que ainda resistiam, tentando sobreviver.

Lá dentro exalava o cheiro distante dos burritos do café da manhã de alguém. O choro desumano de um bebê sacudiu todas as paredes do primeiro andar.

— Por que os bebês sempre fazem esse som, como se alguém os estivesse apunhalando na orelha?

— É o jeito de conseguirem se expressar — explicou Peabody. — Quando alguma coisa dói, eles sentem fome ou simplesmente estão entediados, tudo o que conseguem fazer é chorar.

— Pois me parece que eles ficam irritados a maior parte do tempo.

O som diminuiu ligeiramente no segundo andar, ou foi abafado por alguém que apresentava um *talk show* matinal num volume ensurdecedor.

Eve bateu à porta do apartamento 2-A.

Não havia câmera ali, notou; também não havia placa de identificação palmar, apenas uma campainha estridente com câmera embutida e fechaduras boas e resistentes.

— Espere só um instantinho, Sra. Missenelli!

A porta se abriu. Hilly Decker estava em pé com uma bota de salto grosso na mão e a outra no pé esquerdo. Vestia uma saia preta e um colete com uma blusa azul-clara por baixo. E vários prendedores grandes e prateados enganchados de forma casual em seu cabelo castanho.

Seus olhos, da cor de kiwis, se arregalaram na hora.

— Você não é a Sra. Missenelli! Ai, meu Deus, meu Deus, meu Deus!

Ela falou tudo junto em um grito histérico, largou a bota e pulou para cima e para baixo como uma criança.

— Ai, meu *DEUS*! Você é Eve Dallas. Você é ela! Aqui! Você está aqui!

— Precisamos falar com você, Srta. Decker.

— Ai, meu Deus, eu *preciso* te abraçar! — Quando Hilly avançou com os braços abertos, Eve ergueu as duas mãos em negativa.

— Não! — reagiu Eve, com ar definitivo.

— Certo, certo, desculpe. Minha Nossa! Você não é de abraçar, eu sei. É que estou muito *empolgada*. Ai, meu Deus! Meu coração disparou. Você devia sentir meu coração acelerado. Você *quer* sentir? Não... Desculpe. Ai, meu Deus!

Peabody forçou passagem com o cotovelo.

— Podemos entrar, Srta. Decker?

— Ai, Deus! *Sim, claro, por favor.* Eu também conheço você. Peabody! É incrível trabalhar com Eve Dallas? É tipo ultra-abso-mag?

— É como um sonho... — Um tanto preocupada com a possibilidade de Eve lhe dar um soco caso Hilly perdesse a cabeça e tentasse outro abraço, Peabody se espremeu entre as duas. — Talvez pudéssemos nos sentar.

— Ah, sim, claro! Deixa eu ver se a sala não está bagunçada! Não está tão mal — decidiu, correndo com uma bota só e afofando as almofadas. — Poderia ser pior. *Já foi* pior, principalmente quando Luca ainda estava por aqui... Era o meu ex, entende? — Ela sorriu para Eve. — Lembra que eu já te contei sobre ele?

— Sente-se! — ordenou Eve.

— Ok. — Hilly se sentou, obediente como um cachorrinho e ainda mais alegre do que um. — Esta foi a maior surpresa da minha vida! — Ela se abanou com as mãos, piscando depressa. — Prometi a mim mesma que não choraria no dia em que finalmente conhecesse você, mas lá vou eu cair no choro do mesmo jeito. Hoje é simplesmente o melhor dia da minha vida!

— Onde você estava hoje às seis da manhã?

— O quê? Dormindo. Ah, eu devia oferecer um café pra você! Só que eu não tenho o tipo de café que você bebe. Não tenho dinheiro para isso, só comprei uma vez para experimentar. É simplesmente o máximo. Mas eu tenho Pepsi, posso pegar uma latinha para você.

— Sente-se! — ordenou Eve novamente quando Hilly deu um pulo do sofá. — Você estava sozinha... às seis da manhã?

— Ah, sim, estava. Não me interessei por ninguém desde o Luca. Depois que terminamos eu me perguntei: "O que Eve faria nessa situação?" Isso me ajuda muito, pensar nesses termos. Então pensei: "Bem, Eve iria se sentar, analisaria a situação com cuidado e iria simplesmente tocar a vida, sabe?"

Irradiando alegria, ela abraçou a si mesma.

— Eu já estava meio chateada por você nunca ter me respondido, mas aqui está você. Bem aqui! Não sei quantas vezes passei pela porta da Central de Polícia e tentei reunir coragem para entrar, nem que fosse só pra ver você. A única certeza que eu tinha é que se algum dia nós duas tivéssemos a chance de bater papo, nos daríamos muito bem. Tipo assim... você sabe... irmãs.

— Vinte e sete de dezembro, entre cinco da tarde e sete da noite. Onde você estava?

— Há quanto tempo foi isso?

— Dois dias atrás — informou Peabody, prestativa. — Dois dias depois do Natal.

— Ah, certo! É que ver vocês *bagunçou* com a minha cabeça! Eu estava bem aqui, fiquei em casa. Tirei um tempo para me recuperar do Natal, entende? Tive de ver meus parentes. *Três dias* com a minha família me deixaram mortinha. Nosso escritório vai estar fechado durante esta semana, então eu tirei um dia de folga no trabalho. E só vou trabalhar hoje porque tenho um assunto pendente no tribunal. Então é isso: nesse dia eu simplesmente fiquei em casa, assistindo à TV. A gente podia sair hoje à noite para tomar um drinque.

"No Esquilo Azul!", anunciou ela, inspirada. "Você ainda frequenta aquele lugar? Já fui algumas vezes, mas nunca te vi por lá."

— Você viu ou falou com alguém?

— Quando?

— No dia vinte e sete de dezembro, entre cinco da tarde e sete da noite.

— Não. Será que eu falei? Sei lá. Quem se lembra dessas coisas?

Eve se inclinou para a frente.

— Pense bem, com cuidado.

— Ah, bem, ok, se é isso que você quer. Ahn... Ah, deve ser a Sra. Missenelli chegando. Ela vai *adorar* te conhecer. Já contei a ela tudo sobre você.

Quando Hilly se levantou para correr até a porta, Eve apertou os olhos com força.

— Mãe de Deus! — murmurou ela.

— Ela ainda está calçando uma bota só — apontou Peabody. — De jeito nenhum, Dallas. Nem forçando a barra esta é a nossa assassina astuta, controlada e organizada.

— Sra. Missenelli e Toby! — Sorrindo de orelha a orelha e com os olhos brilhando, Hilly voltou para a sala segurando um gato branco fofo enorme e rebocando uma mulher miúda de cabelo preto com um penteado em forma de capacete. — *Esta* aqui é Eve Dallas!

— Prazer — disse a mulher, mas parecia um pouco irritada.

— Você acredita nisso? Dá para acreditar que ela está aqui?

— Estou pasma. Você vai deixar Toby no banho e tosa para dar um trato, não vai, Hilly?

— Claro, claro, quando estiver a caminho do tribunal. Preciso estar no tribunal às dez, mas tenho bastante tempo para receber as visitas antes — respondeu ela, olhando para Eve —, e depois ainda deixar Toby no banho e tosa. Fica no caminho. Você quer segurá-lo, Eve? Você tem um gato.

— Não. Obrigada.

— Toby devia conhecer Galahad. Aposto que eles também seriam amigos. — Hilly aconchegou o gato gigante junto ao rosto. — Estávamos aqui conversando sobre como nós passamos o dia seguinte ao Natal, Sra. Missenelli.

— Entre cinco da tarde e sete da noite — repetiu Eve. — No dia 27 de dezembro. Você viu ou falou com alguém nesse dia, a essa hora?

— Não sei.

— Você me viu e falou comigo. Meu Jesus Cristinho, Hilly, seu cérebro está sempre nas nuvens. Não sei como você consegue se levantar da cama todos os dias.

Missenelli cerrou os punhos sobre os quadris ossudos.

— Eu vim aqui e perguntei sobre Toby e o banho e tosa, era por volta de seis da tarde. Sei disso porque o Sr. Missenelli estava assistindo ao programa dele, que começa às seis. E você ainda estava de pijama... se bem que era um pijama muito bonito, eu até elogiei.

— Ganhei da minha tia, no Natal.

— Você tomou uma taça de vinho e disse que eu também devia tomar uma. Como eu *odeio* aquele programa das seis da tarde que o Sr. Missenelli assiste, eu a acompanhei na bebida. Agora é com você, não esqueça de deixar Toby no banho e tosa, eu agradeço muito. Você é uma boa menina, Hilly. — Missenelli disparou o olhar de volta para Eve e perguntou: — Agora me conte do que isso se trata. O que significa esta sua visita?

— Rotina — respondeu Eve.

— Vá enganar outra. Isso tem a ver com aquela advogada morta, não é? Eu soube pelo noticiário.

— Bastwick? — Os olhos de Hilly se arregalaram novamente. — Leanore Bastwick? Você está aqui por causa de um... assassinato? Mas, mas, mas... eu nem sequer a *conhecia*. Eu achei que... pensei que você tivesse vindo aqui só para me conhecer e conversarmos um pouco. E nós... nós sairíamos juntas. Eu sou suspeita desse crime? Ai, meu Deus!

— Não é mais suspeita — garantiu Eve.

Quando Hilly começou a chorar e foi consolada pela Sra. Missenelli, que lançou um olhar raivoso para a tenente, Eve saiu do apartamento.

— Acho que você partiu o coração da Hilly.

— Rá-rá, você é engraçada, Peabody. Vou passar mal de tanto rir.

Ela saiu do prédio e voltou para o carro com uma dor de cabeça que latejava como um dente cariado.

— "É como um sonho"?

— Dia sim, outro também — confirmou Peabody, num tom alegre.

— Os sonhos podem se tornar pesadelos muito depressa — avisou Eve, e saiu com a viatura cantando pneu.

Capítulo Oito

Eve parou diante das altas torres duplas que se erguiam sobre o rio Hudson. Como não estava com disposição para enfrentar porteiros arrogantes, acendeu a luz de serviço da viatura e saiu com o distintivo na mão.

O porteiro, vestindo uma jaqueta vermelho-rubi com tranças prateadas caindo sobre os ombros, calças também prateadas e faixa vermelha de smoking, fez uma careta para o distintivo, para ela e para a viatura com aspecto surrado.

— Só permitimos que automóveis de primeira linha estacionem aqui. Temos uma ambiência a zelar.

— Ambiência? É por isso que você está enfeitado com uma roupa que devia estar na estante de bonecas de uma garotinha esquisita?

O músculo da mandíbula dele tensionou.

— Temos uma garagem subterrânea — informou ele.

— Este é o meu distintivo, esta é a minha viatura, e ela fica onde eu a deixei.

— Por favor, entenda. Não quero lhe causar problemas. Meu cunhado é policial no Queens.

— Bom pra ele. Carmine Atelli!

O porteiro soltou um suspiro longo e bufou de leve.

— Cobertura Oeste. Com distintivo ou não, você vai ter de fazer login, e eles vão ligar para o Sr. Atelli e perguntar se ele poderá recebê-la, tenente. Ele trabalha à noite, então basicamente dorme durante o dia.

— Sou o despertador dele.

Com Peabody, Eve entrou no saguão requintado e cintilante, com paredes vermelhas reluzentes e piso prateado. Enormes vasos pretos ladeavam uma área de estar cheia de flores que pareciam ter sido colhidas em algum jardim de Vênus.

Ambiência, pensou ela. Havia gente de todo tipo.

Havia uma mesa com uma tigela de maçãs vermelhas vistosas e um computador preto chique.

— Você precisa fazer login ali — avisou o porteiro. — Não é possível acessar os elevadores, a menos que a pessoa tenha um cartão de morador ou faça login para ser liberada.

Eve ergueu seu distintivo para digitalização.

— Tenente Eve Dallas e detetive Delia Peabody. Polícia de Nova York.

Um momento, por favor, para verificação...

— Você poderia muito bem apressar essa palhaçada — disse ela ao porteiro.

Ele riu de um jeito que fez Eve perceber que ele não gostava muito do tal cunhado do Queens.

— Não posso liberar ninguém sem a autorização do morador.

As identificações da tenente Eve Dallas e da detetive Delia Peabody foram confirmadas. Por favor, indiquem a natureza da sua presença e/ou o nome do morador que desejam visitar.

— Carmine Atelli, cobertura Oeste.

Um momento, por favor, enquanto o Sr. Atelli é notificado. Gostaria de indicar a natureza da sua visita?

— Tem duas policiais no saguão do prédio dele. Adivinhe!

Não tenho capacidade para adivinhar.

— Os negócios no submundo devem ser muito lucrativos para Atelli poder bancar um lugar desses — comentou Peabody, com o porteiro.

— Eu não saberia dizer. Não frequento o submundo desde que tinha 16 anos e perdi uma aposta. — O porteiro se apressou em abrir a porta para uma mulher que vestia um casacão azul, um lenço enorme e multicolorido enrolado no pescoço, um chapéu com aba de orelha puxado para baixo sobre a cabeça e luvas grossas.

Trazia três cãezinhos barulhentos em uma coleira, todos vestindo suéteres xadrez e, para o espanto de Eve, calçando botas minúsculas.

— Obrigada, Chester.

Ela conduziu os cães que latiam alto até os elevadores. Os animais uivaram e se agitaram; puxaram a coleira e emitiram ruídos que pareciam cacarejos, tentando arrastar a dona na direção de Eve e Peabody.

— Desculpem! — Ela soltou uma risada. — Eles não mordem!

Ela tirou um cartão de moradora do bolso, depois fez barulhos de beijo para os cães e conduziu o trio para dentro do elevador.

— Aqueles cachorros estavam calçando botas!

— Acho que suas patinhas ficam geladas — explicou Peabody.

— Agora você vê... Quem fabrica botas pra cachorro? Quem pensa em fazer botinhas para cães? Como saber que tamanho comprar? Este é um assunto com muitas, muitas perguntas a serem respondidas.

O Sr. Atelli irá recebê-las. Utilizem o Elevador C.
Aproveitem sua visita e o restante do dia.

O elevador subiu de forma rápida e silenciosa até o andar da cobertura, onde abriu as portas para um saguão de entrada privado pintado em tom de cinza que lembrava as asas de um pombo, onde havia dois bancos de laca preta. Uma grande orquídea branca curvava-se entre eles em um pedestal com a forma de uma mulher esbelta e nua.

Nichos se alinhavam nas paredes opostas, todos cheios de frascos e pequenas estátuas em tons de pedras preciosas — todas em forma de mulheres em vários estados de nudez.

No instante em que Eve se aproximou para apertar o botão da porta interna, Atelli a abriu.

Vestia calças pretas de seda e uma espécie de roupão preto curto, aberto sobre uma camiseta regata branca e confortável. Seu cabelo louro-dourado caía em ondas desgrenhadas ao redor de um rosto elegante e bonito. Ele sorriu e gesticulou para que entrassem. Uma grande joia cintilava em seu dedo — no mesmo tom de azul-prateado de seus olhos.

— Caras damas, este é um prazer inesperado.

— Não somos caras damas e esta não é uma visita social. Somos policiais e viemos tratar de assuntos policiais.

— Perspectivas diferentes. Por favor, entrem e sentem-se.

As janelas ficavam ao fundo da sala de estar onde havia limoeiros--anões, carregados de frutos, banhando-se na pálida luz do sol de inverno que entrava através dos vidros.

Sofás baixos de gel em tom azul-marinho, poltronas duplas no mesmo tom de azul com listras cinza estavam alinhados com mesas de acabamento em níquel fosco. Salpicos de cor vinham das obras de arte — onde mais uma vez as formas femininas sobressaíam em todos os matizes, sinuosas ou robustas, sensuais ou rústicas.

Quando ele apontou para que elas se sentassem, uma mulher desceu por uma escada curva e adentrou o cômodo. Seu cabelo desalinhado em tom de vermelho-fogo lhe escorria pelas costas de um roupão curto e branco que se abria o suficiente para exibir seios impressionantes... além de mostrar que ela era ruiva natural, ou tinha pintado o cabelo de cima e o de baixo.

Sua voz, sonolenta assim como seus olhos verdes de gato, ronronou.

— Você quer café, querido?

— Claro. Eu acordei você?

— Foi o interfone que me acordou, mas tudo bem. Josie continua apagada.

— Talvez nós dois a acordemos quando eu terminar aqui. — Ele lhe lançou um sorriso, uma piscadela e deu uma risada rouca enquanto ela continuou vagando até sumir de vista.

— Então, tenente e detetive — ele abriu as mãos enquanto se sentava. — O que posso fazer por vocês?

— A que horas chegou em casa agora de manhã, Sr. Atelli? — perguntou-lhe Eve.

— Por volta das cinco e meia, eu acho. Saí um pouco mais cedo esta manhã porque Josie está na cidade. Trata-se de uma amiga querida — acrescentou — que passou vários meses na Europa. Ela, Vivi e eu tomamos alguns drinques aqui mesmo, e depois fomos para a cama. Houve algum problema em meu estabelecimento?

— Nenhum que eu saiba. Ledo esteve no seu estabelecimento ontem à noite?

— Esteve, sim, jogando sinuca. E talvez uma rodada de Sexcapades. Seus olhos andam muito vermelhos e ele já não consegue manter as mãos firmes, mas ainda tem um excelente instinto com o taco. Se abandonasse as drogas poderia aproveitar seu dom para conseguir uma vida melhor.

Ele fez uma pausa quando a ruiva — Vivi, lembrou Eve — voltou empurrando um carrinho prateado de café.

— Ao seu serviço, querido.

— Nossa Vivi oferece transporte privado para as pessoas.

— Dentro e fora do planeta — acrescentou Vivi, e entregou a Atelli uma grande xícara branca com uma colher comprida e um cristal de açúcar mascavo. — Como vocês gostariam do seu café? — Ela sorriu com descontração para Eve e Peabody.

— Preto e forte — informou-lhe Eve.

— Eu tomo café normal — disse Peabody. — Obrigada.

Vivi serviu Eve primeiro, depois preparou o café de Peabody.

— Vocês precisam que eu saia?

— Não faz diferença — respondeu Eve, antes de Atelli falar. — Ledo teve algum problema em seu estabelecimento... ontem à noite ou recentemente?

— Ledo faz de tudo para evitar problemas. Quando sente cheiro de confusão, vaza. São as substâncias e as drogas ilícitas que vão matá-lo.

— Na verdade, o que o matou foi um taco de sinuca.

— O quê? — Atelli olhou por cima da borda de sua xícara larga enquanto Eve pegava a dela das mãos de Vivi. — Ledo? Ele foi morto?

— Pouco depois das seis desta manhã.

— Alguém o seguiu do meu estabelecimento até o apartamento onde morava? Ele certamente não tinha muita coisa nos bolsos.

Tenho de verificar no relatório dos meus seguranças o quanto ele ganhou.

— Quero uma cópia desse relatório.

Atelli olhou para Eve e ela viu o tom de protesto nos olhos dele. Mas tudo o que ele fez foi praguejar baixinho, depois levantou-se e foi até um *tele-link* doméstico.

— Quem é Ledo? — quis saber Vivi, olhando para Eve.

— Um pequeno vendedor de substâncias ilícitas, com talento para jogar sinuca, e que atualmente está deitado sobre uma mesa de metal no necrotério.

Vivi balançou a cabeça.

— Não sei por que as pessoas andam por aí matando umas às outras. A vida já não é curta o suficiente? Sinto muito, Carmine — acrescentou, quando ele voltou. — Ele era seu amigo?

— Não, na verdade não. Apenas um frequentador regular da Gametown. Enviei uma cópia completa do relatório dos meus seguranças para seu computador da Central.

— Isso será o bastante.

— Se você suspeita de mim, tenho um álibi bem aqui. — Ele sentou-se novamente e passou a mão pela perna nua de Vivi quando ela se sentou no braço baixo do sofá, ao lado dele. — E outro álibi ainda aquecendo a cama. As câmeras de segurança daqui vão me mostrar chegando esta manhã, por volta das cinco e meia.

— Ok. Você sabe se alguém andou por aí perguntando sobre Ledo? Alguém novo tinha se aproximado dele?

— Ninguém era próximo do Ledo. Havia alguns frequentadores regulares com quem ele jogava, e com quem fazia negócios... a maior parte deles nos túneis, para mantê-lo fora da prisão caso houvesse uma batida policial. Nunca soube de alguém que tivesse ficado chateado com ele, não de verdade. Algumas das jogadoras talvez o mandassem ir catar coquinhos quando ele tentava cantá-las, mas não rolava nada pesado. Não consigo imaginar ninguém que faria isso... espancá-lo até a morte com um taco de sinuca, e tenho certeza de que isso jamais aconteceria dentro do meu estabelecimento.

Eve não desmentiu a suposição de Atelli de que Ledo fora espancado até a morte.

— Você sabe onde ele morava?

— A alguns quarteirões da Gametown, um pouco mais para cima. Não tenho certeza exatamente, só sei que era perto. Ele disse algo a respeito, certa vez, ou ouvi de alguém. Ele morava na Square.

— Ok — Eve pousou a xícara na mesa. — Agradecemos a sua cooperação.

— Ele tinha família?

Surpresa com a pergunta, Eve, prestes a se levantar, largou o corpo na poltrona outra vez.

— Por quê?

— Cuidarei dos preparativos para o funeral dele.

— Por que você faria isso?

— Ele era um cliente regular e trazia bons negócios para meu estabelecimento. Tinha uma bela reputação por causa da sua mestria com o taco, e muitos jogadores iam lá só para jogar com ele. As pessoas entravam, compravam bebidas, faziam sexo, jogavam outras coisas. Ele era um viciado de carteirinha, mas nunca soube que tivesse feito mal a alguém além de si mesmo. Não merece ser jogado para ser cremado na fornalha comum do Estado. Se ele não tiver alguém que lhe dê um funeral digno, eu cuidarei disso.

— A mãe dele está viva — informou Peabody, olhando em seu tablet. — Mora em Trenton.

Atelli fez que sim com a cabeça.

— Se ela não tiver condições financeiras de cuidar dele, eu o farei. Se não for abusar da sua boa vontade, por favor me avise.

— Sim, farei isso.

— Ele era apenas um idiota inofensivo e descacetado — murmurou Atelli.

Este, pensou Eve, era o epitáfio perfeito para Ledo.

De volta à Central, Eve reservou uma sala de conferências e enviou um memorando para toda a divisão, convocando seus homens para uma reunião. Qualquer pessoa que não estivesse em trabalho externo ou tivesse compromisso no tribunal era obrigada a comparecer.

Redigiu seu relatório sobre Ledo e enviou cópias para Whitney e Mira. Em seguida, incluiu suas anotações sobre a visita que tinha feito a Hilly Decker.

Atualizou seu quadro do crime e passou algum tempo olhando para ele.

Uma mensagem vinda de Mira chegou com mais cinco nomes, desta vez, dois residentes de Nova York.

Ela leu todas as cartas recebidas e teve a mesma sensação de enjoo com a ideia de ser o centro daquela intensa atenção e necessidade de alguém.

Depois de adicionar cartas e fotos de identificação ao seu arquivo que só aumentava, resolveu procurar Yancy. Talvez Misty Polinsky tivesse conseguido se lembrar de algum detalhe — qualquer coisa que pudesse ser útil.

Encontrou Yancy trabalhando no computador com seu bloco de artista na mesa, junto do cotovelo. As mechas de cabelo cacheado emolduravam o rosto atraente. Ela já o vira usar a aparência para distrair uma ou outra testemunha para que não ficasse nervosa.

— Oi, Dallas, eu estava preparando o material para lhe enviar. Misty acabou de sair, por pouco você a pegava aqui. Ah, mais uma coisa... Roarke mandou um carro vir pegá-la. Suponho que você já saiba disso.

— Sim, já sabia. Como ela se saiu?

— Muito bem, a partir do instante em que começou a se sentir mais à vontade. Ela mesma fez este esboço aqui.

Ele pegou o bloco de desenho e o entregou para Eve, dizendo:

— Ela tem um talento ainda bruto, pouco desenvolvido.

Eve franziu a testa diante da imagem de alguém que parecia usar uma combinação de traje de perito e roupa de proteção.

— É só isso?

— Estamos perto. Trabalhando com ela, conseguimos mais detalhes como estes.

Ele entregou o próprio esboço.

— Corpo robusto.

— Talvez. Mas puxando um pouco mais pela sua memória, ela me disse que tinha quase certeza de que o "dedetizador"... é assim que ela o chama... vestia um terno sob a roupa de proteção. Por fora era um macacão branco para serviços desse tipo, mas ela se lembra de ter visto botas, que tinha deixado de fora em seu esboço inicial. Acredita que eram botas comuns de trabalho, em cor marrom. Luvas marrons também, como você vê aqui. Ela se lembrou bem deste detalhe: o contraste do marrom contra a roupa protetora branca. Botas de trabalho, luvas grossas de trabalho. E um capuz branco alto, que ela garante fazer parte da roupa de trabalho. E veja só, ela reparou num gorro marrom de esqui por baixo do capuz branco da roupa. Por cima, a máscara e os óculos especiais de proteção. A impressão dela era que o tal "dedetizador" era branco, mas não tem certeza.

— Ela não viu o rosto dele em momento algum — declarou Eve, em tom categórico.

— Não. Apenas os óculos, o gorro e a máscara. E, quando tornou a vê-lo no corredor e falou com ele mais uma vez, ele lhe deu as costas e saiu andando. A impressão dela foi que ele era muito forte, pois carregava o galão de trabalho com muita facilidade. Mas não sabemos se estava cheio, ou quanto pesava.

— Dá para comprar macacões desse tipo em qualquer loja de ferragens, lugares que vendem tintas ou uniformes de proteção. Mesma coisa para a máscara e os óculos. Nada mais se destacou? Nenhum logotipo, nem nome de empresa?

— Nada, foi isso que chamou a atenção quando começamos a analisar... a falta de qualquer identificação. Quanto ao pulverizador? Você pode comprar um desses em qualquer loja especializada. Meu avô tem um desse modelo para borrifar repelente contra animais silvestres que vêm comer as flores dele.

— Ok. Pelo menos valeu o esforço. Você vai me enviar uma cópia do esboço finalizado?

— Estava fazendo isso agora. Ela realmente tentou, Dallas, mas só viu o que estava lá, e o que havia para ver estava coberto dos pés à cabeça.

Quem presta atenção num exterminador de insetos? Eve refletiu sobre aquilo ao voltar para a Divisão de Homicídios. Quem repara num entregador comum? As pessoas geralmente reparavam na roupa e nos utensílios, mas não na pessoa, especificamente.

Ele era muito esperto.

E ainda mais inteligente por matar no inverno, quando uma pessoa toda coberta e protegida não levantava suspeita alguma.

Ela checou que horas eram e decidiu ir direto para a sala de conferências, mas Peabody a segurou mais um pouco.

— Finalmente encontrei o síndico do prédio do Ledo. Não há registro de dedetizador algum contratado há quase dois anos.

— Disso já tínhamos quase certeza.

— Sim, mas é mais uma coisa para tirar da nossa lista. Já fiz a notificação sobre a morte do Ledo para sua família. Conversei com a mãe dele. Basicamente, ela quis saber o que *ela* tem a ver com isso. Não o vê há quinze anos, mais ou menos. Não conversamos durante muito tempo porque afinal... qual seria o sentido disso? Devo entrar em contato com Atelli sobre os preparativos do funeral?

Eve hesitou, depois encolheu os ombros.

— Por que não? Se está disposto a oferecer uma despedida decente a Ledo, quem somos nós para negar isso? — Ela olhou a hora mais uma vez no *smartwatch*. — O relatório da perícia ainda não chegou, e também quero dar uma passada no necrotério. Mas antes quero fazer a reunião com a equipe completa.

— Há algo que você quer que eu providencie para isso?

— Não há nada para providenciar. Não podemos emitir um Boletim de Busca e Vigilância para um indivíduo vestido como exterminador de insetos ou entregador de encomendas.

Pensando bem, seu pessoal merecia toda a atenção naquele momento, então Eve foi para a sua sala, pegou os arquivos e os relatórios e organizou a própria apresentação para levar à sala de conferências.

Quando todos da divisão começaram a chegar, ela já estava com o quadro montado. Fotos das duas vítimas, as cenas dos crimes, os cronogramas dos assassinatos, junto do esboço de Yancy e uma imagem do assassino usando a roupa de entregador.

Jenkinson se aproximou do quadro. Usava uma gravata com bolinhas azuis e amarelas sobre fundo vermelho — suas gravatas extravagantes estavam ficando famosas — e parecia cansado, com olheiras.

Eve refletiu sobre o número de casos que estavam sob a investigação dele; lembrou que ele e Reineke trabalhavam em um duplo homicídio: a morte de dois adolescentes que curtiam as pranchas de skate aéreo que ganharam de Natal.

— Algum progresso no seu caso? — quis saber Eve.

— Recebi informações do Departamento de Trânsito com imagens da estação de metrô onde os garotos saltaram. Três outros garotos saíram logo atrás deles, parece que os seguiram. Estamos trabalhando no reconhecimento facial. Vamos pegar os filhos da puta.

Ele acenou com a cabeça para o quadro e continuou:

— Reconhecimento facial não vai adiantar nada neste caso. Não posso mentir dizendo que gostava da Bastwick. Parece-me que ela sempre tentava pressionar e zombar dos policiais que testemunhavam no tribunal. É claro que quando a gente sabia que iria enfrentá-la se preparava com mais cuidado do que nos depoimentos comuns. Não há mal algum nisso.

Não, pensou Eve, quando ele foi se sentar. Só que nem todo policial era como Jenkinson. Nem todo policial se preparava bem o suficiente para não se confundir sob pressão.

— Vamos acabar logo com isso — anunciou para a sala toda —, a fim de podermos voltar ao trabalho de pegar bandidos. A primeira vítima foi Leanore Bastwick. A maioria de vocês sabe quem ela era e já teve algum tipo de contato com seu trabalho. Mas para quem não a conhecia...

Ela contou em detalhes o método de trabalho da vítima, falou das circunstâncias, deu detalhes sobre seu assassinato e falou da cena do crime. Em seguida, colocou no telão a mensagem que o assassino deixara.

Isso provocou alguns murmúrios e arrastar de cadeiras. A maioria dos presentes, reparou Eve ao analisar os rostos, já tinha ouvido falar sobre o recado deixado na parede. Mas o sigilo tinha sido mantido o suficiente para que os detalhes da mensagem completa, apresentada naquele momento, fossem uma surpresa.

— Acreditamos que isso vaze para a mídia em pouco tempo, mas não quero que esse vazamento venha por meio de alguém nesta sala, nem da minha divisão. Peabody e eu prosseguimos com esta investigação em dois níveis. O primeiro é a busca de alguém com motivo, meios e oportunidade para matar Bastwick. O segundo, alguém com motivo, meios e oportunidade e que tenha ligação comigo, de alguma forma. Esta conexão é, com grande probabilidade, apenas uma ilusão. O suspeito indeterminado, segundo o perfil montado pela Dra. Mira, é organizado, controlado e eficiente. O assassino não deixou rastros no local, tomou muito cuidado para evitar qualquer possibilidade de identificação e, acreditamos, estudou, perseguiu e vigiou Bastwick por tempo suficiente para conhecer sua rotina.

— Alguém como Bastwick certamente fez muitos inimigos — comentou Baxter. — E alguém que a considerasse uma inimiga poderia decidir que é *sua* amiga, Dallas.

— Seguindo essa linha de raciocínio, toda a correspondência que me foi enviada já está sendo analisada. Como eu disse, Peabody e eu acompanhamos indivíduos que Mira sinalizou como suspeitos em potencial. Também estudamos o arquivo de ameaças que a própria vítima recebeu, procurando suspeitos e cruzando-os com os da minha lista.

Ela se virou e ampliou o quadro para incluir Ledo.

— A segunda vítima é Wendall Ledo, traficante de baixo escalão que gostava de experimentar os próprios produtos.

— Merda... Ledo! — Reineke se inclinou tanto para a frente que quase enfiou a gravata amassada na caneca de café. — Eu o prendi quando ele ainda era menor de idade. Já era um idiota na época, cresceu e continuou idiota. Acho que também morreu como idiota. Não consigo imaginar uma conexão dele com a Bastwick. Ela não aceitaria alguém da laia do Ledo como cliente.

— Não, não aceitaria. Neste momento, a única coisa que os conecta sou eu. Esta é a metade partida do taco de sinuca de Ledo saindo de seu tórax. Estamos aguardando o relatório dos peritos sobre a cena do crime, mas não espero que encontrem nada além disso.

— Ledo deu um tapinha de amor em você com um taco quebrado, tenente — disse Carmichael, remexendo-se na cadeira quando Eve fez uma pausa e encolhendo os ombros em seguida. — Droga, tenente, lembro que você entrou aqui com marcas roxas no rosto. — Ela deu um "tapinha" debaixo do próprio olho ao falar. — Peabody chegou junto e parecia ter escapado de um poço cheio de baratas. Você ainda era novata na época — acrescentou, com um sorriso rápido para Peabody. — Como sou uma detetive, perguntei a Peabody como você tinha conseguido aquele hematoma.

— Foi um "tapinha de amor" dado sem querer — explicou Eve. — Mas sim, ele me deu uma pancada. Isso aconteceu há dois anos. Ontem à noite alguém o matou, alegando que era justiça pelo que ele me fez.

Ela exibiu no telão a nova mensagem.

— Ele está soando mais agressivo nesta segunda mensagem — murmurou Baxter, e ergueu as sobrancelhas para Eve. — A primeira também é doentia, mas é mais objetiva e prática. Justiça, blá-blá-blá. Ela fodeu com você, eu acabei com a raça dela. Esta segunda mensagem força mais a barra, me parece mais exigente.

— Ele quer reconhecimento pelos atos. — Essa frase veio discretamente de Santiago, um comentário em voz baixa. — Quer o seu reconhecimento, Dallas. Se você não lhe der isso, ele matará outra pessoa para lhe mostrar mais devoção. Se você der, ele matará outra pessoa só porque você o recompensou.

A própria Eve já tinha chegado à mesma conclusão. Se correr o bicho pega, se ficar o bicho come.

— E você não pode sair deste caso e passar para outra pessoa investigar — considerou Jenkinson. — Seria um insulto a ele, se você fizesse isso voluntariamente; seria um insulto a você, se Whitney tirasse você do caso. Alguém anda sacaneando você, chefe? Mais que o normal?

— Não. Já matutei sobre essa ideia sem parar. A melhor possibilidade é encontrar algo na minha correspondência antiga, ou pelo trabalho policial direto. Batendo de porta em porta, interrogando pessoas, saber o que as vítimas podem nos contar.

Ela fez uma nova pausa e deixou cair a possibilidade mais pesada.

— A maior probabilidade, pelos fatores conhecidos, é a de que o suspeito desconhecido trabalhe em algum setor de aplicação da lei, no apoio, ou queira ser policial.

Ela não ouviu xingamentos, raiva, nem mesmo expressões de nojo; apenas uma espécie de aceitação silenciosa e amarga. Sim, Eve tinha uma equipe boa e sólida.

— Que tal cruzarmos sua correspondência com pessoas que tentaram entrar para a polícia e foram reprovadas? Podemos cuidar dessa parte. — Santiago olhou para Carmichael.

— Sim — concordou Carmichael. — Santiago e eu podemos investigar isso.

— Trueheart e eu podemos procurar um cruzamento dos nomes com policiais aposentados ou demitidos por justa causa — Baxter olhou para seu jovem parceiro, ainda uniformizado.

— Claro. Ahn... tenente? — chamou Trueheart.

— Pode falar.

— Ele usa muito a palavra "justiça". Podemos, ao examinar a correspondência, procurar alguém que não obteve justiça... ou se sente injustiçado. Talvez seja uma vítima, ou tenha ligação com alguma vítima; Bastwick pode ter libertado o suposto perpetrador de algum crime, ou reduziu sua pena, ou lhe conseguiu um acordo. Talvez esse Ledo tenha desempenhado um papel menor. Vendeu drogas ilícitas ao indivíduo que escapou, ou à vítima, ou ao suspeito desconhecido. É possível que essas drogas tenham desempenhado algum papel no que desencadeou a fúria do suspeito.

— Sempre matutando, esse meu garoto — elogiou Baxter, com certo orgulho.

— Esse é um ângulo que estamos analisando, e você não está errado em mencioná-lo — disse Eve a Trueheart. — O problema é que será como procurar uma agulha numa pilha de agulhas. E ninguém me diga "palheiro" — alertou —, porque esse ditado é simplesmente idiota. Já fiz algumas pesquisas cruzadas básicas em todas as pessoas ligadas às duas vítimas. Até agora só consegui um zero bem redondo. Se houver alguma conexão será, na melhor das hipóteses, algo incerto.

— Essa parte fica com a gente. — Reineke acenou com a cabeça para Jenkinson.

— Vocês já estão com uma investigação em andamento — argumentou Eve.

— Com todo respeito, chefe, mas sem essa! Sabemos fazer malabarismos — lembrou Jenkinson. — Todos aqui nesta sala já estão na polícia há tempo suficiente para conseguir fazer malabarismos num pé só e com um olho fechado. Assim como todo mundo sabe que, se for um policial que está fazendo isso, ou alguém ligado à polícia, bem, isso não torna as duas vítimas mais mortas ou menos mortas, mas significa que quanto mais cedo acabarmos com isso, menos merda voadora vai atingir nossa divisão. E você também, tenente.

— Posso cuidar da minha merda voadora.

Após um momento de silêncio, Reineke soltou um suspiro.

— Ele está tentando não repetir a expressão "sem essa!" pra você duas vezes na mesma reunião, então eu mesmo digo: Sem essa, chefe!

Baxter balançou a cabeça.

— Vocês querem resolver isso? — perguntou a Reineke e Jenkinson. — Sejam bem espertos. Você consegue lidar com as próprias merdas voadoras, Dallas, mas enquanto esse caso não for encerrado, algumas dessas merdas irão respingar nesta divisão, em todos nós. Então vamos investir o máximo de tempo nisso, para minimizar o problema. E talvez salvar uma vida lá fora, porque não há nada nessas mensagens que me diga que ele já não tem outra vítima na mira.

— Eu devia ter pensado nisso — murmurou Jenkinson. — Devia estar com essa frase na ponta da língua.

— Você é habilidoso, Baxter — elogiou Eve.

Ele apenas sorriu e complementou.

— Habilidoso e brilhante. Todas as mulheres gostam de mim porque sou assim.

— Então façam malabarismos com os casos dos quais estão cuidando agora, mas ninguém deve deixar outra investigação parada por causa da minha. Quantos anos tinham aqueles adolescentes que foram esfaqueados, Jenkinson?

Seus olhos ficaram frios e inexpressivos.

— Quinze e dezessete. Eram irmãos.

— Eles são sua prioridade!

— Entendido, Dallas. Não vamos deixar cair nenhuma das bolas que colocamos no ar.

— Peabody, certifique-se de que todos aqui obtenham os dados necessários.

— Sim, senhora.

— Se for preciso, pode pedir a Feeney e/ou McNab para eles acelerarem a investigação eletrônica, e a Mira para cuidar dos perfis e outros pepinos da área psiquiátrica. Se for preciso consultar alguém do laboratório, procurem apenas o Dick, ou falem comigo antes. A tampa vai explodir, mas a explosão não virá desta divisão. Nem precisaria lembrar, mas vou mesmo assim: *se* e *quando* vocês forem abordados pela mídia... ou pela porra de qualquer órgão de informação... expliquem que esse caso não é da alçada de vocês e mandem eles falarem com a tenente Dallas. Mais uma coisa... Baxter, habilidoso e brilhante?

— Estou aqui, tenente.

— A merda voadora vai parar em mim, não vai respingar em ninguém. É por isso que recebo um salário um pouco menos patético que o de vocês. Mas... a ajuda de vocês, de todos vocês, e a sua disposição em oferecê-la são muito valorizadas por mim e merecem o meu agradecimento. Dispensados!

Quando se levantaram, Jenkinson levantou-se da cadeira e pigarreou.

— Ninguém sacaneia nossa tenente. Aguente isso! — disse ele a Dallas, e saiu da sala.

— Isso foi meio fofo, de um jeito meio Jenkinson — comentou Peabody.

Eve apenas beliscou a ponta do nariz.

— Por Deus! Vamos destrinchar tudo.

Quando já estavam de saída, Trueheart enfiou seu rosto adorável e sério pela porta e avisou:

— Desculpe, tenente. Nadine Furst está aqui, à sua procura.

— Aqui?!

— Sim, senhora. Baxter a interceptou quando ela já seguia a caminho da sua sala e a deixou do lado de fora da sala de ocorrências. Não tínhamos certeza de como você ia querer lidar com isso.

— Já terminamos aqui, Peabody?

— Sim, Dallas.

— Mande-a vir até aqui, Trueheart.

— Sim, senhora.

— Ela deveria estar em Nevis ou em algum lugar daqueles com palmeiras e areia, acompanhada de um tal gostosão chamado Bruno.

— Aquele que tem músculos maravilhosos? E uma maravilhosa barriga negativa? Ela me falou dele na sua festa de Natal.

— Aparentemente ele realmente tem esses atributos. Vou receber Nadine. Quanto a você, comece logo a pesquisar qualquer nome que Mira possa ter enviado. E certifique-se de que todos recebam todos os dados necessários para nos ajudar neste caso.

— Deixa comigo.

Peabody já se dirigia para a porta quando Nadine entrou usando botas brilhantes que iam quase até a coxa sobre calças pretas de couro, um suéter vermelho-papoula sob um colete aberto e uma espécie de casaco peludo jogado sobre o braço.

— Está cinco graus abaixo de zero lá fora, com potencial para uma tempestade de gelo esta noite. Saí de um lugar onde fazia muito sol e estava 28 graus à sombra. Seus policiais não me deixaram entrar, mesmo trazendo isto. — Ela deixou cair uma caixa de padaria sobre a mesa de conferência. — São brownies com pedaços de chocolate.

Os policiais da sua equipe tinham recusado brownies quentinhos? Eve até se espantou. Eles realmente tinham decidido erguer todas as barreiras para protegê-la.

— Peabody, leve isto para a sala de ocorrências quando sair. Não faz sentido impedi-los de comer chocolate.

— Vou pegar o meu antes que me atropelem. Pedaços de chocolate!

— Provavelmente ainda estão quentes — acrescentou Nadine. — Tudo bem com você, Peabody?

— Tudo bem, Nadine, como foi seu Natal?

— Não foi dos piores. E o seu?

— Muito bom. — Captando o olhar irritado de Eve, Peabody pegou a caixa e saiu de fininho. — A gente se vê por aí!

Nadine jogou o casaco sobre a mesa de conferência e colocou ao lado dele uma bolsa com estampa de zebra do tamanho de um cargueiro — que foi um presente de Natal dado por Eve.

— Tem café de verdade ali? — perguntou, apontando para o AutoChef.

— Não.

— Ah, que droga!

— Onde está Bruno?

— Anda de mau humor. Talvez seja hora de lhe dar um belo presente de despedida. Ele é uma distração excelente enquanto decido se quero mais distrações ou um relacionamento sério. Tenho certeza de que, por enquanto, ainda estou no clima para me distrair. De qualquer modo, chega de falar de mim. Como andam as coisas com você?

— Não havia necessidade de você voltar tão depressa.

Nadine enfiou a mão na zebra enorme e tirou uma pasta de arquivo.

— Trouxe toda a correspondência que recebi sobre o meu livro e o filme. Já selecionei o material e eliminei os que não poderiam estar envolvidos neste caso: um menino de 14 anos, uma mulher que comemorou recentemente seus cem anos pulando de paraquedas e uma cientista que atualmente faz pesquisas nas ilhas Aleutas. Entre outros. Sei como lidar com essas coisas, Dallas.

— Ok. Mesmo assim, você não precisava interromper suas férias sexuais só para voltar.

— Férias sexuais! Vou roubar essa expressão. Por mais divertido que tenha sido a experiência, você é minha amiga. E é uma policial boa pra cacete. Coloque os elogios na ordem em que preferir. Depois adicione uma história absurdamente sensacional, quando tudo for divulgado. Porque isso vai acontecer, e vai ser muito em breve.

— Sei disso.

— Eu ajudo você, você me ajuda. É isso que os amigos fazem. E os policiais e os repórteres bons de verdade. Diga-me o que você puder contar e eu trabalharei nisso... sozinha! — acrescentou Nadine. — Posso não estar mais curtindo minhas férias sexuais, mas ainda não voltei oficialmente ao trabalho. Só eu, sem equipe alguma.

Eve pensou por um longo momento, sentindo falta do café de verdade da sua sala — mas não queria levar Nadine para lá. Não naquele momento.

— Temos uma segunda vítima.

— Outra? — Nadine mergulhou na zebra novamente e pegou um bloco de anotações e uma caneta. — Sem gravador, só caneta e papel, e ninguém consegue ler minhas anotações, mesmo. Nome?

— Wendall Ledo.

— Alguma ligação com Bastwick?

— Nenhuma conhecida. O menor dos pequenos vendedores de drogas ilícitas. Vivia e trabalhava na Square.

— O mais longe possível da Bastwick. Como ele foi morto?

— Uma repórter boa de verdade conseguiria descobrir isso.

— Ótimo. Qual a ligação dele com você? A menos que você também queira que eu pesquise isso.

— Ele era uma fonte ocasional do meu trabalho, quase sempre contra a própria vontade. Na última vez em que nos encontramos ele me atingiu no rosto com seu taco de sinuca, sem querer, depois que eu quebrei o tal taco na cabeça de outro idiota.

— Entendo, mais um dia comum na vida de uma policial. — Nadine ergueu os olhos. — Você está me dizendo que alguém o matou só porque ele bateu em você com um taco?

— É o que parece.

— O assassino deixou outra mensagem?

— Deixou.

— O que ela diz?

— Basta você saber que a nova mensagem segue o mesmo contexto da primeira.

— Posso ajudar mais se... Espere. — Mais uma vez ela enfiou a mão na bolsa e pegou seu *tele-link*. Sibilou e olhou para Eve. — Eu coloquei um alerta no aparelho e ele está vibrando sem parar.

— Merda!

— Conte-me o que você pode liberar, enquanto pode, e o que eu tenho luz verde para repassar.

— Ainda não posso... — Eve parou para atender ao próprio *tele-link*. — Ligação do relações-públicas da polícia — informou a Nadine. — Dallas falando em modo de privacidade! Sim — ela andou de um lado para outro enquanto ouvia e deu mais alguns passos enquanto dava respostas curtas e concisas. — Nadine Furst está aqui, comigo. Eu sei disso! Queremos manter tudo dentro do que é correto, e é assim que vai ser. Sim, também sei disso. Ok. Ótimo! Por Deus, Kyung, lembra quando eu disse que você não era um idiota? Bem, eu também não sou uma. Vou dizer isso a ela.

Ela guardou o *tele-link* de volta no bolso.

— Ele vai te ligar daqui a dois minutos e vai te repassar todas as informações que já tiverem sido liberadas... obtidas de uma fonte não identificada da Polícia de Nova York.

— Posso trabalhar com isso.

— Você pode usar esta sala até terminar. Preciso ir embora.

— Tudo bem. Ei... Ei, Dallas!

Eve se virou e perguntou:

— Que foi?

— Proteja sua bunda.

Eve piscou.

— Você está aí com botas brilhantes que vão até a virilha, carregando uma zebra a tiracolo e diz para eu proteger a minha bunda?

— Bruno gosta de assistir a filmes de ação com militares. Isso é jargão militar.

— Eu sei disso! Proteja a *sua* bunda também — repetiu Eve para Nadine, e por algum motivo saiu da sala se sentindo mais leve.

Capítulo Nove

A contragosto, Eve concordou em dar uma entrevista coletiva à imprensa na parte da tarde.

Isso lhe deu tempo de fazer seu trabalho policial com antecedência, a começar com uma visita à escolha favorita de Peabody na lista atualizada de Mira.

— Mason Tobias — relatou Peabody, quando elas entraram na viatura, ainda na garagem. — Tem 26 anos. É solteiro... nunca se casou nem coabitou com ninguém. Mora com a mãe e atualmente trabalha como lavador de pratos e entregador na lanchonete Shakey's. Seus empregos anteriores foram balconista, assistente de zelador, entregador da Midtown Pizza e, mais recentemente, segurança de shopping. Sua ficha criminal inclui vários casos de invasão de propriedade, conduta desordeira, *bullying* cibernético, resistência à prisão e uma acusação de agressão, esta última arquivada. Tem algumas medidas protetivas ativas contra ele.

— Ele já cumpriu pena em algum momento?

— Teve pena transformada em serviço comunitário e reabilitação comportamental obrigatória.

Eve conseguiu encontrar uma vaga no nível da rua, a menos de um quarteirão do edifício pré-fabricado de Mason.

— Nada violento no registro dele, exceto essa agressão com denúncia retirada — comentou Eve.

— Sim, mas ele tem um padrão claro — rebateu Peabody. — Escreveu pra você quinze vezes no ano passado. Mais quatro vezes no ano anterior. Seu tema principal é trabalhar com você em busca da justiça, corrigindo os erros, punindo todos os que desrespeitam a lei. Ele enxerga vocês dois como parceiros, Dallas, só que ele trabalha nos bastidores, nas sombras... segundo as próprias palavras... como apoio.

Com isso em mente, Eve se aproximou do prédio e tocou a campainha de Mason Tobias.

— Pois não? — A voz era rouca e feminina. — Por favor, fale logo o que deseja, estou atrasada.

— Polícia de Nova York.

— Ah, que inferno!

O interfone zumbiu e a porta principal foi destrancada. Eve a abriu, olhou para o elevador estreito como um palito e optou pela escada.

— Quatro lanços! — reclamou Peabody, os dedos dos pés apertados nas botas de caubói cor-de-rosa. — Vai ser minha punição por eu ter comido aquele brownie.

— Engula isso sem reclamar!

— O que eu engoli foi uma bebida energética diet no café da manhã, pois comi cerca de cinco milhões de biscoitos decorados com açúcar que minha tia preparou no Natal. Depois veio o bolo cremoso, o *trifle* e, em algum lugar no meio disso, a aguardente de hortelã-pimenta, o que me fez achar que aguentaria comer todos os biscoitos, o bolo e mais o pavê. Depois de tudo isso, o que eu fiz? — perguntou Peabody, enquanto subia os degraus. — Caí na sedução do brownie.

— Que diabos é um *trifle*?

— Um pão de ló embebido em licor e coberto de creme. Cem zilhões de calorias, mas delicioso. Mas compensei tudo com a bebida energética diet até... — Peabody cerrou os dentes — ouvir o canto da sereia dos brownies com gotas de chocolate. Eu devia subir vinte lanços de escada.

— Continue assim e farei você subir e descer doze vezes.

Ao virarem no quarto andar, uma mulher abriu a porta de um dos apartamentos. Tinha cabelo curto louro-dourado com pontas espetadas em verde natalino. Usava um uniforme cor de mostarda e sapatos brancos de sola grossa.

— Vocês são da polícia? — quis saber, e ficou tensa ao dar uma boa olhada em Eve. — Ah, que merda. Merda, isso não pode ser boa coisa!

— Sra. Tobias?

— Sim. Eu sei quem você é. O que meu filho fez? O que Mason fez?

— O que você acha que ele fez?

— Droga, sei lá! — Ela fechou os olhos por um momento e, quando os reabriu, exibiu resignação. — Mas o que quer que ele tenha feito, certamente achou que fazia a coisa certa. Ele é um bom menino, falo de coração. O problema é que ele simplesmente tem dificuldade de se manter no mundo real. Você não pode prendê-lo... quero dizer, *você* em especial. Se fizer isso, acho que ele jamais iria superar.

— Como assim se *eu* fizer?

— Ora, porque ele idolatra você, entende? Você é tudo o que ele quer ser. Tudo o que ele gostaria que seu velho pai tivesse sido. O pai dele era policial. Batia demais em nós dois, até que eu me livrei dele. Ainda nos espancou uma ou duas vezes depois disso, até seu parceiro de ronda finalmente sair da linha para nos proteger e colocar nele o temor de Deus. Depois disso ele nos ignorou, para dizer o mínimo, e certificou-se de que Mason soubesse que ele não era nada. Até que você o prendeu.

— Eu prendi quem?

— Meu ex, o pai de Mason. Lembra aquele rolo, quase dois anos atrás? Policial Roland Tobias, da Divisão de Ilícitos. Ele trabalhava sob o comando da capitã Roth. E foi preso.

Assim como muitos outros, lembrou Eve. Um bom policial tinha morrido nas mãos de policiais corruptos. Mas ela não se lembrava especificamente de Roland Tobias.

— Ele se suicidou depois que foi preso. Não vou dizer que sinto muito por ele estar morto. Mas foi por volta dessa época que Mason começou a falar sobre você, depois a escrever pra você, e todo o resto...

Ela olhou para trás e demonstrou nervosismo ao torcer o pequeno pingente de fada que usava pendurado no cordão do pescoço.

— Sei que ele é um homem adulto, tenente, mas por dentro ele ainda é um garoto que levou uma surra por não ser o cara durão que seu pai queria.

— Só queremos conversar com ele.

— Não sei como ele vai lidar com isso. — Ela recuou e esfregou a nuca. — Mason? Venha aqui na sala, um instantinho. Tem uma pessoa que quer conversar com você.

— Comigo?

Ele saiu caminhando meio devagar de um pequeno corredor. Tinha a altura certa, julgou Eve. Corpo forte e sólido que combinava. Cabelo curto, quase um corte militar, em tons mais claros que o da mãe, rosto redondo e cara de poucos amigos.

Seus olhos grandes e castanhos fitaram os de Eve quando ele entrou na sala.

— Eu estive à sua espera durante muito tempo. Você está sempre muito ocupada, então tive de esperar. Você deve ter ouvido falar do que eu fiz.

— O que você fez?

— Prendi aquele cara ontem à noite.

— Ah, Mason! — reclamou a mãe.

— Desculpe, mãe. Tenho de cumprir com minha obrigação, e alguém precisava deter aquele crápula.

Eve colocou a mão de leve dentro do casaco e apoiou-a na coronha da arma.

— Como você impediu o crápula, Mason?

— Tive de persegui-lo por um bom tempo, para depois derrubá-lo com bastante força. Então tive de dar um soco nele. Sei que não deveria agredi-lo — disse, ao ver a mãe simplesmente se sentar na poltrona e apoiar a cabeça nas mãos. — Mas ele resistiu, e eu estava fazendo uma prisão cidadã. Posso fazer isso, legalmente. Conheço as leis e sei que posso fazer. Ele estava machucando aquela senhora e a fez chorar e gritar.

Eve lançou um olhar para Peabody.

— Podemos nos sentar? — perguntou Peabody, numa voz dócil. — Por que não nos sentamos e você nos conta todos os detalhes? Para o relatório.

— Já conversei com os policiais ontem à noite.

— Isso é bom, mas agora precisamos fazer um relatório *oficial*.

— Ok. Era mais ou menos oito da noite... — Ele fez uma pausa e estremeceu. — Me desculpe, mamãe. Sei que você disse para eu não sair de casa à noite, mas tive a sensação de que precisava patrulhar as ruas, e foi o que eu fiz. Então, umas oito em ponto, enquanto caminhava a pé pela avenida A, vi um homem agredindo uma mulher. Parecia que ele estava tentando roubar a bolsa dela, e eu o vi agredindo a mulher bem no rosto, tenente Dallas. Isso não está certo.

— Não, não está certo.

— Então gritei: "Pare em nome da lei!" Depois, persegui o indivíduo, que saiu correndo. Eu o persegui por um quarteirão, mais ou menos, e então o derrubei. Quando ele resistiu, falando palavrões, eu dei um soco forte nele. E a senhora atacada chamou a polícia. Quando eles vieram... os policiais Rhodes e Willis, conversamos com os oficiais, e eles levaram o bandido embora. Acompanhei a senhora agredida até que ela estivesse em segurança. O nome dela é Cherry Pie. Mora no fim do quarteirão.

Nesse momento, ele sorriu.

— Foi minha primeira prisão oficial, e o policial Willis disse que eu me saí muito bem.

— Você foi a algum lugar depois disso?

— Fui tomar um café e escrevi meu relatório. Gosto de escrever quando ainda está tudo fresco na mente. Você sabe como é — disse, com seriedade. — A gente não deve esquecer nenhum detalhe.

— Certo. Você conhece Ledo?

— Ah, sim, conheço Ledo. Ele vende produtos ilícitos, e também é usuário. Eu já disse a Ledo que ele precisa parar com isso, senão vai se dar muito mal, mas tudo que ele faz é dizer "foda-se, idiota", ou algo assim. Quero prendê-lo algum dia, mas ele trabalha principalmente no submundo, e não quero ir até lá. Prometi à minha mãe que jamais faria isso. Eu não tenho treinamento.

— Isso mesmo — concordou Eve. — Não quero que ninguém vá até lá sem treinamento adequado. Você já esteve no apartamento do Ledo?

— Não, senhora... isto é, tenente. Vigiei-o algumas vezes, mas nunca o peguei negociando nada por ali. Posso levá-la até lá, caso a senhora queira prendê-lo. Ficaria muito feliz e orgulhoso em apoiá-la.

— Não, não preciso mais prendê-lo. Alguém o matou ontem à noite.

Mason balançou a cabeça, num gesto que dizia que a notícia não era nada além do esperado.

— Ele não respeitava a lei. Pessoas que não a respeitam podem ter um final ruim.

— Você passou pela casa dele em patrulha, ontem à noite?

— Estava muito cansado depois de fazer a prisão e redigir o relatório, então voltei direto pra casa. Posso patrulhar a área pra você depois do meu trabalho na lanchonete. Gostaria de fazer isso.

— Tudo bem, o nível de ameaça no momento é baixo. Onde você estava no dia 27, dois dias depois do Natal?

— Tive de ir trabalhar. Quer dizer, na lanchonete. Não no meu trabalho de verdade. Mamãe também trabalha lá todos os dias, exceto aos domingos, e eu trabalho às segundas, terças, quintas e sábados. Às vezes, às sextas-feiras também. Naquele dia ela precisou trabalhar de manhã até o turno do jantar, e eu também entrei cedo e peguei o turno do almoço e do jantar.

Ele olhou para a mãe em busca de confirmação.

— Isso mesmo. Você trabalhou dois turnos.

— Ok. Você conhece Leanore Bastwick?

— Ela está morta. Leio todos os relatórios de crimes e os vejo na TV. Eu sei quem é a vítima porque ela defendeu Jess Barrow, e ele foi um dos seus criminosos. Eu conheço todos eles, até mantenho um arquivo. Ele tem direito a um advogado, essa é a lei.

— Alguma vez você infringiu a lei, Mason?

Ele deixou um sorrisinho escapar.

— Talvez... um leve deslize. — O pequeno sorriso tornou-se um sorriso sociável. — Você sabe como deve agir quando está atrás de bandidos. A justiça é mais importante que um pequeno deslize. Um bom policial sabe disso. Eles até lhe deram a Medalha de Honra. Eu seria um bom policial, tenente. Não seria como o meu pai. Mas minha mãe diz que sou tudo o que ela tem, e se preocupa muito.

— Cuidar da sua mãe é tão importante quanto pegar bandidos — falou Peabody.

— Acho que sim — concordou ele, mas olhou para Eve, em dúvida.

— A detetive Peabody tem razão. O lance é... — Ela pensou, rápido, que poderia fazer aquilo funcionar. — Você tem uma boa perspectiva da rua daqui — considerou Eve. — Eu gostaria de lhe dar uma tarefa.

— Sério?! — O rosto dele corou e seus os olhos brilharam de alegria. — Sim, senhora, tenente!

— Eu gostaria que você assumisse a posição de observador. Aqui e no restaurante. Apenas observador, Mason, e isso significa que você não deve usar disfarce, nem interagir com os bandidos. Você simplesmente observa e registra. Caso uma lei seja violada, você simplesmente observa, registra e relata. Entendeu?

— Claro que sim, mas...

— Ter seus olhos e ouvidos será de grande ajuda para os oficiais deste setor e para mim. Gostaria de poder contar com você.

— Você pode, tenente. Pode contar comigo!

— Ótimo. Enquanto isso, gostaria de uma cópia dos seus arquivos e relatórios.

— Tudo bem, vou pegá-los agora mesmo. — Ele se levantou e saiu correndo.

— Você acha que ele pode ter algo a ver com esses assassinatos, tenente? — quis saber a mãe. — Eu também ouvi tudo no canal de notícias. Ele jamais faria algo assim. Mason não faria isso porque *você* não faria.

— Vou confirmar o álibi dele no dia 27 de dezembro à noite e vou conversar com os policiais da noite passada. O que posso lhe dizer é que não acredito, neste momento, que ele tenha algo a ver com o caso que estamos investigando.

— Foi bom da sua parte lhe dar uma missão, uma tarefa que o deixasse orgulhoso, mas que o mantivesse fora das ruas.

— Existe alguma chance de direcioná-lo para um hobby específico, ou um interesse diferente?

— E você acha que eu não tentei? Ele fará tudo que você disser a ele... pelo menos acho que sim. Observar, registrar, relatar. Esta ideia foi boa.

— Parece que ele tem talento para as três coisas.

— Tem sim, tem mesmo. Ele nunca esquece absolutamente nada. Algumas coisas, como as que seu pai lhe dizia, essas eu gostaria que ele esquecesse.

Eve estudou a pasta de arquivo que Mason lhe deu antes de guardá-la no porta-malas.

— Ele é organizado, detalhista, delirante e obcecado.

— E honesto e sincero como um *cocker spaniel*, Dallas. Você realmente não acha que ele...

— Não, não acho. Mas precisamos confirmar tudo, e vamos pedir aos guardas que patrulham esse setor que fiquem de olho nele. Seu pai era policial, um policial corrupto, mas policial. Ele gostaria de ser policial. Pode apostar que ele até estudou um pouco. Não é burro e admitiu conhecer ou saber dos casos das duas vítimas. Acompanharemos tudo a partir daí.

Ela pegou o comunicador.

— Confirme o álibi com o restaurante no dia 27. Não vale a pena tirar a viatura do lugar, são só alguns quarteirões daqui. Você pode queimar mais alguns brownies assim.

— Não diga essa palavra! Só de ouvir eu sinto minha bunda engordando.

— Pois vá queimar essas calorias todas. Vou entrar em contato com os guardas que ajudaram na prisão que Mason fez ontem.

Eve se apoiou na viatura e contatou o oficial Rhodes e o oficial Willis.

Passou os dez minutos seguintes encurvada por causa do frio, discutindo o incidente e Mason Tobias. Quando viu Peabody voltando a passos rápidos com o casaco rosa balançando nos joelhos, entrou no carro, apertou o controle de temperatura e ligou o motor.

— O álibi se sustenta — disse Peabody. — Por que o inverno precisa durar tanto tempo? Comprei um *hammy* para você.

— Um quê?

— Um sanduíche. Presunto artificial e um produto não lácteo que finge ser queijo misturado com uma substância parecida com pão. Comi o light, no caminho de volta. Poderia ser pior. E trouxe mais. — Ela enfiou a mão no bolso e tirou um saquinho pequeno e enrugado. — Chips de soja! Não posso comê-los depois do *hammy*, mas se você comê-los e eu pegar só alguns, então não conta.

— Por que você só vai segurar o saquinho?

— Não, na verdade vou comê-los, mas não será exatamente "comer" porque eles são seus. Ninguém com dez por cento, e isso no máximo, de gordura corporal pode questionar minha lógica. Mason trabalhou no turno sem intervalo, até as oito da noite. Algumas garçonetes, uma cozinheira e o gerente me garantiram isso. Você já conversou com os policiais de ontem?

— Sim, e ambos declararam que a resposta de Mason ontem à noite... na verdade já era madrugada de hoje, foi apropriada. Ambos o conheciam e já lhe disseram para cuidar da própria vida. Eles o prenderam uma vez por invasão de propriedade quando ele seguiu um "bandido" suspeito até um prédio de apartamentos. Cherry Pie é uma stripper. Sei que isso deve ser um choque. O bandido, aqui, era um idiota que a seguiu desde a boate, decidiu agredi-la e tentar roubar sua bolsa.

— Mason não é nosso cara.

— Pelo visto, não. — Mas Eve olhou pelo retrovisor depois de entrar no fluxo do trânsito. — Ao menos por enquanto. Ele estava calmo e controlado. Mas se você eliminar a sensação de que ele jamais cometeria um ato de violência real ou crime verdadeiro, ele alcança muitos conceitos no perfil de Mira.

Ela passou pelo laboratório, mais por rotina do que por expectativas. Como não descobriu nada de novo, seguiu para o necrotério.

Avistou Morris no túnel, entregando arquivos para um dos assistentes de jaleco branco. Vestia um terno de tom entre o vermelho e o laranja — a cor mais ousada que ela o vira usar desde a morte da detetive Coltraine, a mulher que ele amava.

— Olá, Dallas, oi, Peabody. — Ele apontou para a máquina de venda automática. — Vocês aceitam um substituto horrível de café?

— Eu dispenso, obrigada.

— Esse chocolate quente é remotamente parecido com chocolate quente de verdade? — quis saber Peabody.

— Talvez habite o mesmo continente, quem sabe até o mesmo país.

— Então vou arriscar. Já que hoje eu praticamente larguei de mão a minha promessa de Ano-novo a respeito de dieta e nutrição, é melhor acabar de estragá-la de uma vez.

Quando ela começou a remexer nos bolsos, Morris tocou seu braço.

— Por favor, permita-me. — Morris digitou seu código e todos observaram o fluxo num tom anêmico de bege ser derramado num copo biodegradável.

— Bem — Peabody pegou o copo na base. — Ao menos está quente, isso já é meio caminho andado.

— Boa sorte. Com relação a Ledo — Morris apontou novamente e elas o seguiram pelo túnel. — Sem esse fim prematuro ele ainda poderia ter tido mais cinco ou seis anos, se tivesse permanecido com o mesmo estilo de vida. Havia danos consideráveis no fígado e nos rins, por conta do abuso de substâncias. Degeneração ocular pela mesma causa. Ossos e dentes mostram sinais de má nutrição. Na verdade, sua última refeição foi macarrão frito acompanhado de uma cerveja que continha mais produtos químicos que cevada.

— Seu exame toxicológico — continuou Morris, enquanto passavam pelas portas duplas — revelou um coquetel de drogas no organismo: *funk*, *go-smoke* e *downs*. O suficiente para deixá-lo apagado, e seu assassino não precisava tê-lo atordoado. Ele ainda ficaria fora do ar por mais seis horas, de qualquer jeito.

— O assassino não sabia disso, a menos que o tivesse visto ingerir as drogas. — Eve se aproximou do corpo, estudou as marcas de atordoamento, o buraco profundo e irregular deixado pelo taco. — Mesmo assim, por que mudar a rotina, por que arriscar? Ele é cuidadoso, cauteloso e minucioso.

— O golpe na maçã do rosto foi forte o suficiente para fraturá-la, e provavelmente veio de cima. Ele estava em pé sobre o corpo dele deitado. O golpe foi feito da direita para esquerda.

— Provavelmente é destro, como determinamos no caso da Bastwick.

— Provavelmente. E o golpe mortal também veio de cima. Na vertical, com muita força. A quebra do taco foi recente.

— Sim, eu também achei isso e confirmei no laboratório.

— Tirei da ferida várias lascas de madeira. Houve outra mensagem, segundo me disseram.

Quando Eve apenas fez que sim com a cabeça, ele se afastou e pegou uma lata de Pepsi em sua unidade de refrigeração.

— Obrigada. Morris, preciso te perguntar. Alguém de seu pessoal... técnicos, médicos, motoristas, auxiliares da manutenção ou qualquer pessoa por aqui... já demonstrou algum interesse particular nos meus casos e nos meus mortos?

— Você resolveu alguns casos notáveis, então isso despertou algum interesse. Mas não indevido ou exagerado, pelo menos na minha opinião. E ninguém daqui pesquisou essas coisas de forma regular ou rotineira.

— Mas vocês discutem os casos, consultam, coordenam abordagens.

— Sim, fazemos isso. — Ele pegou a lata de Pepsi, abriu-a e a entregou a Eve. — Nosso trabalho é difícil. Somos policiais que investigam assassinatos, médicos da morte; todos os que trabalham conosco são. Então você precisa pensar nisso, deve considerar a possibilidade de que alguém que se comprometeu a fazer o bem possa se transformar e fazer exatamente o que coloca as pessoas nas minhas mesas de autópsia.

Isso, pensou Eve, era exatamente o que ela temia.

— Ele é inteligente, Morris, habilidoso. Diria até mesmo que foi treinado, de verdade. Mas não é tão inteligente quanto pensa, porque acha que não deixa rastros.

— Ele deixa suas palavras.

— Exatamente! As palavras são seus pensamentos, sentimentos e motivos. São muitas as coisas que ele deixa para trás. Eu só preciso descobrir como... ler nas entrelinhas.

Ela tomou um longo gole de Pepsi e sentiu a cafeína entrar no seu organismo.

— Agora tenho de falar com a porra da imprensa.

— Coragem, minha criança!

Isso arrancou uma risada dela.

— A astuta e fria advogada de defesa de assassinos, que detinha alto poder... e o traficante mequetrefe. Existe algum padrão comum entre eles?

Ela começou a andar de um lado para outro, como se tentasse encontrar esse padrão.

Morris olhou para Peabody.

— Que tal o chocolate quente?

— Acho que é uma ilha pequena e pálida fora do continente dos chocolates quentes, mas tem um leve cheiro que lembra o original.

— Em termos de tempo — disse Eve, como se pensasse em voz alta —, eu tive meu primeiro e irritante encontro com Bastwick no verão de 2058, e o meu último contato com Ledo foi por volta de janeiro de 2059. É possível que ele esteja seguindo uma ordem cronológica. Isso demonstraria organização e eficiência.

Ela enfiou as mãos nos bolsos.

— Mas isso não significa porra nenhuma, porque já circulei por aí com um monte de gente entre o início de 2059 e agora. Ele teve basicamente dois anos para escolher seus alvos.

— Você não teve altercação física alguma com Bastwick, mas teve uma com Ledo — sugeriu Peabody. — Talvez isso seja uma escalada de crimes... na visão do assassino.

— Talvez. Sim, esse talvez seja um ângulo a considerar. No caso do Ledo, a agressão foi acidental, então talvez eu consiga encontrar alguma agressão que eu sofri e tenha sido deliberada. — Ela revirou os olhos enquanto tomava outro gole. — Por outro lado... quantas pessoas me atacaram nos últimos dois anos? Ou me disseram, simplesmente, "vá se foder, sua vaca"? É uma escalada verbal em relação ao que eu ouvi da Bastwick... talvez com o eventual acréscimo de um empurrão? Mas não conseguiremos encontrá-lo sentadas aqui, tentando prever quem será a próxima vítima.

Ela balançou a cabeça.

— São as palavras e o padrão... é só isso que ele nos deixa. E as vítimas — acrescentou, olhando mais uma vez para Ledo. — Visitamos um cara chamado Carmine Atelli. Ele vai cuidar dos preparativos para o funeral do Ledo, Morris.

— Um parente?

— Não. De um jeito estranho, ele é um bom samaritano. Entrará em contato com você. — Ela terminou a Pepsi e lentamente amassou a lata. — De que cor você chama esse terno?

— Cornalina.

— Isso não é aquele animal que muda de cor?

— Esse é um camaleão.

— Ok. Bem, gostei da cor, então é bom que ela não mude em você, de repente. — Ela arremessou a lata em cheio no centro da recicladora e conseguiu dois pontos. — Ainda não perdi o jeito — brincou, e saiu.

— Você ainda leva jeito, com certeza! — concordou Morris. Em seguida, se virou para Ledo e completou, como se conversasse com o morto: — A tenente vai usar esse jeito para descobrir quem fez isso com você. Se o assassino ainda não sabe disso, é porque não a conhece tão intimamente quanto acredita.

Ela voltou à Central para uma última reunião rápida com Kyung.

— Conheço as regras — garantiu-lhe Eve.

— Sei disso, mas se você ficar irritada e gritar comigo agora, vai se preparar melhor, antes que eles comecem a te irritar lá fora.

Ele tinha razão.

— Não vou perder a paciência, Kyung. Se eu bater de frente com algum repórter idiota, posso estar colocando um alvo nas costas dele.

Toda a diversão desapareceu dos olhos de Kyung.

— Eu não tinha considerado isso.

— Eu sim — respondeu Eve, e saiu para a sala de reuniões para acabar logo com aquilo.

Câmeras e filmadoras começaram a zumbir. Os que estavam de pé subiram nas cadeiras. Casa lotada, notou Eve.

— Leanore Bastwick foi morta em seu apartamento na noite de 27 de dezembro. Eu sou a investigadora principal do assassinato e trabalho com minha parceira, a detetive Peabody. Estamos seguindo todas as pistas. As evidências, até o momento, nos mostram que um sujeito não identificado, disfarçado de entregador, obteve acesso à residência da Srta. Bastwick. Quando ela abriu a porta, ele a atordoou com uma arma portátil e em seguida a estrangulou. Na qualidade de advogada de defesa criminal, a Srta. Bastwick recebeu diversas ameaças ao longo dos anos. Estamos investigando essas ameaças.

Ela ignorou as poucas perguntas aos berros dos jornalistas. Antes de responder, terminaria sua declaração.

— Na madrugada desta manhã, Wendall Ledo foi assassinado, também em seu apartamento. O Sr. Ledo era um conhecido traficante que frequentava as galerias do metrô na área conhecida como Square. Seu prédio não tinha sistema de segurança. As evidências indicam que suas fechaduras muito simples foram arrombadas para dar acesso ao assassino. A vítima também foi atordoada e, em seguida, apunhalada. Também sou a investigadora principal deste caso, e estamos trabalhando com todas as possibilidades.

"As evidências também indicam que esse mesmo sujeito não identificado assassinou Leanore Bastwick e Wendall Ledo."

Ela avistou Nadine bem no fundo da sala, ainda com sua roupa de viagem — mas agora tinha uma câmera.

— Relacionamos esses homicídios por meio de evidências periciais e pelo fato de terem sido deixadas mensagens nas duas cenas do crime. Todas as provas, incluindo as mensagens escritas, serão processadas, analisadas, estudadas, dissecadas e utilizadas para identificar e prender o responsável pela morte de Leanore Bastwick e Wendall Ledo. Não discutirei detalhes específicos sobre qualquer uma dessas evidências ou quaisquer detalhes desta investigação ativa e em andamento. Vocês todos nos poupariam tempo se lembrassem disso antes de fazer perguntas. Agora, podem fazê-las.

— É verdade que as duas mensagens foram dirigidas a você?

— Vou ser bem direta — avisou Eve —, mas não discutirei detalhes específicos.

— É verdade que você teve desentendimentos com as duas vítimas? Houve alguma briga entre vocês?

— Não, isso não é verdade. Interroguei a Srta. Bastwick após o assassinato de seu parceiro de advocacia, um procedimento de rotina. A Srta. Bastwick posteriormente representou Jess Barrow, e eu fui a policial que o prendeu. O Sr. Ledo era um pequeno traficante de drogas e tinha mais... interações, por assim dizer... com a Divisão de Drogas Ilícitas da Polícia de Nova York do que comigo. Interroguei-o algumas vezes, como testemunha ou como pessoa de interesse em alguma investigação.

— Então você conhecia pessoalmente as duas vítimas?

— Sim, conhecia. E também conheço você... Flake, não é? E você... — ela lançou o olhar para a esquerda, mais para trás. — Newton, certo? E estou vendo Jackson ali. Conheço muitas pessoas. Alguns deles são repórteres, outros são advogados, vários são criminosos. E muitos são profissionais responsáveis pela aplicação da lei.

— As mensagens não indicavam que os assassinatos foram cometidos em seu nome?

Ela ia seguir mais ou menos a versão que tinha acabado de repassar com Kyung, mas mudou de ideia na hora.

— Sua informação é imprecisa, e neste ponto da investigação não discutirei detalhes. Não especularei diante da imprensa sobre as motivações do assassino. O que posso dizer, e direi, é isto: duas pessoas morreram pelo ato deliberado e insensível de uma terceira. Esta é uma investigação aberta e em andamento e, no papel de investigadora principal desses casos, utilizarei todos os recursos da Polícia de Nova York para perseguir a pessoa que tirou essas vidas. É minha função identificar e prender o responsável e entregá-lo aos tribunais, para que eles possam fazer justiça.

"Vou seguir com o meu trabalho."

Ela recuou do pódio e, ignorando as perguntas aos berros dos jornalistas enquanto saía, foi embora da sala.

— É isso — disse a Kyung.

— Não foi exatamente o que tínhamos combinado, mas funcionou muito bem. Eu cuido do resto.

Ela fez que sim com a cabeça e parou.

— A informação realmente era imprecisa. Ele ou ela não matou em meu nome. Fui apenas a desculpa para cometer o ato, o que é bastante diferente.

E isso, disse a si mesma, era tudo de que ela precisava se lembrar, porque se o assassino já tivesse um terceiro alvo em vista, ela ainda não tinha o suficiente para detê-lo.

Capítulo Dez

Eve foi direto para o consultório de Mira, preparada para lutar contra o dragão que guardava os portões a fim de conseguir entrar por dez minutos. Quando a rigorosa assistente da Mira levantou um dedo, Eve exibiu os próprios dentes, pronta para atacar.

— Dê-me só um momento para eu avisar a doutora que você está aqui. Ela tem outra consulta em quinze minutos, então você terá de ser rápida.

Surpresa e meio decepcionada por não terem discutido, Eve se moveu na ponta dos pés.

— Serei rápida.

— Doutora? — chamou a assistente, depois de dar um toque em seu fone de ouvido. — A tenente Dallas está aqui. Sim, claro. Pode entrar — disse a Eve.

— Ok. — Eve foi até a porta e olhou para trás. — Por que desta vez foi tão rápido?

— Porque minhas instruções são para que, durante a sua investigação atual, eu deixe você entrar de imediato, a menos que a doutora esteja em consulta ou conferência.

— Ok — repetiu Eve, e abriu a porta da sala de Mira.

Tudo ali era de muito bom gosto, o que refletia a dona do espaço. Mira era muito arrumada, e de um jeito bastante feminino. As poltronas azuis ofereciam cor e conforto, algumas fotografias de família eram o toque pessoal do ambiente. Embora a janela estivesse sempre protegida por uma tela de privacidade, o sol de inverno brilhava com alguma luz. Um pouco mais de luminosidade irradiava de uma luminária sofisticada que fazia brilhar um conjunto de vasinhos de flores em tom de cinza-pedra, espalhados ao longo do parapeito da janela.

— Aquilo é novidade — comentou Eve, apontando para as flores.

— Sim. Foi presente de Natal da minha filha. Ela mesma fez os vasos e me trouxe as mudas das plantas.

— Ela também fez a luminária?

— Na verdade, isso foi obra do meu genro. Eles formam um casal especial e criativo. Quer chá? Aposto que você já tomou uma dose mais do que suficiente de café por hoje.

— Não acredito no conceito de uma dose mais do que suficiente de café, e sua assistente me pediu para eu ser rápida.

— Tenho quinze minutos, então tomaremos chá. Sente-se.

— Estou acelerada demais, doutora. Acho que pode haver um padrão... cronológico.

Mira assentiu enquanto se aproximava, com sapatos de salto vermelho-cereja, um terninho branco de inverno e uma corrente tripla de pequenas pedras vermelhas.

Como alguém conseguia pensar de manhã cedo em combinar o colar com os sapatos? Aliás, como é que alguém podia *ter* um colar que combinava com os sapatos? Essas pessoas compravam primeiro os sapatos ou o colar? Ou tudo era apenas aleatório?

Ela poderia perguntar isso à Mira, considerou Eve, mas a resposta provavelmente a confundiria tanto quanto a pergunta.

— Seu último encontro com Ledo aconteceu depois do primeiro com a Bastwick — começou Mira. — Mas as tentativas da Bastwick de desacreditar você para a imprensa, ao fazer o recurso para Barrow, foram mais recentes. Mesmo assim... — Mira programou chá para ambas, entregou a Eve a xícara e o pires delicados e sentou-se em uma das poltronas giratórias. — Ledo seria o assassinato mais fácil de executar.

— Sim, a forma como ele foi morto poderia acontecer em praticamente qualquer noite. — Incomodada com a porcelana na mão, Eve desistiu de ficar em pé e se sentou. — Matar Bastwick exigiu mais planejamento e um acompanhamento mais de perto. Então... por que não matar Ledo primeiro? Só que Bastwick apenas falou merda a meu respeito, ele me agrediu. Então dá pra ver como uma coisa superaria a outra.

— Verdade.

— Mas isso não é suficiente para considerarmos um padrão. Eu sei disso, estou só conjecturando. Em termos de lógica, Ledo deveria ter sido o primeiro... seria mais fácil torná-lo a primeira vítima... mas pode ser que ele precisasse ou quisesse matar Bastwick durante a semana das festas. Horário de trabalho reduzido para ela. Talvez para ele.

"Eu não consigo entender", admitiu Eve. "O assassino acha que conseguiu entrar na minha cabeça, mas não é verdade. Ele está sozinho, absorto na própria mente. Eu é que tenho de encontrá-lo na dele."

Mira tomou um gole de chá e cruzou as pernas elegantes. Para quem visse de fora, elas poderiam estar apenas discutindo sobre o clima que faria mais tarde — ou como combinar sapatos com joias.

— O que ele quer? — estimulou Mira.

— Ele quer matar. Esse é o cerne da questão.

— Sim. Assassinatos desse tipo, tão cuidadosamente planejados e executados, sem nenhum ganho material conhecido ou defesa de interesse próprio, indicam desejo específico.

— Ele diz a si mesmo que faz isso para mim; para me agradar, para me... vingar de uma forma que não posso fazer por causa das regras que sou obrigada a seguir. O assassino está me dizendo que ele não tem de seguir essas regras... ou está disposto a quebrá-las. Portanto, é capaz de fazer tudo o que eu não posso: equilibrar a balança com as pessoas que ele considera que ofenderam a mim, ao meu distintivo, e que ele acredita que infringem a lei. Mas tudo isso são apenas desculpas. As pessoas inventam todo tipo de desculpas idiotas para matar.

— Inventam, sim, mas ele acredita nisso. Suas mensagens são uma espécie de manifesto, uma carta mostrando suas intenções. Então, para ele, são motivos e não desculpas. Motivos altruístas. Até mesmo justos. A primeira vítima trabalhou para defender acusados de crimes e, certamente, alguns deles eram culpados pelos crimes. A vítima dois infringia a lei de forma regular e consistente.

— Esse pode ser outro padrão. O primeiro foi defender os acusados defendidos por Bastwick; o segundo, pessoas que cometeram crimes não violentos, como Ledo. O próximo alvo pode ser alguém que tenha cometido um crime violento. Alguém que eu não prendi, ou que conseguiu ser libertado desde então. Alguém que não cumpriu tudo o que devia à sociedade ou fez algum tipo de acordo para diminuir a pena.

— Seu instinto é identificar o próximo alvo e proteger essa pessoa. Só tem um problema, Eve: não há como saber quem ela será. Idade, etnia, sexo, posição social, emprego. Nenhuma dessas coisas se aplica aqui, porque nada disso importa para o assassino.

— Tenho de voltar ao trabalho porque ele não vai esperar. Tudo está correndo muito bem para ele. E agora eu mostrei, publicamente, que prestei atenção às ações dele.

— Sim, eu assisti a sua coletiva de imprensa. Mas você se recusou a confirmar que as mensagens foram endereçadas a você.

— Eu não iria dar a ele essa satisfação.

— Ao se recusar a reconhecer ou confirmar esses dados, você manteve o foco... tanto quanto possível... nas vítimas e nos crimes. Mas ele quer essa confirmação, quer seu reconhecimento não só do que ele fez, mas dos sentimentos que descreveu para você. Ele anseia por um sinal vindo de você, um sinal que possa ser interpretado como aprovação. O que, obviamente, você não pode dar, senão isso lhe dirá que o que ele faz é exatamente o que acredita estar fazendo.

— Ele não vai entender dessa forma, e, enquanto eu puder reter a informação, farei isso.

Mira concordou com a cabeça e tomou um gole de chá.

— Você também deixou claro que faria seu trabalho.

— E farei. Não é isso que ele esperaria de mim? Se eu não fizesse meu trabalho, isso não me faria perder alguns centímetros do meu pedestal?

Mira sorriu.

— Sim. Ele espera que você o persiga... isso é emocionante, não é? E mostra não apenas a confiança que tem nas suas habilidades, mas também a profunda crença de que você tentará basicamente procurá-lo até encontrá-lo para edificar esse relacionamento. Só que ele vai querer que o encontro aconteça nos termos dele. Ele só deixa a mensagem. Como você vai encontrá-lo pelas palavras?

— Estou trabalhando nisso.

— Vou continuar a repassar as melhores probabilidades, mas acho que você está na caça de alguém muito cuidadoso e muito organizado para ter usado um nome, ou deixado um caminho fácil de rastrear. É mais provável que qualquer comunicação com você tenha sido anônima, ou sob algum tipo de codinome; talvez enviada de um local protegido, ou por meio de uma conta fictícia.

— Sim, eu também me inclino nessa direção. Precisamos confirmar e acompanhar tudo, mas estou tendendo para esse rumo. Tenho pessoas fazendo verificações cruzadas dos contatos, e talvez possamos diminuir essa lista. Especialistas em grafologia estão analisando os dados da caligrafia dele, mas não espero muita coisa nessa área. Vou fazer uma análise das palavras. As mensagens, em contraposição à correspondência. Até que essa lista diminua um pouco, levaremos de agora a alguns anos após o fim do mundo para chegar lá. Mas espero começar esta noite.

Ela hesitou por um momento, mas como era Mira, resolveu se abrir.

— Contei tudo pra Nadine. O que eu lhe disse é confidencial, e ela não vai ultrapassar essa linha.

— Não, certamente que não, e ainda vai nos ajudar a cavar mais fundo. Mas achei que ela estivesse fora do país. Nevis, não era?

— Isso mesmo, mas já voltou porque essa história é quente.

— A história é quente e ela é uma boa amiga. Se ela estiver disposta a compartilhar sua correspondência comigo, posso adicionar as cartas que ela recebeu à minha análise.

— Pode deixar que falo com ela a respeito.

— Vou lhe enviar mais material, e você poderá eliminar alguns desses nomes em potencial por meio do perfil. O seu suspeito desconhecido mora sozinho; talvez more com os pais, algum colega de quarto, ou tenha algum tipo de coabitação coletiva, mas passa muito tempo isolado das outras pessoas. Embora seja capaz de manter um emprego ou construir uma carreira, esse indivíduo não consegue manter relacionamentos profundos ou genuínos. Amigos casuais, talvez, mas certamente terá mais colegas de turma ou de trabalho, com pouca ou nenhuma interação social.

— Alguém ligado à aplicação da lei — comentou Eve. — Acho que ele está conectado a isso, de alguma forma.

— Ele está em conflito. A idealização que faz de você significa que ele te respeita. O respeito é fundamental pra ele... respeito à lei, ao distintivo. Ao mesmo tempo, acredita que as regras que regem nossa lei e nossa sociedade devem ser contornadas para que a justiça seja realmente feita, e a lei seja verdadeiramente respeitada.

Mira deixou a xícara de lado e inclinou-se um pouco para a frente.

— Ele é organizado, Eve. É meticuloso e eficiente; é inteligente, tem baixa autoestima aliada a um complexo de herói. E, concordo com você, um profundo interesse e talvez experiência no trabalho policial e no sistema de justiça. No entanto, mantém uma desconfiança igualmente profunda da capacidade das pessoas que trabalham nessas duas áreas.

— Policiais com esgotamento nervoso — considerou Eve. — O mesmo acontece com promotores, assistentes sociais, peritos em cenas de crime... basicamente qualquer pessoa que lida com tudo o que nós lidamos e vê, às vezes com muita frequência, o sistema falhar.

— É provável que o sistema tenha falhado com ele em algum momento, ou o seu trabalho dentro desse mesmo sistema não tenha sido suficiente para alcançar a justiça perfeita, pelo ponto de vista dele. Você é mais que um símbolo, Eve, lembre-se disso. Você é o ideal que ele tem, um ideal feito de carne e osso, acorrentado apenas pelas regras desse sistema. Você precisa dele. Quando ele perceber que você não sente essa necessidade, e ele irá perceber, ele vai punir, em vez de vingar. Você passará de anjo a demônio num piscar de olhos.

— Tomara que isso aconteça o mais breve possível — respondeu Eve, levantando-se.

— Você não seria o primeiro alvo dele.

Eve fez que sim com a cabeça, embora isso a deixasse perturbada.

— Vou cuidar disso quando chegarmos a esse ponto. Se o pegarmos antes, isso não vai acontecer. A senhora e o Sr. Mira precisam tomar cuidados e precauções.

— Sim, estamos cientes disso.

— A senhora poderia me fazer um favor, com relação a isso.

— Claro!

— Arranje um motorista particular, pelo menos até que este caso seja resolvido. Um motorista que saiba cuidar de si mesmo... ele ou ela, tanto faz. A senhora não deve entrar aqui no prédio sem proteção ou vigilância pessoal. Pode ser que ele trabalhe aqui mesmo, na Central de Polícia. Ele pode ser um policial ou alguém das equipes de apoio. E a senhora não pode saltar do carro aqui ou em casa e, de repente, alguém atacá-la. Se fizer o que eu lhe peço, isso vai tirar um peso da minha cabeça.

— Tudo bem. Dennis e eu já conversamos sobre isso e, de qualquer maneira, às vezes uso um serviço do tipo.

— O motorista deve ter treinamento específico — insistiu Eve. — A senhora sabe como atender a porta para receber uma encomenda, mas o Sr. Mira pode ser um pouco distraído.

— Não quando é algo importante.

— Ok. Obrigada. — Ela foi em direção à porta. — Provavelmente o próximo ataque será esta noite. Em breve. Eu não vou ser capaz de impedi-lo.

— Você não é responsável, Eve.

— Não. Os skates aéreos também não foram responsáveis por duas crianças serem esfaqueadas várias vezes ao voltar pra casa, depois de brincarem no parque. Mas os skates foram um dos motivos. Isso aqui não é diferente. Arranje um motorista — acrescentou, e saiu.

Ela queria sair para trabalhar nas ruas, um trabalho presencial. Intimidar alguém, talvez dar uma surra num idiota transgressor. Em vez disso, porém, ela se trancou na sua sala mais uma vez. Junto do quadro do crime, suas anotações e o café que Mira achava que ela já havia tomado demais para aquele dia.

Enquanto Eve pensava em que matou, quem matou pensava nela.

Finalmente consegui uma hora só para mim. Assisti à entrevista coletiva de Eve três vezes. Ela estava ótima, com aquele jeito de durona! Deu uma tremenda lição de moral naqueles repórteres idiotas! É simplesmente incrível como ela consegue colocá-los em seu lugar sem precisar levantar a voz. Eu nunca fui capaz disso, nunca consegui colocar ninguém no seu devido lugar. Alguém sempre me coloca no que a pessoa *queria que fosse* o meu lugar.

Até agora.

Mas por que ela disse que aquela declaração do repórter era imprecisa? Por que não respondeu à pergunta com sinceridade? Por que não contou a todos que eu tinha escrito as mensagens pra ela? Eu matei em nome dela, e ela não me deu crédito!

Isso é tão frustrante. Fere meus sentimentos. Será que ela não consegue ver isso?

Achei que este seria o momento certo, o momento mais adequado, para ela falar um pouco sobre mim. Na verdade, tudo o que ela precisava dizer era: "Sim, houve mensagens deixadas para mim nas cenas dos crimes."

Ela não precisava relatar o conteúdo, apenas o fato de que as mensagens foram direcionadas a ela e como eu me sinto. Fiquei procurando algum sinal disso nela. Algo pequeno. Qualquer coisa.

Houve algumas vezes em que senti que ela olhava diretamente pra mim, como se tentasse me dizer algo que só eu entenderia. Vou assistir a tudo de novo, talvez eu tenha perdido alguma coisa. Talvez eu esteja me chateando por nada.

Será que foi quando ela disse que faria o seu trabalho? Talvez fosse isso. Como um aviso pra mim de que ela teria de vir me caçar. Não há dúvida disso, é assim que ela é, é isso que a torna a pessoa incrível que ela é. Essa é também uma das razões pelas quais tenho tomado tanto cuidado. Ninguém poderá dizer que ela não fez tudo o que podia, mais do que qualquer outra pessoa poderia fazer.

Será que ela estava me dizendo para eu continuar tendo cuidado? Espero que tenha sido isso. Preciso acreditar que foi isso.

Se for, é quase como se finalmente tivéssemos conversado. Um dia faremos isso pessoalmente. Só a gente, cara a cara. Vamos bebericar um pouco de vinho. Abrir a garrafa que comprei especialmente para a ocasião; a mesma que ela estava bebendo na foto que encontrei dela... aquela que foi tirada quando ela visitou a Itália.

Com ele.

Ela não precisará mais dele quando finalmente pudermos ficar lado a lado, trabalhando juntas. Vamos conversar, conversar e conversar muito sobre todas as coisas, compartilhar tudo.

Ela não vai precisar de mais ninguém, além de mim. Espero que ela esteja começando a entender agora. Preciso mostrar isso a ela com mais clareza, para que ela entenda.

Sei que preciso esperar; sei que primeiro há mais trabalho a ser feito, mas espero que esse momento aconteça logo.

Talvez depois desta noite. Talvez depois da noite de amanhã. Estou realmente ardendo de ansiedade por este momento. Quero fazer isso tanto por ela quanto por mim. É como se eu tivesse descoberto que tenho um talento inato para tocar violino ou pintar aquarelas.

Tenho um talento inato para executar pessoas.

Haverá um idiota desrespeitoso a menos no mundo depois desta noite. Como diria Eve, ele que vá chupar gelo.

Mas mortos não chupam gelo.

Ela passou muito tempo estudando as mensagens. As palavras-chave eram: JUSTIÇA, RESPEITO, VERDADE. As palavras mais repetidas na segunda mensagem, ou enfatizadas na análise do laboratório, eram: RESPEITO, DESRESPEITO, SOCIEDADE, AMIZADE, JUSTIÇA.

Ela iria procurar a repetição e a ênfase dessas palavras ao repassar toda a correspondência. Se o assassino tinha uma mensagem, essas palavras constituíam uma parte importante dela.

Ele certamente as teria usado antes.

Deu mais uma olhada em Mason. Apesar do álibi, ele tinha uma ligação com a polícia. Mas com ou sem álibi, admitiu para si mesma, ele simplesmente não se encaixava em coisa alguma. Não só não se enquadrava nos próprios instintos policiais dela, como também não se enquadrava no perfil.

Ele era mais inteligente do que parecia e, enquanto ela folheava seus arquivos, admitiu que era organizado. Mas ele não era cuidadoso, não morava sozinho, nem se isolava do mundo.

Ela encontrou um disco com o rótulo "Ledo" e outro com o rótulo "The Square".

Ela leu primeiro o de Ledo, examinou a versão formal de Mason de um relatório policial, depois voltou atrás e se concentrou nos detalhes.

O entregador foi observado caminhando a pé na direção oeste; ele parou do lado de fora do prédio do sujeito que investigo no momento, antes de continuar sua caminhada. Em seguida, observei o mesmo entregador atravessar para o lado sul da rua, sempre a pé, dirigindo-se para leste. Esse indivíduo parecia não conseguir encontrar o endereço que procurava. Pegou o tele-link *mas, na minha opinião, tudo o que fez foi tirar uma foto com o aparelho.*

Como sou servidor público e conheço bem toda aquela área, abordei o entregador e cheguei a me dirigir a ele. Eu disse: "Posso ajudá-lo a encontrar algum endereço?"

O indivíduo virou-se, balançou a cabeça e continuou a caminhar para leste, dessa vez com mais pressa.

Voltei à vigilância do prédio do sujeito que estou investigando.

— Você viu o assassino!

Eve pegou o *tele-link* e clicou no contato de Mason.

O rosto sério de Mason preencheu a tela.

— Aqui é Mason Tobias. Só posso falar por um minuto porque estou trabalhando e não tenho permissão para comunicações pessoais.

— Eu dou um jeito nisso, Mason. Quem fala é a tenente Dallas.

— Sim, senhora tenente. Estou fazendo uma entrega a pé, então posso conversar por um minuto.

— Ótimo. Mason, estou lendo um dos seus relatórios e...

O rosto dele se acendeu como uma vela.

— Sério? Você está realmente lendo? Pessoalmente?

— Sim, e vi uma informação que você enviou em 15 de dezembro, enquanto vigiava o prédio do Ledo.

— Isso foi antes de você me mandar não fazer mais isso e observar apenas de dentro de casa.

— Certo, eu sei que foi antes disso. Você relata ter visto um entregador, que parecia incapaz de localizar um endereço. Você se lembra disso?

— Claro, tenho uma memória muito boa.

— Você disse que viu um entregador. Você tem certeza de que o indivíduo era homem?

— Eu... Bem, essa informação foi imprecisa, tenente. Eu presumi que... — um ar de angústia nublou seus olhos. — Eu não relatei com precisão o que observei.

— Tudo bem. Você *viu o rosto* dessa pessoa?

— Vi só uma parte do rosto. O indivíduo vestia calças marrons, casaco e gorro de esqui marrons, óculos escuros que envolvem toda a parte superior do rosto e um cachecol marrom um pouco mais claro em volta da parte inferior da face. Também usava luvas. O indivíduo carregava uma caixa de entregas.

Desanimada, Eve assentiu.

— Ok, Mason, bom trabalho.

— O indivíduo removeu os óculos escuros para, creio eu, tirar uma foto do prédio do outro lado da rua.

Eve prendeu a respiração.

— Descreva o que você viu.

— O indivíduo parecia ser birracial. Observei isso pelo tom da pele, que era marrom-clara. O gorro estava abaixado até as sobrancelhas, mas, pelo que consegui ver das sobrancelhas, elas eram castanhas. Castanho-escuras. Não cheguei perto o suficiente para ver seus olhos, nem a cor deles. Quando me aproximei, ele voltou a colocar os óculos escuros. Foi por isso que não vi os olhos. Desculpe, tenente.

— Você conseguiu ter alguma noção do formato do rosto?

Na tela, Mason franziu a testa enquanto pensava a respeito.

— Eu diria que era um rosto estreito. Acredito que essa pessoa tenha por volta de um metro e setenta e cinco de altura e pouco menos de setenta quilos. Esta é uma pessoa de interesse para sua investigação, tenente?

— Sim, estou muito interessado nela.

— Eu poderia voltar lá e vigiar.

— Não, nem pensar, Mason. Eu gostaria é que você trabalhasse com um de nossos detetives em um retrato falado. Vou mandá-lo até onde você está. O nome dele é detetive Yancy. Você estará no restaurante até que horas?

— Tenho entregas a fazer e pratos a preparar.

— Deixe isso comigo, Mason. Este é um assunto oficial da polícia. Faça sua entrega e volte ao restaurante. Simplesmente faça o seu trabalho e vou enviar o detetive Yancy até onde você está. Pode deixar que eu converso com seu chefe.

— Sim, senhora tenente. Esse era o assassino?

— Sim, essa é a pessoa que procuramos. Você está me ajudando. Vou falar com seu chefe agora mesmo. Vá fazer sua entrega.

— Sim, senhora tenente. Mason Tobias, câmbio desligo!

Dando uma meia risada pela despedida dele e pela sorte que teve, Eve ligou para o restaurante e teve uma conversa curta, firme e sem rodeios com o chefe de Mason. Em seguida ligou para Yancy e deu-lhe todos os detalhes.

Depois recostou-se na cadeira e estudou mais uma vez o seu quadro.

— Talvez essa seja uma pequena brecha — murmurou. — Tomara que seja!

Ela teve sorte com Mason Tobias. Ele poderia ser um pouco desajeitado, mas tinha habilidades de observação excepcionais e bom olho para captar detalhes.

E, como Peabody tinha dito, era honesto e sincero como um *cocker spaniel*.

Talvez ela conseguisse colocá-lo em um programa de mentoria. Se ele continuasse saindo por aí "patrulhando as ruas" acabaria ferido ou morto.

Ela enviou uma mensagem curta para o assessor de imprensa da polícia e deixou Mason de lado para continuar a trabalhar.

Analisou o lote seguinte de nomes e, seguindo o conselho de Mira, comparou um a um com o perfil que a médica tinha preparado. Eliminou dois e depois mais um de fora da cidade, quando verificou seus dados de viagem e emprego.

Sobraram duas possibilidades em potencial, uma delas era em Manhattan e outra em Hoboken — ambas com empregos no centro da cidade. Cinco minutos de papo com um supervisor, por *tele-link*, e eliminaram o nome do homem que morava em Hoboken. Ele tinha estado numa reunião com o supervisor e dois outros desenvolvedores de software das 16h30 até pouco antes das 18 horas no dia do assassinato de Bastwick. Depois disso, tinha se juntado aos seus colegas de trabalho e foram tomar drinques após o expediente, até depois das 19 horas.

Restou então um instrutor de criminologia de 40 anos — e Eve gostou dessa conexão. Tinha só um metro e setenta, mas poderia ter usado sapatos com sola alta. Tinha pouco mais de sessenta quilos, mas um enchimento o faria parecer mais gordo. Tinha olhos castanhos e era birracial.

Seus erros de gramática na correspondência não combinavam com as mensagens escritas para ela, mas como todo o resto combinava — e isso a levaria para o campo de batalha — ela pegou o casaco.

— Peabody, venha comigo!

— Tenente! — Jenkinson veio na direção de Eve enquanto ela vestia o casaco. — Nós os pegamos. Os idiotas estavam usando os skates aéreos que roubaram. Temos dois deles em salas de interrogatório separadas, estamos arrancando tudo que podemos, mas o terceiro...

Ele olhou em direção à sua mesa.

Eve viu o terceiro delinquente largado numa cadeira; estava algemado e exibia um sorriso de escárnio.

— Quantos anos ele tem? Quinze? Dezesseis?

— Doze!

— Puta merda!

— Foi exatamente o que eu disse. É muito grande para a idade e mau como uma cascavel. Seu irmão mais velho o levou com eles, acho que foi uma espécie de iniciação. Nós o colocamos ali à espera da avó. É ela quem tem a guarda, é a responsável pela criança. Peguei uma faca de uns quinze centímetros no bolso daquele garoto, chefe. Tinha sangue seco grudado nela, e tenho certeza de que pertence a um dos outros dois garotos.

— Doze anos... — murmurou Eve.

Ela pensou em Tiko, o pequeno empreendedor que gerenciava uma barraquinha de roupas. Aquelas crianças já nasciam inteligentes e astutas.

Tiko também tinha apenas uma avó. Alguém que lhe deu espaço para ser ele mesmo, mas lhe impôs regras para viver. E uma base familiar sólida, a garantia de que ele jamais fosse parar numa delegacia portando uma faca manchada de sangue como evidência.

O que, exatamente, determinava a diferença, ponderou Eve, entre uma criança que fazia tudo direito, seguia as regras e outra que matava alguém por causa de um skate?

— Ele não vai entregar ninguém — declarou, estudando o menino e seu sorriso desafiador e presunçoso. — Gosta de estar aqui; acha que isso faz dele um homem. Acha que vai sair do reformatório com a reputação de ser um líder fodão.

— A advogada, quando ele conseguir uma, vai lhe dar um belo banho, vesti-lo e apresentá-lo como um pobre garoto; vai empurrar pra cima de todo mundo o velho papo furado de que ele é só uma criança que foi levada para o mau caminho pelos outros dois.

— Sim, é isso o que eu faria. Se o sangue na faca dele for de uma das vítimas, faça com que a promotoria exiba fotos dos meninos que eles esfaquearam... como eles eram antes e como ficaram depois. Os juízes podem não se mostrar tão dispostos a fazer um acordo depois de verem o horror diante deles. Sei que a comissão não vai julgá-lo como se ele já fosse adulto, mas você pode e deve usar esse recurso.

— Faremos isso. Inserir as fotos na apresentação vai mudar tudo. O delinquente mais velho — explicou Jenkinson — tentou bancar o durão, mas começou a tremer de medo quando o levamos para a sala de interrogatório. Também tinha uma faca no bolso, que estava limpa, mas o laboratório encontrará vestígios de qualquer coisa; ele também portava uma quantidade da droga *jump* no bolso. Esse vai confessar tudo. É irmão deste aqui, que vai demorar mais a ceder. O mais velho já cumpriu cinco penas por agressão intencional e teve a própria passagem pelo reformatório juvenil. Havia uma terceira faca com ele e um *smartwatch* novinho em folha, que aposto que ele conseguiu esfaqueando outro pobre-coitado para roubar a peça.

— Faça-os suar muito e abra uma ficha criminal. Bom trabalho, Jenkinson. Repasse o elogio para Reineke.

— Eu passo o recado. Ele foi colocar uma bolsa de gelo. Aquele bonitinho ali o pegou firme com uma cotovelada. Não tivemos uma dupla de guardas conosco para ajudar a derrubá-los, senão a coisa teria sido sangrenta.

Ele encolheu os ombros.

— Esse é o nosso trabalho.

— Verdade.

— Quantos aos irmãos... os meninos mortos? O funeral deles é amanhã de manhã.

— Reserve algum tempo e vá até lá. Isso também faz parte do nosso trabalho.

— Obrigado, Dallas.

Ela fez sinal para Peabody, que já a esperava, e saiu.

— Ouvi dizer que eles prenderam os três jovens que mataram aquelas crianças.

— Sim. Parece que esses já estão fora do circuito.

Quando elas se viraram para os elevadores, uma mulher saltou parecendo perdida e exausta.

Pelos sapatos, Eve imaginou que devia ser uma governanta ou garçonete... talvez uma funcionária de hospital. Certamente era uma função que a mantinha de pé a maior parte do dia.

— Com licença, senhorita? Estou procurando pela... — Seu queixo tremeu e seus olhos brilharam com lágrimas. — Divisão de Homicídios. Detetive Jenkinson ou Reen-eek.

— Reineke — corrigiu Eve. — Siga direto em frente e vire à esquerda no fim do corredor.

— Obrigada. — Ela se afastou, mas cada passo mostrava todo o peso que carregava nos ombros.

Eve se virou e entrou num elevador brutalmente lotado.

— Como é que essas coisas acontecem? — especulou Peabody. — Veja só uma mulher como aquela! Dá pra perceber que ela trabalha duro. Sabe se comunicar bem, é educada. Você imagina que ela está fazendo o melhor que pode, tentando criar mais dois meninos depois de já ter criado os dela. E eles fazem algo tão cruel assim? Matam os filhos de outra mãe por causa de brinquedos, e depois passam a vida inteira, ou boa parte dela, em prisões por causa disso.

— Quer saber como isso acontece? — retrucou Eve. — Algumas pessoas simplesmente *gostam* de matar. Às vezes não é mais complicado do que isso.

— Mas deveria ser — respondeu Peabody.

"Deveria ser" não significava porra nenhuma, pensou Eve, e obrigou-se a permanecer no elevador durante todo o trajeto até o andar da garagem. E enquanto isso teve de afastar do fundo da mente o olhar despedaçado da avó dos assassinos.

A investigação do instrutor de criminologia acabou sendo um fracasso. A entrevista de vinte minutos com ele — e com a estudante de graduação com quem ele estava transando quando elas chegaram — deixou Eve irritada e a fim de dar umas porradas em alguém.

— Então... aquilo aconteceu mesmo — observou Peabody, quando elas saíram da pequena e miserável casa onde um tal de Milton Whepp morava, costumava transar com estudantes de pós-graduação e trabalhava no que ele considerava ser o livro mais importante do século. — Ele realmente chegou a sugerir que nos juntássemos a ele e àquela morena magra, porque o sexo melhorava o raciocínio crítico.

— Sim, ele sugeriu isso. E a morena magra foi seu álibi de ontem à noite. Mesmo assim, investigue a estudante de filosofia que, supostamente, reuniu o grupo para um "trisal".

— Mas ele nem é bonito!

— Talvez ele trepe com a energia de um martelo turbo com a carga toda. — A cabeça de Eve atualmente estava sendo martelada desse jeito. — De qualquer forma, ao olhar de perto dá pra ver que ele não se encaixa no perfil. Ele é só um tarado, não um assassino. Simplesmente busca sexo em qualquer lugar que possa conseguir e se considera um intelectual e um especialista em criminologia.

— Bem, ele está vagamente baseando em você o personagem central do tal "livro do século".

Para Eve, o espantoso seria acreditar que o tarado iria parar de transar com estudantes de pós-graduação durante tempo suficiente para conseguir escrever um livro inteiro.

— Isso explicaria parte da obsessão na correspondência dele.

— Verdade — concordou Peabody. — E ele imagina que, quando vocês dois se entenderem melhor e transarem, ele será seu novo consultor especialista civil; você vai largar Roarke e conseguirá uma nova parceira; vocês duas passarão o dia sentadas no colo dele, enquanto você resolve os crimes. Foi isso que me pareceu.

— Você não está errada.

Será que havia algo mais exaustivo do que ter estranhos construindo fantasias e cenários com você?

— Termine o expediente em casa, Peabody. Confirme o último dos nomes do "trisal" que ele comentou, e as pessoas com quem ele alegou estar no momento da morte de Bastwick.

— As pessoas com quem ele se juntou no que chamou de exploração emocional, intelectual e física? Eu chamo isso de "suruba".

— Quem não chamaria? Vou trabalhar de casa. Aqui, tome — Eve enfiou a mão no bolso e empurrou algumas fichas de crédito para Peabody. — Pegue um táxi.

— O quê? Mas o metrô fica a alguns quarteirões daqui.

— Pegue um táxi. Está frio. Como não vou gastar meu dinheiro com aquela proposta irrecusável do tarado, você se deu bem.

— Sorte a minha. Obrigada.

Eve foi até o carro.

— Se você se envolver em alguma orgia com McNab, façam isso cedo e durmam um pouco. Teremos outro caso amanhã. Porque certamente haverá outro assassinato.

— Quem sabe a gente tem sorte?

Eve olhou para as janelas da casa do idiota que acabara de entrevistar.

— Vá sonhando...

Capítulo Onze

Quando Eve chegou em casa, ficou sentada no carro por um momento, estudando a decoração das festas de fim de ano na mansão: árvores de Natal e velas nas janelas; luzes penduradas, folhagens espalhadas.

Então levou as sacolas de arquivos para dentro de casa.

— Devo presumir um apocalipse iminente — perguntou Summerset —, já que você chegou em casa mais cedo e não mostra sinais de ferimentos?

Eve o encarou de rabo de olho enquanto tirava o casaco.

— Devo supor que você tem pulso, já que o cadáver que acabei de ver mostra mais sinais de vida que você? Quando os empregados vêm retirar essas tralhas? — perguntou, apontando para as decorações.

— Por tradição, isso acontece na décima segunda noite após a véspera de Natal.

— Quando diabos é isso?

— Cinco de janeiro. A empresa vai começar e terminar a remoção neste dia, enquanto você e Roarke estiverem fora.

— Ok. — Portanto, não havia chance de o assassino surgir se passando por alguém da equipe de empregados enquanto ela não estivesse por perto, pois ela não iria a lugar nenhum antes de pegá-lo. Eve se lembrou da surpresa na véspera de Natal e das plantas para a obra que Roarke tinha lhe mostrado.

— Quando vai começar a construção do *dojo* aqui de casa?

— Logo após as festas.

— Dois de janeiro, então. — Talvez Eve tivesse de adiar essa data, o que seria uma pena; mas ela não queria nenhum estranho em casa. — Mude sua rotina — ordenou ela, enquanto subia as escadas. — Falo da sua rotina fora de casa. As compras que costuma fazer, as visitas aos túmulos, as casas para assombrar em companhia de espíritos cadavéricos, ou seja lá o que você faça. Adie tudo para os próximos dias.

— Tinha uma assombração agendada para esta noite, mas posso deixá-la para depois.

— Ótimo, faça isso. — Ela olhou para trás. — Agora, falando sério... — Ela pensou em Nadine e quase sorriu. — Proteja a sua bunda.

Foi direto para o escritório, atualizou seu quadro do crime, se preparou para revisar os discos de Nadine, de Mason, e ainda pretendia atualizar suas anotações com os detalhes da conversa com o tarado.

No entanto, uma dor de cabeça a atormentava, e ver o próprio rosto olhando para ela direto do quadro provocou uma fúria latente que ela não conseguiu conter.

— Ah, que se dane tudo! Pelo menos por uma hora.

Ela desviou para o quarto, onde o gato se acomodava na cama. Ele rolou, se espreguiçou, bocejou e depois observou-a com leve interesse enquanto ela se despia, vestia um short, uma regata e pegava os tênis de corrida.

Sentou-se na beira da cama para colocá-los. Galahad virou-se de bruços e bateu a cabeça no quadril dela.

— Estou com um tremendo mau humor. Está tudo uma bosta! Vou resolver isso. — Ela lhe fez um longo afago e espetou o dedo na barriga rechonchuda do gato. — Não faria mal nenhum se você também se exercitasse um pouco, meu chapa.

Levantando-se, ela foi até o elevador e desceu para a academia de casa.

O *dojo* para ela treinar artes marciais seria construído a partir daquele lugar, atrás de portas antirruído. Tudo à base de materiais naturais, lembrou, num espaço limpo e simples — um espaço em que ela realmente pudesse praticar. Incluindo um salão holográfico específico para a prática.

E ainda ostentaria o próprio jardim de meditação com uma fonte. E uma pequena área arrumada atrás de telas de bambu para uma unidade de refrigeração, um AutoChef, pia e assim por diante.

Roarke não fazia nada pela metade, pensou Eve, e refletiu que seria uma pena se ela não conseguisse prender seu assassino depressa e o projeto tivesse de ser adiado até que o fizesse.

Tudo naquele caso era muito pessoal, droga. Tudo era tão pessoal que estava respingando em seu lar.

Sim, ela precisava suar muito e se livrar daquele clima horrível que sentia.

Optou pela corrida holográfica. Sua escolha habitual de paisagem seria uma praia. Nada melhor do que correr na areia sentindo a brisa do mar, mas resolveu programar o cenário para ruas urbanas cheias de obstáculos, e aumentou o grau de dificuldade.

Começou com uma corrida intensa, suas passadas ressoando com o som virtual de saltos de botas na calçada. Esquivando-se de pedestres, sentiu o cheiro de carrocinhas de cachorro-quente e um reciclador de lixo quebrado. Atravessou o tráfego de veículos num cruzamento, onde dois ladrões de rua roubaram a bolsa de uma mulher que vestia uma camiseta com os dizeres "EU ♥ NY". Acelerando o passo, Eve atacou o ladrão de rua mais próximo e o algemou antes de perseguir o parceiro.

Novos elementos, pensou ela, satisfeita com o desafio. Roarke andava mexendo no programa, adicionando algumas novidades e atualizações. Quando ela enfrentou o segundo ladrão, percebeu que ele tinha mexido na programação pensando nela.

E não, ele não fazia mesmo nada pela metade.

Trinta minutos depois, já estava com o coração saindo pela boca, suava muito e já tinha capturado vários ladrões de rua.

Mudou o exercício para pesos de mão, trabalhou seus músculos fazendo abdominais, agachamentos, dando chutes no ar, pulos, levantando pesos; repetiu a sessão três vezes.

A dor de cabeça se transformou em um latejar ensurdecedor na parte de trás do crânio, o que já era alguma coisa, mas ela não conseguia se livrar do mau humor.

O assassino fez dela uma espécie de vítima, assim como um motivo. Ela não iria tolerar isso, não conseguiria. No entanto, naquele exato momento, o assassino poderia estar a caminho de atacar o próximo alvo, e não havia nada que ela pudesse fazer.

Colocou os pesos de volta nos suportes. Ela sabia o que queria; tinha entrado ali para isso. Mas agora estava mais animada, suada, puta da vida. E pronta.

Passou para o androide de luta e o estudou por um bom tempo. Era um androide novo, percebeu, enquanto calçava luvas finas.

Maior que o anterior, notou, e mais pesado. Tinha um rosto desenhado para parecer que já tinha levado anos de socos na cara. Nariz torto, cicatrizes ao redor dos olhos e uma boca que sorria de forma desdenhosa, mesmo quando desligada.

Era mais um trabalho do Roarke, refletiu, e teve de reconhecer o seu estilo.

Ela ligou o androide.

— Ativado. Selecionar programa.

— Você tem nome?

— Todos me chamam de Crusher — respondeu ele com uma voz de quem parecia gargarejar cascalho.

— O que você tem pra mim, Crusher?

— Sou programado para boxe, kung fu, caratê, luta de rua, tae kwon do, luta livre...

— Então venha — ordenou Eve. — Pode vir com tudo.

Ele atacou imediatamente, tentando lhe dar um soco direto no rosto. Ela mal conseguiu se esquivar, e até o sopro de ar que o golpe causou perto de sua orelha foi impressionante.

Ela ficou na ponta dos pés, firme. Sorriu, ávida e feroz.

— Está bem então, vamos lá.

Roarke entrou em casa querendo apenas uma taça de vinho e tranquilidade. Por ter começado a trabalhar mais tarde naquela manhã, as atividades tinham se acumulado pelo restante do dia, e uma viagem rápida e não planejada a uma de suas fábricas em Trenton roubou ainda mais do seu tempo.

Não que ele se importasse. Se quisesse fazer menos, poderia vender participações, em vez de adquirir mais.

— Onde está seu companheiro felino? — perguntou a Summerset.

— Acredito que esteja lá em cima, com a tenente.

Roarke ergueu uma sobrancelha enquanto tirava o casaco.

— Eve já está em casa?

— Já faz quase uma hora. Chegou ilesa — acrescentou Summerset, antes que Roarke tivesse chance de perguntar. — Parece estar preocupada com a minha rotina fora desta casa e, como já mencionei antes, com os possíveis envolvidos.

— Você assistiu à coletiva de imprensa?

— Assisti, sim. — Ao pegar o paletó de Roarke, Summerset pendurou-o no armário oculto na parede do saguão de entrada, onde ele já tinha pendurado o casaco de Eve. — Acrescentando a preocupação dela a isso, presumo que esteja perseguindo alguém que a atraiu em um nível mais pessoal.

— Ele, ou ela, deixa mensagens para Eve nas cenas dos crimes. Ela tinha uma ligação indireta com ambas as vítimas. — Roarke olhou para o alto da escada ao falar. — O assassino afirma ser amigo dela e quer trazer justiça de verdade para todos os que a trataram com desrespeito.

— Ah, bem, isso explica tudo, pois eu seria um excelente alvo. No entanto, você e a tenente deveriam saber — continuou Summerset, quando os olhos de Roarke faiscaram — que sou capaz de me defender.

— Você já foi ferido antes. Eu prefiro que isso não se repita. Mude a sua rotina — aconselhou Roarke.

— A tenente já sugeriu a mesma coisa. Não se preocupe, garoto. Serei cuidadoso e acredito que você também será.

Sabendo que devia ficar satisfeito com isso, Roarke subiu as escadas. Ficou surpreso por não encontrar Eve em seu escritório, mas pensou que não seria surpresa encontrá-la desabada, de bruços, na cama.

Mas lá encontrou apenas o gato, estirado como se estivesse numa prateleira, os olhos fixos no elevador. Galahad rolou no colchão quando Roarke se aproximou, expondo a barriga. Para agradá-lo, Roarke lhe deu uma esfregada vigorosa.

— Ela foi por ali, não foi? — Roarke acenou com a cabeça em direção ao elevador. — Mas para onde?

Foi até o localizador da casa.

— Onde está Eve?

Eve está na academia de ginástica desta casa.

— Colocar imagem na tela — ordenou Roarke, e inclinou-se naquela direção.

Segundo Summerset, ela não voltou para casa ferida, lembrou, mas tinha um hematoma na maçã do rosto e um dos lábios sangrava. O androide — ainda tão novo que Roarke mal o havia testado — cambaleou quando Eve lhe deu um chute violento para trás e enfiou o pé em sua barriga.

Crusher — Roarke sabia que ela acharia o nome divertido — parecia consideravelmente desgastado. Uma simulação de sangue descia do seu olho esquerdo inchado e escorria pelo canto da boca.

Roarke estremeceu quando o androide agarrou Eve pelo ombro, mas ela girou o corpo para desferir um golpe, usou o impulso e jogou o androide de costas no chão.

Roarke sibilou entre dentes quando ela pisou, com muito entusiasmo, no rosto do androide.

— Ah, tudo bem — murmurou e, afrouxando a gravata, começou a tirar o terno.

Quando ele acabou de vestir uma camisa limpa, ela saiu do elevador gotejando suor por todos os poros.

— Oi! — saudou ela. — Você já chegou.

— Assim como você. E fez um bom treino, pelo que vejo.

— Sim. — Ela limpou o lábio inchado. — Estava precisando muito disso. Você tem um novo androide de treino.

— Tenho. Ele ainda está funcionando?

— Está. Quer dizer... ele me disse que precisava fazer um diagnóstico interno no sistema. — Ela esfregou e flexionou o ombro. — E você?

— A funcionalidade é incrível. Sangra e também forma hematomas. Devo tirar o chapéu pra você por desenvolver tudo isso. Ele me confundiu um pouco e conseguiu driblar minha guarda algumas vezes.

— Ainda é um protótipo. Ou era.

— Eu provavelmente não devia ter pisado na cara dele, mas você também não devia trazer para casa brinquedos muito caros para eu quebrar.

— Mas aí, qual seria a diversão? — Ele abriu o kit de primeiros socorros que tinha separado e pegou a varinha de cura. — Venha cá.

— Preciso de um banho.

— Sei disso, mas venha aqui antes. — Ele segurou o queixo dela e passou a varinha sobre o lábio inchado. — Está se sentindo melhor, agora que arrasou com o androide?

Ela sorriu e sibilou com a dor.

— Sim, um pouco. Meu dia foi basicamente uma bosta.

Ele quebrou um pedaço de gelo e colocou-o contra a bochecha dela.

— Espere aí, fique quieta — ordenou Roarke, e pressionou a varinha sobre o machucado outra vez. — Sabe de uma coisa? Você poderia ter passado uma hora com o Mestre Wu pelo sistema holográfico, caso não conseguisse marcar uma sessão presencial.

Ela pensou no mestre de artes marciais — e no presente de Natal que Roarke lhe deu.

— Não estava a fim disso. Precisava mesmo era de uma luta difícil e violenta. Precisava socar alguém, e como Summerset é puro osso, provavelmente quebraria ao meio nos primeiros golpes...

— Não tenha tanta certeza.

Ela encolheu os ombros e logo se arrependeu ao sentir uma pontada de dor na região.

— Talvez. E você não estava por perto para levar um soco.

— Pela aparência do androide, devo ser grato por isso.

Ela estremeceu, mas não de dor física.

— Você viu tudo?

— Dei só uma olhada. Pronto, já está melhor.

— Não está tão ruim. — Ela tocou o lábio. — O androide está equipado com luvas de gel, então elas amortecem um pouco os golpes. Olha, sei que os operários deveriam começar a trabalhar na construção do novo *dojo* daqui a alguns dias, mas...

— Você está preocupada — interrompeu ele — com a presença de qualquer um que não seja um de nós ou de nossos amigos aqui em casa? Não precisa se preocupar. Conheço todos os indivíduos que integram a equipe, e já entrei em contato com o supervisor do projeto. Disse que não quero substitutos, a menos que eu os libere pessoalmente.

— Mesmo assim...

— Os homens e as mulheres que vão começar a trabalhar no dia 2 de janeiro dependem desse emprego e do salário. Que tal eu lhe repassar seus nomes e dados, uma lista completa? Você pode investigar todos e acalmar seus receios.

— O que certamente você já fez. Foram todos analisados.

— Foram, sim. Mas você se sentirá melhor se fizer o mesmo.

— Confesso que sim. Por falar nisso, preciso usar seu laboratório de informática mais tarde.

— Você? — Ele deu uma risada.

Ela merecia a zoação, pensou Eve, considerando a habilidade mínima que tinha na área.

— Potencialmente *nós*, mas consigo lidar sozinha com o que tenho em mente. No entanto, primeiro quero tomar aquele banho. — Foi em direção ao banheiro e lançou um olhar por cima do ombro. — Você deveria vir esfregar minhas costas.

— É assim que estão chamando agora?

— Eu chamo de terminar minha sessão de fisioterapia, e de você se dar bem.

No banheiro, ela despiu a regata, tirou o short e entrou no enorme box aberto. Ordenou jatos em força máxima, a 40 graus.

Ela iria ferver seu saco, refletiu Roarke, já conformado. Mas sua esposa gostosa, molhada e disposta valeria a pena.

Ele estudou a extensão longa e magra de suas costas enquanto se despia. Ela conseguira um leve hematoma na altura do rim direito e outro um pouco mais escuro no quadril esquerdo. A forma como ela alongou os ombros antes de levantar os braços para colocar o cabelo molhado para trás lhe disse que estava sentindo dor ali.

Estava machucada e ensanguentada, pensou ele, não por ter perseguido e lutado com algum bandido, mas no conforto da sua casa, e por livre e espontânea vontade.

— Você não conseguiu encontrar algum ladrão de rua útil para espancar? — perguntou ele, quando entrou no chuveiro atrás dela.

— Na corrida holográfica eu surrei dois. Gostei desse novo programa.

— Eu sabia que você iria gostar. — Como ele era um marido atencioso, bateu de leve no dispenser da parede e pegou uma palma cheia de sabonete líquido sedoso. — Você deveria tentar o cenário rural.

— Por que eu faria isso?

Ele passou o sabonete nas costas dela.

— Isso ajudaria a superar seu medo de vacas.

— Não preciso disso. As vacas ficam no lugar delas e eu, no meu.

— Um psicopata fez uma família como refém. Você precisa chegar à casa da fazenda e tirá-lo de lá antes que ele se exploda e leve a família junto.

Ela inclinou a cabeça, intrigada.

— E onde estão as vacas?

— No campo que você tem de atravessar para chegar à casa.

— Espertinho.

— Estamos descobrindo que os jogos, os desafios e as competições em grupo nas máquinas fitness são cada vez mais utilizados nas academias e nas residências. Lançaremos a nova linha deles no dia 2 de janeiro, quando as pessoas tendem a realmente acreditar que vão cumprir suas promessas de Ano-novo.

— Espertinho — repetiu ela, e se virou para enroscar os braços ao redor do pescoço dele. — Qual é a *sua* promessa de Ano-novo?

— Tomar banho com minha mulher mais vezes. — Ciente do ferimento, ele tocou suavemente os lábios nos dela.

— Nada disso. — Ela segurou o cabelo dele com força, puxou-o de volta para ela e o beijou com vontade. — Acabei de esmagar Crusher, consigo muito dar conta de você.

— Você acha?

Se o que ela precisava era da avidez, do impacto e do poder, então ele daria isso a ela. Ele também estava com um pouco de raiva acumulada desde que tinha lido a mensagem na parede, naquela manhã.

Então ele a ergueu com força, empurrou as costas dela na parede molhada e a penetrou.

— Ah, Deus! — A mão dela deslizou do ombro dele e se arrastou para trás, em busca de apoio.

— Você consegue dar conta de mim?

Ele estocou, ávido, arrancou um grito dela e fez com que seus olhos perdessem o foco, vidrados. Aquelas longas pernas se enroscaram em volta da sua cintura, enquanto sua respiração falhava.

Mesmo assim, ela nivelou seu olhar com o dele e o encarou.

— Como eu disse ao Crusher... pode vir com tudo.

— Então se segure. — Ele cravou os dentes em seu ombro bom e então pela extensão de sua garganta. — Quero minhas mãos em você.

Ela se segurou onde conseguiu, indefesa, suspensa e presa, enquanto ele a tocava por dentro e por fora.

Eve foi tomada por uma sensação gloriosa e devastadora quando as mãos dele tocaram seus seios, percorreram seu corpo e subiram novamente enquanto ele a devorava e estocava com vontade. Era tudo de que ela precisava.

O calor dos jatos pulsantes e o vapor que subia a saturaram de prazer. Todas as horas no frio, todas as horas passadas entre sangue e morte se perderam.

Ali estava uma paixão violenta que purgava e preenchia tudo outra vez, que queimava e logo depois acalmava.

Ela gritou mais uma vez, e o som de seu prazer misturado à rendição ecoou nos azulejos.

Ela o aprisionou com as próprias necessidades ensandecidas, e o deixou vazio com nada além do amor sem limites que sentia. Ela o arrebatou e o encurralou com força, em cada centímetro dela. Com seu corpo, seu perfume, seu espírito.

E, quando gemeu o nome dele e sentiu o corpo amolecer, ela simplesmente o esvaziou por completo.

Eles escorregaram, sentindo como se seus ossos tivessem derretido e emaranhados um no outro; acabaram meio apoiados na parede do chuveiro. Quando ele virou a cabeça e roçou os lábios na curva da garganta dela, Eve sorriu.

— Isso é o que eu chamo de banho.

— Isso é o que eu chamo de me dar bem. — Ele tornou a beijar sua garganta. — E isso é o que eu chamo de banho: Ajustar temperatura para 32 graus.

Ele não soube de onde tirou forças para segurá-la, rendido como estava; e também não tinha certeza se seus ouvidos iriam parar de zumbir por causa dos gritos dela ecoando em seus tímpanos, mas tinha valido a pena.

— Ninguém em sã consciência considera trinta graus frio — comentou ele. — Agora, se eu tivesse falado 25...

— Vou matar você! — Ela queria ficar furiosa, mas era difícil chegar lá quando se sentia tão bem ali, sem forças e colada nele no chão do chuveiro. — Bundão!

— Você quer mais? Essa mulher é insaciável, mas eu topo. Só que antes preciso de uns dez minutinhos.

— Nem pense nisso, garotão! — Ela conseguiu se sentar, e então apenas suspirou e deixou cair a cabeça no ombro dele.

Ele acariciou suas costas com muita suavidade e perguntou:

— Laboratório de informática?

— Isso mesmo! Dei a mim mesma uma hora de folga para esfriar a cabeça e gastei quase o dobro disso.

Quando ela recuou, ele pegou sua mão.

— Vamos superar isso, Eve.

— Sim, vamos superar. Com a mente mais arejada e equilibrada — reconhecendo que preferia a dor leve de uma boa briga e uma rodada de sexo excepcional, em vez da dor de cabeça e irritação permanentes — ela levou os arquivos do caso para o laboratório de informática de Roarke.

A DDE jamais teria como competir com um equipamento daquele nível, pensou Eve, mas franziu a testa quando Roarke abriu uma garrafa de vinho.

— Você queria suor e sexo — explicou ele. — Eu queria uma taça de vinho ao chegar em casa. Você realizou o seu desejo.

Ela não podia argumentar contra aquilo, mas se limitaria a uma única taça. Pela mesma razão, já tinha vestido uma blusa e uma calça, e manteve a arma no coldre. *Se* e *quando* a Emergência da Central entrasse em contato, queria estar pronta para entrar em ação de imediato.

— Trouxe muita correspondência, minha e da Nadine. Já houve uma filtragem inicial e eu eliminei todos os nomes que podia ter eliminado. O que pretendo fazer agora é uma busca e uma análise completas usando esses dados e as duas mensagens da cena do crime.

— Procurando por palavras e frases-chave, sintaxe e gramática comum à correspondência e às mensagens escritas nas paredes.

— Sim. É muita coisa, mas bem menos do que seria sem as primeiras filtragens.

— Podemos fazer isso de várias maneiras — disse ele. — Vou configurar o sistema para cruzar as mensagens recebidas por você e por Nadine, e ele exibirá os aspectos e as expressões em comum, mesmo que não tenham vindo do mesmo nome ou local. Uma comparação puramente de conteúdo. Depois faremos outra comparação com a sua correspondência, uma terceira com a de Nadine, e juntaremos as duas comparando nomes e locais em comum.

— Isso está ótimo. Bem completo.

— Não vai demorar muito para programar, mas poderá levar um tempo considerável para rodar a pesquisa e a análise. Vou colocar tudo no modo automático e o computador alertará quando tivermos, digamos, dez potenciais suspeitos em cada lista?

— Cinco. Quanto mais cedo eu começar a investigá-los individualmente, melhor.

— Cinco, então.

— Vou programar uma dessas pesquisas. Sei fazer isso — insistiu ela, um pouco irritada ao ver o olhar divertido dele. — É claro que vou levar o mesmo tempo que você leva para configurar dois programas em apenas um, mas então teremos todos prontos.

Ela pegou os discos da correspondência recebida, escolheu um computador e começou.

Ele terminou sua tarefa e desfrutou do vinho enquanto ela avançava na última parte da programação.

— Pronto! — Quase tão aliviada quanto poderia ter ficado por evitar uma colisão em pleno ar, ela passou as mãos pelos cabelos e então, finalmente, tomou um gole do vinho. — Mas antes você deveria verificar se eu não estraguei tudo.

— Não estragou, eu estava de olho em você. — Ele massageou o ombro dela. — Agora, vamos deixar as máquinas fazerem o trabalho, o que não vai acontecer mais rápido mesmo que você fique olhando de cara feia para elas. Vamos pegar um pouco de comida e você poderá me contar todo o progresso que fez hoje. Quem sabe se conseguimos pensar em algum outro ângulo de abordagem. Se bem que este já está ótimo — elogiou ele, apontando com a cabeça para os computadores que trabalhavam.

— Ok, tudo bem. Vamos lá. Fui obrigada a envolver toda a minha divisão nisso — contou ela, quando eles deixaram a sala. — As mensagens iriam vazar em algum momento, como acabou acontecendo, então eu queria que eles estivessem atualizados.

— Eles certamente teriam ouvido partes soltas, além de especulações e boatos imprecisos. Que bom que eles ouviram tudo diretamente de você.

— Agora eles estão fazendo malabarismos, nas palavras de Jenkinson, e pesquisando abordagens diferentes sobre a minha investigação, ao mesmo tempo que trabalham nos próprios casos.

— Exatamente como deveria ser — comentou Roarke. — E como você teria feito, caso qualquer um deles precisasse. Eles não são apenas detetives e oficiais que trabalham na mesma divisão, tenente. Eles são uma unidade coesa, e o mérito é seu.

— Mas estão um pouco chateados com essa coisa toda.

— Exatamente como deveriam estar — repetiu ele.

Eles saborearam uma sopa encorpada e suculenta com pedaços crocantes de pão, enquanto ela o colocava a par do restante do dia.

E, enquanto ela lhe contava tudo, o entregador não identificado vestido de marrom foi em direção ao endereço escolhido. Era difícil evitar a vontade de andar saltitando.

As pessoas passavam apressadas — quem prestaria atenção numa pessoa comum? Ah, tinha sido genial usar aquele método. Seu orgulho aumentou.

Ninguém via a pessoa real por trás do uniforme, e isso sempre causava mágoa e ressentimento. Agora, porém, tinha se tornado uma vantagem, um trunfo, e até uma arma.

Claro que aquela tinha sido uma caminhada longa e fria, mas "cuidado" era a palavra de ordem que devia ser seguida. Quando tudo acabasse, bastava ir embora andando na mesma direção, virar na mesma esquina, depois na seguinte e então na próxima.

Zig, depois zag, depois zig outra vez. Sempre longe das câmeras de segurança das lojas.

Entre com calma, saia com calma.

E entre esses dois momentos? Tudo que sentia era emoção e gratificação. Nada além de uma sensação inspiradora.

Eles não diziam que na terceira vez as coisas davam certo? Talvez esta terceira morte fosse mostrar a Eve o valor e a importância da amizade. Na próxima vez que ela estivesse diante das câmeras, certamente haveria reconhecimento, ela lhe enviaria aquele sinal. Aquele olhar que falava, em código, de unidade e apreço.

Não estava pedindo muito.

Talvez nesta terceira vez a vítima devesse estar acordada quando tudo acontecesse. Tape sua boca, imobilize as mãos e mantenha-o levemente atordoado, mas não desmaiado.

Seria uma experiência diferente, e grande parte da vida era só rotina, apenas fazer o que tinha de ser feito — sem recompensa alguma.

Desta vez, a vítima conseguiria ouvir a ladainha dos seus crimes e ofensas contra Eve antes que o picador de gelo perfurasse seu olho e atingisse o cérebro.

Seria o olho esta vez, e não a língua — embora ele também tivesse uma língua muito, muito nojenta. Mais uma vez, seria simbólico. Certamente Eve iria reconhecer e apreciar isso. E *demonstraria* publicamente esse apreço.

Mesmo assim, se o homem que ia morrer esperneasse demais, isso poderia afetar a mira, e esse era um fator importante. Mas iria valer a pena dedicar um pouco mais de tempo a ele, o terceiro a morrer. O melhor. Haveria mais tempo com um homem que tinha insultado Eve; que a tinha rebaixado e agredido — tanto verbal quanto fisicamente. Logo ela, uma mulher que era superior a ele em todos os sentidos.

Tanto quanto a pessoa que o levaria à verdadeira justiça. Superior a ele, assim como Eve.

Exatamente como ela.

E Eve apreciaria o tempo a mais que seria gasto daquela vez. De certo modo, seria como recitar os seus direitos e deveres civis. Isso tornava tudo mais oficial, não? Talvez fosse isso que estivesse faltando, o que Eve queria. Sim, recite lentamente os direitos e as obrigações, como Eve faria; liste as ofensas, como Eve faria.

Depois, faça o que só uma pessoa verdadeiramente amiga e parceira da Eve poderia fazer.

Puna os culpados.

Esta noite a vítima estava trabalhando até tarde em seu estúdio... sempre sozinho. Ele era um homem que não gostava de companhia, que desprezava as pessoas, embora ganhasse a vida imortalizando-as.

Aproxime-se do prédio sem pressa, você está simplesmente prestando um serviço, entregando a última encomenda do dia.

Foi importante certificar-se de que aquele espaço comercial que funcionava no térreo estaria fechado a noite toda. Excelente. Tinha sido importante examinar o estacionamento de dois andares — onde as câmeras estavam lá apenas para as pessoas verem, porque as crianças as viviam destruindo o tempo todo.

A galeria do segundo andar também estaria fechada. Perfeito.

Havia luzes brilhando, indistintas, nas telas de privacidade do estúdio do terceiro andar, e no apartamento de cima.

Mas ele certamente estaria no estúdio. Não gostava de ser incomodado, principalmente por alguém que viesse pela escada externa.

Mas aquela era uma entrega especial.

Suba logo, não tem ninguém olhando. Sapatos silenciosos nas escadas de ferro, o casaco quase se misturando à sombra do prédio.

Agora já estava escuro o suficiente, e todos lá embaixo, na rua, se agasalhavam melhor para se proteger do frio; corriam para chegar a algum outro lugar, algum lugar fechado no qual houvesse calor.

E lá vamos nós!

Pressione a campainha no terceiro andar e incline de leve a caixa, para o caso de alguma câmera estar funcionando.

Tudo muito cuidadoso. Minucioso.

Aperte a campainha com força e mantenha-a apertada. Seja paciente. Seja insistente. Você está apenas fazendo o seu trabalho; só quer sair dali e voltar pra casa, como todo mundo. É sua última entrega do dia.

— Que porra é essa?! — Dirk Hastings abriu a porta de ferro. — O que você quer, seu babaca, idiota?!

Ele era um homem grande, forte e corpulento, com olhos arredondados marrons como lama. A fúria transparecia em ondas quentes e vermelhas.

Um homem feio. Um homem feio e desrespeitoso. Você estará morto em poucos minutos.

— Desculpe, senhor. Vim apenas fazer esta entrega.

— Você não sabe ler, idiota? A placa diz: Nada de entregas, idiotas!

— Desculpe. — Enfie a mão no bolso bem devagar, com cuidado. — A loja de baixo está fechada, e o pacote está carimbado como URGENTE. Você é Dirk Hastings?

— Vá se foder!

— O senhor só precisa assinar e eu meto o pé na mesma hora. Está muito frio aqui fora.

— Então consiga um trabalho que seja do lado de dentro de algum lugar. — Hastings começou a pegar a caixa. O assassino não identificado deu um passo para o lado, passou pela soleira e sacou o atordoador.

Atingiu-o na barriga. Isso fez seus olhinhos cor de lama se arregalarem e o grande corpo tremer antes de cair para trás.

Quanto maiores eles são, maior é o tombo, hahaha.

Perfeito.

Agora é só arrastá-lo para dentro do estúdio. Vá com mais calma, desta vez. Há muita fita no seu kit de trabalho. Este sujeito é grande, é um cara forte. Não faça burrice. Não deixe que ele acorde por completo.

O assassino se agachou e começou a arrastar o inconsciente Hastings pelos braços.

— Oi, Dirk, querido? Que escândalo foi esse na campainha? Olha só, eu trouxe uma garrafa de...

A loura alta e seminua parou enquanto descia os degraus, e sua boca vermelha perfeita formou um grande "O", segundos antes de os gritos começarem a todo volume.

Em pânico, o assassino ergueu o atordoador na direção dela, mas a loura levantou a garrafa de *pinot noir* que trazia na mão. A rajada foi forte; a garrafa explodiu e voou como um raio contra a parede. A taça e o vinho também voaram quando a loura se virou, ainda aos berros, e correu escada acima com a velocidade de uma gazela.

— Vou chamar a polícia! — gritou ela, para o intruso. — Estou com meu *tele-link* na mão e vou ligar pra polícia. Também tenho uma faca! Uma faca muito grande! É melhor você correr, seu canalha!

Lágrimas de frustração turvaram-lhe a visão quando o assassino pegou a caixa de volta, deu uma rápida olhada no fracasso da empreitada... E fugiu às pressas.

Capítulo Doze

Em sua mesa, Eve analisava o último esboço de Yancy. Assim como Misty Polinsky, Mason também descrevera um rosto estreito. O cachecol também escondia a parte inferior do rosto e o queixo, mas dessa vez Eve tinha conseguido o formato do nariz, o estilo dos óculos escuros e uma ideia do lábio superior.

Concordou com as anotações de Yancy. Se Mason estivesse certo — e Yancy acreditava que estava —, essa dica indicava uma boca larga, um pouco mais fina no lábio superior.

Como montar a porcaria de um quebra-cabeça, pensou ela, quando a maioria das peças estava faltando?

Yancy tinha chegado a uma conclusão, usando porcentagens de probabilidade e mesclando os dois esboços. Com isso, ele ofereceu a ela os sete rostos mais prováveis, preenchendo características complementares.

Mesmo assim, aquilo ainda era indefinido demais e pouco descritivo para o sistema rodar o programa de reconhecimento facial, e muito vago para ela mesma dizer, com alguma confiança, se algum daqueles rostos lhe parecia familiar.

Então não conseguiria ir muito além naquela linha de identificação, pelo menos por enquanto, decidiu. Teria de contar com as palavras nas mensagens. Uma rápida olhada no seu *smartwatch* lhe disse que ainda era muito cedo para incomodar Roarke sobre qualquer progresso na pesquisa.

Em vez disso, abriu o primeiro relatório de Carmichael e Santiago.

— Puta merda.

Ela recostou na cadeira, encarou a informação e repetiu:

— Puta merda.

— Meu timing é bom — comentou Roarke, ao entrar.

— Mais de duas mil pessoas que se candidataram a entrar para a polícia e foram reprovadas... ou rejeitadas por vários motivos diferentes... enviaram correspondências para mim nos últimos dois anos.

— E isso te surpreende?

— Bom... surpreende, sim. Será que eles não têm outras coisas melhores para fazer? A estimativa é que cerca de quinze por cento dessas criaturas acharam que eu poderia mexer alguns pauzinhos para, no fim, conseguir colocá-los dentro da polícia. Em primeiro lugar: não. Em segundo lugar: por que eu faria isso? Quase novecentas dessas pessoas entraram em contato comigo mais de uma vez; e 373 delas moram na região da Grande Nova York.

— Também recebi 78 cantadas em busca de uma transa... ou 93, se você contar os que transaram comigo em sonhos ou em outras dimensões; e recebi nove propostas de casamento.

— Se você transar com alguém que não seja eu em uma dimensão alternativa, isso é motivo para divórcio — avisou Roarke.

— Em uma das cartas éramos dragões. Dragões dourados que faziam sexo em pleno voo sobre um mar da cor de vinho do Porto.

— Isso tudo porque... — ele se sentou no canto da mesa dela — você é, sem dúvida, uma... — ele não quis usar a palavra *celebridade* porque não ajudaria nada fazer a cabeça dela explodir — figura pública — completou. — As pessoas vão fantasiar e na maioria das vezes um pouco de fantasia é saudável e criativo.

— Sexo entre dragões — repetiu Eve.

— É criativo, sim — confirmou ele. — Devo contar sobre a correspondência que chega pra mim?

— Você recebe coisas desse tipo? É claro que recebe! — respondeu ela, antes que ele pudesse dizer qualquer coisa. — Você provavelmente já fez sexo em forma de dragão em todas as dimensões.

— Animais, míticos ou não, são sugestões comuns. Comida também é bastante popular como forma de sedução ou perversão sexual. Combinações dos dois podem até ser criativas.

Ele simplesmente sorriu quando ela olhou para ele e completou:

— Pode até ser uma leitura divertida, quando se tem tempo pra isso.

— As pessoas são profundamente desequilibradas da cabeça. Estou dando prioridade para quem mora na região mais próxima de nós; as que envolvem propostas de sexo foram para o fim da lista. O sexo não parece ser um fator importante, aqui. Talvez possamos verificar no laboratório de computação como andam as coisas, para ver o status da nossa busca.

— Me dê mais uns trinta minutos — pediu Roarke. — Nós podemos...

Não completou a frase porque o comunicador dela tocou.

Eve olhou para a tela por um momento.

— Merda... — murmurou. — Dallas falando!

— Emergência para a tenente Eve Dallas. Apresente-se no número 358 da rua West 108, quarto andar. Consulte os policiais que responderam a uma agressão.

— Agressão? — repetiu Eve, já de pé. — A vítima ainda está viva?

— Dirk Hastings, a vítima, sofreu apenas ferimentos leves, mas o sistema informou que a probabilidade de existir ligação direta deste caso com sua investigação atual é de 98,3 por cento.

— Entre em contato com a detetive Delia Peabody — Eve se afastou da mesa enquanto falava. — Já estou a caminho.

Cortou a ligação sem se despedir.

— Hastings — lembrou ela. — Um fotógrafo idiota, com um temperamento insuportável. Eu suspeitei de que ele era o assassino num caso antigo, lembra? Aconteceu no verão retrasado.

— Fotos de assassinatos simulados... era assim que eu pensava no trabalho dele — acrescentou Roarke, enquanto desciam a escada às pressas.

Eve nem perguntou se Roarke pretendia ir com ela, pois seria perda de tempo para ambos.

— Isso mesmo. O assassino era um dos seus antigos assistentes. Ele massacrava e dispensava os assistentes como...

— Você massacra e dispensa androides de luta? — sugeriu Roarke, enquanto pegava os casacos.

— Algo assim. Eu chutei o saco dele quando ele voou em cima de mim, logo na primeira vez que o vi. Só porque eu interrompi seu trabalho. Seu espaço pessoal, segundo ele. Hastings teve muitas coisas desagradáveis a dizer sobre minhas suspeitas e sobre mim.

O vento a pegou em cheio quando Eve saiu de casa, ainda vestindo o casaco. E ela sibilou ao ver que sua viatura não estava na porta.

— Já mandei que um veículo autônomo da nossa garagem venha nos pegar — disse Roarke. — Espere mais um momento e vista isso.

Em vez de discutir, Eve apenas pegou o cachecol.

— Hastings é um cara grande — lembrou Eve. — Talvez o atordoamento não o tenha derrubado por completo; ou talvez ele tivesse uma arma. E talvez eu não devesse estar especulando.

Ela pulou no banco do carona de um robusto 4 x 4 cinza antes mesmo de ele parar por completo.

— Existe uma loja no térreo — lembrou ela. — O escritório e a galeria de fotos tiradas pela vítima ficam no segundo andar; o estúdio fotográfico está no terceiro... foi onde eu o derrubei quando nos encontramos pela primeira vez. Ele mora no quarto andar. Os outros andares deviam estar fechados na hora do ataque. Isso não é especulação, é dedução. Há degraus estreitos de ferro do lado de fora, mais parecidos com uma escada de incêndio. Não há passarelas aéreas externas por lá, nem elevador. O assassino ou a assassina teria de subir por aquelas escadas de ferro, no escuro. Lá não dá pra ver ninguém, da rua. Portografia. Sim, é assim que se chama a loja: Portografia.

— Um fotógrafo, especialmente um *"portógrafo"*, que captura imagens de modelos só da barriga pra cima, deve ter muita atenção aos rostos... e aos detalhes.

— Espero que sim. Tem um estacionamento atrás do prédio — comentou Eve, e guiou Roarke até lá.

O policial uniformizado já estava à sua espera quando abriu a porta do estúdio enquanto Eve — sentindo-se um pouco como um lagarto escalando uma pedra — subia o último degrau de ferro a céu aberto.

— Desculpe, tenente, Hastings acabou de nos dizer que há outro acesso interno pela rua.

— Agora eu já cheguei.

— Ele levou uma rajada muito forte, tenente. Aconteceu aqui, mas o colocamos no andar de cima, em seu apartamento, para manter esta área protegida para os peritos. Os paramédicos já o liberaram. Recomendaram que ele fosse para o hospital para dar mais uma olhada, mas ele não quer ir.

— Ele foi atordoado?

— Isso mesmo, senhora, e sofreu uma leve concussão ao bater com a cabeça no chão, ao cair para trás. Está muito mais zangado do que propriamente ferido.

— Ele está *sempre* zangado — respondeu Eve, ao passar pelo guarda e seguir para dentro do prédio, onde viu Hastings sentado em um sofá preto, bebendo o que pareciam ser alguns dedos de uísque.

Nenhum de seus retratos enfeitava as paredes brancas. Talvez ele tivesse se cansado de olhar para os rostos, de ter pessoas olhando para ele. Em vez disso, tinha criado uma espécie de galeria de paisagens urbanas em preto e branco, bancos vazios, vitrines, becos.

Em outra situação, ela os teria achado interessantes, e até mesmo atraentes. Por outro lado, poderia não ter conseguido uma testemunha viva.

Potencialmente duas, pensou, ao ver uma loura de pernas longas e oitocentos metros de cabelo sedoso enroscada no sofá, ao lado de Hastings. O roupão branco e felpudo que usava era tão grande que ela parecia ter sido engolida por um urso polar.

Ela tomava um gole de conhaque em uma taça enorme.

Hastings lançou um olhar raivoso para Eve, com seus olhinhos cor de lama. — Oi, vadia! — Ele tomou um longo gole. — Que diabos de cidade você está policiando, onde um homem não consegue sequer trabalhar uma única noite na própria casa sem ser atacado?

— Meu aparelho de combate ao crime para este prédio está enguiçado. — E se virou para a loura: — Quem é você?

— Matilda Zebler. Eu estava aqui quando tudo aconteceu.

Eve esperou um pouco e arqueou as sobrancelhas.

— Trabalhando até tarde esta noite, Hastings?

— Sim, e daí? Eu trabalho quando me dá na telha!

Aquilo não fazia sentido, pensou Eve. O assassino era cuidadoso e minucioso demais para ir até lá e matar Hastings quando ele estava na companhia de uma modelo.

— Você estava só com esta modelo aqui, sem assistente, sem cabeleireiro, nem maquiador?

— Eu estava trabalhando com criação de imagens, pelo amor de Deus. Trabalho geralmente sozinho quando crio essas coisas.

— Mas não estava sozinho.

Para surpresa de Eve, ele corou como uma menina.

— Eu estava sozinho *no meu estúdio* quando o idiota que me deu a rajada de atordoar me interrompeu. Eu devia ter jogado o filho da puta do alto da escada assim que abri a porta.

— Dirk! — Matilda esfregou a mão no braço dele de um jeito que indicava que ela não estava ali a trabalho. — Os paramédicos não disseram pra você ficar quietinho e calmo? Seu organismo foi afetado, querido. Você precisa cuidar da sua pressão.

Em vez de rosnar para ela, Hastings refletiu por um bom tempo, olhando para seu uísque.

— Vi que trouxe seu marido com você — ele murmurou para Eve. — E onde está aquela outra sua amiga de rosto quadrado e cabelo em cuia?

— O nome dela é Peabody, e já está a caminho. Meu marido também é um consultor civil especial da polícia. Comece do início, Hastings.

— Não sei por que ligaram pra você. Não morri. Ainda tenho pulsação.

— Deixe que eu me preocupo com isso. Comece do início.

— Eu estava aqui trabalhando, cacete, já não disse? — Ele passou a mão pela careca brilhante, como se tentasse colocar o cérebro de volta no lugar. — O idiota tocou a campainha. Achei estranho, porque ninguém em sã consciência usa aquela escada, muito menos à noite. A porra da prefeitura me obriga a mantê-la por causa do código de incêndio ou uma merda qualquer dessas. Mas esse filho da puta continuou com o dedo colado na campainha até que eu pensei... "Porra, esse cara quer morrer, vou atender ao seu pedido!"

Ao lado dele, Matilda sorriu ao tomar um gole do conhaque e deu um tapinha no joelho dele.

— Ele me disse que trazia uma encomenda, e eu tinha de assinar o recibo da entrega. Ora, que se foda a porra da encomenda. Só dei por mim de novo quando acordei, com Matilda inclinada no chão com uma faca de cozinha em uma das mãos, me enchendo de porrada na cara com a outra mão. Logo depois os benditos paramédicos chegaram, junto dos policiais, e todo mundo se aglomerou ao meu redor.

Eve olhou diretamente para Matilda.

— Uma faca?

— Eu não quis descer desarmada. Ouvi o ladrão fugindo, descendo os degraus e fazendo um barulhão, mas não quis deixar Dirk ali deitado no chão, caso o bandido voltasse. Então, assim que chamei a polícia pelo *tele-link*, peguei a faca na cozinha e desci. E eu estava dando *tapinhas* no seu rosto! — Ela cutucou Hastings na barriga. — E chequei sua pulsação! Foi o momento mais assustador da minha vida quando comecei a descer, vi Dirk no chão e aquele maníaco vindo em sua direção. Joguei na cara do bandido a garrafa de *pinot noir* que eu trazia na mão.

Isso explicava a garrafa quebrada e a poça de vinho atrás da porta do estúdio, pensou Eve.

— Acho que ele também tentou me atordoar. Eu o vi apontar a arma quando atirei a garrafa nele.

Ao ouvir isso, Dirk pegou a mão dela; a raiva perpétua em seu rosto se transformou num medo doentio.

— Você não me contou isso. Por Deus, Matilda!

— Contei aos policiais. Você estava muito ocupado, xingando os paramédicos e gritando comigo para vestir alguma roupa decente. Eu estava com... pouca roupa — explicou Matilda, exibindo um sorriso modesto.

— Vocês dois viram o indivíduo?

— Já que nós dois temos olhos, essa é uma pergunta idiota — retrucou Hastings. — E estou cansado de perguntas. Aquele idiota decidiu me roubar e, quando viu que não ia conseguir, teve de fugir. É isso. Agora, vá embora.

— Dirk!

Ele suspirou diante do tom de censura na voz de Matilda.

— Muito obrigado por ter vindo, tenente, agora vá embora. — E sorriu de leve quando Matilda riu.

— Matilda, quero que você vá para a cozinha com Roarke. Descreva para ele a pessoa que viu.

— Por que ela tem de ir com ele? — questionou Hastings.

— Porque você e ela vão descrever para nós a pessoa que viram, e assim nenhum dos dois influenciará a memória ou as impressões do outro. Se quiser discutir, faremos isso na Central. Lembra da Central?

— Fui atordoado e você ainda está me ameaçando? — A raiva surgiu em seu rosto com a velocidade de um raio, e ele se levantou.

— Dirk! — chamou Matilda, num tom de voz que fez Eve se lembrar do seu treinador de resistência da Academia de Polícia.

Ele rugiu como um vulcão prestes a entrar em erupção, depois sibilou. Por fim, tornou a se sentar.

— Fui eu quem foi atordoado — murmurou ele.

— E é ela quem está tentando descobrir quem fez isso e por quê — lembrou Matilda.

— Foi algum canalha vagabundo querendo me roubar. Que bem ela vai fazer?

— Se por acaso eu achasse que isso foi uma tentativa de assalto à mão armada, eu estaria aqui? Sou da Divisão de Homicídios, lembra? — falou Eve.

— E por acaso você viu alguma pessoa morta aqui? — Hastings estava de pé novamente, mas de repente seus olhos se arregalaram. Ele tornou a se sentar, mas desta vez colocou um braço protetor em volta da loura. — Você acha que alguém quer me *matar*? Por quê?

— Será que pode ser por causa das pessoas nas quais você atirou alguma coisa, ameaçou esfolar viva, ferver em ácido, jogar pela janela, isso são só alguns exemplos, desde a última vez que eu te vi?

— Eu não mantenho um registro disso.

— Certo. Srta. Zebler, se não se importa?

— Claro! — Ela respirou fundo. — Eu não achei que fosse roubo. Não me pareceu. Dirk, comporte-se, por favor.

Ela segurou o rosto dele com as duas mãos, beijou-o de leve e completou:

— Faça isso por mim. — Quando ela se levantou, Roarke lhe ofereceu a mão.

— Admiro muito o seu trabalho — elogiou ele.

— Obrigada. Já quase nos encontramos, algumas vezes — afirmou ela, fazendo com que Eve arqueasse as sobrancelhas quando Roarke a conduziu para o outro cômodo.

Eve se sentou.

— Há quanto tempo você e Matilda estão juntos?

— Não é da sua conta.

— Eu não daria a mínima, se não fosse da minha conta. Quanto tempo? Duas pessoas estão mortas — disse ela, com firmeza. — Você seria o terceiro a morrer. Se as coisas tivessem sido diferentes, Matilda poderia ter sido um bônus para esta noite.

— Mas por que diabos fariam isso? Se alguém chegar perto dela, eu arranco a garganta do sujeito e enfio a cabeça num buraco.

— Legal. Estou trabalhando para descobrir por que diabos isso aconteceu. Faz quanto tempo?

— Dezoito dias. E você não precisa me perguntar o que alguém como ela está fazendo com alguém como eu.

— Você pode ter um rosto que uma mãe teria dificuldade de amar, Dirk, mas compensa isso com sua personalidade alegre e extrovertida e seu charme encantador.

— Merda — bufou ele. E então bufou mais uma vez. — Estamos mantendo nosso relacionamento em segredo, ok? É algo... é uma coisa... nova e pessoal. Se vazar para a imprensa, eles vão persegui-la.

— Quem é ela?

Dirk revirou os olhos.

— Pelo amor de Deus, você mora numa caverna? Matilda! Supermodelo. Muito mais que um rosto ou um corpo. Ela acaba de lançar sua nova linha de produtos para cabelo e pele. E não é apenas o rosto da campanha, é a dona da empresa. Ela tem cérebro. E colhões — disse, com a voz calma, olhando para a faca de trinchar. — Não vou permitir que nada aconteça com ela, não importa o que eu precise fazer. Isso inclui dar muitas porradas em seja lá quem veio me matar, até ele virar uma polpa sangrenta, e depois atear fogo no que sobrou.

— Por que você não começa a fazer o que precisa descrevendo essa pessoa?

Ele fechou os olhos.

Eve reparou na sua palidez e nas olheiras. Tomar uma rajada de atordoar podia desgastar o organismo, deixando a pessoa exausta, trêmula e enjoada.

Eve sabia como era a sensação.

— Você se sentiria melhor tomando uma bebida proteica, em vez de álcool.

— Vá catar coquinho — disse ele, sem muito entusiasmo. — A pessoa tinha mais ou menos a sua altura, talvez um ou dois centímetros a mais. Casaco marrom e cachecol na mesma cor, enrolado no pescoço e cobrindo a parte inferior do rosto. A voz estava abafada por causa disso. Pensei em arrancar o cachecol e estrangular a maluca com ele.

Eve enrijeceu o corpo.

— Maluca? Ela?

— Sim, acho que era mulher. Olhos castanhos... vi algo em seus olhos que me pareceu feminino. Os olhos dela se pareciam... um pouco com os seus, pensando bem. Talvez meu cérebro tenha ficado estremecido por causa da rajada de atordoar, e como estou olhando para eles agora, posso estar confundindo com os dela.

Ele balançou a cabeça e continuou.

— Eu estava muito irritado, vendo tudo vermelho por causa da raiva, e não prestei atenção. Eu não iria guardar a imagem de uma entregadora idiota para emoldurar depois.

— Você trabalha com rostos — apontou Eve, cutucando seu ego.

— Sim, eu sei. Mas meu cérebro está avariado — repetiu, tornando a fechar os olhos. — Rosto estreito, nariz estreito, trinta e poucos anos, eu acho. Corpo volumoso, mas... pensando bem, talvez o volume extra fosse do casaco, ou sei lá o que ela vestia por baixo. Ela não era corpulenta, entende? Gorro de esqui marrom, puxado para baixo. Não consegui ver a cor do cabelo. Pele boa, pele lisa. Pele de mulher, pra mim. Macia, tom de marrom-claro.

Então ele arregalou os olhos.

— Eu vi!

— Viu o quê? — incentivou Eve.

— Ela disse que eu precisava assinar... algo assim. Cara, eu estava puto o suficiente para quebrá-la ao meio. Mas vi algo diferente pouco antes do choque. — Ele esfregou a mão no peito. — Meu Jesus Cristinho, isso dói pra cacete! Chega a queimar. Mas eu vi algo nos olhos dela.

— O quê?

— Excitação.

Quando Peabody chegou, Eve deixou Hastings aos cuidados de sua parceira. Ela chamou o batalhão de peritos, e sentiu um certo alívio por não precisar convocar uma equipe do necrotério também. Depois seguiu em direção à cozinha.

Deu para perceber que Roarke e Matilda já tinham passado para outros assuntos e conversavam sobre distribuição de produtos, mercados, publicidade e só Deus sabe mais o quê.

— Já estamos quase terminando aqui — disse Eve. — Mas, antes de sair, gostaria que você me explicasse tudo o que aconteceu. Tudo o que você ouviu e viu.

— Tudo bem, farei o que for necessário.

Eve ouviu a versão dela e fez anotações. E refletiu que se o *timing* dos acontecimentos tivesse sido um pouquinho diferente, Hastings não estaria mais emburrado no sofá, bebendo uísque.

— Agradeço sua cooperação. Você pode voltar para a sala se quiser, Srta. Zebler.

— Ah, obrigada. Posso perguntar uma coisa? Se Dirk estiver realmente em perigo, será que nós podemos ir embora? Simplesmente deixar Nova York por algum tempo? Para ser franca, eu tenho uma sessão de fotos agendada para a semana que vem, na Austrália. Eu poderia convencê-lo a ir comigo.

— Pedi a ele para trabalhar amanhã com um detetive que faz retratos falados. Espero que você concorde em fazer o mesmo.

— Claro, eu ajudo.

— Depois disso, vocês estarão livres para ir aonde quiserem. Mas eu gostaria das suas informações de contato, caso precise falar com algum dos dois.

— Isso não é problema algum. Aquele homem realmente veio aqui esta noite para matar Dirk?

Homem, pensou Eve, frustrada. Ela tinha duas testemunhas. Uma viu um homem, a outra viu uma mulher.

— Dirk teve sorte de você aparecer com uma garrafa de vinho, pensar rápido e de forma inteligente.

— Austrália, então — disse Matilda, e em seguida voltou para junto de Hastings.

Eve viu Peabody olhar duas vezes para Matilda e arregalar os olhos. E ficar de queixo tão caído que ficou paralisada por um momento.

— Peabody!

— Sim, senhora.

— Vá para o estúdio, lá embaixo — então se dirigiu a Hastings. —- Vou coordenar com o desenhista da polícia e entrar em contato com você para fazer um retrato falado. Vamos sair do seu caminho assim que pudermos. Terminamos aqui, por agora.

— Agradecemos que você tenha vindo tão depressa — começou Matilda, e lançou a Dirk um longo olhar.

— É, isso.

— Você vai tomar um pouco de sopa — ordenou Matilda, quando Eve se afastou. — E depois vai se deitar.

— Eu já quase terminei de trabalhar na imagem que estava...

— Dirk. Esta noite não, querido.

— Ok, Matilda.

O tom calmo e a aceitação tranquila de Dirk fizeram Eve revirar os olhos.

O amor virava o cérebro de todo mundo do avesso, tanto quanto uma pistola de atordoar.

Quando chegou ao estúdio, uma dupla de peritos já trabalhava na porta e no patamar, de modo que o ar frio entrava sem restrições.

Eles não encontrariam nada, pensou Eve, mas precisava ser feito.

Estudou a mancha vermelha na parede ao lado da porta. Para sorte de Hastings e Matilda, não era de sangue, mas de um vinho tinto muito bom.

— Deixaremos um guarda aqui o restante da noite — disse Eve a Peabody.

— Aquela é Matilda.

— Já sei o nome dela.

— Matilda! — repetiu Peabody. — Ela é, tipo assim... o rosto desta década!

— A década que ainda não completou nem um ano?

— Sim, mas você entendeu. Ela está na lista de McNab! Conseguiu tirar Lorilee Castle do posto, e ela estava lá fazia três anos.

— Que lista?

— A lista de com quem você tem permissão para transar, se surgir a oportunidade. Ele vai *desmaiar* quando eu contar. Não o culpo. Eu uso a máscara capilar dela.

— Por que você precisa de uma máscara para o cabelo? Se você quiser escondê-lo, basta usar um gorro.

— Uma máscara hidratante. O produto é mágico, e totalmente natural. E ela...

— Peabody, Matilda só é relevante porque estava aqui. E por ela estar aqui e pensar rápido impediu o nosso suspeito desconhecido de matar o novo alvo.

Eve mediu com os olhos a distância dos degraus da escada até a parede manchada e completou:

— Ela tem um braço excelente.

Com as mãos nos quadris, circulou pelo estúdio. Viu o computador ainda funcionando, com as imagens nas quais Hastings trabalhava quando tudo aconteceu.

As luzes ainda estavam acesas, como no momento do ataque, e as telas de privacidade continuavam ativadas.

— Não é muito difícil ficar de olho em Hastings e ter uma noção da sua rotina... ainda mais se você for paciente e estiver determinado. Basta estacionar o carro entre os prédios. Ou circular pela loja do térreo e analisar a rotina dos funcionários. Talvez até arriscar ir ao escritório, perguntar sobre fazer um retrato e juntar mais informações.

— Esta é a noite em que ele trabalha até tarde no estúdio — informou Peabody. — Ele me deu essa informação. Todas as semanas, ele trabalha sozinho nas mesmas duas noites, e esta noite é estritamente reservada para ele trabalhar na geração e no retoque de imagens de paisagens... é a linha secundária de seu trabalho fotográfico.

"Só que, nas últimas semanas, Matilda tem entrado furtivamente pela porta lateral para ir até o estúdio. Faz isso duas ou três, às vezes quatro noites por semana, quando eles conseguem combinar os horários. Talvez ela também trabalhe um pouco lá em cima, enquanto ele trabalha no estúdio. Ou talvez ela tivesse trazido alguma comida semipronta da rua e ia preparar uma refeição para eles."

— Pois isso é exatamente o que ela veio fazer esta noite — concordou Eve. — Ia preparar um jantar sexy para os dois. De repente, percebeu a insistência da campainha. Ouviu Hastings gritar e depois o baque forte da queda dele. Então resolveu descer com a garrafa de vinho na mão e viu o intruso aqui dentro.

Eve se agachou perto da pequena mancha de sangue.

— Ele bate forte com a cabeça, ao cair — comentou. — Matilda o vê no chão e vê o suspeito desconhecido.

Então olhou para a porta e continuou:

— O suspeito desconhecido a vê e ambos atiram: o jato atordoante se espalha, a garrafa bate na parede e explode. São admiráveis os instintos e a mira dela. Aposto que o casaco marrom dele ficou com algumas manchas de *pinot noir*. Quanto ao objetivo do suspeito desconhecido, este não foi alcançado. Ele teria de estar bem perto da vítima para completar o serviço. Não houve nenhuma habilidade verdadeira desta vez, e, se houve planejamento, tudo desmoronou por causa do pânico. Covarde.

Como era rotina, Eve colocou um marcador bem ao lado da mancha de sangue.

— Vocês devem pegar uma amostra desta mancha de vinho — gritou para os peritos. — Precisamos verificar se há algum sangue aqui.

Eve circulou uma última vez.

— Ele imaginava que Hastings já se preparava para dormir. É um homem que preza a rotina, que não tinha vínculos pessoais, não gostava de gente no geral. E de repente apareceu Matilda.

Ela estudou a parede manchada novamente, depois a parede limpa à sua frente.

Ali seria um bom lugar para a mensagem, pensou. Um espaço bom, limpo e amplo. E a mensagem seria deixada aqui, você a escreveria neste exato local. O lugar onde ele trabalhava era mais importante do que o espaço onde ele morava.

O que você teria escrito desta vez?, perguntou Eve a si mesma.

Ela se virou para Peabody.

— As câmeras de segurança externas dele são uma porcaria, e a maioria não funciona, mas temos boas câmeras internas no espaço da loja e algumas no andar do escritório. Então vamos pegá-las e verificar se há algo interessante. Quero que os guardas interroguem os vizinhos outra vez pela manhã, com os retratos falados que tivermos. Então você conversa de novo com as duas testemunhas, também amanhã. Como eles estarão mais calmos e descansados, uma segunda conversa poderá revelar mais algum detalhe relevante.

Eve olhou ao redor mais uma vez. Alguns peritos ainda cuidavam do chamado "trabalho pesado", mas não havia equipe alguma do necrotério. Em suma, aquela deveria ser considerada uma boa noite.

— Até amanhã de manhã não há mais nada a fazer por aqui.

No carro, Eve examinou suas anotações, destacou algumas e circulou outras.

— É uma mulher — concluiu ela.

Roarke a encarou.

— Matilda me pareceu bastante certa de que era um homem.

— Ela estava a três metros de distância. A primeira coisa que ela realmente viu foi Hastings, no chão. Foi o que lhe causou maior impacto. Ela viu a pessoa... o corpo, a cor marrom, a caixa que tinha na mão... e o grandalhão com quem ela está dormindo, que é um cara robusto e de temperamento selvagem, desmaiado, ou talvez morto. Nessas circunstâncias ela *enxergaria* um homem. Não lhe ocorreria que uma mulher fosse capaz de invadir a casa, entrar e derrubar Hastings. Numa situação dessas, as mulheres, de modo geral, têm mais medo de homens do que de outras mulheres.

— E você acha que um homem teria ido atrás de Matilda?

— Não necessariamente. O gênero não determina o nível de covardia, e esse assassino é um covarde. Mas Hastings esteve perto dele, bem perto até, cara a cara... e viu uma mulher. Ela não mostrou muito do rosto, mas ele *sentiu* uma mulher. A pele dela... ele disse que a pele dela era muito bonita.

Eve parou por um momento, pensativa, enquanto analisava Roarke.

— Você tem uma pele muito bonita, mas... ela não parece feminina.

— Muito obrigado pelo elogio.

— Pode ser que ele tenha se enganado. Estava furioso e recebeu uma rajada atordoante que sacode o cérebro. Mas estou inclinada a seguir seus instintos. E não existe um componente sexual aqui. É questão de amizade, parceria comigo, um apoio para mim, por assim dizer. Nenhum interesse sexual em nada do que vejo. Então uma mulher... uma mulher heterossexual, faria sentido.

— Ou um homem gay com pele boa.

— Merda! Sim, sim, essa é uma possibilidade. — Eve esfregou a têmpora com força, irritada por não ter pensado naquilo antes. — Só que... tanto cuidado para esconder o tipo de corpo e o rosto? Talvez seja um salto no escuro, mas vou tentar eliminar os homens heterossexuais e qualquer pessoa com menos de trinta ou mais de quarenta. Vou repassar a busca por qualquer um que esteja fora desses parâmetros para outra pessoa, a fim de diminuir minha lista de suspeitos.

— Não são apenas os instintos de Hastings que você está seguindo.

— Não. Ela é forte, ela é capaz, ela é inteligente. Trabalha em alguma área da aplicação da lei, ou algo bem próximo disso... ou estudou o assunto como se fosse uma religião. Mora sozinha. Tem um trabalho responsável... ela é responsável. Faz o que se espera dela, não chama atenção. Tudo isso se encaixa. Ela certamente não deve ter amigos íntimos. Sem filhos, nem um amante em particular.

— Ela não vai voltar para matar Hastings — disse Roarke. — Não por agora.

— Não, agora não. Mas ela é paciente, consegue esperar. Depois de superar o fracasso e esse susto, ela vai se recompor psicologicamente. Mas vai precisar deixar Hastings de lado, por enquanto. Mas depois de alguns meses, talvez três ou quatro, no máximo, as pessoas se sentem mais confiantes e voltam à rotina. Ela só precisa esperar.

Roarke estacionou na frente da casa e virou-se para Eve.

— Você teve um embate físico com Hastings quando vocês se conheceram, ele voou em cima de você. Quem sabe disso?

— Tinha uma modelo lá, uma assistente, o cabeleireiro e...

— Não, quem se enquadra nos seus parâmetros e poderia ter conhecimento desse momento?

— Não sei dizer. Coloquei tudo no meu relatório. Quando uma policial chuta o saco de um civil isso deve ser registrado, e é melhor que tenha um bom motivo para isso. Mas uma das pessoas que testemunhou a cena pode ter contado para outra pessoa e assim por diante.

— Eve. Quais são as probabilidades de um deles ter contado a alguém que de alguma forma está ligado a outra pessoa que testemunhou ou contou que Ledo acertou você com um taco de sinuca?

— Zero. — Ela saltou do carro. — Só pode ser alguém que poderia ter acesso aos meus relatórios. Eu *sei* disso.

Ela já ia entrando em casa com raiva, porta adentro, mas Roarke a agarrou, puxou-a e segurou-a com força, mesmo quando ela tentou se afastar.

— Eu estou bem.

— Não, não está, e por que estaria? — Apesar do vento, ele a acomodou em seus braços e olhou para seu rosto sob as luzes festivas que ainda brilhavam ao redor da casa. — Quantas mulheres entre 30 e 40 anos têm acesso aos seus relatórios?

— Provavelmente um monte. Alguns punhados, pelo menos, mas...

— As pessoas falam.

— E os policiais são pessoas — concordou ela. — Uma história contada enquanto um grupo bebe cerveja, umas gargalhadas no vestiário. Algum mané da Divisão de Assuntos Internos querendo descobrir alguma coisa. Sei lá! Uma conversa entre legistas ou técnicos, um papo entre as pessoas do apoio civil. Pelo que eu sei... pode ter sido até alguém da manutenção; ou das equipes de limpeza. Qualquer um poderia entrar na minha sala e nos meus arquivos, se tivesse algumas habilidades básicas de informática e quisesse fazer isso. Já não uso mais o mesmo computador que usei durante o caso Barrow, e os técnicos devem formatar as máquinas. Mesmo assim...

— Mesmo assim — Roarke concordou. — É um pouco tarde para trancar a porta do celeiro, mas você devia pedir a Feeney ou McNab para eles bloquearem o acesso e instalarem um *firewall* poderoso na sua máquina. Algo que exija mais que habilidades básicas para hackear. Eu mesmo posso fazer isso pra você.

— Provavelmente vou acabar bloqueando o meu próprio acesso — murmurou ela.

Com uma risada, ele a guiou em direção à casa.

— Vamos garantir que isso não aconteça.

— Preciso ver se conseguimos algo concreto da busca das palavras.

— Então, vamos partir para isso!

Enquanto Eve trabalhava noite adentro até quase desmaiar de cansaço e Roarke simplesmente a carregava meio dormindo para a cama, quem eles procuravam andava de um lado para o outro.

Sem erros, sem enganos, sem acidentes. O que tinha acontecido? O imprevisível. O imprevisível poderia acontecer e aconteceu.

Mas não *deveria*! Não deveria acontecer, porque você fez tudo certo. Na hora de estudar, planejar e executar.

Não era justo. Não era certo.

Devia ter sido fácil, devia estar tudo certo. O trabalho deveria ter sido *completado*!

A terceira vez devia ser a melhor!

De onde veio aquela mulher? A modelo. A estrela. Ah... seu rosto era imediatamente reconhecível. Um rosto cobiçado e admirado. Admirado por nada mais que um DNA afortunado.

Quem poderia imaginar que uma pessoa como Matilda estaria ligada a um sujeito feio por dentro e por fora, como o Hastings?

O mau gosto não tem explicação. Nem a falta de sentido.

Suas mãos tremiam agora, na solidão e no silêncio do quarto.

Será que Eve também tremia no silêncio do próprio quarto?

Claro que não! Portanto, aquele tremor devia parar. O trabalho precisava continuar.

Para acalmar, havia velas para acender, e seu brilho iria iluminar a parede. A parede coberta de fotografias, desenhos e recortes de Eve. Seu olhar sempre observador, sempre vigilante.

Em frente havia um quadro dos crimes... igual ao de Eve. Exatamente igual ao de Eve.

Havia muitos rostos ali, tantos rostos. Dois olhavam para a frente, com um risco vermelho forte em forma de X.

Hastings deveria estar com aquele X vermelho no rosto, naquela noite.

Um dia ele teria seu rosto riscado, sim, é claro que teria. Mas era preciso que ele sofresse antes. Porque aquela noite tinha sido uma humilhação. Uma falha que era como uma cicatriz. Uma falha que parecia queimar sua pele.

Mas não importava, ele teria o seu dia de justiça. Por enquanto, havia outros.

Havia muitos outros.

E aquela talvez fosse a hora certa para mais ousadia. A hora certa para fazer uma declaração mais forte.

Mas antes, havia um pedido de desculpas para ser escrito. Sentando-se diante da mesa, a pessoa mais procurada pelos policiais que investigam homicídios na cidade de Nova York derramou arrependimento, vergonha — e fúria — nas palavras que escreveu para Eve.

Capítulo Treze

Eve acordou pouco depois das cinco da manhã. Estava tonta, a mente embaçada por causa dos sonhos, e não ficou surpresa ao se ver sozinha na cama. Permaneceu deitada no escuro, desejando mais uma hora de sono, mesmo sabendo que isso não aconteceria — e se perguntou, não pela primeira vez, como é que Roarke conseguia ter energia dormindo tão pouco.

Ela se levantou, cambaleou até o AutoChef para arejar o cérebro e reforçar seu sistema de alerta com o café. Lembrou a si mesma que não precisaria ir ao necrotério naquela manhã.

Café e uma testemunha viva — duas, na verdade — significavam que o dia começava bem.

Para animar o espírito, assim como seu organismo e o cérebro, acendeu as luzes da árvore de Natal do quarto. Já que a decoração festiva iria desaparecer por mais um ano dali a poucos dias, por que não aproveitar o restinho de tempo daquela belezura? Para obter mais calor e mais luz, acendeu a lareira.

Ainda tinha momentos de espanto, e achava que sempre teria, por ter um espaço como aquele, uma casa onde podia desfrutar do calor e do crepitar do fogo em uma manhã fria de inverno.

Tudo isso porque alguém extraordinário a amava.

Quando escolheu as roupas para o dia no closet e programou sua segunda xícara de café, Roarke entrou no quarto, com o gato saltitando em volta dos seus calcanhares.

Já estava vestido com um terno de rei do mundo dos negócios: preto com listras prateadas finas e tênues, camisa preta e gravata que combinava com as listras.

Parecia descansado, acordado e lindo — e Eve sentiu apenas uma leve pontada de ressentimento por isso.

— Eu esperava que você fosse dormir um pouco mais — disse ele, beijando-lhe a testa franzida.

— Sei que você não é um androide, mas gostaria de dar uma olhada no sistema de inicialização do seu corpo, porque ninguém deveria ter essa aparência depois de apenas quatro horas de sono.

— É um hábito que tenho desde criança. Se eu conseguisse acordar e sair de casa antes que meu pai ou Meg se levantassem, evitaria a porrada matinal. E você não vai usar essa roupa.

Eve refletiu, por um momento, que ela também dormia sempre que tinha chance para evitar as pancadas do pai, e franziu a testa para ele.

— O que você disse?

— Pode ser que você tenha algum novo contato com a imprensa hoje, então é melhor se vestir de forma apropriada.

— Não posso perder tempo me preocupando com as roupas que vou vestir quando...

— Eu posso. — Ele pegou a jaqueta e a blusa que ela ainda não tinha usado. — Pelo menos a calça está ótima, num tom de caramelo forte e simpático; é clássica e tem bom caimento. Eu cuido do resto e você cuida do café da manhã. Já passei da hora de comer.

Ela teria reclamado disso, mas esse arranjo lhe dava o controle completo do café da manhã. E certamente não haveria mingau de aveia nele.

Então, vestindo sua camiseta regata básica e calças caramelo forte, simpáticas, clássicas e com bom caimento, ela foi direto para o AutoChef.

Ela queria *waffles*, isso mesmo, *waffles* em um oceano de mel. Acrescentou como acompanhamento umas frutas vermelhas porque ele certamente faria algum comentário sobre ela escolher uma refeição balanceada. Além disso, ela gostava daquelas frutinhas.

Quando se virou com a bandeja, ele trazia um colete no mesmo tom de marrom das calças, mas com listras finas douradas, além de uma blusa branca engomada e uma jaqueta verde-escura com botões em couro marrom.

Tudo bem, analisou, ela iria parecer elegante, mas não sofisticada, espalhafatosa ou arrumada demais para a ocasião. Colocou a bandeja sobre a mesa da saleta de estar, o que instantaneamente fez com que Galahad erguesse as orelhas em atenção.

Roarke ergueu um dedo de advertência. Isso fez o gato levantar uma perna para se lamber como se o banho matinal tivesse sido sua única intenção desde o início.

Eve vestiu a blusa por cima da regata e do pingente de diamante que Roarke lhe dera no dia em que disse que a amava. Abotoou a jaqueta e sentou-se para encher os *waffles* de calda.

— Você poderia simplesmente servir uma xícara disso e beber puro.

— Não seria a mesma coisa — garantiu ela, olhando para os *waffles* encharcados. — Com que parte do seu império você estava lidando assim tão cedo?

— A aldeia na Toscana de que lhe falei. Já estamos avançando com o projeto.

— Ah... — Ela não sabia dizer por que lhe parecia tão estranho que ele estivesse comprando uma aldeia na Itália. Ele já tinha uma ilha — onde eles iriam tirar suas curtas férias de inverno, depois que ela pegasse aquele assassino obcecado. Ele também já era dono da maior parte de um resort fora do planeta. E isso era uma fração minúscula de todo o restante do seu império.

— Pensei que poderíamos visitar o lugar no próximo verão — continuou Roarke, apreciando seus *waffles* menos saturados de mel. — Teremos um progresso considerável na reforma da aldeia até lá de acordo com os prazos programados.

Eve olhou pela janela, onde o granizo miúdo que caía lhe pareceu amargo e cheio de dentes. Ela mal conseguia imaginar o verão, o sol e o calor.

— Dia terrível, não é? — Mas ele disse isso com descontração. E, por que não, pensou ela, pois eles estavam comendo *waffles* no quentinho, com o fogo crepitando e uma árvore de Natal brilhando sem parar.

O que será que o assassino ou a assassina estava fazendo naquele momento?, imaginou Eve. Será que ainda dormia? Será que ela, ela tinha quase certeza de que se tratava de uma mulher, tinha um emprego que lhe permitiria dormir até o fraco sol de inverno nascer?

Será que ela sonhava com sangue, assim como Eve? Será que sonhava com olhos que a fitavam por muito tempo, como se a acusassem de algo brutal?

— Vou trabalhar aqui de casa esta manhã — decidiu ela. — Eles não vão conseguir me arrastar para entrevistas se eu estiver aqui. Posso fazer com que Peabody venha pra cá e McNab também, se Feeney puder dispensá-lo. A essa altura já teremos mais correspondências analisadas no laboratório de informática, listadas segundo os novos parâmetros e formando uma lista menor de suspeitos em potencial.

— Vou mandar um carro para buscá-los.

— O quê? — Genuinamente chocada, ela olhou para ele, boquiaberta. — Por quê? O metrô...

— Eve. — Ele apontou para a janela e para o granizo miúdo, feio e gelado.

— Os policiais deviam congelar a bunda no frio — disse ela. — Você os mima demais.

— E por que não deveria mimar? — rebateu Roarke. — Eles chegarão aqui mais rápido e mais secos. — Esfregou a mão na coxa dela. — Qual o problema? De verdade?

— Sonhos — admitiu ela. — Sonhos horríveis. Ledo jogando sinuca com o taco quebrado e a outra metade espetada no peito. Fazendo questão de me lembrar de que fui eu que quebrei aquele taco. Lembrando-me de que ele me ajudou com o caso do desabrigado morto. O nome dele era Snooks. Não foi de grande ajuda, mas ele me deu algumas pistas. Também sonhei com Bastwick, que, para variar, me atacava no banco das testemunhas.

Eve balançou a cabeça e voltou a atenção para o café.

— E a assassina. Ela se parecia comigo, de certa forma. Um reflexo, eu acho, meio borrado. Acho que isso teve a ver com Hastings, que disse que os olhos dela eram um pouco parecidos com os meus. E eu até entendo o motivo psicológico disso — acrescentou. — Estávamos sentadas em algum lugar, tomando vinho. Pelo menos ela bebia. Havia uma pizza grande com queijo borbulhante na mesa, entre nós duas. Como se estivéssemos compartilhando um momento entre amigas, sabe? E ela estava defendendo suas atitudes. Quantos outros assassinos, estupradores, pedófilos, espancadores de esposas Bastwick teria libertado, se ela não a tivesse matado? Quantas pessoas assaltariam, roubariam ou matariam a fim de conseguir algum dinheiro para poder comprar as drogas que Ledo vendia? Será que eu não conseguia enxergar o bem maior de tudo aquilo? Isso não era a base de tudo? Não era o verdadeiro "proteger e servir"? Não era justiça? Não era respeito verdadeiro pela lei e pelas pessoas que a aplicam?

Ela ficou em silêncio por um momento, mas ele sabia que ela ainda não tinha terminado de falar. Estava se esforçando para tentar completar o pensamento.

— Eu respondi algo na linha de que matar, tirar uma vida, não era respeitar ou fazer cumprir a lei. Foi quando ela se inclinou e de repente tudo foi tomado por um vermelho vivo como sangue. O vinho, a pizza, tudo cor de sangue. Ela continuou me encarando e disse que eu fiz a mesma coisa. Eu matei meu pai. Estava sorrindo ao dizer isso, como se fôssemos velhas amigas tendo uma conversa amigável.

Ela ainda precisava de outro momento para completar, só mais um.

— No sonho eu senti pânico. Ela não pode saber disso. Ela não deveria saber disso. Disse que ela não sabia nada sobre mim, mas ela continuou sorrindo e me garantiu que sabia tudo. Tudo sobre mim.

Para acalmá-la, Roarke ergueu sua mão e a beijou.

— Ela não sabe nada sobre você.

— Pareceu que sabia. "Você matou Richard Troy", ela me disse nesse momento, "porque ele precisava ser morto." Disse que eu conhecia a sensação tanto quanto ela, o gosto de saber o que precisava ser feito e sentir prazer nisso.

— Porra nenhuma, nada a ver! — reagiu Roarke.

— Sei disso. — Ela ficou de pé porque precisava se levantar e andar um pouco. — Eu tinha 8 anos e ele estava me estuprando... mais uma vez. E tão bêbado que poderia ter me matado. Acreditei que ele iria fazer isso. Vi aquela pequena faca no chão, depois na minha mão, e depois sendo enfiada nele. Isso não é a mesma coisa... não é a mesma coisa que matar alguém que não representa uma ameaça, nem para você nem para ninguém. Isso sequer está no mesmo universo.

Ela passou as mãos pelos cabelos, tornou a se sentar à mesa e repetiu:

— Eu sei disso — garantiu ela, agora com voz calma.

Mesmo assim, ele colocou um braço em volta dela e puxou-a para mais junto dele.

— Você não acredita no que ela disse neste sonho, mas acha que ela acredita. Ou acreditaria, se soubesse.

— Sim. Ela veria isso como algo que nos torna mais parecidas. Ela nos vê como iguais, e descobrir o que houve confirmaria tudo. Ela precisa me convencer, é o que eu acho. Ela precisa me mostrar o quanto está certa, precisa me provar o quanto tudo isso é uma espécie de parceria. Ela poderia escolher qualquer um, claro, mas precisa escolher pessoas que ela considera minhas inimigas, que já me machucaram ou me ofenderam, de alguma forma. Segundo a visão da mente distorcida dela. Por Deus, se uma policial não se fere ou não é ofendida dia sim, dia não, isso significa que ela não está fazendo o trabalho direito.

Ela cutucou os *waffles* no prato, com a colher. Era uma pena desperdiçá-los, pensou, mas tinha perdido o apetite por completo.

— Ela me perguntou se eu queria escolher o próximo.

— Ela pensa que conhece você. Isso é verdade, tanto no sonho quanto na vida real. Só que ela não poderia estar mais errada.

— Eu não a conheço, esse é o problema. Tenho apenas pedaços da figura dela. Mas vou descobrir quem ela é, vou descobrir a identidade dela. Vou acordar Peabody! — decidiu, e tornou a se levantar para fazer isso.

Depois de arrastar verbalmente sua parceira para fora de uma cama quentinha, Eve foi direto para o laboratório de informática. Pegou o novo lote de resultados e fez uma rápida análise.

Havia um padrão ali, decidiu. Definitivamente, um padrão começava a se formar. Transferiu os resultados para o próprio computador e seguiu para seu escritório. Podia deixar qualquer busca adicional para McNab, se Feeney o liberasse naquela manhã.

Com a porta que ligava seu escritório ao de Roarke aberta, ela o ouviu falar pelo *tele-link*. Uma voz feminina com forte sotaque francês conversava com ele.

Eve ouviu por um minuto e percebeu que, apesar do francês chiado, o conteúdo era todo *geek*. Para ela, esses assuntos pareciam uma língua estrangeira. Completamente incompreensível.

Foi direto para sua mesa; começou a separar e comparar os últimos resultados recebidos com os que ela já tinha separado e ordenado na noite anterior.

Rodou programas para avaliação de probabilidades, reorganizou tudo e rodou mais uma vez.

Então escreveu um resumo das suas conclusões, enviou tudo para Whitney, para Mira e, por garantia, também para Feeney.

Depois recostou-se e começou a ler a correspondência que tinha destacado, começando pela mais antiga. Agosto de 2059, refletiu. Aquilo tinha sido antes do caso Icove. Portanto, não foi aquela notoriedade que ela obteve no caso que tinha desencadeado tudo isso — a não ser que ela estivesse no caminho errado.

O interesse, não, o certo seria chamar de obsessão, ainda não tinha criado raízes naquele possível primeiro contato.

Prezada Tenente Dallas,

Você ainda não me conhece, mas acompanho sua carreira há algum tempo, com admiração e muito respeito. Até agora não tinha conseguido reunir coragem para contatá-la, mas a tragédia da família Swisher e a bravura da jovem Nixie me compeliram a isso. Se uma criança órfã tem a coragem de erguer a voz, por que eu não posso fazer o mesmo?

Você arriscou a vida para fazer justiça aos Swisher, como já fez antes e fará novamente. Você me inspira e me desafia a trabalhar pela justiça, a assumir riscos, a fazer o que deve ser feito.

Dói-me saber quantas vezes aqueles que você procura proteger e servir não lhe agradecem, não lhe respeitam. Sei muito bem como é não receber o valor, a admiração e o respeito que merecemos.

No entanto, você continua a fazer o que deve ser feito, dentro dos limites do sistema. Um sistema que, tanto eu quanto você sabemos, frequentemente falha na hora de aplicar a punição justa.

Sinto que conheço você, que compartilhamos muitos dos mesmos valores e objetivos; até poderíamos construir uma bela amizade. Por enquanto, saiba que continuarei a lhe demonstrar toda a minha admiração, meu respeito e meu apoio. A lei tem limites que muitas vezes são insensatos. Minha amizade não tem limite algum.

Ass.: Uma pessoa humilde que é sua amiga de verdade.

Um pouco exagerado, claro, mas não ameaçador, pensou Eve. Não é a carta de uma pessoa ensandecida. Houve uma grande manifestação de simpatia por Nixie Swisher na mídia. Uma criança que tinha sobrevivido a uma invasão domiciliar que massacrou a sua família? Essa era uma história forte que teve muitas facetas, pelo que Eve lembrava.

E um e-mail como aquele? Ela o teria enviado diretamente para o setor de relações públicas da polícia. Só que, ao analisar agora, pensou — e o computador a apoiou nessa hipótese — talvez aquele tivesse sido o primeiro contato.

Ela precisaria descobrir se eles tinham respondido àquela mensagem. Talvez o endereço de e-mail tivesse permanecido válido na época — mas agora estava desativado.

amizadeleal@globallink.com

Ela leu o e-mail seguinte e o que veio depois, e notou a escalada gradual. Mesmo assim, não viu nada que disparasse alarmes, pelo menos nada específico. E, como os endereços de e-mail variavam, ninguém — muito menos ela — teria prestado muita atenção.

Na verdade, ela não teria prestado atenção a nada daquele tipo, admitiu para si mesma, porque desde a exposição excessiva que tinha recebido por causa do caso Icove, no outono de 2059, ela passou a entregar praticamente tudo o que recebia nas mãos do relações-públicas da polícia.

Ela ergueu os olhos quando Roarke entrou.

— Acho que a encontrei, não sei quem ela é, nem onde mora, mas descobri quando começou a entrar em contato comigo. A primeira mensagem, a primeira de todas, está aqui na tela. Ela me enviou mais três em 2059 e outras nove este ano. As pesquisas confirmaram todos os fatores que eu informei. Foi a mesma pessoa que escreveu. Usou endereços diferentes de e-mail, mas todas as mensagens foram escritas pelo mesmo indivíduo.

— E-mails com endereços diferentes? Você jamais teria notado — comentou ele.

— Provavelmente nem os li, pelo menos a maioria deles. Ela usou e-mails diferentes — repetiu — e, até os três últimos, também usou assinaturas diferentes. Escolheu para assinar os últimos três e-mails que enviou como "Uma pessoa que é sua amiga de verdade".

Ela precisava de café e levantou-se para programar um bule enquanto Roarke lia a mensagem.

— Foi a mesma pessoa que escreveu todas elas. A comparação feita pelo sistema confirma isso com uma probabilidade de 94,6% — informou Eve.

— Nixie — disse Roarke. — Esse parece ter sido o ponto de partida.

— Uma criança inocente e indefesa que perdeu a família inteira e precisou rastejar sobre o sangue da mãe? Sim, é uma imagem forte. E eu conversei um pouco sobre esse caso com a imprensa. Sobre ela ser uma sobrevivente, sobre sua coragem. Provavelmente também joguei alguma conversa-fiada sobre conseguir justiça.

— Aquilo não foi conversa-fiada — corrigiu Roarke. — E vou ficar irritado se você tentar se culpar ou achar que tem alguma responsabilidade nisso.

Ela também iria se irritar, admitiu Eve para si mesma.

— Acho que devíamos entrar em contato com Richard e Elizabeth — sugeriu, referindo-se aos amigos de Roarke, que agora também eram amigos dela, e formavam a nova família de Nixie. — Não creio que exista alguma coisa com o que eles devam se preocupar, mas não quero estar errada e deixar de fazer algo que poderia ter feito. Não fará mal algum se eles forem um pouco mais cuidadosos.

— Vou contatá-los, porque concordo com você. É melhor prevenir do que remediar.

— Fiz uma pesquisa em todos os e-mails. Nenhuma das contas existe atualmente. Nenhuma. Vamos investigar isso; vamos entrar em contato com os servidores e pressioná-los para ver se conseguimos alguma informação sobre o dono ou a dona da conta.

— Posso trabalhar um pouco nessa questão com McNab, tentar descobrir o IP e triangular os dados. Alguém que fosse muito cuidadoso tentaria rotas alternativas e usaria outros recursos, mas, se conseguirmos encontrar alguns fios soltos nesta busca, poderemos tecer um bom pedaço de corda para fisgá-lo.

— Aceito qualquer coisa que vocês puderem fazer para me ajudar. Ela fica mais íntima a cada mensagem, acho que podemos dizer assim. Começou a me chamar de Dallas no terceiro e-mail, depois mudou para Eve no sexto. Mas sem ameaças, sem falar em matar ninguém, porque isso teria chamado atenção. Ela é mais sutil; no e-mail em que começou a me chamar de Eve, falou sobre advogados em geral, sem mencionar Bastwick. Simplesmente comentou sobre advogados que enchem o bolso de dinheiro sangrento, que desfazem ou tentam desfazer todo o trabalho que eu faço, atropelam a justiça e atormentam bons policiais no tribunal, algo desse tipo. Foram só algumas linhas, mas o assunto era sobre os limites impostos pelo sistema, e o quanto eles dificultam o meu dever.

— Há alguma coisa sobre ela, algum detalhe pessoal?

— Ela é cuidadosa, não deixa escapar muito. Em algum lugar da sua cabeça, esse sempre foi o seu plano. Mas diz que sabe como é crescer sem família e ser obrigada a construir o próprio espaço. Sabe o que é ser pouco reconhecida e muito desvalorizada no trabalho. Há várias menções sobre ela ser esquecida, não ser vista e receber pouco reconhecimento. Ela não fala especificamente do sistema de adoção, nem usa palavras-código que as crianças adotivas em geral usam. Mas talvez tenha estudado numa escola pública, ou pode ter recebido alguma educação não tradicional — Eve soltou um suspiro. — Ou então odiava os parentes e finge que eles não existem.

Ela se sentou na mesa.

— Vou admitir, em voz alta, que isso é assustador pra cacete. Ela escreve coisas sobre como esperou que eu tenha aproveitado minhas férias, como eu parecia relaxada, ou como eu estava *mag* na revista durante a pré-estreia do filme... e sobre o quanto ficou orgulhosa quando derrubei um assassino e encerrei um caso ao mesmo tempo.

"Eu devia perceber quando alguém está me observando tão de perto. Mas não senti nada."

— Grande parte das coisas que ela viu pode ter sido pela TV, ou pela internet — ressaltou Roarke. — E se ela estiver envolvida na aplicação da lei, pode ser alguém que você vê regularmente, por questões de trabalho.

— Vejo, mas sem enxergar. São de coisas assim que ela reclama em sua correspondência.

Ele balançou a cabeça.

— Você enxerga tudo — garantiu Roarke. — Isso é parte do seu talento. E eu acho que, quando você a pegar, vai reconhecê-la. Talvez não pelo nome, mas pelo rosto.

— Talvez assim seja mais assustador. — Eve suspirou. — O último contato foi logo após o caso do Santuário. Ela tinha muito a dizer sobre o que aconteceu. Eram meninas, mais uma vez; acho que isso é uma espécie de gatilho. Pode ser que algo tenha acontecido com ela quando era criança. Isso é algo para se aprofundar. Talvez...

Ela se levantou e circulou o quadro de crimes.

— O abuso sexual. Talvez ela sinta isso. Ela me estudou, leu tudo sobre mim, me observou, extrapolou as coisas por conta própria. E talvez sinta algo a respeito disso porque sofreu algum tipo de abuso. Meninas... pode ser.

Ela soltou outro suspiro.

— Estou extrapolando.

— Talvez não. Nós dois nos reconhecemos, você e eu, não foi? Em algum nível.

— Éramos duas almas perdidas, como você disse uma vez.

— É a mesma coisa com ela, não é? Só que foi alguém que escolheu o assassinato, em vez da lei ou do dinheiro, como nós fizemos, respectivamente. Fizemos essas escolhas porque nos recusamos a viver como vítimas. A sua foi uma escolha que você fez, embora eu acredite que você já tenha nascido policial. Ela também, de maneira meio distorcida, é assim. Representa as vítimas e faz isso por você.

— Ela está *criando* vítimas. Mas sim, eu entendo o que você quer dizer. Aí vêm eles — acrescentou, quando ouviu o trotar e o caminhar alegre que anunciavam a chegada de Peabody e McNab.

— Eles vão querer comida.

— Merda! — Eve começou a rosnar, então lembrou que ainda eram apenas sete da manhã.

Sua parceira e o *geek* em eletrônica que ela amava entraram no escritório.

— Peguem na cozinha qualquer coisa que queiram comer — ofereceu Eve, antes de eles terem chance de falar. — Mas façam isso rápido.

— Beleza! — McNab, ainda segurando a mão da Peabody, arrastou-a em sua corrida até a cozinha.

E quase ofuscou a visão de Eve com um borrão do caleidoscópio de estrelas que enfeitava sua camisa azul-néon enfiada para dentro do verde gritante das calças cargo.

— Vou deixar que você atualize os dois enquanto termino algumas coisas do meu trabalho — disse Roarke. — Depois poderei tirar uma hora para trabalhar com vocês.

— Agradeço muito. Quem era a francesa com voz sexy?

Roarke pareceu não entender do que ela falava por um momento, mas logo sorriu.

— Ah, você fala da Cosette... Cosette Deveroix. Engenheira cibernética-chefe do meu escritório em Paris.

— O que faz uma engenheira cibernética? — perguntou mais a si mesma, mas logo ergueu a mão. — Deixa pra lá. Eu não entenderia nada mesmo e nem preciso, pois você está aqui. E ele também — completou, apontando com o polegar para McNab quando saiu da cozinha comendo um crepe.

— E aí, como vão as coisas?

— Explicarei a vocês dois quando Peabody voltar da cozinha.

— Eu quis dizer em relação ao resto. Como foram o Natal e as outras coisas?

— Tudo bem, tudo normal. Esta sua camisa funciona com pilhas?

Ele sorriu enquanto abocanhava mais um pedaço do crepe; era um homem com rosto bonito, olhos verdes inteligentes e um rabo de cavalo muito longo, de cabelo louro, tudo isso acompanhando um corpo magro.

— A cor é acionada pelo calor corporal. Quando eu fico muito empolgado, ela brilha mais.

Ele virou a cabeça, e a espiral de anéis de prata que trazia ao longo do lóbulo da orelha cintilaram quando Peabody saiu da cozinha. Ela carregava um prato com uma pequena quantidade de ovos mexidos, duas tiras de bacon e meia torrada sem manteiga.

— Desculpe, demorei um pouco para descobrir o que eu queria e o que deveria comer; acabei escolhendo o meio-termo. Eu não devia comer bacon, mas sabe como são as coisas... é bacon.

Meio distraída, Eve continuou a olhar fixamente para os pés de Peabody. Ela não calçava as famosas botas de caubói cor-de-rosa; o calçado que usava também era cor-de-rosa e também eram botas, mas elas chegavam quase até o meio da coxa e tinham no alto um acabamento em penugem espessa de material peludo branco, e que brilhava. As solas de alguns centímetros de largura eram verde-limão.

— O que você tem nos pés? — quis saber Eve.

— São minhas novas botas de chuva, neve e granizo com proteção extra para os dedos. Meu namorado me deu de Natal. — Ela deu uma piscadela para McNab. — As solas são antiderrapantes, então aguentam o gelo. Você vai precisar de uma dessas, hoje. As ruas estão uma verdadeira pista de patinação.

— Que tipo de policial da Divisão de Homicídios usa botas cor-de-rosa com penugem branca brilhante?

— She-body — disse McNab, devolvendo a piscadela para a namorada.

— Cristo do céu!

Não adiantava reclamar, lembrou Eve a si mesma, principalmente porque as botas de cano alto combinavam com a porcaria do casacão rosa.

Por que ela deixou que Roarke a convencesse a aceitar o cor-de--rosa quando escolheu o presente da Peabody?

McNab usava as botas de escocês com amortecimento a ar que Roarke tinha encomendado especialmente para ele. Portanto, de alguma forma estranha, Eve tinha contribuído para a loucura de ambos os guarda-roupas.

— Resumo geral! — começou. — O que eu acredito ter sido a primeira mensagem do suspeito desconhecido para mim está na tela.

Botas cor-de-rosa e estrelas brilhantes à parte, tanto Peabody quanto McNab viraram-se para o telão.

Quando terminaram o café da manhã, Eve os colocou a par da sua teoria atual, e enviou McNab para o laboratório de informática de Roarke.

— Você acaba de mandar um garoto para uma loja de doces. Ele sempre gostou de trabalhar no laboratório de informática do Roarke — acrescentou Peabody. — Pode deixar que eles encontrarão qualquer coisa ali que exista para ser encontrada, Dallas.

— Ela é inteligente, e parte dela planejou isso desde o princípio. Por que você envia um e-mail para alguém, se não deixa uma forma de o destinatário responder?

— Ela quis dizer "aqui estou eu!" — Peabody abriu as mãos. — Isso é tudo. Simplesmente "estou aqui", e agora você já sabe que estou aqui e vou protegê-la. Não é necessário dar crédito, não entre amigos — Peabody ergueu os ombros. — Foi isso que entendi lendo a mensagem.

— É uma boa leitura.

— Há mais coisas... para mim. Você não tem irmãs, então talvez não entenda as besteiras bastante sutis e passivo-agressivas que rolam entre irmãs. Essa questão me bateu ao ler algumas partes. Funciona assim: Ah, você está presa pelas regras, pelo sistema, então não pode realmente dar um jeito nas coisas por completo. E, como as pessoas desrespeitam você, fica implícito que você aceita tudo. Talvez seja obrigada a aceitar, por respeito às regras, mais uma vez.

— Onde é que ela diz isso?

— Está implícito — garantiu Peabody. — Como quando... — Ela percorreu os vários e-mails até encontrar a frase que queria.

Não sei como você consegue aceitar a forma como algumas dessas pessoas afrontam você e te desrespeitam de forma tão descarada. Eu jamais seria capaz de tolerar isso.

— Dá para entender esse contexto... — continuou Peabody. — *Por que* você aceita toda essa merda? Você deveria se defender e, como não o faz, *eu* vou ter de fazer isso.

— Uma leitura nas entrelinhas — refletiu Eve.

— Sim. Ela diz esse tipo de coisa de várias formas diferentes. E tem o lance de ela continuar martelando o quanto vocês têm em comum, o quanto são fortes, corajosas e inteligentes... O quanto você é importante.

Lendo tudo isso nas entrelinhas, Eve assentiu.

— Porque ela quer se sentir desse jeito, quer que isso se reflita nela. — Eve se lembrou do sonho, do reflexo embaçado, e entendeu que já tinha chegado a essa mesma conclusão em alguma parte do seu cérebro. — Se ela é uma policial, certamente não subiu na hierarquia. Se trabalha na área policial periférica, é competente, provavelmente considerada uma funcionária confiável, mas não chama muita atenção.

— Nem recebe elogios — acrescentou Peabody. — É o que ela deseja, você não acha? Mas tem muito medo de se exibir por causa do trabalho que faz... talvez seja isso, certo?

— Preciso falar com a Mira. De novo! — Ela verificou a hora. — Se ela pudesse passar aqui, ou se eu pudesse dar uma passada lá antes de ela sair para a Central, acho que poderíamos aprimorar o perfil que ela já montou. Use o computador auxiliar, Peabody. Comece a analisar os nomes que o restante da equipe enviou. Por enquanto, foque apenas as mulheres.

— Se você já descobriu o perfil real dela, provavelmente eles não a encontrarão em sua correspondência.

— Talvez ela tenha cometido um deslize. Bastaria apenas um!

Eve sentou-se para entrar em contato com Mira e ficou irritada quando um e-mail chegou naquele exato momento, com um aviso sonoro. Ela pensou em ignorá-lo, mas resolveu verificar o endereço do remetente, caso ele se aplicasse à investigação.

dle#1@systemwide.com

Ela abriu o e-mail, clicou em copiar e pegou o *tele-link* interno da casa.

— Tenho um novo e-mail dela, acabou de chegar, já encaminhei pra você — avisou a Roarke.

— Acabou de chegar e eu já comecei a rastrear de onde foi enviado.

Ela leu enquanto eles trabalhavam, e não disse nada quando Peabody saltou para ler tudo por cima do seu ombro.

Eve,

Eu falhei. Falhei com você, falhei comigo. Espero que você consiga me perdoar. Sei que você vai perdoar, mas

será mais difícil eu me perdoar. Ele deveria estar morto, com seus olhos feios destruídos.

Ele já deveria estar morto.

Você certamente está se perguntando, como eu também me pergunto, o que uma mulher como Matilda está fazendo com um homem tão cruel e violento como aquele? Algumas mulheres são fracas, algumas mulheres praticamente pedem para ser maltratadas, abusadas e desrespeitadas. Foi a fraqueza dela que salvou a vida dele. Foi o meu erro de cálculo que o salvou.

Sei que você vê alguma qualidade redentora nele. Essa é a sua compaixão, imagino. Ou será uma fraqueza? Odeio pensar nessa possibilidade. Mas será que é isso, Eve? Uma fraqueza em você, uma falha naquilo que eu tanto quero enxergar como perfeição? É por isso que você tolera o desrespeito daqueles que são tão indignos? É por isso que você segue as regras que muitas vezes protegem os culpados e ignoram os inocentes e a vítima?

Não quero acreditar nisso. Prefiro acreditar que a justiça é o seu deus, assim como é o meu. Prefiro acreditar que você comemora comigo a morte de duas pessoas que não apenas abusaram de você, mas foram responsáveis pela injustiça e recompensaram os culpados.

Só que eu já comecei a duvidar de que isso seja verdade. Será que, afinal de contas, você é um deles, Eve? Pede justiça ao mesmo tempo que a subverte?

Temos de pensar nisso. Precisamos ter certeza. Eu matei por você e agora me pergunto se você é digna do presente, da minha amizade e da minha devoção — algo que você rejeitou publicamente.

Você não imagina o quanto me feriu ouvir você dizer, tão friamente, a expressão "informação imprecisa".

Eu decepcionei você, Eve, ou foi você que me decepcionou? Eu preciso saber. Por enquanto, luto para ter

Sua verdadeira amizade.

Peabody colocou a mão no ombro de Eve.

— Ela se virou contra você.

Balançando a cabeça lentamente, Eve sentiu o leve enjoo que carregava desde que tinha lido a primeira mensagem; algo que a queimou por dentro.

— Já não era sem tempo.

Capítulo Quatorze

— Inteligente, ela é uma garota muito esperta — murmurou Roarke.

Em sua mesa, ele trabalhava no rastreamento manual enquanto McNab acompanhava tudo em outra estação de trabalho, balançando os quadris durante o rastreamento automático.

— Ela tem ginga — concordou McNab. — Flexibilidade. Sabe saltar, desviar, repetir o sinal, retransmiti-lo para depois pular de novo. Também tem uma proteção em torno dos sinais, e um *firewall* por trás.

— Também estou vendo isso. E um maldito poço no fim de tudo.

— Cuidado com as coisas à sua volta, 360 graus — advertiu McNab. — Há uns vírus por aí.

— Sim, mas eles são só uma distração. Será que ela acha que somos idiotas? Ela colocou uma cauda de dragão por baixo de tudo, Ian.

— Merda, merda. Já saquei.

Eve entrou, com Peabody logo atrás dela.

— Vocês a pegaram?

— Calma! — pediu Roarke. Estava sentado, sem paletó, as mangas arregaçadas e o cabelo preso para trás. Completamente focado no trabalho.

— Ela quer brincar. — Dessa vez foram os ombros do McNab que balançaram em sua dança de *geek* eletrônico. — Achei dois picos de sinal aqui. Caraca! Eles me enviaram lá para Bali.

Os dedos rápidos de Roarke pararam por um momento. Ele inclinou a cabeça e dançou com os dedos no ar.

— Porra nenhuma, é para nos despistar, só isso. Desorientação e camadas falsas. Estou fazendo uma varredura do zero.

— Você tem certeza?

— O máximo que posso.

— Como é que eles conseguem conversar? — quis saber Eve.

— É assim que a coisa funciona. Ô-ô... — reagiu Peabody, quando a tela de Roarke apagou por completo.

— Porra, porra, você a perdeu! — exclamou Eve correndo para junto da tela.

— Calma! — alertou Roarke mais uma vez, e batucou no teclado como um pianista entusiasmado depois de tomar uma dose de Zeus. Linhas estranhas de algum tipo de código saltaram em uma tela, e um mapa-múndi brilhou em outra.

Eve observou linhas arqueadas atravessando o mapa.

— Subcamadas! — murmurou Roarke.

— Burrice, mas ao mesmo tempo é algo simples. Genial! Vou passar para o manual — anunciou McNab. — E apertar o cerco!

— Pronto! Aí está você agora, te peguei! Piranha astuta, é isso que você é, mas mesmo assim... Eu te achei!

— Já marquei o local! — Com os olhos arregalados, McNab virou-se e sorriu para Roarke. — Que corrida acirrada, cara. Totalmente demais!

— Onde ela está? — exigiu Eve. — Onde?

Roarke recitou um endereço enquanto o exibia na tela.

— Filha da puta! O apartamento do Ledo. Ela enviou o e-mail *de dentro* do apartamento do Ledo!

— Ela já não estará mais lá, agora — avisou Roarke. — Esse nosso joguinho levou mais de doze minutos.

— Foi só para me dar uma bofetada na cara, foi isso. Só para me mostrar que ela pode ir aonde quiser. Está um pouco chateada comigo agora, porque não a agradeci. Peabody, venha comigo!

— Vamos nós quatro nessa — disse Roarke, erguendo-se da cadeira num movimento furioso, apesar de parecer calmo enquanto desdobrava as mangas da camisa. — Ela poderia ter bastante tempo para preparar uma armadilha antes de enviar isto, se quisesse. Acionar apoio é o mais lógico, Eve.

Mais que lógico, era o procedimento padrão para aqueles casos. Ela já pretendia chamar policiais para cercar o prédio. Mas levar mais dois magos da informática ajudaria muito.

— Então se mexam.

Ele escolheu o robusto 4 x 4 e Eve não reclamou. Uma camada de gelo fino e brilhante cobria os galhos e pingava deles como joias congeladas. O brilho liso cobria as ruas enquanto mais granizo fino caía em estalos e chiados, sob um céu sombrio e irritado.

Apesar de o tráfego ainda estar reduzido àquela hora da manhã, das poucas pessoas que se aventuravam a sair na rua de carro, pelo menos metade representava mais ameaça do que todo o gelo do Ártico.

Os carros deslizavam, giravam e sacudiam. Por duas vezes em menos de três quarteirões, Roarke colocou o carro no modo vertical subitamente para evitar uma colisão. Um táxi da Cooperativa Rápido e um sedã recém-lançado não tiveram tanta sorte e colidiram, com o nariz do sedã batendo na lateral do táxi, formando um T.

Pedestres sem as solas antiderrapantes de Peabody faziam o mesmo tipo de giro e dança; em alguns casos, agitavam os braços de um jeito desengonçado.

Eve atendeu ao comunicador assim que ele tocou.

— Dallas falando.

— Policial androide Carter, tenente. Já estou no local com o Policial androide Bates. O lacre da polícia na porta da cena do crime foi comprometido. A porta está fechada, mas não trancada.

— Fiquem onde estão, Carter. Procurem por fontes de calor, armadilhas e explosivos. Não entrem na cena do crime. E não permitam que ninguém saia lá de dentro.

— Entendido, tenente. Policial androide Carter desligando.

— Ela conseguiria passar por alguns androides de ronda — especulou Eve. — Mas seria muito confuso e barulhento.

— Ela não está mais lá, Eve.

Ela lançou um olhar para Roarke.

— Não, não está, mas foi lá por algum motivo. Enviou o e-mail daquele local com um propósito específico, nem que fosse para mandar um recado de "vá se foder".

Ela farejou o ar, sentiu o cheiro de chocolate e olhou para trás; viu Peabody e McNab, cada um com xícaras fumegantes. Cortesia do AutoChef traseiro do carro, presumiu.

— Chocolate quente! — Peabody sorriu, um pouco envergonhada. — De verdade, e não a enganação da máquina do necrotério. Servidos?

Eve apenas grunhiu e virou-se para a frente, a tempo de se preparar quando um minicarro prateado derrapou de lado no cruzamento. Roarke desviou, acionou subitamente o modo vertical e passou raspando sobre o teto prateado do carro.

Na parte de trás, Peabody enxugou com o lenço o chocolate quente que tinha entornado no colo e, numa reação sábia, não disse nada.

Para afastar sua mente de um possível acidente, Eve enviou atualizações do caso para Whitney, Mira e Feeney. Depois, usando seu tablet, abriu o e-mail recente e o leu mais uma vez.

A mudança de tom, reparou, era meio dramática. Tudo começava com um pedido de desculpas; ela se sentia mal, estava triste.

Não gostava de se sentir mal e triste, não gostava da ideia de estragar tudo. Foi esse o momento de virada na mensagem. Se a culpa não foi minha, então foi sua.

Ela olhou para a rua e guardou o tablet quando Roarke parou no meio-fio em frente ao prédio de Ledo.

— Quaisquer recursos antirroubo e vandalismo que você tenha, ative-os — disse ela a Roarke. — Mesmo com este tempo, alguém vai tentar arrombar um carro como este.

— A proteção é padrão e automática. O piso aqui está escorregadio como um ninho de enguias — acrescentou, quando saiu. — Cuidado para não caírem.

Ele não estava errado, notou Eve, mas suas botas tinham boa tração.

— A cidade provavelmente deixa esta área sem limpeza quando se trata de gelo e neve, esperando que isso contenha o crime.

— Isso dificulta a vida das pessoas que precisam trabalhar ou comprar mantimentos — observou McNab, escorregando um pouco, apesar de suas botas supermodernas com amortecimento a ar. — Se eu estivesse com patins de gelo conseguiria patinar aqui.

— Ele patina muito bem — acrescentou Peabody, caminhando com confiança em suas botas rosa choque. — Nós já fomos patinar na pista do Rockefeller Center e na do Central Park, algumas vezes. Eu me estabaquei, literalmente.

— O gelo do lago ou do rio são os melhores para patinar.

Ignorando-os, Eve abriu a porta do lado de fora, que estava destrancada. Sequer considerou usar o elevador e pegou a escada, subindo os degraus de dois em dois.

Os dois androides de ronda — os mesmos que já havia encontrado dois dias antes, estavam em posição de sentido.

— Nenhum movimento lá dentro, tenente. Utilizamos nosso sistema auditivo aprimorado e não ouvimos nada. A probabilidade é de 96,3% de que o apartamento esteja vazio de organismos vivos, com exceção de insetos ou possivelmente roedores. Nenhuma armadilha foi detectada.

— Tenho certeza de que vocês têm razão. — Mas Eve sacou a arma de qualquer modo. — Você fica aqui como apoio — lembrou a Roarke, e abriu a porta com Peabody.

Ela não esperava que a suspeita desconhecida estivesse esperando ali, mexendo em um dos discos ensebados de Ledo, mas as armadilhas internas ainda eram uma preocupação.

— Cuidado onde pisa — ordenou a Peabody. — Vamos fazer uma varredura do lugar, e depois avaliamos se todo o espaço está realmente vazio.

— Há uma nova mensagem dela, Dallas.

— Já vi. Vamos examinar o espaço, antes de ler. Ela pode ter deixado uma surpresa para nós.

Mas não encontraram nada além de sujeira, pó branco dos peritos, sangue seco e um batalhão de baratas irritadas.

— McNab, ordene aos androides que vasculhem o prédio. Começando do outro lado do corredor. Misty Polinsky. Pode ser que ela tenha visto... Merda. — Ela olhou para Roarke. — Você já conseguiu um lugar para ela no Dochas?

— Ela se mudou para lá ontem.

— Sim, sim, algumas boas ações rebatem na bunda da gente. Peça aos androides que investiguem o restante do prédio.

Só então guardou a arma no coldre e analisou a mais recente mensagem na parede.

Desta vez, as letras eram enormes, escritas em vermelho, e não em preto. Letras tremidas e desiguais — reparou Eve.

Ela estava revoltada.

ISSO É IMPORTANTE!

EU SOU IMPORTANTE!

MOSTRE-ME QUE EU SOU IMPORTANTE.

SENÃO, NÃO PODEREI MAIS SER

SUA AMIZADE VERDADEIRA.

— Ela está perdendo o controle. Perdeu Hastings, não consegue seguir em frente e começou a ficar descontrolada. Rápido assim, num estalar de dedos. Um único erro e ela desmorona.

— É como quando...

Eve se virou para Peabody.

— Como quando o quê? Termine o que você ia dizer.

— Parece-me coisa da quinta série. Sabe como é, quando você tem 12 anos e fica brava com sua melhor amiga. Você fica muito irritada e diz: "Tudo bem então, a culpa é sua! Não vou ser mais sua amiga, a menos que..." Algo desse tipo.

— Essa é uma maneira prolixa de dizer "imatura"?

— Sim, mas é um pouco mais que isso. É uma fase em que seus hormônios estão desequilibrados e tudo é muito emocional. A ligação com sua melhor amiga é muito intensa, e um rompimento é ainda mais traumático do que um rompimento romântico. Até as coisas mais simples parecem um caso de vida ou morte.

Eve nunca tinha lidado com nada disso. A explosão dos hormônios aconteceu, claro, lembrou naquele momento; vieram-lhe algumas vagas lembranças de mudanças súbitas de humor, raivas de curta duração, a vontade repentina e detestável de chorar por tudo e por nada. Mas ela nunca teve uma melhor amiga durante a puberdade. Não queria ter, nunca quis esse tipo de conexão.

— Então ela está *terminando* comigo?

— Parece que ela está te dando uma chance de impedi-la de terminar com você.

— Isso é coisa de menina — observou McNab. — Os meninos simplesmente caem na porrada algumas vezes, resolvem o problema e vão embora pra casa em seus skates aéreos.

Peabody lhe lançou um olhar fulminante, mas Eve achou os "meninos" muito mais sensatos ao lidar com aquilo.

— Vou enviar esta mensagem para Mira agora mesmo, para que ela possa levar isso em consideração. Dê uma olhada no lacre da polícia, sim? Como foi que ela conseguiu desativá-lo?

— Deve ter usado um código. — McNab pegou um minileitor em um dos muitos bolsos de suas calças brilhantes e examinou atentamente o lacre do cadeado. — Sim, detectei que ela usou um código; entrou no apartamento às 6h17 desta manhã. Usou o código Zulu-Oscar-Zulu-Echo-Charlie-Tango-Delta-November. Vou descobrir quem usa esse código. Merda, Dallas, este código é o seu.

— Mas este *não é* o meu código master, o verdadeiro está comigo. Escaneie o meu e faça uma nova busca. Registre tudo, McNab. Vamos fazer como deve ser feito.

— Sim, senhora. — Ele pegou a chave mestra de Eve e a escaneou. — Seu código é Tango-Echo-Delta-Tango-Zulu-Oscar-Alfa-Zulu. Não é nem parecido. Mas o nome registrado é o seu.

— Ela forjou um código falso ou roubou a chave mestra de algum policial — especulou Roarke. — As duas coisas seriam relativamente fáceis de fazer. Ela programou a sequência como se fosse um código mestre e o associou ao seu nome.

— Mas ela seria obrigada a registrar esse código falso. Teria de conseguir uma liberação para usá-lo.

— Alguém ligado à aplicação da lei, ou que fizesse uma boa pesquisa, conseguiria uma liberação desse tipo de código — afirmou Roarke. — E ela tem as habilidades necessárias para isso.

— Ela é uma *geek*, então?

McNab fez um som duvidoso.

— Certamente ela tem boas habilidades, mas o meu primo de 10 anos, Fergus, tem habilidades pelo menos equivalentes às que estamos vendo aqui. Ela fez um trabalho muito sofisticado ao conseguir redirecionar o e-mail para vários servidores, mas levamos menos de quinze minutos para rastreá-lo até aqui.

— Ela queria que viéssemos até aqui — apontou Eve.

— Sim, pelo visto foi isso. — Parecendo infeliz, McNab enfiou as mãos nos bolsos de seu longo casacão vermelho. — Você precisa investigar o pessoal da DDE. Devo avisar que qualquer pessoa de lá, incluindo os novatos, provavelmente conseguiria fazer o que vemos aqui. A questão é que você encontrará muita gente em qualquer departamento ou divisão que também é capaz de fazer isso.

— Tenho de investigar cada um deles. E devo considerar que se eu estivesse seguindo minha rotina habitual, já estaria na Central ou a caminho de lá no instante em que este novo e-mail chegou. Isso significa que eu teria demorado bem mais que os quinze minutos que levamos para chegar aqui. Se eu ainda estivesse na rua, a caminho, levaria muito mais tempo. Mesmo que eu já estivesse na minha sala e na minha mesa, como estava em casa, ainda precisaria enviar uma mensagem para Feeney, se ele já tivesse chegado, e pedir um rastreamento do e-mail. Ela queria tempo suficiente para sair do apartamento, do prédio e do bairro antes que eu descobrisse o lugar exato e mandasse os policiais.

Eve olhou de novo para a nova mensagem.

— Irritada e... sim, imatura. Mas ainda assim controlada, ainda assim cuidadosa, ainda planejando tudo. Peabody, vamos descobrir quando essa chave mestra foi registrada e cancelá-la, sob minha ordem direta.

— Talvez haja um jeito de colocar um alarme nela — sugeriu Peabody. — Desse modo, se a chave mestra falsa dela for usada novamente, você receberá uma notificação no mesmo instante.

— Dá pra fazer isso — garantiu McNab.

— É tentador — concordou Eve. — Mas... e se ela usar essa chave mestra para conseguir acesso direto à residência de outro alvo? Tudo bem que eu recebo um alerta instantâneo, mas quando conseguir chegar lá ou mandar policiais para o local, alguém já estará morto.

Ela considerou as possibilidades, andando de um lado para o outro.

— Podemos eliminar o código da chave mestra sem que ela saiba que ele foi cancelado? E dá pra colocar o alerta na chave ao mesmo tempo? Assim que ela tentar usá-la, eu recebo um aviso?

— Se você eliminar o código da chave mestra, ela automaticamente notifica o titular — avisou McNab.

— Existem maneiras de contornar isso — garantiu Roarke, chamando a atenção de McNab para ele.

— Bem, sim, talvez seja possível contornar isso.

— Então contornem — ordenou Eve. — Mas essa ação terá de ser comunicada oficialmente a mim. Feeney também precisará ser notificado, é claro, mas essa parte é com você, McNab. Só quem vai ficar sabendo disso serão as quatro pessoas que estão aqui, além de Feeney, Whitney e Mira. Apenas esses! Nada de conversar sobre isso, nem contar a mais ninguém. Se ela tentar usar a chave mestra vai descobrir, no mesmo instante, que ela foi desativada. E, se isso acontecer, eu vou saber na mesma hora o local exato onde ela está. Mas vou precisar saber sua localização.

— Isso vai ser mais complicado, se desativarmos a chave mestra — McNab olhou novamente para Roarke. — Mas não é impossível.

— Façam acontecer. Vou pedir autorização para Whitney e Feeney para executar toda essa linha de ação — disse ela, antes que ele pudesse retrucar. — Nada de conversas eletrônicas sobre nosso novo foco, ouviram? A não ser que tenhamos descoberto alguém da DDE com quem nos preocupar. Vamos lacrar novamente este lugar e começar a agir.

— Você consegue lidar com esta tarefa... você e Feeney — acrescentou Roarke. — Agora eu também vou até a Central com vocês, porque prefiro não ficar circulando por aqui. Posso solicitar meu próprio transporte a partir de lá. Vou deixar a minha 4 x 4 com você.

— É um bom plano — disse Eve. — Vamos nessa.

Depois que estacionou o 4 x 4 na vaga da viatura de Eve na Central, Roarke a pegou pela mão.

— Esperem só um minuto — pediu ele a Peabody e McNab, que saíram discretamente.

— Preciso agitar logo isso, Roarke.

— Eu sei. Mas você precisa entender que deve estar muito atenta, não apenas na rua, mas dentro deste prédio.

— Ela seria louca se fosse atrás de mim dentro da Central de Polícia.

— Acredito que a loucura dela já esteja bem avançada e totalmente estabelecida.

— Ok, você tem razão, mas seria burrice fazer isso. Ela ainda não foi burra.

— *Mesmo assim*, prudência ainda é a palavra-chave. Simplesmente mantenha-se mais vigilante, tenente.

— Posso te garantir que tenho vigiado atentamente todo mundo nas últimas 48 horas. Não se preocupe.

— A preocupação já está bem sedimentada em mim, mas tudo bem. E pegue isto.

Ela olhou para baixo, esperando que ele fosse lhe entregar alguma arma proibida ou um dispositivo eletrônico estranho. Em vez disso, ele lhe deu um puxão firme com a mão e cobriu sua boca com um beijo quente e possessivo.

— Só por garantia — disse ele, quando a soltou.

— Garantia de quê? — Mas ela apertou a mão dele antes de se separarem, em frente à porta do outro lado. Quando ele seguiu em direção à entrada, ela franziu a testa. — Você não vai subir conosco e esperar lá em cima pela sua carona?

— Ela já chegou. Cuide da minha tira. Isso vale para vocês também — disse ele a Peabody e McNab. Em seguida, saiu com o sobretudo espetacular que Eve lhe dera no Natal, por cima do terno de rei do mundo dos negócios.

— Vá direto falar com Feeney — disse ela a McNab. — Informe-o, mas apenas na sala dele, e com a porta fechada. Diga a ele que subirei assim que puder, ou ele poderá descer e me procurar, se tiver alguma dúvida antes de eu chegar lá.

— Entendido.

— Nada de papo-furado — lembrou a ambos, depois entrou no elevador e começou a delinear os próximos passos.

No minuto em que entrou na Divisão de Homicídios, Baxter se levantou e fez sinal para ela.

— Talvez tenhamos um nome para você, tenente. Ex-detetive Gina Tortelli. Ela trabalhava sob o comando do capitão Roth, mas foi rebaixada para guarda naquela investigação em 2059, porque não conseguiu se safar e entregou seu distintivo. Ela trabalha como detetive particular agora, para um sujeito idiota. Eles são investigadores da agência de detetives Arsenial. Mas ela nunca escreveu para você — acrescentou, quando Trueheart se aproximou e se juntou a eles.

— Então por que eu deveria estar interessada nela?

— Porque a mãe dela escreveu para você.

— A mãe dela?

— Teresa Tortelli. Não sei você, chefia, mas minha mãe nunca usou uma linguagem tão... colorida como ela.

Eve refletiu que sua mãe tinha feito muito pior do que vomitar uma infinidade de palavrões ao longo da vida. E acabou com a garganta cortada por isso.

— Sua mãe era desbocada, Trueheart?

Ele corou de leve um pouco com a pergunta de Baxter, mas abriu um sorriso.

— Não que eu tenha ouvido alguma vez.

— Ela te esculachou, Dallas. Culpa você por sua filha ter sido rebaixada e obrigada a jogar fora o distintivo, a futura pensão e os benefícios.

— E você acha que a mãe está matando pessoas para me compensar pelo que aconteceu com a péssima policial que ela criou?

— Não, acho que a mãe tem uma boca imensa e provavelmente daria umas porradas em você, se tivesse chance. Basicamente é isso. Eu me pergunto se a péssima policial está fazendo uma espécie de jogo duplo.

Eve estreitou os olhos, considerando a possibilidade.

— A mãe afirma que a filha é duas vezes melhor policial do que você — acrescentou Baxter —, e que um dia ela provará isso.

— E a péssima policial talvez pense... "Sabe de uma coisa? Mamãe está certa, e vou provar isso para aquela vaca presunçosa. Vou arrastá-la para os holofotes da mídia e fazer parecer que existe um psicopata à solta matando pessoas por ela." Essa mulher poderia fazer o trabalho, com essa visão distorcida. Vale a pena dar uma olhada.

— Encontramos essa e mais uma outra, tenente — disse Trueheart. — Trata-se da policial Hilda Farmer... pelo menos ela era policial. Escreveu para você umas seis vezes antes de deixar a polícia, mas continuou a escrever depois. Afirma que não estava sendo aproveitada em todo o seu potencial só porque tinha, é...

— Peitos, Trueheart! — completou Baxter. — A tenente já ouviu essa palavra antes. Meu garoto ainda sente vergonha com algumas palavras — acrescentou. — Essa maluca afirma que todos os caras e mais da metade das mulheres que trabalhavam no seu departamento deram em cima dela, ou a assediaram sexualmente. Chegou a entrar com um total de oito ações em um único ano, nenhuma das quais foi adiante. Ela desistiu da polícia como uma forma de protesto. Imaginou que você seria capaz de intervir, acha que deveria ser sua assessora e trabalhar diretamente com você. Usa muitas das palavras-chave em suas correspondências. Justiça, desrespeito, amizade.

— Trabalha como rastreadora de pessoas desaparecidas agora, tenente — acrescentou Trueheart —, e tem uma longa ficha de delitos: algumas invasões de domicílio, destruição de propriedade. Enviei os dados dessas duas para o seu computador.

— Ok, bom trabalho. Vou dar uma olhada nos dois casos.

Antes de conseguir chegar ao escritório, recebeu outros dois nomes de Jenkinson e três de Santiago.

Aquele prometia ser um dia muito longo, naquilo que estava se transformando em uma semana também muito longa, pensou Eve.

Encontrou Mira em sua sala, sentada com muita cautela na brutal cadeira de visitantes de Eve, enquanto tomava chá.

— Quis ver você assim que chegasse — disse Mira. — Espero que não se importe por eu ter me servido de chá.

— Não, fique sempre à vontade. — Eve fechou a porta e programou café no AutoChef.

— Eu não esperava que ela mudasse de forma tão rápida — começou Mira. — Estou inclinada a acreditar que você procura uma mulher, ou alguém com sensibilidade feminina. A mudança abrupta no e-mail que ela lhe enviou esta manhã me diz que ela está passando por uma intensa luta mental. O fracasso dela na noite passada destruiu a própria confiança e isso, por sua vez, minou a confiança que ela tem em você. Ela falhou com você, e o ego dela está tão fundido com a ilusão de um relacionamento pessoal entre vocês duas que reverteu a situação, e agora acha que você falhou com ela.

— Peabody diz que isso é parecido com o que acontece na quinta série, entre meninas de 12 anos.

— E não está errada. Essa pessoa é emocionalmente imatura e provavelmente pouco desenvolvida, em termos sociais. É inteligente, habilidosa, mas muito tímida com as pessoas, mesmo quando deseja atrair a atenção delas. Construir um relacionamento com você a fez se sentir conectada. Agora ela sente vergonha, raiva e medo. Sua bravura sempre foi falsa, afinal, fabricada. Isso refletiu em você.

— Ela mencionou Nixie na primeira mensagem que me enviou.

— Sim, uma criança inocente, traumatizada, mas uma sobrevivente. Ela também falou dos restos mortais encontrados no Santuário. Ela se identifica, provavelmente foi abusada ou traumatizada na mesma idade. Se você estivesse lá, isso não teria acontecido. Se ela tivesse sido forte e corajosa, isso não teria acontecido. Mas a justiça não foi alcançada, pelo menos não na cabeça dela. Agora deve ser feita sem falta. Ela se propôs a fazer o que você não conseguiu porque, dessa forma, se enxergaria como sua amiga e parceira. Esse fracasso, somado à percepção de que você irá persegui-la — não apenas seguindo os movimentos, mas ativamente, buscando-a, usando suas habilidades — faz com que ela a veja como alguém falho.

Mira cruzou as pernas. O terninho do dia era rosa-escuro, acompanhado por saltos cinza-ardósia.

— Isso faz com que ela se sinta falha. É um dilema para ela. Juntas vocês formaram um time perfeito, uma dupla imbatível. Você é o rosto público e ela é a sombra, sempre terminando o trabalho que você não conseguiu terminar, e vingando o seu nome digno. Isso é importante.

Mira apontou para a parede, como se as palavras estivessem escritas ali. "EU SOU IMPORTANTE."

— Como ela pode continuar se você não reconhece isso? Se você não é capaz de reconhecer, como ela poderá?

— Ela usou uma chave mestra *hackeada* para voltar à cena do crime. Ela a registrou não no meu código, mas no meu nome.

— Porque ela vê você como a pessoa que ela quer ser. Apenas amizade nunca seria suficiente, mesmo que ela se convencesse de que sua dedicação seria retribuída. Ela não admira simplesmente quem ou o que você é. Ela cobiça você, Eve. Suspeito que quando ela está em casa, sozinha, ela se permite fingir que é você. O sinal disso é que ela usou a primeira pessoa do plural, "nós", no e-mail. Ela passa o tempo fazendo o que imagina que você faz; muito provavelmente tem conversas com você que lhe parecem muito reais. É por isso que ela pôde dedicar tanto tempo planejando os assassinatos. Ela talvez corte o cabelo como o seu ou use uma peruca que imita o seu estilo.

— Agora a senhora está me assustando, doutora.

— Espero que sim. Agora ela tem uma desculpa para fazer o que, disfarçadamente, no fundo deseja. Ela não pode se tornar você, a menos que te elimine. É para essa possibilidade que ela está se voltando.

— Fico feliz em ouvir isso, porque se ela focar em mim eu vou conseguir lidar melhor com a questão. Não posso proteger uma pessoa aleatória qualquer, se ela tiver uma como alvo.

— Acredito que ela seguirá um de dois caminhos. Gostaria de poder afirmar, com confiança, qual dos dois será. Mas ela está lidando com esse dilema interno e não tenho como prever qual parte vencerá. Ela passará imediatamente para o próximo item da lista de justiceira dela; dessa forma ela provará seu valor e se acalmará. Vai se reconectar com você. Ou fará o caminho que já vinha fazendo: ela certamente terá estudado e pesquisado. Vai atacar alguém próximo a você. Uma amiga ou amigo seu. O raciocínio dela será que você prefere manter uma amizade com essa pessoa, em vez de uma amizade com ela, e isso é intolerável. Porque essa pessoa não matou por você, não se dedicou a você. E, tirando essa pessoa de você, ela vai te mostrar o quanto você errou.

Cada músculo do corpo de Eve se contraiu.

— Mavis.

— Já conversei com ela ontem à noite.

Eve soltou um suspiro e recostou-se na cadeira.

— Ok. Vou falar com ela também.

— Ela vai cantar no show da descida da bola na Times Square, na festa de Ano-novo. Se não fosse esse compromisso, eles levariam a bebê para passar alguns dias ao sol, bem longe daqui. Mas eles serão cuidadosos. Leonardo pediu que seus seguranças, as pessoas que ela usa quando viaja ou se apresenta, entrassem em campo.

— Bom. Mais do que bom, ótimo. Eu conheço a segurança dela. Foi Roarke quem a ajudou a selecioná-los.

— Leonardo cuidará das meninas, e eu diria que Mavis sabe como cuidar de si mesma — acrescentou Mira, com um sorriso. — Mavis é sua amiga mais antiga e mais próxima, o que a torna um alvo lógico. Mas você tem outros amigos.

— A senhora me disse que você e o Sr. Mira estavam alertas.

— E vamos continuar assim. E quanto a Nadine?

— Também já conversei com ela, mas vou contar novamente o máximo que puder, de tudo isso. E ainda tem Reo, Charles, Louise... e a minha parceira. Peabody não é outro alvo lógico?

— Poderia ser, e, eventualmente, será. Mas acho que, pelo menos a princípio, os alvos civis serão os mais prováveis.

— Porque ela é covarde demais para atacar alguém da polícia?

— Neste momento, sim. Quanto a Trina...

— Trina não é minha amiga. Ok, ok — reconheceu Eve, quando Mira ergueu uma única sobrancelha para ela. — Vou pedir a Peabody que fale com ela. Se eu fizer isso, ela logo vai começar a dizer que eu preciso de um tratamento facial e corporal, ou cortar o cabelo ou algo assim, e não tenho tempo para isso. Por Deus... Morris! Toda a minha divisão... ok, há policiais lá, mas Morris não é policial. E tem ainda, meu Deus, Crack! Mas é difícil imaginar alguém covarde enfrentando uma pessoa tão grande que ganhou esse apelido por bater cabeças umas contra as outras.

"Mesmo assim..."

Ela se levantou.

— São muitas pessoas. Como diabos apareceram tantos amigos na minha vida?

— Você mudou sua vida. Você abriu sua vida. E isso a tornou uma policial melhor. Uma pessoa mais estável, na minha opinião profissional. Essa mulher não seguiu o mesmo trajeto pessoal. Ela não consegue se livrar de tudo o que a corrói por dentro. Pode ter submergido durante anos e lidado com isso. Só que, infelizmente, acho que ela acredita que se abriu para o mundo quando entrou em contato com você. Depois da investigação dos Swisher.

— Ela nunca me deu meios de responder.

— Se você tivesse respondido, ela não poderia ter imaginado essa resposta e feito tudo que fez para torná-la realidade. A tenente Dallas se tornou "Dallas" e em seguida se tornou "Eve" quando a imaginação, o desejo e a fantasia se tornaram a realidade dela, e o vínculo entre vocês foi formado.

Mira deixou a xícara vazia de lado.

— Qualquer passo que ela escolha dar a seguir levará à escolha final, e essa escolha é você. A essa altura, não importará se ela a estiver enxergando como amiga ou inimiga. Matar você será tão necessário para ela quanto o nascer do sol. Uma escolha difícil, talvez, mas inevitável. Você entenderia, ficaria orgulhosa dela por isso. E quando ela te matar...

— Ela morrerá também — completou Eve.

— Sim, ótimo. Tudo terá de culminar no vínculo definitivo, o epítome da amizade de vocês. Ela vai te matar em vez de compartilhar você, ou em vez de viver com suas falhas, na visão dela. Depois, ela vai se matar, pois não conseguirá existir sem você.

— Ela não vai conseguir chegar até mim.

— Ela conhece sua rotina e seus hábitos.

— Mas não me conhece. Foi Roarke quem me disse isso. Posso mudar de rotina, e tenho uma divisão inteira de policiais que me protegem. E eu estarei... — ela pensou na palavra que Roarke usou — vigilante.

— Confio nisso — Mira ficou de pé e colocou a mão no ombro de Eve. — Ela está implorando por ajuda.

— Poderá conseguir ajuda quando estiver dentro de uma cela.

— "Eu sou importante", foi o que ela escreveu — repetiu Mira. — Eu me pergunto se ela julga que nunca foi importante. Até conhecer você.

Capítulo Quinze

Eve analisou os nomes e os dados que seus homens tinham lhe passado. Rodou um programa de probabilidades, eliminou um dos nomes e decidiu que os outros dois mereciam um acompanhamento pessoal.

Antes disso, porém, entrou em contato com a lista de pessoas que imaginou serem alvos prováveis, caso o suspeito desconhecido mudasse de direção. Começou por Mavis.

— Benedict Mantal falando em nome de Mavis Freestone — respondeu um homem, em vez da própria Mavis atender.

— Olá, Ben. — Eve fitou os olhos claros de um dos seguranças pessoais de Mavis. — Dallas falando.

— Oi, tenente, Mavis está ensaiando.

— Sim, dá para ouvir. — Ela ouviu claramente Mavis aconselhando a todos, a cada um da equipe, para dar o máximo de si até o show acabar.

— Recebemos a sua ordem — disse ele. — Leonardo e a bebê estão nos bastidores. Grommet está trabalhando comigo, e nesse momento está lá nos bastidores, com eles. Nós os protegeremos 24 horas por dia, sete dias por semana.

— Bom saber.

— Ela pode interromper o ensaio, se você precisar falar com ela.

Agora deem as mãos, cantem junto com a banda. Dancem e gritem, extravasem! Quero ouvir muito barulho*!*

— Ela agita as multidões — comentou Ben, com um sorriso no rosto robusto, de formato quadrado.

— Sim, já me disseram. Basta dizer a Mavis que eu liguei para saber se estava tudo bem. Mais tarde converso com ela. Fiquem de olho, mantenha-os por perto, Ben.

— Pode contar com a gente.

Ela podia contar, pensou Eve, desligando e fazendo a próxima ligação.

Quando entrou na sala de ocorrências para chamar Peabody, Santiago se agitou dentro do seu casacão.

— Peguei um — avisou em voz alta, enquanto a detetive Carmichael pegava o próprio equipamento. — O cara despencou do telhado de uma torre central em Wooster.

— Pulou ou caiu?

— Ainda não dá pra saber. Mexa essa bunda gostosa, Carmichael. — Quando os olhos de Eve se estreitaram, Santiago ergueu a mão. — Está tudo bem, tenente, foi ela que me pediu para dizer isso.

— Afirmativo — confirmou Carmichael, depressa. — Não engordei um grama sequer desde o Dia de Ação de Graças. Ele está me dizendo isso para me motivar a continuar assim até o Réveillon.

— Não motive ninguém desse jeito em público — ordenou Eve, virando-se para Peabody. — Sua bunda gostosa vem comigo.

— Ah, que legal da sua parte dizer isso. Ganhei um quilo e cem gramas desde o Dia de Ação de Graças. A parte boa é que isso foi um recorde pessoal, porque ano passado...

— Esqueça afirmações motivacionais da minha parte para sempre se você pronunciar mais uma palavra sobre a sua bunda.

Peabody pegou o casaco e correu para alcançar Eve.

— Posso dizer algo sobre a bunda da Carmichael?

— Não!

— Mas era um elogio! — Peabody tirou do bolso o cachecol de um quilômetro de comprimento. Hoje era uma peça rosa-choque com listras verdes brilhantes, que ela começou a enrolar em torno do pescoço, como uma jiboia. — Aonde vamos?

— Agência de Detetives Arsenial. Detetives particulares de baixo custo que trabalham na rua 24 Oeste, quase esquina com a Décima Primeira Avenida. Vamos procurar a ex-detetive Gina Tortelli, uma das policiais sujas eliminadas durante a limpa que fizeram no caso Roth. Ela é uma das duas suspeitas que estão na minha lista.

— Ela escreveu pra você?

— Não sei dizer com certeza, mas a mãe dela escreveu.

— A mãe dela?

— Sim. Mamãe não está nada satisfeita com o papel que eu desempenhei na limpeza do departamento chefiado pela capitã Eileen Roth.

— Bem que aquilo lá precisava de uma limpeza — disse Peabody, quase ofegando pelo esforço de torcer o cachecol com muitos movimentos do punho, ao mesmo tempo que dobrava e ajeitava a jiboia no pescoço, deixando-a bem presa, mas fofa e confortável.

— Na cabeça dela, sou uma vagabunda traidora e intrometida, filha ilegítima de uma puta e tenho a lealdade de um chacal.

— Uma *mãe* te chamou de vagabunda?

— O que dar à luz um bebê tem a ver com isso?

— Bem, é só que... ela é mãe!

— Pois essa mãe tornou a me escrever depois que o livro de Nadine chegou às listas dos mais vendidos. Segundo ela, no livro eu sou uma puta em busca de fama, cheia de pus no coração, mas o dia do meu julgamento não deve estar longe. Ah, e reza todas as noites para que chegue o momento em que vou receber a verdadeira justiça que mereço, e então vou queimar aos berros no fogo eterno do inferno.

— Uau. Ela tem jeito com as palavras.

— Foi uma leitura interessante. Então, talvez a filha tenha inventado um jeito de atender às orações da mãe.

— Mas a suspeita desconhecida está obcecada em ser sua amiga e parceira, e não em enviar você e seu coração cheio de pus para o fogo eterno do inferno.

— Pode ser enganação essa história de "amiga e parceira". Uma policial esperta talvez nos fizesse empreender uma perseguição infrutífera.

— Nadar, nadar e morrer na praia.

— Dar com os burros n'água — comentou um policial, apertado como sardinha junto delas, no elevador.

Isso rendeu algumas risadas, antes de ele saltar.

— As mensagens me conectam a dois assassinatos na mídia — continuou Eve, quando elas entraram no elevador para a garagem. — Podemos encarar isso como uma espécie de vingança. Sei que é uma possibilidade remota — acrescentou Eve, antes de Peabody conseguir falar —, mas as cartas da mãe estão embebidas numa raiva enlouquecedora. A filha é a policial corrupta. Talvez ela também esteja tomada por uma raiva enlouquecedora.

Na garagem, dirigiu-se para o imenso 4 x 4 e completou:

— Depois vamos conversar com uma outra ex-policial, chamada Farmer. Não sei nem como foi que essa passou pela triagem para conseguir um distintivo, para início de conversa.

Eve colocou o cinto de segurança e refletiu que dirigir aquele carro era como se ver sentada diante dos controles de um tanque sofisticado, e saiu da vaga.

— Ela é maluca. Mas é muito inteligente, e pode ser que tenha sido por isso que passou pela triagem. Completou o curso em seis semanas, e praticamente gabaritou todos os quesitos. Só que desmoronou assim que começou a trabalhar. Segundo suas palavras, quase todas as pessoas com quem ela tem contato, sejam homens, mulheres, policiais, suspeitos ou qualquer ser que respira, a assediam sexualmente. Ela preenchia reclamações a cada cinco minutos, e depois alegava que ninguém a entendia, nem gostava de trabalhar com ela.

— Nossa, isso é realmente muito injusto. — Peabody revirou os olhos.

— Ela sabe que eu entendo o seu problema e já me contatou algumas vezes com pedidos para trabalhar como minha assessora. Se isso falhar, dada a sua vasta experiência nos últimos oito meses como rastreadora de traidores conjugais, ela poderia ser minha principal informante.

— Ela parece uma verdadeira campeã. Mas a parte do assédio sexual não bate.

— Não, não bate. Mas o restante, sim. De qualquer modo, tanto a mãe quanto a filha caça-traidores que vive sendo assediada entraram em contato comigo por e-mails ativos.

— Pois é, temos de investigá-las.

— É por isso que vamos até lá. Mavis está ensaiando. Mantal e Grommet estão com ela, Leonardo e Bella.

— Estão em boas mãos. Brincamos de Roleta de Entrega com eles, há algumas semanas.

— Roleta de Entrega?

— Isso mesmo. — Embora a temperatura mais quente tivesse transformado o gelo em lama, Peabody mantinha a mão colada na alça de segurança junto ao teto do carro. — Mavis ligou e estávamos de folga, então descemos até o apartamento dela. Brincamos disso a cada dois meses, mais ou menos, sempre na casa deles ou na nossa. É mais fácil, já que moramos no mesmo prédio. Os rapazes da segurança estavam lá porque ela pediu que eles ficassem um pouco depois do show. A brincadeira que ela faz é espalhar um monte de cardápios de restaurantes de entrega em cima de uma mesa. Você fecha os olhos, pega um cardápio e escolhe um número. É obrigado a fazer o pedido desse menu e desse item. Cada pessoa escolhe uma comida diferente. É divertido, porque você acaba com uma mistura de comida tailandesa, chinesa, italiana, vegana e muito mais. Ben e Steve têm espírito esportivo e comem de tudo.

— Trina também — lembrou Eve.

— Claro, ela já participou dessa brincadeira algumas vezes.

— Não, você precisa entrar em contato com ela porque eu não vou entrar nessa. Quero que ela tome cuidado enquanto tudo isso estiver rolando. Basta mandar uma mensagem; não quero que vocês comecem a falar de cabelo ou algo do tipo que me faça querer dar um soco nas duas.

Enquanto Peabody entrava em contato com Trina, Eve procurava por uma vaga em algum lugar nas proximidades do prédio baixo e atarracado onde ficava a Agência de Detetives Arsenial. Logo desistiu, porque o tamanho daquele 4 x 4 tornava quase impossível encontrar uma vaga grande na rua. Acabou num terreno esburacado longe do prédio, onde espremeu o veículo numa vaga absurdamente cara.

— Trinta e dois dólares e cinquenta por hora! — Ela enfiou o bilhete no bolso. — Quem administra este lugar devia ser preso por pequeno furto, que no fim de um único dia vira caso de grande furto.

— Pelo menos parou de chuviscar gelo.

Que se dane o lado positivo, pensou Eve, enquanto caminhava os dois quarteirões e meio até o prédio.

Pessoas que dormiam nas calçadas, a maioria com suas licenças de mendigo expostas, encolhiam-se junto dos prédios. Um deles, muito magro e com uma explosão de cabelo branco-amarelado que o fazia parecer ter sido atingido por um raio, tocava uma melodia triste em uma gaita. Duas acompanhantes licenciadas que mal deviam ser maiores de idade estavam encostadas em uma porta e tremiam de frio, usando microssaias e meias arrastão.

Na esquina, uma carrocinha de lanches fumegava. Sem compradores, o vendedor estava encostado no balcão e mastigava um cachorro-quente completo.

Eve se virou diante de um lance estreito de escada, seguindo a imagem de um dedo enorme apontado para cima que anunciava:

Agência de Detetives Arsenial

Terceiro andar

Four Aces, uma casa de penhores, ocupava a loja de frente para a rua; "Madame Curracus, Quiromante" e "Sala para Alugar" ocupavam o segundo andar.

Elas subiram até o terceiro andar e bateram na velha porta de ferro.

Ao ouvir o zumbido de resposta, Eve abriu a porta.

A área da recepção tinha uma mesa estreita, com um centro de comunicação e dados desajeitado; uma mulher de cabelo castanho com cara de mal-humorada trabalhava nela. A sala de espera tinha duas cadeiras de plástico laranja e uma máquina automática de chicletes que funcionava com moedas ou fichas de crédito.

A recepcionista parou de digitar e olhou para elas fazendo beicinho.

— Vocês marcaram hora? — quis saber, com uma voz tão anasalada que serviria para alertar navios sobre possíveis rochas na costa em meio à neblina.

Eve exibiu o distintivo.

— Acabei de marcar.

A recepcionista se mexeu e Eve viu sua mão deslizar para baixo da mesa. Alerta de "polícia no escritório", presumiu.

— O Sr. Arsenial está fora, em uma investigação. Você pode deixar suas informações de contato.

— O Sr. Arsenial já voltou e provavelmente está com os pés apoiados na mesa enquanto coça a bunda. Não vim falar com ele. Estamos aqui para ver Gina Tortelli.

A recepcionista fungou através do nariz de buzina.

— Qual é a natureza do seu assunto?

— Não é da sua conta.

— Nossa, precisa ser tão mal-educada?

— É a natureza do meu assunto. Agora, se o Sr. Arsenial fica tão nervoso com a chegada de policiais, deve ter motivos para isso. Também faz parte da natureza do meu assunto descobrir o porquê disso e tornar a vida dele um inferno. Ou você pode chamar Gina Tortelli.

— Pode me dar um minuto, por favor? Nossa! — Ela virou-se para o *tele-link*, acionou a tecla de "conversa privada" e pegou o aparelho. — Oi, Gina. Duas policiais estão aqui para ver você, mas não querem dizer o motivo da visita. Sim, claro. Não, ahn... ok. — E desligou. — Ela já está vindo. Podem se sentar ali, se quiserem.

Eve olhou para as cadeiras de plástico e imaginou que tipo de bunda poderia ter sentado ali antes.

— Não, obrigada.

Tortelli surgiu com um ar decidido. Seus dados indicavam que ela tinha um metro e setenta e oito, e as botas de amarrar acrescentavam mais alguns centímetros, com os saltos grossos e pesados. Usava os cabelos castanhos com mechas louras em *dreads* curtos. Eve pensou na descrição de Hastings sobre o tom de pele do invasor.

Castanho bem claro.

A pele dela era assim.

Os olhos escuros de Tortelli se estreitaram e se arregalaram quando uma expressão de reconhecimento brilhou em seu rosto.

— Visitando a favela... tenente? — Ela reforçou a palavra "tenente" com um sorriso de escárnio.

— Trabalhando. Você quer conversar lá fora?

Tortelli colocou uma das mãos no quadril e deu sinal verde com a outra.

— Se tem algo a dizer, diga logo.

— Duas pessoas já morreram e ontem à noite outra foi agredida. Você se encaixa na descrição da agressora em todos os quesitos.

Os lábios de Tortelli se separaram e deixaram escapar uma respiração rápida e profunda, mas ela logo se recuperou.

— Isso é treta! Eu vi o retrato falado que vocês divulgaram. Metade das pessoas de Nova York se encaixa na descrição.

— Você já foi policial por tempo suficiente para saber que não divulgamos tudo para a imprensa. Onde você estava no dia 27 de dezembro, entre as 17 e as 19 horas?

— Não vou te informar porra nenhuma sem a presença do meu advogado.

— Tudo bem, entre em contato com ele e mande-o nos encontrar na Central.

— Não sou obrigada a ir a lugar nenhum com você!

— Se quiser jogar desse jeito, tudo bem. Vamos conversar com sua mãe.

— Que porra é essa?! — Tortelli perdeu as estribeiras quando Eve se virou na direção da porta. — Não chegue nem perto da minha mãe!

— Posso chegar perto dela, rebocá-la para a Central e colocá-la numa cela. Posso acusá-la de ameaçar uma policial, de fazer *bullying* cibernético, e ainda mantê-la sob suspeita de conspiração para assassinato.

— De que diabos você está falando?

Sem dizer nada, Eve pegou seu tablet, abriu o primeiro e-mail recebido da mãe de Tortelli e exibiu-o para Gina.

A postura combativa se desfez por completo enquanto Tortelli lia o texto.

— Ah, pelo amor de Deus! — Ela torceu uma corrente em volta do pescoço de onde pendia uma cruz prateada. — Ela estava só desabafando, e isso foi há quase dois anos.

— Temos outros e-mails, este foi só o primeiro. Posso falar com você ou com ela. Escolha!

— Gina? Você quer que eu chame alguém?

Tortelli olhou para a recepcionista como se só naquele momento tivesse se lembrado de que ela estava ali.

— Não, não, tudo bem. Não é nada... Não é nada. Venham para a minha sala — disse para Eve, virando-se.

Abriu o caminho para uma sala que conseguia ser menor que a de Eve, com uma fenda na parede que servia de janela. Uma mesa estreita igual à da recepção com um computador tão barulhento quanto o da entrada. Mas o local estava bastante limpo e organizado.

— Olha, minha mãe é temperamental, ok? E sou sua única filha. Vou conversar com ela sobre isso, mandar que ela pare de lhe enviar essas mensagens, só que... pelo amor de Deus, qualquer pessoa que trabalha na polícia recebe alguma mensagem cheia de merdas desse tipo todos os dias, cacete!

— Seu paradeiro no dia 27 de dezembro...?

— Isso foi dois dias depois do Natal. — Ela se virou para o computador e pediu um calendário. — Estou seguindo uma mulher. O marido acha que ela está pulando a cerca, e ele tem toda razão. Fiquei colada nela das 14h20 do dia 27 até as 19h30, que foi a hora em que ela voltou para casa. O marido me ligou às 13h50 desse dia, me avisou que ela estava saindo de casa e eu a segui. Tenho tudo isso registrado no meu relatório.

— Seu relatório, Tortelli?

— Sim, exatamente. As ligações do cliente estão registradas no meu *tele-link*. A suspeita trocou algumas compras de Natal, depois foi direto para o Swan Hotel, na Park Avenue, e entrou no elevador. Tive sorte porque os elevadores lá são de vidro. Vi que ela saltou no décimo quarto andar. Fui logo atrás, procurei um quarto que estivesse com a tela de privacidade acionada àquela hora da tarde e encontrei: 1408. Está tudo no relatório.

— Alguém viu você, ou você falou com alguém?

— A questão é essa. No meu ramo de trabalho, ninguém me vê nem se lembra de mim. Fiquei sentada no saguão durante duas horas, de olho no elevador. Até que ela saiu, mas não sozinha. Estava com alguém, e eles fizeram cócegas com a língua nas amígdalas um do outro a viagem inteira, até chegarem no térreo. Ela foi para um lado e ele, para o outro. Continuei seguindo-a até ela entrar de volta no próprio prédio. Colei nela ontem à noite também. Agora mesmo eu estava atualizando o relatório, porque identifiquei o cara com quem ela está trepando. É a porra do cunhado. O marido da irmã dela!

— Quanta classe.

— Espere! — Tortelli ergueu a mão. — Tenho uma nota fiscal do bar do saguão. Tomei dois refrigerantes, para poder ficar sentada lá. Guardei a nota e ela tem a data e a hora. Também tenho as fotos que tirei, e usamos a marcação de data e hora para fotos de trabalho. Posso provar que estive onde afirmei.

"E deixe minha mãe em paz!"

— Vinte e nove de dezembro entre cinco e seis da manhã.

— Eu estava em casa na cama, sozinha. Dormindo! Estava sozinha porque o cara com quem fiquei durante três anos resolveu me largar depois que eu fui rebaixada e toda aquela merda bateu no ventilador. Minha vida desceu pela privada, ok? Satisfeita? Consegui um emprego horrível porque fiquei marcada para sempre por causa daquilo. Mas não vou ficar nesta outra privada. Assim que passar algum tempo e eu juntar grana vou abrir minha própria agência de detetives. E deixe minha mãe em paz, droga! Você já pegou sua carne fresca para abater. Eu estava na quarta geração de uma família de policiais. Teria me tornado tenente em alguns anos, e agora estou nesta merda.

— Se você era da quarta geração de uma família de policiais, com certeza deveria saber como as coisas funcionam.

— É fácil para você dizer isso, porque é casada com um cara podre de rico.

Antes de perceber que a raiva tinha tomado conta dela, Eve bateu as mãos na mesa com tanta força que ela estremeceu.

— Eu já trabalhava na polícia havia dez anos antes de colocar os olhos nele. Você acha que, para mim, tudo isso tem a ver com dinheiro? Você acha que tudo é questão de dinheiro para qualquer policial que faz jus ao seu distintivo? Você é uma vergonha!

— Você não sabe como tudo rolava. Você não sabe de porra nenhuma. Todo mundo apronta alguma coisa em algum momento, um pouquinho aqui, um pouquinho ali. O bagulho está bem diante de nós, e vai para onde? Você pensa "que mal vai fazer?". Você pensa "Eu arrisco minha vida todos os dias". Se pensa diferente disso é porque pra você tudo é mais fácil. Acha que eu não me perguntei todos os dias por que não desisti daquilo tudo? Eu conhecia Taj Kohli. Eu o conhecia!

Tortelli respirou fundo e estremeceu ao falar de um policial morto, um bom policial.

— Eu não tive nada a ver com o que aconteceu com ele, nada! Apenas peguei algumas mixarias aqui e ali. É só por isso que fui rebaixada. Na verdade, só fui rebaixada porque contei tudo para a Divisão de Assuntos Internos, depois que ele morreu. Eu não conseguiria mais viver daquele jeito, então estou nesta merda.

As lágrimas escorriam pelo rosto dela. Eve podia vê-las lutando para escorrer, por trás da raiva.

— Você acha que eu culpo você por isso? — continuou ela. — Confesso que nos meus dias bons eu até consigo me convencer disso. Mas nos dias ruins, mal consigo me olhar no espelho. Eu não matei ninguém! Você não tem motivo para me arrastar pra essa lama. Não tem o direito de arrastar minha família para isso de novo.

— Mostre-me o recibo do bar no saguão do hotel.

Tortelli abriu uma pasta que já estava sobre a mesa e pegou o recibo.

— Ok — Eve o devolveu. — Você está liberada.

— Foram só cinco ou seis mil dólares ao longo de alguns anos — disse Tortelli quando Eve se virou para sair com Peabody. — Não passou disso.

Eve olhou para trás.

— Seu distintivo devia valer mais. — Continuou andando antes que ela dissesse mais alguma coisa.

— Sinto muito por ela.

Eve parou nos degraus, com o frio balançando a bainha de seu casaco, e lançou um olhar longo para Peabody.

— Ok, não me jogue da escada — reagiu Peabody. — Tudo que você disse a ela estava certo. Tudo. Poderia ter dito coisas muito piores, e continuaria certa. Mesmo assim sinto pena porque ela reconhece o que houve e está convivendo com tudo o que fez.

— Você está desperdiçando sua pena.

— O que estou dizendo é que ela era boa a ponto de conseguir o distintivo de detetive, para encerrar casos e talvez fazer a diferença. E jogou tudo fora por alguns milhares de dólares.

— O dobro do que ela disse, no mínimo. E ainda assim ela continua mentindo e dando desculpas.

Na rua, Eve enfiou as mãos nos bolsos porque queria dar um soco em alguma coisa ou em alguém — e sua parceira não merecia isso.

— Não se trata de dinheiro, nunca é só o dinheiro. É a ideia de que você tem direito a isso. Alguém morto tinha um maço de dinheiro no bolso, o que ele vai fazer com a grana? Ei, esse é um belo *smartwatch*, e o dono nem tem mais pulsação, então é melhor eu ficar com ele. Merda, essa foi uma grande apreensão de drogas ilícitas e eu saí de lá sangrando. O departamento vai simplesmente colocar fogo em tudo, então qual é o problema se eu pegar um pouco e vender para alguém que esteja deprimido? Eu me mato de trabalhar, coloco meu cu na reta, eu mereço. A primeira vez que você pensa isso, faz isso, embolsa algo da cena do crime ou mergulha nos bolsos de um cadáver, pronto! Você está acabado, e atacar os policiais tão sujos quanto você não vai fazer com que fique limpo de novo.

— Ela nunca mais será o que queria ser, e poderia ter sido. Trocou isso por dinheiro. Não importa se foram dez ou dez mil — Peabody curvou os ombros. — Ela sabe disso.

Eve passou pelo tocador de gaita outra vez. Ele tocava uma música agitada, agora. Ela não sabia como ele conseguia tocar algo tão insanamente alegre enquanto se encolhia no frio.

Ela foi até onde ele estava, enfiou a mão no bolso em busca do que pensava ser seu "trocado para usar com informantes", tirou uma nota de cinquenta dólares e se agachou para ele poder ver o distintivo e seus olhos.

— Faça a porra de uma refeição. Se eu descobrir que você levou isso para a loja de bebidas aqui do quarteirão, volto para te dar um chute na bunda. Estamos combinados? Não — disse, ao ver Peabody enfiar a mão no próprio bolso. — Isso é o suficiente, e você ainda me deve uns trocados no dia do pagamento. Você ouviu o que eu disse? — repetiu para o homem que dormia na calçada.

— Obrigado. — Ele enfiou os cinquenta dólares numa dobra do casaco.

— Faça uma refeição! — repetiu Eve.

Irritada consigo mesma, porque aquilo era o mesmo que acender um fósforo e queimar os cinquenta dólares, ela se dirigiu ao estacionamento caro e ao seu veículo.

— Agora estou curta de grana até o dia do pagamento — murmurou, enquanto passava o cartão e pegava o recibo do estacionamento para seu relatório de despesas.

— Vamos almoçar, se conseguirmos — propôs Peabody. — Desde que seja num lugar barato.

Com uma risada curta, Eve parou num semáforo. Então simplesmente baixou a cabeça sobre o volante por um momento.

— Você não estava errada... sobre Tortelli. Não consigo sentir tanta pena, mas você não estava errada. Uma policial de quarta geração, agora ela está filmando uma mulher que fica de sacanagem com o cunhado. Pode ser que talvez seus antepassados também fossem todos corruptos ao longo da linhagem. Isso é uma mancha no legado da família, e ela também sabe disso.

— Mas você também não estava errada. O distintivo dela deveria valer mais.

O sinal ficou verde e Eve foi em frente.

— Não me lembro de ter desejado ser outra coisa que não uma policial. Quando acordei naquele hospital em Dallas, tudo o que aconteceu comigo estava embaçado ou claro demais para eu encarar, e os policiais estavam lá. Eles me assustaram um pouco. Foi ele que colocou esse medo em mim, dizendo que os policiais iriam me jogar num buraco escuro e cheio de aranhas. Só que eles foram cuidadosos comigo, algo que nunca ninguém tinha sido. Os médicos e as enfermeiras também foram carinhosos, mas não passei a achar que talvez eles conseguissem consertar tudo de errado no mundo, do jeito que achei sobre os policiais. Um dos guardas me deu um ursinho de pelúcia. Puxa, eu tinha me esquecido disso — percebeu. — Como pude ter me esquecido disso? Ficou perdido no borrão das lembranças.

Ela balançou a cabeça e fez uma curva.

— Não me lembro de ter desejado ser outra coisa na vida, a não ser virar policial — repetiu. — Aposto que foi o mesmo com Tortelli. Talvez a diferença seja que ela pensou que aquilo era um direito seu, o distintivo era apenas o seu direito. Então, não valorizou isso até que um dia o perdeu.

Embora aquilo envolvesse outra caça por um espaço junto da calçada e outra vaga de estacionamento caro, eles rastrearam

Hilda Farmer, ou ex-policial Farmer da 12ª. DP, até um porão a poucos quarteirões do fiador para quem ela trabalhava.

Eve apertou a campainha. Momentos depois, viu o bip eletrônico piscar — um acréscimo caro ao sistema de segurança do lugar. Ao ouvir um distinto "Uau!" através da porta, Eve afastou o casaco e colocou a mão na coronha da arma.

As fechaduras bateram, estalaram, tilintaram e depois se abriram.

A mulher de cabelos escuros, alta e curvilínea, exclamou:

— Dallas! Finalmente! Oi, Peabody, como vai você? Entrem!

— Você é Hilda Farmer? — Eve olhou ao redor do pequeno e arrumado espaço que servia de escritório. Nada de equipamentos improvisados ali. Dois elegantes computadores de última geração ficavam sobre uma estação de trabalho central, de frente para três telões na parede.

Uma das telas exibia a foto e os dados de um certo Carlos Montoya, um homem de rosto robusto, bigode grosso e olhos carrancudos.

— É o cara que estou rastreando — explicou Farmer, apontando para a tela. — Ele surra pessoas em troca de dinheiro. É acusado de assalto à mão armada. Espancou um idiota quase até a morte com a parte de trás de um taco de bilhar porque não conseguiu encontrar o sujeito para quem o chefe dele emprestou dinheiro. Ele nunca deveria ter conseguido sair mediante fiança, você deve estar pensando, mas se não tivesse saído eu não estaria aqui, trabalhando. Sentem-se, vou preparar café! Tenho um pouco da marca que você usa, guardo para ocasiões especiais.

— Espere um pouco.

— Claro, como quiser. Que coisa terrível, não? Bastwick e Ledo. E agora, mais esse ataque ontem à noite, ao fotógrafo. Os idiotas da imprensa estão tentando criar uma narrativa que conecta você ao ocorrido. Estou aqui para te ajudar no que for preciso.

Ela deu um tapinha no assento de uma cadeira e pegou outra para si.

— Não tenho avançado tanto nesta pesquisa quanto gostaria, mas é que estou em outro trabalho há vários dias. Tudo o que eu já tiver descoberto é seu. Você recebeu meus e-mails, certo? Já sabe que estou mais que pronta para trabalharmos juntas.

— Você não é mais policial.

— Admiro você... admiro vocês duas, na verdade... por resistirem e continuarem trabalhando contra o assédio sexual desenfreado que rola nas divisões da Polícia. Eu me defendi. Porra, até meu tenente fazia comentários indecorosos e tentava abordagens abusadas. Falava em sair por aí e chutar os colhões dos bandidos? Isso é jeito de um tenente falar com uma policial da sua divisão? Depois disso ele me disse que, caso eu precisasse de horas extras por causa de algum caso, tudo bem. Como se eu não soubesse perfeitamente o que eu teria de fazer para ele liberar o pagamento dessas horas extras. E isso nem foi o pior!

— Imagine só — murmurou Eve.

— Você sabe como são as coisas. Gosto do trabalho que faço. Quando um tarado tenta qualquer coisa assim comigo, um chute na virilha geralmente dá conta do problema. Só que na polícia você não pode resolver as coisas desse jeito. Mesmo assim, eu voltaria num piscar de olhos se fosse para trabalhar sob seu comando, Dallas. Você não tem uma assessora desde que transformou Peabody em parceira.

"Vou te enviar meu currículo", continuou, antes que Eve tivesse chance de falar. "Pode perguntar ao Charlie... Charlie Kent, o fiador para quem eu trabalho. Charlie me tratou bem, até agora, mas eu trabalho na minha casa, para ele não pensar que pode me falar piadinhas e soltar indiretas pra cima de mim."

— Como todo mundo faz.

Farmer revirou os olhos para o teto.

— Não sei o que há de errado com as pessoas! Mas, voltando a nós, estou disposta a trabalhar como assessora civil ou podemos solicitar minha reintegração à polícia. Não sou exigente com relação a isso. Obviamente, o importante é que trabalhemos juntas. Mas agradeço muito se você não olhar para meus seios. Meu rosto está aqui em cima.

Com um leve sorriso, Farmer bateu em suas bochechas.

Como Eve estava olhando para o rosto dela o tempo todo e para nenhum outro lugar, simplesmente arqueou as sobrancelhas e comentou:

— Ok. Então você está pesquisando sobre a minha investigação atual.

— Como sempre! Você é o motivo pelo qual entrei para a força. Solicitei ser designada para a Central, só para trabalhar com você, mas não consegui. Tem muita gente invejosa no departamento, mas aceitei ir para onde me mandaram. Suba na carreira degrau por degrau, disse a mim mesma. Só que o assédio que eu sofri foi implacável! Na verdade, acho até que foi algo deliberado, como uma forma de me expulsar dali antes de eu ter a chance de ser transferida para a sua divisão. Então é isso! Agora precisamos tomar aquele belo café, se você quiser discutir a investigação. Vou pegar minhas anotações.

— Vamos dispensar o café — disse Eve. — Com relação à investigação, tenho algumas perguntas que devem encerrar nossa visita.

— Estou à sua disposição. Profissionalmente, é claro — acrescentou Farmer, apontando o dedo para Eve.

— Já que você tem acompanhado tudo, gostaria de saber do seu paradeiro no momento dos dois assassinatos e do ataque a Hastings.

— Dallas! — Respirando fundo, Farmer recostou-se na cadeira. — Deixe-me deixar uma coisa *bem* clara: minha vida pessoal é pessoal. Por mais próximas que trabalhemos juntas, por mais íntimo que seja este relacionamento, não permitirei que a minha linha pessoal seja ultrapassada. Sei que você e Peabody violam essas regras e, embora não aprove as sacanagens sexuais que rolam entre uma detetive e sua superior direta, posso ignorar isso.

— Hã? — foi a reação de Peabody.

— Não precisam se preocupar porque não vou usurpar a... dinâmica que rola entre vocês. Vamos chamá-la de camaradagem educada. Mas aviso logo que não estou interessada. Não haverá nenhum *ménage à trois* aqui.

— Puxa, mas eu estava contando com isso. Já tinha até uma roupa preparada — comentou Peabody.

— Peabody! — A voz de Eve permaneceu firme e sem emoção, apesar da risada que queria soltar e lhe fazia cócegas na garganta.

— Vamos deixar toda a parte sexual de lado — propôs Eve.

— Eu não poderia concordar mais com isso! Agora vamos direto ao assunto...

— Não, agora você vai me ouvir — corrigiu Eve. — Quero saber do seu paradeiro nos horários dos crimes em questão, isso é pertinente à minha investigação. Não tenho nenhum interesse pessoal em você. Se você quiser conferir na sua agenda, nós esperaremos.

— Você está sugerindo que sou suspeita?

— Estou sugerindo que você indique seu paradeiro para que possamos parar de desperdiçar o tempo uma da outra.

— Tudo bem, não preciso conferir nada — Farmer bateu com o dedo na própria cabeça. — Na noite do dia 27 eu estava em Miami, rastreando e prendendo Janet Beaver. Voltei com ela para Nova York no jatinho das oito e quinze, pela companhia Norte-Sul. Na noite do dia 28 até a manhã do dia 29, eu estava seguindo uma pista sobre Montoya, que se revelou um beco sem saída. Passei a noite no Motor Court Lodge, na saída da 112 com a 68, na Pensilvânia. Usei meu cartão de crédito para todas as despesas pessoais e fiz o mesmo quando tomei café da manhã na cafeteria deles, às seis horas do dia 29. No terceiro crime eu estava aqui trabalhando, mas pedi uma pizza brotinho de calabresa e cogumelo. O pedido me foi entregue por volta das sete e meia da noite. A entregadora tinha cerca de 18 anos, um metro e setenta e três, cabelo cor-de-rosa e olhos verdes.

Ela trabalha na Pizzaria Mama Mia, que fica na esquina da rua 23 com a Sétima Avenida.

— Vamos verificar tudo, e isso será o suficiente. — Eve se levantou.

— Já vi que foi um erro gastar minha admiração e minhas ambições com vocês duas.

— Sim, isso foi um erro. Você devia procurar ajuda psiquiátrica, Farmer. Talvez isso te ajude a sacar que você não é um ímã sexual irresistível. Além do mais — num impulso, ela passou um braço ao redor de Peabody e apertou sua parceira chocada —, entre vocês duas, minha parceira tem peitos muito melhores.

— Vou fazer uma reclamação de você! — gritou Farmer, furiosa.

— Sim, sim, tá legal.

Eve saiu, satisfeita por ter se divertido desta vez, em vez de ficar deprimida e zangada.

— Vamos falar com esse tal Charlie, só para fechar essa porta, mas não é ela quem nós queremos.

— Mas todo mundo quer!

— Deve ser uma provação constante. — Eve optou por caminhar e deixou o frio arejar sua cabeça novamente. — Ela é inteligente o suficiente e tem fortes habilidades de informática, mas é obcecada demais por sexo. Não existe nenhum componente sexual nas mortes, e, se fosse ela, haveria.

Eve parou em uma carrocinha de lanches junto da calçada e anunciou:

— Ainda tenho dinheiro para comermos alguma coisa aqui.

— Você só vai pagar meu lanche pra me distrair. Porque o que quer mesmo é admirar meus peitos.

— Sempre, Peabody. Sempre!

Capítulo Dezesseis

Por volta das quatro da tarde, Eve sentiu que já tinha coberto todo o terreno e todos os suspeitos em potencial que faziam sentido.

Considerou suas opções, mas não se fixou em nenhuma.

— Peabody, reserve um salão holográfico na Central.

— Sério? — Um ar de diversão e surpresa brilhou no rosto de Peabody. — Você nunca usa tecnologias tão avançadas quanto as de um salão holográfico.

— Já usei o salão do Roarke, algumas vezes. Quero analisar tudo passo a passo, as três cenas: um, dois, três. Algo pode aparecer se eu as assistir na sequência em que ocorreram.

— Vou verificar as reservas dos salões... há só um disponível; será liberado daqui a dez minutos e poderá ser usado durante quarenta minutos. O grande está reservado até as 20 horas, e o segundo está com defeito... de novo! McNab diz que ele fica mais tempo parado que funcionando. Já fiz a reserva. Temos algumas cabines livres, mas esse é o único salão.

Tudo bem, ela só precisava de um.

Como queria todo o tempo disponível, Eve foi direto para lá, sofrendo com os elevadores congestionados pelas mudanças de turno das oito para as quatro e das quatro para a meia-noite.

O Salão de Holografia e Realidade Virtual estava silencioso e limpo. Nenhuma máquina de venda automática no lugar. Placas tinham sido colocadas ao longo do corredor como lembretes de que comida e bebida eram proibidas no interior dos salões.

Outros avisos alertavam que todas as atividades ali seriam monitoradas e gravadas.

Aquele era um jeito de desencorajar o uso pessoal, caso um dos policiais sentisse vontade de ficar virtualmente nu numa praia, ou de transar com um colega policial, visitante ou técnico.

Havia formas de contornar isso, é claro, e havia rumores de que o segundo salão holográfico sempre apresentava problemas porque alguém mexia nos monitores para conseguir ligá-los e dar um pulo na praia.

Como Eve raramente usava o espaço, não se importava muito com essas questões.

Passou sua chave mestra na abertura e esperou ser escaneada e ter sua entrada aprovada.

Tenente Eve Dallas, aprovada. O espaço e o período de uso foram solicitados pela detetive Delia Peabody, igualmente aprovada para entrada.

O computador repetiu o aviso logo depois que Peabody entrou.

Elas se viram na sala vazia com paredes brancas, sem janelas e com piso também branco. Eve foi até o computador de parede enquanto Peabody trancava a porta.

Eve digitou os três arquivos dos casos cronologicamente, e programou a reconstituição mais provável de cada crime, em ordem sequencial.

Os elementos foram aceitos e estão sendo analisados pelo sistema. Os detalhes faciais dos suspeitos estão incompletos.

— Use os retratos falados.

Sistema coordenando as interpretações artísticas dos rostos dos suspeitos e organizando a sequência. Os dados restantes também estão sendo carregados.

— Eu vi um filme em que quatro pessoas brincavam numa sala holográfica e ficaram presas lá, como se fosse uma selva pantanosa, exceto uma delas, que foi jogada num submundo urbano. E havia um sujeito com um machado que...

Peabody parou enquanto olhava ao redor da sala branca.

— Talvez eu não devesse estar pensando nisso agora. Poderíamos acabar numa selva pantanosa. De qualquer forma, o nome do filme era *Holoinferno*. Vão fazer uma continuação.

— Se algum estranho atacar você com um machado, use sua arma de atordoar nele — sugeriu Eve.

O programa foi carregado e vai começar em dez segundos. Você terá trinta e quatro minutos e dezoito segundos até acabar seu tempo.

— Tá bem, tá bem, vamos em frente.

O programa começa em três, dois, um.

Eve seguiu o assassino até a porta do prédio de Bastwick. Notou a luz fraca da noite do fim de dezembro e ouviu os ruídos do trânsito gerados pelo sistema. Viu quando a mão enluvada apertou o interfone do prédio, e a facilidade com que a porta se abriu.

— O que você acha que ela está sentindo? — perguntou Eve, quase para si mesma, quando entrou no elevador ao lado da assassina. — Se esta é a sua primeira vez... e não temos motivos para acreditar que não seja, ela está nervosa? Animada? Sente algo? Mas suas mãos estão firmes. Ela mexe e inclina a caixa com muita facilidade, como se tudo estivesse coreografado dentro da sua cabeça.

— Sem hesitação — comentou Peabody. — E sem pressa.

— Tudo nela diz para não chamar atenção, e realmente ninguém prestou atenção à sua presença. Mas atenção é exatamente o que ela quer. Talvez acima de tudo.

— A *sua* atenção.

— Sim, para começar.

Bastwick, em seu traje elegante, abriu a porta. A boca de Bastwick se moveu, e o programa lhe deu voz.

Tudo bem. Basta colocar o pacote aqui no...

Essas foram suas últimas palavras quando o assassino agiu ao pegar a pistola no bolso. Mirou no abdome, com a arma de atordoar na potência máxima. O sistema nervoso de Bastwick ficou descontrolado, seu corpo entrou em convulsão e suas mãos muito bem cuidadas tremeram. Ela desabou, caiu para trás e bateu com a cabeça no chão. Os olhos se tornaram vidrados e fixos por um segundo... e mais um tempo curto... antes de ficarem brancos e opacos, as pálpebras se fechando.

Seguindo o cenário que Eve havia apresentado, a assassina — cujo rosto era quase como o de um personagem de desenho animado — pousou a caixa sobre uma mesa, tirou um estilete do bolso esquerdo do casaco e quebrou o selo da embalagem.

Pegou do fundo da caixa uma lata de spray selante e tirou as luvas.

— Ela certamente já tinha aplicado o spray selante por completo, antes de entrar. Mãos, pés, tudo. Talvez tenha passado mais uma camada nas mãos, mas não pisou no apartamento sem estar completamente selada.

— O serviço de limpeza esteve aqui no dia 23 — informou Peabody, lendo suas anotações. — Mais ninguém veio à casa dela desde esse momento, até onde sabemos. Os peritos não encontraram nenhum fio de cabelo, nem fibras ou impressões digitais que não fossem da vítima.

— Ela estava bem selada. Pode ter até passado uma camada de spray no cabelo sob o gorro, só por garantia. Provavelmente também religou o sistema de segurança do apartamento. O programa não mostra isso, mas é o que ela deve ter feito. Sem pontas soltas. E obviamente tirou o casaco. É muito quente, muito volumoso, mas não sabemos o que há por baixo. Mas por que levá-la para o quarto? — acrescentou, enquanto a assassina levantava Bastwick e a carregava sobre o ombro, como um bombeiro.

— Por ser mais confortável? — especulou Peabody.

— Foi para prolongar um pouco a cena, é o que me parece. Deve estar um pouco nervosa, então adia um pouco mais o que planejou fazer. Está curiosa, também. Ao chegar ao quarto, dá uma olhada. Deita-a sobre a cama — continuou Eve —, respira fundo uma ou duas vezes e volta à sala para pegar a caixa.

Eve assistiu ao assassinato, viu a forma como uma tatuagem feita em um dos calcanhares da vítima apareceu quando ela foi colocada na cama. Seus olhos se abriram novamente por alguns segundos, e ficaram completamente vidrados quando o sangue lhe escorreu pela garganta.

— Foi por trás. Ela teve que tirar o casaco, claro. Certamente estava selada por baixo dele. E usava roupas de proteção por baixo, caso respingasse sangue ou escapasse algum fio de cabelo da vítima. Mais tarde ela vai queimar o equipamento de proteção, mas neste instante não quer sangue ou vestígios na roupa.

— Equipamento médico, equipamento de necrotério, equipamento de perícia?

— Algo assim. Ou uma proteção como a que os pintores e dedetizadores usam. Vestiu-a para matar e despiu-se logo depois. Enrolou-a do avesso ou simplesmente a dobrou e colocou de volta na caixa. Pausar programa!

A cena congelou e Eve se moveu em torno da assassina, com seu rosto projetado em três dimensões.

— Você planejou isso por muito tempo, cada detalhe. Computador, qual o tempo decorrido?

O tempo decorrido até este instante é de doze minutos e quarenta e cinco segundos.

— Adicione ao tempo decorrido a remoção do traje de proteção da caixa, sua colocação, sua remoção posterior, e depois o tempo gasto para dobrá-lo e recolocá-lo na caixa.

O tempo médio foi calculado em um minuto e cinquenta e dois segundos para cobertura completa do corpo.

— Recalcular tudo com o tempo adicional e prosseguir com o programa.

— Temos vinte e sete minutos desde o momento em que entrou até o minuto em que saiu — disse Peabody.

— Exatamente, e ela só usou metade desse tempo. Escrever a mensagem na parede levou mais alguns minutos — comentou Eve, enquanto a assassina fazia exatamente isso na cena. — Recolocar tudo na caixa, selar tudo mais uma vez, recolocar o casaco e as luvas. Dar uma olhada ao redor para ter certeza de que não deixou nada para trás e depois sair. Com aquele saltitar curioso ao caminhar.

Ela esperou, ainda observando a assassina, até que o computador anunciou o fim da primeira cena.

— Tempo decorrido?

O tempo decorrido foi de vinte minutos e dez segundos.

— O que ela fez com os outros sete minutos? — questionou Peabody.

Os dados são insuficientes para responder a essa pergunta.

— Não perguntei a você. Talvez ela tenha feito um rápido tour pelo apartamento. É um lugar legal, muito elegante. Talvez até tenha levado algumas coisas que ninguém percebeu.

— Acho pouco provável. Eu diria que, possivelmente, ela precisou de algum tempo para criar coragem antes de matar, ou para se recompor depois. Mas esperou tanto para fazer isso que ficou muito feliz quando foi embora. E a escrita mostra que sua mão estava firme como uma rocha.

— Estava orgulhosa?

— Não. — Mais uma vez, Eve circulou o espaço e analisou tudo. — Isso seria perda de tempo. Ela poderá se orgulhar quando estiver lá fora. Aposto que ela trouxe uma lanterna e alguns óculos de visão microscópica naquela caixa. Examinou a cama, só para garantir; alisou tudo para que pudesse detectar um único fio de cabelo solto. Refez seus passos do quarto até a sala, e depois repetiu o trajeto. Foi isso que ela fez com o tempo.

— Então ela é inteligente, minuciosa e provavelmente compulsiva.

— Sim, talvez tenhamos algum processo obsessivo-compulsivo incluído aqui. Aposto que, quando a pegarmos, Mira encontrará um poço profundo de neuroses. Computador, iniciar segundo estágio do programa!

Não havia câmeras de segurança ali, nem como saber quanto tempo a assassina tinha passado no local. Mas Eve apostava que ela tinha perdido mais tempo vasculhando a sujeira e os detritos do apartamento bagunçado de Ledo, para ter certeza de que nada que a incriminasse tinha ficado para trás.

— Mais emocional dessa vez, mas foi um assassinato semelhante — declarou Eve.

Assim como fizera no primeiro programa, Peabody desviou o olhar quando a assassina sacou um bisturi para remover a língua da vítima.

— Semelhante em que sentido?

— Ela teve de usar a força e o peso das costas nas duas mortes. Na primeira, para puxar o fio para trás e cortar a pele bem fundo. Seus braços provavelmente tremeram com o esforço. Nesta aqui, para enfiar o taco em Ledo, ela precisou fazer força para baixo com as duas mãos e usar o próprio peso. Precisava sentir a morte, sentir-se responsável por ela, totalmente no controle. Só que na segunda vez ela estava um pouco, só um pouco, menos controlada.

— E não devia estar mais controlada? Mais confiante?

— Sim, mas agora ela sabe como é bom matar, e isso adiciona expectativa em um nível diferente. Não apenas o dever, na visão dela, mas o prazer. Ou pelo menos a satisfação. Além do mais, ela já atraiu a minha atenção, mas não recebeu exatamente o que desejava. Ela queria aprovação — disse Eve, enquanto observava a assassina escrever na parede suja. — Também queria alguma gratidão. Ela está tentando se convencer de que viu tudo isso na minha entrevista coletiva. Acredita que eu, de alguma forma, sinalizei isso a ela. Mas as palavras que eu disse, e as palavras importam, não foram exatamente as corretas.

— Você acha que ela já começou a se voltar contra você?

— Ela começou a se voltar contra mim no instante em que saiu do apartamento de Bastwick sentindo-se alegre. Porque tudo isso passou a ter a ver unicamente com ela, em nível pessoal. Sempre foi, mas só agora ela se permitiu enxergar a verdade. Tudo isso tem a ver com o que ela quer, com quem ela é. Sou apenas uma desculpa. Uma desculpa importante, e da qual ela precisa. Computador, executar a parte final do programa!

Aquilo era interessante, pensou Eve. Quando você assistia à progressão cronológica dos crimes, as coisas se assentavam melhor. Havia muitas outras formas de chegar até Hastings. Ou escolher outra pessoa, talvez alguém mais parecido com Ledo, alguém que seria uma vítima mais fácil. Só que Hastings exigiria mais...

— Ousadia — ela disse em voz alta. — Ela está correndo mais riscos físicos aqui, subindo aquelas escadas íngremes. Sim, claro, quem olha para cima ao passar pela rua?

— Turistas, estrangeiros — começou Peabody, e Eve se virou para sorrir para ela.

— Bingo! Pessoas que não moram aqui olham para cima o tempo todo. Nossa, olha só como aquele prédio é alto! Veja, há um bonde aéreo, devíamos fazer esse passeio. Ela ousou ao fazer isso. Com a sorte a favor dela, na verdade, porque mesmo que alguém a tivesse visto, era apenas uma pessoa carregando uma caixa escada acima. Só que...

— Ela não precisava correr o risco, eu entendo. Mas *queria* isso. Para impressionar você, talvez?

— Talvez, e para adicionar um pouco de emoção ao assassinato. Ela gosta dessa emoção, agora. Gosta da espera, do zumbido no ouvido. E, se pesquisou sobre Hastings, sabe que ele é capaz de mandá-la se foder sem nem mesmo abrir a porta, mas ela quer tanto isso que *precisa* que ele abra aquela porta.

— E ele abriu.

Eve ouviu os xingamentos explosivos que Hastings soltou e sentiu uma estranha afeição por ele. Assistiu ao atordoamento, bem de perto, mais perto do que com Bastwick, observando a rajada que o empurrou para trás com o corpo tremendo ao cair.

Ela pousou a caixa no chão e se preparou para fechar a porta, mas Matilda gritou lá de cima e desceu a escada. A garrafa de vinho voou ao ser atingida, e a rajada de atordoar se espalhou pelo recinto.

— Sim, um pouco daquele vinho respingou no casaco dela, isso com certeza. Mas existe uma questão... duas questões, na verdade. Fim do programa!

Eve virou-se para Peabody e disse:

— Primeira: se ela realmente pesquisou a respeito de Hastings, por que não levou em consideração a sua criatividade? Ele poderia ter marcado uma sessão de fotos para aquela noite, intimidado as modelos e a equipe para que trabalhassem até mais tarde, até conseguir o que queria. Ela desconsiderou a ideia de uma namorada e um jantar sexy, mas na verdade ele é volátil, exigente, esquisito. É um péssimo alvo, se analisarmos todas as possibilidades.

— Mas é um alvo impressionante. Se ela conseguir chegar até ele e matá-lo... algo que teria feito se Matilda não estivesse lá em cima... é uma façanha muito mais surpreendente do que matar Ledo — apontou Peabody — ou até mesmo Bastwick. E é o assassinato número três, o que a tornaria oficialmente uma assassina em série. É muito mais impressionante você matar um fotógrafo bem-sucedido do que um viciado.

— Se você matar um segundo viciado, as pessoas acharão repetitivo e chato, concordo. A segunda questão: ela tinha uma mulher desarmada e seminua diante dela, mas não a perseguiu para terminar o serviço. A assassina não pensa fora da caixa, uma ironia um pouco engraçada tendo em vista o disfarce de entregadora, não consegue raciocinar e agir por conta própria numa situação inesperada. Matilda estava fora do roteiro, e tudo o que ela conseguiu fazer foi fugir dali.

— Você disse, desde o início, que ela era covarde.

— É mais do que isso.

E ver as três reconstruções consecutivas deixou isso bem claro.

— Os dois primeiros assassinatos correram bem — apontou Eve. — Tudo aconteceu do jeito que ela esperava que acontecesse. Ela precisa de ordem e lógica. Matilda foi o fator inesperado, algo que estava fora do lugar. O fato de ela estar lá não fazia sentido.

— Então ela não soube o que fazer — concluiu Peabody. — Não teve o instinto de agir de acordo com esse novo roteiro.

— Exatamente. Em vez de atacar a mulher seminua e desarmada, acalmar-se, subir e lhe dar outro tiro, ela jogou tudo para o alto e fugiu.

Seu tempo no Salão Holográfico acabou. Por favor, desligue o programa e saia das instalações.

— Tudo bem. Computador, envie o programa para minha casa e meu escritório: Tenente Eve Dallas. Ela volta para onde quer que se sinta segura — continuou Eve, enquanto elas saíam do salão. — E tenta se acalmar. Começa a me escrever um pedido de desculpas. "Eve, eu falhei. Falhei com você." Mas a coisa toda continua passando pela cabeça dela. Aquilo não deveria ter dado errado. Eu devia demonstrar mais gratidão. De quem é realmente a culpa, quando ela já estava com tudo perfeitamente orquestrado? Ela confiou em mim, acima de tudo, e é isso que recebe em troca.

— O que isso lhe diz?

— Ela não é policial. Se é, ou já foi, não passava de uma profissional fraca. Qualquer policial que se preze e esteja nas ruas há dois dias aprende a pensar por conta própria. Os policiais perseguem, correm atrás, não fogem. Quando você está armado e o alvo não está? É aí que você não foge mesmo, nem fodendo. Ela não é uma policial. É uma aspirante, talvez. Trabalha em alguma função ligada à aplicação da lei, sim, mas não diretamente.

— Vou me sentir muito melhor se você estiver certa. Quero de verdade que você esteja certa, principalmente depois de...

— Conversarmos com Tortelli — terminou Eve, obviamente lendo a mente da sua parceira. — Vamos direto à DDE. Quero repassar um pouco disso tudo para Feeney, se ele ainda estiver por lá. E vou levar você e McNab para casa quando terminar.

— Sério?

— Não é muito fora do meu caminho e não vai atrapalhar meu cronograma, se Mavis estiver em casa. Confirme isso com ela, por favor. Quero dar uma olhada nela pessoalmente, se ela estiver lá.

— Claro. Você e Roarke vão assistir à descida da bola no Réveillon na Times Square?

— Ah, com certeza. Se ambos sofrermos danos cerebrais extensos nas próximas 24 horas. — Ela franziu as sobrancelhas para Peabody enquanto caminhavam. — Vocês vão?

— Vamos. Quer dizer, se já estivermos liberados. Claro, sei que é uma loucura. Fiquei de plantão no controle de multidões na véspera de Ano-novo no meu primeiro ano de trabalho, sei que é frenético. Mas é divertido, também. E Mavis conseguiu para todos nós passes de acesso total, então receberemos tratamento VIP, vamos interagir com celebridades e estrelas da música.

— Prefiro ser esfolada viva e alimentada à força com pedaços da minha própria pele.

— Eca!

— Sim, foi nojento descrever assim, mas bem perto da verdade. — Ela desviou o rumo para a DDE, e de repente se viu diante do mundo luminoso e vibrante que era a Divisão de Detetives Eletrônicos.

Todos se moviam, saltitando em suas cadeiras, dançando em pé ao som de alguma batida *geek*. As cores em néon fosforescentes enfeitavam todas as pessoas na sala, exceto uma.

Feeney, pensou Eve, era um oásis amarrotado de sanidade em um mundo que enlouqueceu em meio à fosforescência generalizada. Estava parado de pé, embora seus pés batessem para marcar o compasso, mas isso era razoável. Trabalhava diante de um telão e mexia as mãos com rapidez sobre a tela; trocava dados de lugar e dava tapinhas leves enquanto alguns *geeks* o observavam.

O lugar cheirava a bebidas açucaradas e chicletes com sabor de frutas. Alguém vestido de azul-relâmpago com uma torre fofa de cabelo verde deu um pulo e girou em sua estação de trabalho, gritando:

— Ihhh-rá!

— Viu isso? — murmurou Eve para Peabody. — Multiplique por alguns milhões e isso será a descida da bola na Times Square.

— Mas é isso que torna tudo mag!

— E aquilo também — declarou Feeney, apontando os dois dedos indicadores para a tela. — É assim que se faz.

A detetive à direita de Feeney ergueu os punhos no ar e balançou a bunda coberta de listras rosa e brancas.

— Viva o capitão! — saudou ela.

— Observem e aprendam, crianças, observem e aprendam. — Ele bateu uma das palmas da mão na outra, como se quisesse se livrar de pó. — Agora acabem com isso e vão prender o canalha. A acusação é desvio de fundos, fraude de seguros e um toque de chantagem.

— Vamos travar os sistemas dele, chefe. Obrigado.

Feeney se virou, viu Eve e acenou para ela e Peabody.

— Tem um minuto? — perguntou Eve.

— Agora tenho.

— Peabody, ligue para McNab e Mavis. Quero conversar dentro da sua sala, Feeney, porque não consigo raciocinar com esse barulho — disse ela. — Não sei como você consegue.

— A agitação mantém o sangue fluindo para o cérebro — afirmou ele, e abriu caminho até a sala. — Confesso que alguns dias dá muita dor de cabeça.

Ele pegou algumas amêndoas caramelizadas que guardava numa tigela sobre a mesa de trabalho, sentou-se e apoiou os pés na mesa.

— Estava lá fora em pé, cavando e procurando pistas, já fazia quase uma hora. É bom colocar os pés pra cima. Desembucha.

— Você já teve tempo de ler todas as atualizações sobre o meu caso?

— Sim, ainda há pouco li o último relatório.

— Até esse atentado contra o Hastings, eu calculava que a assassina fosse alguma policial, ou pelo menos me inclinava fortemente nessa direção. Mas que tipo de policial foge ao se ver diante de uma testemunha desarmada? Você está armado, a testemunha não, e o alvo está caído. O enredo certo seria perseguir, eliminar a testemunha e terminar o trabalho.

— Tem gente que amarela na hora H e é policial.

— Sim, mas mesmo levando isso em consideração, que risco havia para ela, naquele momento? E a adrenalina dela devia estar lá em cima, certo?

— O relatório diz que apenas uma rajada extra de atordoar foi disparada — assentiu Feeney. — Quem é policial, sabe que não deve parar de atirar até que todos os alvos sejam atingidos.

— Exatamente! Quer mais um detalhe estranho? Ela é ruim de mira. Sério mesmo, um desastre. Talvez tenha errado a rajada por ter sido pega de surpresa. Mas a distância era de apenas três metros, ou pouco mais. As outras duas vítimas foram atordoadas de perto, Hastings foi atingido ainda mais de perto que os dois mortos. Foi cara a cara, e isso não indica apenas uma assassina amarelona, mas uma péssima de mira. A testemunha era um risco alto. Mesmo assim, ela não tinha muita vantagem sobre a agressora. Se a assassina tivesse ido atrás da testemunha, ela a teria eliminado com facilidade. As probabilidades estavam todas a seu favor. Que policial não aceitaria probabilidades tão boas?

— Probabilidade não faz parte do treinamento policial. Pelo menos de alguém que trabalha nas ruas. Talvez ela desempenhe alguma função burocrática. É mais provável que seja uma aspirante a policial, ou quem sabe uma civil.

— Ou ambos. Mas é alguém de dentro da polícia, Feeney, porque a menos que ela tenha lido o meu relatório interno sobre Ledo, não saberia que tínhamos saído no braço.

Ela pegou algumas amêndoas, levantou-se e circulou pela sala.

— No caso da Bastwick, tudo entre nós foi público. A própria Bastwick deixou claro que tinha alguns problemas de relacionamento comigo e criou uma rixa pessoal.

— E Bastwick foi a primeira.

— Sim. Sim. Porque era a mais fácil de pegar. Foi molezinha. No caso do Ledo, a coisa foi mais pessoal. Foi como se me dissesse "eu sei o que rolou entre você e ele, e estou me vingando por você". É algo mais profundo que no caso da Bastwick.

— Ledo foi o mais fácil de matar, mas Bastwick é mais genérica. Puxa, isso é território da Dra. Mira, mas entendi o que você quis dizer. Ela também teve mais a dizer depois de matar Ledo, então conseguiu a escalada emocional. Ambas as cenas estavam tão impecáveis como a sala de estar da minha tia Crystal, pelo menos em termos de pistas, então concordo com você que foi alguém ligado à aplicação da lei. Principalmente se acrescentarmos os dados que o público não conhecia.

— E depois veio Hastings. Na verdade, eu até gosto dele, de um jeito meio estranho. É claro que tivemos embates, mas eu sempre levei vantagem. Melhor que isso, quando o conheci, ele cooperou numa boa comigo depois de se acalmar e de eu lhe mostrar as fotos das vítimas. Eu diria que ele foi fundamental para identificarmos Gerry Stevenson. Mas... o embate inicial entre nós foi para o meu relatório. Quem diabos lê os relatórios dos casos? Ninguém sem envolvimento direto nos casos deveria lê-los.

— No entanto... — lembrou Feeney.

— Sim, eu sei. Alguém com as credenciais certas conseguiria acessá-los. Fiz uma pesquisa padrão sobre isso e não encontrei muita coisa. Tem algum jeito de cavar mais fundo nisso?

— Posso tentar. Porém — objetou ele, mais uma vez — o Sistema Identidade Correta consegue acesso aos registros com muita facilidade. Ou você pode invadi-lo, se for bom no que faz e tiver muito interesse. Ela me parece bem interessada e demonstra ter algumas habilidades.

Eve sentou-se na mesa dele.

— Alguém vem à sua mente? Algum de seus técnicos, alguma funcionária nova, alguém do suporte eletrônico? Você costuma fazer consultas externas, de vez em quando.

— Consultores, claro. *Geeks* que são civis. Droga, Roarke é o maior consultor civil *geek* por aqui. — Ele passou a mão no cabelo espetado. — Vou fazer algumas pesquisas nessa área, mas ninguém me vem à mente. Por outro lado, alguns dos meus rapazes usam consultores que eu não conheço. Gente que quer participar do trabalho dos policiais, sonha em ser vigilante autônomo dos crimes ou tem como aspiração virar seu melhor amigo.

— Talvez ela já não se sinta tão minha amiga.

— Ficou chateadinha com você — concordou Feeney. — É uma vadia chorona, ainda por cima.

— O que a tira da lista de qualquer amiga minha. Mas é justamente com meus amigos que estou preocupada. Sem querer insultar você.

— Melhor não me insultar. — Com jeito casual, ele cruzou as pernas na altura dos tornozelos. — Minha patente é maior que a sua.

— Você foi meu mentor, meu parceiro. Você é... — A coisa mais próxima de um pai que ela teve na vida, pensou Eve. Mas isso era muito piegas e sentimental para ambos. — Você é um amigo. Quando me transporto para a mente dela, me pergunto quem seria o alvo que mais me atingiria. Quem ela gostaria de tirar do caminho e criar espaço para ela se tornar a... como se diz mesmo?... a melhor amiga de Dallas. Na mesma hora eu penso em Mavis. Ela é a minha amiga mais antiga, e não é policial. Além dela eu tenho você, Feeney. E Peabody.

— Roarke não é seu amigo?

— Ela não é tão boa a ponto de conseguir alcançá-lo. Isso seria um insulto para ele. O que quero dizer é que ele está bem protegido. Minha impressão é que ela é covarde demais para enfrentar um policial, só que...

Ele pegou um punhado de amêndoas e recostou-se na cadeira enquanto analisava Eve e colocava uma amêndoa na boca.

— Você está pensando que a vítima poderia ser um tira velho, um *geek*, um funcionário burocrático? Que essas seriam presas mais fáceis?

— Na cabeça dela, Feeney, não na minha. Você não está velho porcaria nenhuma.

— Sinto o peso dos anos bem mais do que antes, mas não sou uma presa fácil.

— Sei disso, mas pode ser que ela não saiba. Só estou lhe dizendo o que eu acho, e pedindo que você se mantenha alerta. Ela vai atrás de alguém de quem eu gosto. Se não no próximo ataque, poderá ser no seguinte, a menos que eu a impeça.

— Ela está trabalhando pelos casos em ordem cronológica, até agora. Se você tivesse que tirar um palpite da cartola, quem seria o próximo da fila? Alguém de quem você não seja amiga?

— Ah, que inferno, Feeney. Eu não consigo saber isso de cabeça. — Só essa ideia a fez esfregar as mãos pelo rosto e pressionar os dedos sobre os olhos. — Por Deus, preciso rever todos os meus arquivos de casos resolvidos desde a investigação de Stevenson até agora.

— Você pode seguir por aí — concordou Feeney. — E passar as próximas duas semanas enterrada neles. Ou poderia pedir a Roarke que os carregasse e usar aquele sofisticado laboratório de computação que ele tem em casa. Faça uma busca por embates físicos ou verbais com pessoas que não estejam na cadeia atualmente. Tire dessa busca os nomes de outros policiais. Não quero dizer que ela não poderia escolher um tira como alvo, mas é mais provável que esteja de olho nos civis. Fazer isso não será rápido, mas certamente será mais rápido que trabalhar duro em vários anos de arquivos de casos antigos. Mais fácil para os olhos também.

— Vou rodar um programa de probabilidades com o que eu conseguir destacar. Posso pedir a Roarke para criar um programa ainda mais rápido. — Ela conseguia ver melhor as possibilidades, agora. — Pegar os casos de seis meses para trás. Vou pedir para ele executar as probabilidades, levando em conta a linha do tempo. Já será alguma coisa.

Ela pegou seu comunicador e fez uma careta para o aparelho.

— É Kyung. A imprensa quer uma atualização minha sobre o caso. Ele quer que eu faça apenas declarações genéricas, sem responder a perguntas. Poderia ser pior.

Considerando como seria, ela digitou uma resposta.

Daqui a dez minutos farei uma declaração curta. Tenho trabalho, agora.

Ela enfiou o comunicador de volta no bolso e ficou de pé.

— Vou tirar isso do caminho. Se McNab estiver livre, vou levar ele e Peabody para casa, e dar uma olhada em como está Mavis.

— Pode levá-lo. Eu já estou de saída. Ficarei atento a mulheres homicidas que possam achar que sou um alvo fácil.

— Para mim está ótimo. Obrigada. — Ela parou na porta. — Você planeja assistir ao vivo a descida da bola na Times Square no show de Réveillon, amanhã à noite?

— Claro, mas só se eu enlouquecer entre hoje e amanhã.

Ela sorriu para ele.

— Exatamente!

Na sala de imprensa, Eve deu uma boa olhada na declaração que Kyung já tinha redigido, antes de se colocar diante das câmeras e microfones.

As perguntas pipocaram de imediato. Para lidar com elas, a tenente simplesmente ficou parada, em silêncio total, até que o nível de ruído diminuísse à sua volta.

Na sala de interrogatórios, o silêncio muitas vezes desarmava os suspeitos e as testemunhas pouco dispostas a cooperar. Talvez demorasse um pouco mais com os repórteres, mas geralmente funcionava.

— Não vou responder a nenhuma pergunta, então não me façam perder tempo. As investigações sobre o assassinato de Leanore Bastwick e de Wendall Ledo estão ativas e em andamento.

— Há alguma nova pista?

— Você já tem um suspeito?

— Acreditamos que o ataque a Dirk Hastings na noite passada foi perpetrado pelo mesmo indivíduo responsável pelas mortes de Bastwick e Ledo. O Sr. Hastings ficou ferido, mas já se recuperou por completo. O retrato falado mais recente do suspeito já foi distribuído a todos vocês, então não faz sentido vocês me fazerem mais perguntas sobre esse elemento, porque eu não responderei. O suspeito fugiu quando foi interrompido por um convidado que estava na residência do Sr. Hastings. E não... não revelarei a identidade da testemunha.

Com a paciência quase se esgotando, esperou que a enxurrada seguinte de perguntas se dissolvesse.

— Estamos avaliando todas as evidências e seguindo todas as pistas; continuaremos a fazê-lo até que o suspeito seja identificado e detido. Devo acrescentar que o suspeito tem toda a minha atenção.

Ela escolheu uma câmera ao acaso e olhou diretamente para ela quando falou.

— O suspeito assassinou duas pessoas desarmadas, atordoando--as assim que as viu. O Sr. Hastings também estava desarmado e foi atordoado. A diferença neste último incidente foi a presença de uma testemunha e a fuga desesperada do local do crime, à qual o suspeito se dedicou, em vez de confrontar a testemunha que não estava atordoada, nem inconsciente. Tirem suas próprias conclusões.

Ela virou as costas com desdém e foi embora enquanto as perguntas pipocavam sem parar atrás dela.

— Você quis chamar o suspeito de covarde na frente das câmeras — comentou Kyung.

— Tire suas próprias conclusões — repetiu ela. — Peabody, McNab, venham comigo.

Ela precisava ver uma amiga antes de voltar a perseguir um assassino.

Capítulo Dezessete

— Serviço porta a porta é de arrasar! — elogiou McNab, que subiu no 4 x 4 logo atrás de Peabody e aproveitou para lhe dar um aperto rápido na bunda. — Aceita uma xícara de café, Dallas?

Ela pensou em recusar, por questão de princípios, mas logo refletiu. Bem que ela precisava de energia no sangue.

— Aceito, obrigada.

Eve saiu da vaga enquanto ele programava o AutoChef do carro.

— Então... Peabody me contou que você fez um passeio no salão holográfico da Central e isso me deixou animado. Fui procurar Yancy e brincamos de fazer uma simulação holográfica mais específica da nossa suspeita desconhecida. Usamos todos os esboços dela, mais os discos de segurança que reunimos, estimamos a altura e recriamos toda a alegria dela ao sair.

Ele programou o café de Eve em um copo para viagem e o entregou a ela, no banco da frente.

— Usamos a porcentagem mais alta que o sistema nos deu e trabalhamos separadamente, mas nós dois consideramos que a maior parte do volume dela estava no casaco, e no que quer que ela usasse por baixo. Considerando as proporções entre o comprimento dos braços e das pernas, mãos e pés, mais a largura dos ombros e quadris, e levando em consideração o agasalho externo e tudo mais, concluímos que ela tem entre um metro e setenta e três e um metro e setenta e oito de altura, e pesa pouco mais de setenta quilos. Ela precisa de um bom recheio de músculo para preencher esse espaço, certo? A reconstrução que você fez do primeiro ataque diz que a primeira vítima não foi arrastada, e sim carregada no colo. E ela pesava quase sessenta quilos.

Ele então entregou o café de Peabody em uma xícara comum.

— Para o cabelo e os olhos usamos o chutômetro, porque não dava para ver a cor direito nas imagens. Hastings disse que eram castanhos, mas dá para mudar a cor dos olhos. Trocamos umas ideias e gostamos de cabelo curto para ela. Claro que ela poderia espremer tudo debaixo do boné, mas seria mais fácil e inteligente, mesmo que ela tenha usado um gorro, usar o cabelo bem curto. Dessa forma seria menor a chance de ela deixar um fio para trás, certo?

Eve lançou um olhar pelo retrovisor enquanto McNab programava um refrigerante para ele mesmo.

— Vocês andaram matutando muito sobre tudo isso, McNab.

— Colocamos nossas células cinzentas para trabalhar, tenente. — Ele sorriu. — Criamos uma série de cinco imagens e algumas variações delas; eu não apostaria tudo em nenhuma das cinco, mas apostaria meu próximo salário em estarmos chegando perto.

Ele tomou um gole da bebida.

— Terminei pouco antes de Peabody me ligar, e já enviei o arquivo para o seu computador. Você pode dar uma olhada, quando chegar em casa.

— Por que esperar? — O trânsito estava pesado e lento. — Dá pra ver o arquivo aqui, no painel do carro?

— Claro! — Como a conhecia bem, ele soltou o cinto de segurança e se inclinou até o painel. — Me dê só um segundo.

Ele cheirava a refrigerante de cereja, pensou Eve. Parecia um sujeito apressado que participava da produção de uma peça off-Broadway... no Polo Norte. Mas, quando se tratava de trabalho eletrônico, McNab... bem, ele sempre arrasava.

— Pronto, aí estão as imagens. Vou enviar aqui para a tela de trás também, para que She-body possa dar uma boa olhada.

Eve colocou o veículo no piloto automático. Conseguiria chegar mais depressa ao prédio de Mavis atacando o trânsito, mas aquele tempo extra, decidiu, seria mais bem gasto analisando o trabalho de cooperação entre McNab e Yancy.

A primeira imagem mostrava uma mulher alta, robusta, com excelente tônus muscular. Dava para notar o tal excelente tônus muscular porque os dois detetives tinham vestido a imagem com um minúsculo biquíni de estampa de bolinhas.

— Devemos aproveitar nossas pequenas alegrias onde as encontramos — explicou McNab, quando Eve lhe lançou um olhar pelo retrovisor. — Além do mais, assim temos uma noção do possível tipo de corpo.

— Humm... — foi o único comentário de Eve. Eles escolheram um corte curto, quase militar, e cabelos castanho-claros. Usando a descrição de Hastings, usaram o mesmo tom nos olhos. Boca fina, nariz reto, queixo levemente arredondado.

— Vocês rodaram algum programa de reconhecimento facial?

— Fizemos algumas buscas enquanto montávamos as imagens, mas o problema com as feições e outros detalhes padronizados é que você obtém alguns zilhões de resultados, o que equivale a nenhum.

Fazendo que sim com a cabeça, Eve passou para a imagem seguinte, enquanto o veículo lutava contra o trânsito pesado da hora do *rush*.

O segundo corpo era mais magro, com braços mais fortes e cabelo mais claro, em corte de cuia. E o biquíni era dourado, dessa vez.

Na imagem seguinte o corpo era um pouco mais pesado, mais curvilíneo, com cabelo espetado, queixo quadrado e lábio inferior mais cheio. A "modelo" vestia uma calcinha de biquíni fio dental rosa-choque e um sutiã minúsculo em formato de estrelas prateadas.

— Por este programa que montamos, você pode misturar e combinar recursos e elementos — explicou ele.

— É como jogar Metamorfose de Bonecas — comentou Peabody. — Eu adorava esse brinquedo quando era criança.

— Aposto que suas bonecas metamorfoseadas não estrangulavam as outras bonecas.

— Isso não seria o máximo? — interrompeu McNab, antes de Peabody ter chance de responder. — Metamorfose de Bonecas Assassinas! Roarke devia lançar um jogo assim.

— Vou passar essa ideia pra ele. Ótimo trabalho, McNab. Também não apostaria minha bunda em uma dessas figuras, especificamente, mas a ideia foi boa, excelente trabalho.

— Tudo isso em um único dia.

Mantendo as imagens na cabeça, Eve passou o comando do carro para o manual outra vez. Não tinha muita esperança de estacionar perto do apartamento, mas algo surpreendente aconteceu.

Ao ver uma vaga apertada, ela girou o volante com um golpe brusco e acelerou, antes que alguém chegasse na frente dela.

— Esse carro vai caber nesta vaga? — perguntou Peabody em voz alta, quase para si mesma. — Carro espaçoso e possante é bom, mas é difícil encontrar vaga na rua para um veículo tão grande.

Com a mandíbula cerrada e olhos ferozes, Eve murmurou:

— Vou fazer com que caiba.

Tentou primeiro no piloto automático, pois o sistema calcularia todas as manobras necessárias e não ficaria irritado com a sinfonia de buzinas, enquanto eles bloqueavam a rua.

Esta vaga tem 11,2 centímetros de comprimento a menos para este veículo; isso não cumpre o espaço padrão exigido para manobrar os veículos que estão estacionados na frente e atrás. Selecione outra opção.

— Vá enxugar gelo! — rosnou Eve, voltando ao sistema manual.

— É melhor trazer o carro um pouco mais para a esquerda — avisou McNab, mas fechou a matraca quando ela o pulverizou com o olhar.

No entanto, Eve fez exatamente isso, deslizou lentamente para trás, desfez o jogo de direção e saiu da vaga. Por fim, resistiu à vontade de mostrar o dedo do meio para as buzinas que explodiam atrás dela.

Ela queimou o meio-fio com a roda, girou o volante mais uma vez, avançou devagar e xingou. Em seguida, clicou o modo vertical e girou o volante mais uma vez, ignorando os murmúrios de Peabody, que mais pareciam orações. Depois baixou o veículo lentamente.

Calculou que havia o espaço de um dedo para o carro da frente e outro tanto para o carro de trás, e isso era o suficiente.

— Esse ferro-velho que está atrás não vai conseguir sair — avisou McNab. — Ele não tem modo vertical.

— Isso não é problema meu… e não vou demorar.

Seu problema, na verdade, admitiu para si mesma, era sair daquela vaga, na volta.

Mas isso era para resolver depois, pensou, e saltou na calçada.

Ela já tinha morado naquele bairro; uma região composta principalmente por moradores da classe trabalhadora e alguns poucos mais afortunados, como era o caso de Mavis e Leonardo. Havia alguns sinais de gentrificação aqui e ali, mas a cafeteria, o pequeno mercado e as delicatessens menores ainda estavam funcionando.

O pequeno restaurante chinês do outro lado da rua ainda tinha uma placa: "Precisa-se de entregador." Por que será que eles não…

Eve a viu quando um maxi ônibus se afastou do ponto. A poucos passos do restaurante Ming Yee, caminhando com a caixa debaixo do braço.

Embora ela usasse óculos escuros, Eve soube que era a assassina no instante em que a viu.

— Suspeita desconhecida na posição de duas horas. Chamem reforço, depressa! — gritou Eve enquanto subia por cima do para-choque do carro velho para perseguir a figura que já corria, usando o volumoso casaco marrom.

Eve saltou entre um táxi da Cooperativa Rápido e um mini; esticou o braço como se quisesse parar, por pura força de vontade, uma van que se aproximava. Teve de se esquivar atrás do veículo, perdeu mais cinco segundos contornando um sedã, pisou na outra calçada e saiu em disparada.

A tenente abria caminho por uma pista de obstáculos de pedestres, com os olhos fixos no maldito casaco marrom. Já tinha perdido meio quarteirão de distância, ou mais, para conseguir atravessar a rua. Qualquer que fosse o tipo de corpo sob aquele casaco, a mulher em fuga conseguia correr muito bem.

Ela não olhou para trás e não deu a Eve sequer um vislumbre do seu perfil, simplesmente acelerou.

Pessoas gritavam e outras xingavam quando o casaco marrom as empurrava, com força suficiente para derrubar uma mulher, sua pasta e sua sacola de compras na calçada.

Algumas pessoas se aproximaram para ajudar a mulher caída e formaram um nó. Em vez de atravessá-lo, Eve virou para a esquerda e quase colidiu com um sujeito que segurava uma criança no colo.

Mais alguns segundos perdidos, mas ela viu o casaco virar a esquina e seguir para leste.

Quando chegou à esquina, o casaco marrom não estava mais à vista. Ela examinou a rua dos dois lados, sibilando de frustração.

— Ele quase me derrubou! — Reclamou uma mulher, obviamente indignada, que saiu bufando de uma churrascaria esfumaçada e úmida.

— Deixa isso pra lá, Sherry; é Nova York.

Eve passou pelo homem que disse isso e correu para a churrascaria. Seguiu o cheiro de cebola frita e bebida derramada, pelo chão pegajoso e em torno de mesas frágeis até o barulho de louça e gritos atrás da porta de vaivém nos fundos.

— Ei, dona! — gritou o barman, mas ela já passava pelas portas.

Pulou sobre um infeliz garçom caído no chão em meio a louças quebradas, uma sopa escorregadia e o que parecia ter sido um sanduíche de carne.

Uma verdadeira "montanha", de avental branco manchado, chapéu branco de cozinheiro e olhos furiosos, bloqueou seu caminho.

— Dê o fora da minha cozinha! — Ele a empurrou para trás e ela quase escorregou na poça de sopa e caiu.

— Sou da polícia, droga! — Ela procurou seu distintivo. — Vou rebocar seus trezentos quilos para a Central, a menos que você saia do meu caminho, *porra*!

— Ela saiu pelos fundos! — disse, saindo da frente. — Abram caminho!

Os funcionários do fundo da cozinha pularam de lado para Eve passar, mas isso deixou panelas, pratos e talheres espalhados pelo chão.

Eve empurrou um carrinho de preparação que surgiu à sua frente, passou por cima das latas, garrafas e vidros da prateleira portátil que a suspeita foi esperta e jogou atrás de si.

Quando chegou à porta dos fundos e saiu para a rua, sua presa não estava mais à vista.

— Filha da puta! — Ela descontou sua frustração em uma recicladora de lixo, chutando-a com tanta força que deixou um amassado. — Filha da puta! — repetiu, quando McNab disparou pela porta dos fundos do restaurante. — Eu a perdi!

Enquanto a ouvia, ele olhou para a direita e para a esquerda, em busca de algum sinal da fugitiva. Então simplesmente se inclinou para a frente e apoiou as mãos nas coxas.

— Você tem boas pernas, Dallas. E rápidas pra cacete!

— Ela também.

— Peabody deu o alarme. Surgiram guardas a pé de todo lado, e as patrulhinhas estão circulando pela área. Ela já entrou no prédio e subiu, só para ter certeza de que Mavis e companhia estão bem. Eu corri logo atrás de você.

Ele levantou um dedo, ainda ofegante, e pegou o comunicador.

— Nós a perdemos — disse a Peabody. — Estamos indo aí.

— Entendido. Estão todos bem, aqui. Quer que eu me encontre com vocês em algum lugar?

McNab ergueu a cabeça para Eve, que respondeu:

— Não vai adiantar.

— Fique aí mesmo, Peabody, já estamos a caminho.

— Não consegui compensar a distância. Ela me avistou no mesmo instante em que eu a vi. Cheguei perto e quase a peguei, droga. As pessoas atrapalharam.

— Eu não entendi que diabos estava rolando — disse a montanha de avental branco, que quase não passava pela porta. — Vi pessoas correndo pela minha cozinha e não sabia que porra era aquela. Ela, que eu pensei que fosse um cara, derrubou Trevor como se fosse um pino de boliche. Lolo diz que ele ficou com um galo na parte de trás da cabeça que é do tamanho do punho dela. Eu não sabia que porra estava acontecendo.

Ligeiramente mais calma, Eve voltou para dentro do restaurante.

— Não, você não sabia. Conseguiu dar uma boa olhada nela?

— Ela chegou com a força da porra de um tornado, derrubou Trevor e continuou a correr, agarrando bandejas e carrinhos, derrubando-os no chão atrás dela, espalhando panelas, pratos e tudo mais. Eu não consegui chegar até ele, ou ela, sei lá. Só a vi pelas costas. Se tivesse conseguido alcançá-la, eu certamente iria agarrá-la.

— Acredito nisso. Preciso falar com seus funcionários. Talvez algum deles tenha dado uma boa olhada na cara dela.

— Se você não sabe como ela é, por que a estava perseguindo?

— Não sei exatamente como ela é, mas sei o que ela fez. O seu funcionário Trevor precisa de assistência médica?

— Não, Lolo está com ele. Sofreu alguns cortes superficiais, onde a louça o atingiu. A cozinheira sofreu queimaduras leves; Steph deixou cair uma panela em cima do dedão do pé, mas está bem. Tenho uma tremenda bagunça pra limpar. Quando você a pegar, quero prestar queixa.

— Não culpo você. McNab, vamos agitar aqui. Você conversa com as pessoas no restaurante, eu fico com os que estavam na cozinha.

Demorou menos de dez minutos para Eve determinar que ninguém tinha visto nem ouvido nada que pudesse acrescentar às informações que ela já tinha.

Lolo, a garçonete-chefe e sócia do "montanha" — cujo nome era Casey — cacarejava como uma galinha nervosa e usava patins cinza. E também assistia a muitos noticiários na TV.

— Foi ela quem matou aquela advogada e o drogado também. Vi você dando entrevista na TV agora há pouco. De repente a maluca entrou aqui correndo como se fugisse do fogo do inferno e do juízo final, bagunçando nossa casa e derrubando o pobre do Trevor no chão. Se Casey soubesse e estivesse no caminho dela certamente a teria derrubado, pode apostar. Casey não aceita esse tipo de merda por aqui. Foi da marinha mercante.

— Sério?

— Sim, é verdade. Quanto a mim? Não vi nada mais que um borrão, sinto muito.

Ela colocou as mãos nos quadris e olhou em volta, enquanto um cara magro limpava o chão e alguns outros arrumavam as prateleiras.

— Gostaria que pudéssemos ajudá-la. Pessoas que saem por aí matando me irritam profundamente.

— Sim, eu imagino.

Lolo sorriu de leve, revelando uma covinha no canto da boca.

— Você não tem muita carne sobre os ossos, não é, garota? Casey, pegue para ela um pouco daquela sopa e coloque numa embalagem pra viagem. Por conta da casa.

— Ah, obrigada, de verdade, mas não podemos aceitar presentes.

Lolo simplesmente olhou para ela.

— Não vou te dar a sopa porque você é tira. Você vai levá-la porque está muito magra. Junte alguns pedaços daquela torta de sobremesa, também — gritou para Casey. — Quando você pegar aquela mulher assassina, vai precisar um pouco mais de carne sobre os ossos para conseguir derrubá-la.

— Na boa, eu não preciso de... que tipo de torta?

Lolo voltou a sorrir.

— Uma torta deliciosa!

Ela mandou McNab na frente e terminou os procedimentos de rotina conversando com os policiais da ronda. Queria a vizinhança protegida por policiamento ostensivo. Em seguida, levou a comida para viagem... a sopa, a torta de sobremesa e alguns pães de alho que Casey acrescentou como pedido de desculpas, nas palavras dele, por ter se colocado no caminho dela.

Eve ia guardar a comida na mala do 4 x 4, mas percebeu que provavelmente iria esquecê-la lá dentro e resolveu colocá-la sobre o banco do carona.

Em seguida, certificou-se de que todos os alarmes e apitos antirroubo do carro estivessem acionados.

Como eles já sabiam que ela estava a caminho, Eve não se preocupou em interfonar para entrar no prédio, e usou sua chave mestra.

Quantas vezes já tinha subido aquelas escadas, perguntou a si mesma, antes de conhecer Roarke? Não dava para contar. Uma vez tinha ficado presa no elevador durante mais de meia hora — e essa foi a última vez que usou o elevador do prédio, mesmo quando mal se aguentava nas pernas, ao voltar para casa.

Pensou em Peabody e McNab morando juntos e felizes ali, em Mavis e sua família com toda aquela cor e vida. Será que o prédio estava mais alegre agora, que Eve não arrastava sangue e morte com ela para dentro dele, todas as noites?

Esse pensamento tolo, admitiu para si mesma, era resultado direto da frustração e irritação por ter perdido sua presa.

Ela não ficaria muito tempo ali, só iria conferir se estava tudo bem, reforçaria as precauções de todos, e depois levaria a sopa e seu mau humor para casa. Roarke teria de aturar sua cara amarrada. Isso estava nas regras do casamento.

Bateu na porta. O grito ecoou no segundo em que ela se abriu. A mão de Eve voou para a arma no coldre e quase a puxou ao ouvir a risada selvagem que se seguiu.

— Que diabo é isso?

Leonardo — outra montanha, só que vestido com calças elegantes num dourado fosco e um colete que lhe descia até os joelhos sobre um suéter preto — sorriu para ela.

— Nós avisamos a Bella que você estava chegando.

Bella cambaleou pelo chão o mais rápido que suas perninhas rechonchudas conseguiam, seu rosto irradiando sorrisos sob uma massa encaracolada de cabelos louros. Vestia um arco-íris, ou assim parecia, com lindas cores pastel que pareciam girar por toda parte numa espécie de macacão minúsculo com saia que seu pai tinha, sem dúvida, desenhado para ela.

Suas botas eram poodles cor-de-rosa.

— Das! — exclamou a bebê, e jogou os braços em volta das pernas de Eve.

— OK. Por que ela está sempre tão feliz? O que vocês dão pra ela?

— Ela tem o jeito alegre da mãe.

— Das, Das, Das! — Ainda radiante, Bella ergueu os braços.

Era estranho pegar um bebê do chão, e isso sempre fazia com que Eve se preocupasse com a possibilidade de deixá-la cair. Mais estranho ainda era sentir a bebê lhe acariciar as bochechas com as mãos gordinhas e meio pegajosas, para depois fitar seus olhos de forma direta e penetrante, antes de recitar algo incompreensível.

— Vocês deviam levar essa menina a um tradutor — sugeriu Eve. — Seria interessante.

Bella jogou a cabeça para trás, riu como uma lunática, depois plantou a boca, também um pouco pegajosa, sobre a de Eve e fez um exagerado som de *mmmmmmmaaa*!

— Doce. Não me admira que você esteja sempre feliz. Eles enchem você de doces!

— São Gotas Frutadas — corrigiu Leonardo. — Tudo natural. Ben e Steve saíram para fazer um reconhecimento da região, como eles chamam, em torno de uma área de dois quarteirões. Você acha que ela estava vindo para cá? — Ele estendeu a mão grande e passou-a com suavidade e delicadeza sobre os cachos de Bella.

— Não acho. Acredito que ela ia apenas vigiar o prédio, numa tentativa de ver como é o ambiente por aqui. Se ela tem Mavis em sua lista, não vai tentar atacá-la quando você estiver em casa. Ela fugiu de uma mulher desarmada, Leonardo. Sua equipe de segurança já repassou todos os protocolos e procedimentos com você, mas quero acrescentar os meus.

— McNab está trabalhando na segurança do apartamento, preparando algum sistema para que, caso nosso alarme daqui dispare, também toque no apartamento deles.

— Essa é uma ótima ideia. Ele está cheio delas, hoje.

— Mavis levou Peabody para ver a roupa que ela vai usar no show de descida da bola na Times Square. Vou chamá-las. Fico feliz por você estar aqui. — Ele apertou o braço de Eve e sustentou seu olhar preocupado e cheio de gratidão. — Que bom que você está aqui e veio cuidar das minhas meninas.

— Você esqueceu de levar...

A bebê, pensou, mas ele já tinha ido embora.

Aquele espaço já não se parecia em nada com a casa dela, ainda mais com as novas mantas em tecidos coloridos, as almofadas em tons ousados e brilhantes, a quantidade de bonecas e brinquedinhos por todo lado.

Devia ser seguro colocar a criança no chão, decidiu Eve. Afinal, ela morava ali.

Nesse exato momento, Bella puxou a corrente, que estava quase toda escondida sob a camisa de Eve, e pegou o diamante que tinha quase o tamanho do punho da garota.

— Ahhhh — exclamou ela, com os olhos brilhando. — Bganga!

— Sei, aposto que sim. Mas é meu!

Eve puxou de um lado, para recuperar a joia; Bella puxou do outro, para mantê-la em sua mão.

— Bganga, Das! — Então, com um movimento rápido dos cílios, acariciou o rosto de Eve com a mão que não segurava a corrente e disse: — Das! — mais uma vez, num tom sedutor que fez Eve rir.

— Esqueça, garota. Não vou te dar o diamante só porque você é linda.

Atrás das pestanas esvoaçantes, Eve avistou o que só poderia descrever como determinação feroz.

— Bganga! — repetiu ela, num tom que Eve reconheceu como ameaça.

— Sério? Você é baixinha e eu estou armada. E este é o *meu* bganga, ou sei lá como você chama. Tentou colocar Bella no chão, mas a criança segurou a corrente com força, deixando para Eve a escolha de soltar os dedinhos rechonchudos à força ou cair de joelhos.

Ela se ajoelhou.

— Vamos, desista!

Com um sorriso e com muita *astúcia*, Bella colocou o diamante inteiro na boca.

O cérebro de Eve simplesmente congelou.

— Meu Deus! Caraca!

Bella sorriu para ela, seus pequenos lábios rosados selados por completo.

— Pare de fazer isso. Pare! Você *não pode* comer isso. Abra a boca, tô falando sério! — Um suor de pânico lhe escorreu pela espinha como um rio fino e frio. — Nenhuma criança que ainda não tenha completado seu primeiro aniversário devia se engasgar com um diamante. Merda, merda, merda! Cospe essa porcaria!

Desesperada, pensou em virar a garota de cabeça para baixo e sacudir o diamante para soltá-lo, então pediu:

— Cuspa isso. Por favor!

Bella cuspiu e disse, com o tom perfeito:

— Merda! — Ela caiu de bunda e riu sem parar, exatamente no instante em que Mavis entrou na sala quase dançando. — Mamãe! Merda!

Mavis estreitou os olhos para Eve.

— Não foi culpa minha. — Meu Deus, reparou, ela estava realmente com falta de ar. — Ela tentou comer isso aqui! — Eve ergueu o diamante coberto de saliva. — Por que alguém é maluco de me deixar sozinha com ela?

— Bganga! — Bella tentou agarrar o diamante mais uma vez, puxando o cordão, mas agora Eve o tirou do alcance dela. O queixo dela estremeceu e lágrimas inundaram seus grandes olhos azuis.

— Essa é a bugiganga de Dallas — explicou Mavis, levantando Bella para dançar com ela. Como ela conseguia fazer círculos com a bebê no colo e suas botas vermelhas de um quilômetro de altura? Aquilo era uma prova de agilidade, habilidade e equilíbrio. — Vá buscar as bugigangas de Bella. Mostre a Dallas as bugigangas de Bella.

— Bganga! — As lágrimas tinham sumido, Bella foi colocada no chão e saiu, cambaleando.

— Ela gosta de brincar de usar fantasias, então eu dei a ela algumas joias de mentira. — Mavis tirou um pacote de lenços umedecidos de algum bolso escondido e os passou para Eve. — Ela sabe que não deve colocar essas coisas na boca, mas o seu diamante é muito brilhante!

— Ela já sabe dizer "bugiganga"?

— É uma das palavras favoritas dela — Mavis olhou para trás, ouvindo Bella tagarelar e Peabody responder à bebê. — Nós estamos seguros, Dallas?

— Vocês estão bem protegidos.

Mavis empurrou o cabelo para trás; hoje ele parecia uma massa ondulada em tom azul elétrico.

— Leonardo quer que nós passemos esta noite num hotel, mas...

— Vocês estão bem, aqui. Melhor ficar, é mais seguro. Na verdade, eu diria que nós a assustamos. Ela vai pensar duas vezes antes de tentar chegar perto deste lugar, ou perto de vocês. Aqui vocês têm uma boa segurança interna e dois policiais ligados em tudo. Mas nunca fique sozinha, Mavis. Nem mesmo por alguns minutos!

Eve soltou um longo suspiro e completou:

— Desculpe.

— Não precisa se desculpar de nada. Não comigo! — Mavis jogou os braços ao redor de Eve e a abraçou com força. — Eu quero um pouco de vinho. Vamos todos beber um pouco de vinho.

— Não para mim, obrigada — recusou Eve. — Não posso ficar aqui. Só preciso repassar alguns dos princípios básicos. Número um: além de jamais ficar sozinha, você nunca deve atender à porta. Pelo menos até que eu a pegue. Não abra a porta para quem quer que seja!

— Já sei! Verificar os monitores, ficar ligada em tudo etc. Sei como isso funciona. Minha melhor amiga é policial.

— Eu vou pegá-la, Mavis.

— Com certeza! — Ela deu outra olhada em direção aos quartos. — Com toda a certeza do mundo!

— McNab está quase terminando de instalar o aparelho que bolou — anunciou Leonardo, ao entrar.

— Ótimo. Quero acertar algumas questões inegociáveis entre você e Mavis. Vou lhes dizer para terem cuidado, mas não precisam se preocupar. Ela não vai passar pelo muro que montamos em volta de vocês.

— Não estamos preocupados. Você vê alguma preocupação na minha testa? — Mavis cutucou a própria testa. — Lisinha e suave como a bunda da Bellamina. Ter cuidado é o principal. Temos bons motivos para tomar cuidado — ela pegou a mão de Leonardo e plantou um beijo ali. — Amorzinho, você abre uma garrafa de vinho para nós? Dallas disse que não pode beber, mas eu certamente preciso de uma bela taça.

— Tudo o que ela disser para você fazer, você fará?

Mavis passou o dedo sobre o peito, na altura do coração, beijou-o e depois colocou-o nos lábios dele.

— Mega promessa, que jamais deve ser quebrada.

— Vou abrir o vinho, então.

Mavis esperou até que ele não pudesse mais ouvi-la.

— Não me mande cancelar o show da descida da bola na Times Square. Fiz essa mega promessa, então vou ter de cancelar tudo, se você mandar. Não mande.

— Não vou mandar. De jeito nenhum ela irá atrás de você lá. Ela é boa em fugir e prefere trabalhar sozinha, sempre sozinha. Você me faz a mega promessa de que nunca ficará sozinha. Nem nos ensaios, nem antes ou depois do show, seja lá como for ou onde for.

Mais uma vez, Mavis tocou o próprio peito.

— Sem chances. Tenho dois dos motivos mais *mags* de todos os *mags* do mundo para me manter em segurança. — Ela se virou quando Peabody entrou com Bella, ambas envoltas em bugigangas. — Aí está um desses motivos.

Bella estendeu os braços e fez sua versão infantil do giro de uma modelo.

— Bganga!

Ela tirou uma pulseira em cor berrante e, sorrindo com toda a fofura do mundo, ofereceu-a a Eve.

— Você acha que vou negociar com você? — Eve colocou o diamante completamente limpo para dentro da blusa e se agachou. — Decepção, garota. Vá se acostumando com isso.

Bella simplesmente riu e jogou os braços em volta do pescoço de Eve.

— Slooch! — exclamou ela, com uma alegria óbvia, e pressionou os lábios pegajosos na bochecha de Eve.

Eve ainda ficou sentada por mais vinte minutos depois que a equipe de segurança voltou, e ficou surpresa e perplexa por Bella insistir em engatinhar ao seu lado e ficar no seu colo enquanto ela falava sobre procedimentos e códigos de segurança.

Por outro lado, talvez a bebê estivesse planejando como conseguiria colocar as mãos, ou a boca, no diamante outra vez.

Eve deu uma longa olhada nas calçadas e na rua ao sair; depois, virou-se e estudou as janelas do apartamento de Mavis. Estavam cheias de luzes brilhantes e coloridas para as festas de fim de ano, e uma árvore brilhava no centro de um dos vidros.

Bugigangas, imaginou ela.

Mavis era inteligente. Tinha sobrevivido nas ruas durante anos e sabia ser esperta. E seria ainda mais inteligente e cuidadosa porque agora tinha uma família.

Sentindo e assegurando-se de que tudo ali estava tão seguro quanto possível, Eve entrou no carro.

Enfim, era a hora de ir para casa, pensou. Ela também tinha família. E queria estar em casa com sua família, tomando aquela sopa e comendo a torta de sobremesa.

Assim que descobrisse o melhor jeito de sair daquela vaga apertada na qual tinha estacionado o carro.

Capítulo Dezoito

Quando entrou em casa com a sacola de comida, Eve teve um momento de pânico. Summerset — a personificação do ceifador que sempre a recebia ao chegar em casa — não estava à espreita. Quando ela foi pegar o interfone interno, captou um murmúrio de vozes na sala. A vez em que tinha acontecido exatamente aquilo passou como um filme em sua mente. Outro dia, outro assassino, e alguém que ludibriou a guarda de Summerset.

Silenciosamente, mudou a bolsa para a mão esquerda, colocou a direita sobre a arma e se virou em direção à porta.

Viu Summerset bem à vontade, um copo de uísque na mão e o gato no colo. Uma mulher que ela nunca tinha visto antes estava sentada à sua frente, com o calor da lareira aquecendo a sala.

— Olá, tenente — Summerset continuou a acariciar o gato, apenas arqueou as sobrancelhas ao reparar na posição da mão direita dela.

— Quem é ela? — exigiu Eve, e manteve a mão onde estava.

— Uma velha amiga. Ivanna, apresento-lhe a tenente Dallas. Tenente, esta é Ivanna Liski.

— Já ouvi falar muito sobre você. — Ivanna deixou o copo de lado e estendeu a mão. Como se fosse da realeza, pensou Eve, estendendo um anel para ser beijado. — É um prazer conhecê-la.

O sotaque, Eve notou, assim como o de Summerset, continha um leve traço da Europa Oriental. Satisfeita o suficiente com o que via, Eve tirou a mão da coronha da arma e atravessou a sala para apertar a mão estendida de Ivanna.

Mão delicada, percebeu Eve. Tudo naquela mulher gritava delicadeza. Seu cabelo louro claro formava uma longa onda ao redor do rosto de boneca de porcelana. Olhos azul-claros, lábios suavemente rosados, feições especiais misturadas a uma beleza frágil. Eve a analisou e, olhando mais de perto, avaliou sua idade em cerca de setenta anos.

— Prazer em conhecê-la, e eu não ouvi nada sobre você.

— Sempre discreto. — Com uma risada musical, Ivanna olhou para Summerset. — Nós nos conhecemos há muitos anos, tantos que nem dá para contar. Lawrence foi meu primeiro amor.

— Sério? — Eve decidiu dar um descanso à sua psique e não tentar imaginar aquilo.

— O primeiro amor de uma mulher sempre ocupa um lugar importante. — Ivanna colocou a mão no coração, pouco abaixo de uma safira de corte quadrado. — Vocês têm uma casa linda. Faz muitos anos desde minha última visita a Nova York, mas não tive chance de conhecer esta casa.

— Você não mora aqui?

— Não, moro em Paris há vários anos, mas minha neta veio morar aqui e vai se casar na próxima semana. Então vim para o casamento, para ver a família... — Ela sorriu de volta para Summerset. — E visitar velhos amigos.

— Bem, aproveite a viagem. Agora eu preciso...

— Seu trabalho é importante e não podemos segurar você. Ah, a polícia! Houve uma época... — comentou ela, brincando, e olhou para Summerset.

— Os tempos mudam.

— Ah, é verdade, não importa o quanto você tente mantê-los no mesmo lugar. Espero que nos encontremos novamente — disse ela a Eve.

— Também espero — foi o melhor em que Eve conseguiu pensar.

Ela os deixou entregues ao uísque e às lembranças. Saiu da sala e subiu as escadas.

Russa, ucraniana? Possivelmente tcheca, quem sabe? Mas a voz trazia imagens de fogueiras ciganas e castelos em ruínas em meio a montanhas sombrias. Mesmo assim, era difícil imaginar aquela mulher de beleza delicada usando safira e um vestido azul-claro sendo atraída pelo ossudo Summerset, cujo rosto lembrava uma caveira.

Eve foi direto para o escritório, pensando em guardar a comida na cozinha, redigir seu relatório e dedicar algum tempo para pensar sobre um monte de coisas.

Encontrou Roarke no próprio escritório, sentado à mesa. Vestia um suéter da cor da neblina noturna, e, quando aqueles selvagens olhos azuis se voltaram para os dela, exibiram ao mesmo tempo boas-vindas e uma espécie de alívio.

— Oi! Eu não sabia que você já estava em casa — disse ela.

— Já cheguei há um tempinho, vim só terminar algumas coisas de trabalho. O que você tem aí?

— Fiz o jantar. — Ela ergueu a sacola de comida. — É uma sopa não sei de que, pão de alho e torta de sobremesa.

— Você andou ocupada. Torta de quê?

— Do tipo delicioso, segundo me disseram. Está com fome?

— Agora que você falou, sim.

— Vou aprontar tudo. Aceito um pouco de vinho se você for tomar. Foi um dia difícil.

— Não vejo nenhum sangue fresco, nem hematomas.

— Não esse tipo de dia — disse ela, voltando para o escritório. — Mas chegou perto. Mais um pouco e alguém estaria ensanguentado.

Ela fez uma careta para os esboços no quadro do assassinato.

— Alguém... — repetiu, depois voltou para a cozinha e decidiu contar a ele como tinha sido o seu dia. — Summerset está com uma mulher.

— Acredito que sim. — Roarke entrou na cozinha atrás dela, virou-a e beijou-a levemente em sinal de boas-vindas. — Já esteve com várias.

— Não comece! — avisou Eve. — Estou dizendo que ele está com uma mulher lá embaixo.

— Ivanna, sim. — Roarke voltou para seu escritório, pensando em que vinho iria abrir para o jantar. — Ela chegou pouco antes de mim. Subi mais para lhes dar privacidade do que para trabalhar.

Eve ergueu a cabeça por um momento.

— Privacidade para quê?

— Para colocar os papos em dia, por exemplo. Acredito que já se passaram vários anos desde que eles estiveram no mesmo lugar, ao mesmo tempo.

— Você a conhece?

— Sim, conheço. É uma mulher fascinante.

— Mas o que uma mulher fascinante está fazendo com o Summerset?

Ele optou por um Merlot robusto.

— Relembrando bons momentos, basicamente. Eles eram muito jovens quando se conheceram, e tiveram um relacionamento intenso e apaixonado.

Eve não conseguia imaginar Summerset jovem e *muito menos* queria imaginá-lo apaixonado.

— Depois ela foi para Kiev... ou talvez tenha sido Moscou — ponderou Roarke, encolhendo os ombros. — Há cerca de quarenta ou cinquenta anos ela era uma dançarina brilhante e famosa. Primeira bailarina. Eu já vi gravações de apresentações dela, realmente uma dançarina deslumbrante.

— Ok, isso eu consigo imaginar. — Eve pegou a refeição que ganhara, incluindo a torta de sobremesa.

— Ela viajou pelo mundo e se apaixonou por seu coreógrafo. Eles tiveram dois filhos. — Roarke serviu vinho a Eve. — Eram muito jovens quando ele foi morto, bem no início das Guerras Urbanas. Ela dançava para os ricos, os privilegiados, e levou a vida como um deles. Pelo menos era o que fazia parecer. Ela trabalhava no setor de inteligência.

Eve piscou e pensou na sua imagem de delicadeza e graciosidade.

— Ela trabalhou como espiã?

— Era muito perspicaz nisso também, se as histórias que ouço forem verdadeiras. E trabalhou com Summerset no tempo em que ele morava em Londres.

Eve provou a sopa. Quaisquer que fossem os ingredientes, o sabor era excelente.

— Ele era médico — lembrou Eve.

— Entre outras coisas, como você bem sabe. Também era casado, então eles permaneceram apenas amigos e compatriotas. Durante um certo tempo, ela escondeu e protegeu os filhos de Summerset e sua esposa. Foi madrinha de Marlena, quando ela nasceu. E, segundo me contaram, também esteve ao seu lado quando ele perdeu a esposa.

Vidas movimentadas, pensou Eve. Longas e agitadas. Os tempos tinham mudado muito, lembrou, por mais que as pessoas tentassem mantê-los no lugar.

— Eu a vi pela primeira vez em Dublin — contou Roarke —, depois que Summerset me acolheu em sua casa. Eu nunca tinha visto alguém parecido com Ivanna na vida, tão elegante, culta. E gentil. Ela voltou a procurá-lo depois que soube que Marlena, a filha dele, tinha sido morta. Acho que talvez ele tivesse enlouquecido de dor e tristeza, se ela não tivesse ido procurá-lo.

Eve colocou a mão sobre a dele por um momento. O brutal assassinato da filha de Summerset era uma ferida que ela sabia que nunca tinha cicatrizado por completo; nem em Roarke, nem em Summerset.

— É bom que ele tenha tido alguém ao seu lado naquele momento. Foi bom para vocês dois.

— Eles reacenderam o romance.

— Ok, eca! — Ela tirou a mão de cima da dele. — Eu não preciso dessa informação.

— De anos em anos eles conseguem estar no mesmo lugar, ao mesmo tempo, e... relembrar.

Eve revirou os olhos quando ele sorriu para ela.

— Eu com certeza não pretendo imaginar isso!

— Melhor não. De qualquer forma, se as coisas não estivessem como estão no momento, eu poderia sugerir que os levássemos para jantar. Ela é alguém de quem você iria gostar muito; certamente iria entreter você, acredite, com as histórias da sua vida multifacetada.

— Ela parece muito delicada. Eu jamais poderia imaginá-la como agente secreta durante as Guerras Urbanas. O que é exatamente como deveria ser, em espionagem.

— O balé exige força e resistência, além de graça e talento. E a espionagem, ainda mais em tempos de guerra, exige uma espinha de aço. Sim, você iria gostar dela.

— Na próxima viagem talvez, mas agora... — Ela pegou a taça de vinho. — Hoje eu estive a cerca de três metros de terminar isso tudo dando uma voadora nas pernas da assassina.

Ele pegou um pedaço de pão e fez uma pausa, surpreso.

— Você a encontrou? E não contou isso logo de cara?

— Se eu a tivesse agarrado estaria na Central a essa hora, interrogando-a sem dó. Ela conseguiu escapar de mim.

Aquilo, percebeu Eve, ainda iria doer por um bom tempo.

— Eu a vi de longe, usando a roupa pesada de sempre, mas não consegui vê-la melhor do que as testemunhas que já temos. Ela estava do outro lado da rua, bem em frente ao prédio da Mavis.

— Mavis e a família estão bem?

— Todos bem, eles têm uma boa equipe de segurança, Mantal e Grommet.

— Então estão seguros — disse Roarke, dando-lhe metade do pão.

— McNab montou uma espécie de alarme. Se alguém tentar entrar na casa da Mavis, o alarme também vai disparar no apartamento dele e de Peabody.

— Foi uma boa ideia.

— Sim, ele estava usando o boné do pensamento hoje.

— O nome é "chapéu pensador".

— Qual é a diferença?

— É o nome que todo mundo usa.

— Coisa idiota. Enfim, como eu estava dizendo, eu a saquei de longe; só que ela teve uma boa dianteira porque me viu ao mesmo tempo em que a vi. Tive de atravessar a rua no meio da porra do trânsito, e depois correr pela calçada lotada de pedestres. Ela é muito rápida — nisso Eve tinha de lhe dar crédito, e mordeu o pedaço de pão. — Tem asas na porra dos pés! Achei que a tinha perdido, mas ela entrou num restaurante cheio de gente. Ouvi barulho de coisas quebrando e gritos vindos da cozinha e entrei no lugar, logo atrás dela. Por pouco eu a agarrei, só que o cozinheiro, que tem mais ou menos o tamanho do Monte Everest, ficou no meu caminho. Só me deixou passar depois que mostrei meu distintivo, mas ela escapou. Foi por isso que nós ganhamos sopa e torta de sobremesa de graça, porque eles se sentiram mal por terem me atrapalhado.

— A sopa está ótima.

— É uma sopa incrível, se você considerar que veio de um restaurante cuja entrada mais parece um buraco na parede.

— Você acha que ela iria tentar atacar Mavis hoje, se você não a tivesse visto?

— Não. Estava apenas circulando pela região, dando uma olhada no ambiente; foi o que me pareceu. Talvez tivesse entrado no prédio e usado a chave mestra falsa. Ainda bem que não fez isso, pois teria desistido ao ver que não funciona mais. Portanto, ainda descobriremos a próxima localização dela *se* e *quando* ela tentar usar aquela chave.

Ela só faltou lamber o fundo da tigela de sopa ao terminar.

— Bella tentou comer esse diamante. — Eve puxou a corrente do pescoço. — Por que Leonardo saiu da sala e me deixou sozinha com a bebê? Por que qualquer pessoa sã faria isso?

— Boa pergunta — respondeu ele, sorrindo.

— Então ela agarrou a joia enquanto eu tentava descobrir o que fazer com o pacote que estava no meu colo. Enfiou essa porcaria na boca só porque eu não quis dar a ela. Gostou do brilho, eu acho. Chamou isso de "bganga"... bugiganga.

— Bugiganga? — Rindo alto, ele se recostou na cadeira. — Pode confiar em Mavis para ensinar essas coisas à garota desde cedo.

— Ela tinha um olhar do tipo "Ah, você não quer me dar? Isso é o que veremos!". Foi um pouco assustador, considerando que ela mede menos de meio metro.

Eve empurrou a tigela para o lado e decidiu que a torta ficaria para depois.

— Estou feliz por ter passado na casa deles. Não só tive a oportunidade de dar um susto do caralho na suspeita desconhecida, mas também porque já posso riscar da minha lista as preocupações com Mavis. Ela está protegida.

— E quanto aos outros? Com quantos deles você vai se preocupar esta noite?

— Conversei com todos. Meu instinto diz que se ela for atrás de alguém próximo de mim, será Nadine ou Mira, pois Mavis está fora da lista. Ela não pode mais tentar atacar Mavis, pelo menos não tão cedo. Vou falar com Nadine e Mira, para insistir na ladainha de que elas devem ficar em casa e tomar cuidado.

Ela se levantou, precisava se levantar, e foi até o quadro do assassinato.

— Metamorfose de Bonecas Assassinas.

— Não entendi.

— McNab acha que você devia produzir um videogame com esse nome: Metamorfose de Bonecas Assassinas. Quando ele colocou o chapéu pensador hoje, ele e Yancy se reuniram e criaram uma série de possíveis retratos falados da assassina. Usaram matemática, probabilidades, proporções, dimensões e sei lá mais o quê.

— Interessante. — Considerando a ideia, ele terminou de beber o vinho. — Na verdade, há uma bela base de clientes por aí que ficaria louca por um jogo desse tipo... Metamorfose de Bonecas Assassinas.

— Eles vestiram suas "bonecas" com roupas íntimas minúsculas e biquínis ínfimos.

— Ah, mas claro. Por que não dou uma olhada nelas?

— Está interessado na roupa íntima minúscula?

— Essas coisas são sempre um fator interessante, mas por enquanto quero analisar o conceito.

Ela configurou tudo e em seguida ficou estudando as imagens na tela, ao lado dele.

Com a cabeça inclinada, Roarke sorriu.

— Hum... precisaríamos incluir armas. Um machado, talvez uma alabarda, talvez uma figura maléfica, e certamente um frasco de veneno.

— O quê?

— Desculpe, viajei na ideia do jogo. É intrigante. Esse tipo de corpo é como... não, você não procura uma mulher frágil ou fraca. Ela carregou no ombro o peso morto de uma mulher adulta. E hoje correu mais depressa que você.

— Ela não correu mais depressa que eu! — protestou Eve, se sentindo insultada. — Saiu correndo com uma bela vantagem pela rua movimentada, porque eu tive de desviar do trânsito para atravessar.

— Desculpe. — Mas seus lábios se curvaram de leve. — Quis dizer que ela é rápida. Ao longo de que distância você a perseguiu?

— Dois quarteirões e meio, sem contar a passagem pelo meio do restaurante.

— Você foi bem rápida e encontrou ao menos alguns obstáculos, senão seria mais fácil alcançá-la. De qualquer modo, é provável que ela esteja em boa forma.

— Ela é boa na corrida — confirmou Eve, e inclinou a cabeça. — É rápida, sim, e provavelmente está em boa forma. Talvez treine. Talvez use uma academia de ginástica para se manter em boa condição física. Ela planejou carregar Bastwick desde o começo, tenho certeza disso. Sabia que teria de carregá-la da sala para o quarto, pois a queria na cama. E... merda!

— Que foi?

— Sou uma idiota. Ela a colocou sobre a cama. Ela matou Ledo em cima da cama.

Eve começou a andar de um lado para outro.

— Não sei o que ela planejava fazer com Hastings. Nem pensar em carregá-lo escada acima. Mas ele tem adereços e cenários, certo? No seu estúdio. Talvez algo que pudesse funcionar como uma cama. Isso é o que ela usaria para ele. Mas por que na cama? Por que ela os coloca ou os leva para a cama?

— Vulnerabilidade? Sono, sexo, doença. Não seriam esses os principais motivos para estar na cama? Tudo isso torna a pessoa vulnerável.

— Boa, essa é uma ótima sacada. — Impressionada, ela apontou o dedo para ele. — Eles ficam vulneráveis, e ela está no controle de tudo. E deixa as coisas arrumadinhas, como num cenário. Ela não deixa as vítimas esparramadas no chão. Mas corta a língua das vítimas, isso é para mandar uma mensagem, mas ela não mutila as vítimas. É tudo limpo. E uma cama é uma espécie de vitrine. Aqui está o seu presente!

Ela contou a ele sobre o salão holográfico da polícia que tinha experimentado, falou do intervalo de tempo. E de como ela calculou tudo o que a assassina usara.

— Você a desafiou hoje. Na conferência de imprensa.

— É preciso irritá-la, sacudi-la. Acho que desafiei, sim. E persegui-la deu mais força a isso. Aposto que agora ela já não está se sentindo muito amigável.

— Você gostaria que ela fosse atrás de você. No seu lugar, eu iria querer o mesmo. Mas não é muito provável que esse vá ser o próximo passo dela, não é?

— Não, provavelmente não será o próximo passo. Se ela me matar, tudo acaba. Ela simplesmente me ofereceu presentes e eu não agradeci da forma adequada.

— Se equipararmos os dois assassinatos como um presente para você que não foi devidamente apreciado — considerou Roarke —, o passo seguinte será ela tirar alguma coisa de você.

— Sim. — E essa alguma coisa seria alguém com quem Eve se importava. — Vou ligar para mais algumas pessoas, antes de começar a trabalhar.

— Deixe-me só copiar esse programa de mudanças mórficas. — Ele fez isso com alguns cliques rápidos —, e mandá-lo para o meu laboratório de pesquisa. Talvez eu consiga acrescentar mais elementos.

— Para o caso ou para o jogo?

Ele sorriu e passou a ponta do dedo pela covinha do queixo dela.

— Posso fazer as duas coisas, tenente. Por que não comemos a torta agora e tomamos café um pouco mais tarde?

— Por mim está ótimo. Se você tiver tempo, Feeney pensou em mais uma possibilidade. Um ângulo *geek* — acrescentou, e expôs a ideia de pesquisar e comparar tudo com dados predefinidos de seus antigos casos.

— Tudo bem, vou configurar isso. Mas não será rápido.

— Ele disse a mesma coisa.

Sozinha, ela começou a percorrer a lista de amigos que poderiam se tornar alvos. Isso a fez se sentir melhor, pelo menos para manter contato e reforçar a necessidade de cautela. Melhor ainda foi ver que todos com os quais ela entrou em contato já estavam recolhidos em suas casas.

Fala sério, quem iria querer sair de casa numa noite gelada, na véspera de Ano-novo?

O Réveillon era a noite com a qual ela deveria se preocupar, decidiu. Ali, sim, muitas pessoas que ela conhecia e com quem se importava estariam em alguma festa, balada ou show.

Ela não achava que sua assassina fosse matar alguém em público. Mas aquele seria um momento ideal para entrar no apartamento vazio de um alvo e ficar à espreita.

Se ela não estivesse com a suspeita dentro de uma cela até a noite seguinte, montaria algum esquema de vigilância nas casas e nos apartamentos dos possíveis alvos.

— Mas você está procurando alguém para matar esta noite, não está? Já perdeu a noite anterior, precisa compensar isso. Você já precisou sair correndo duas vezes agora, e numa delas fugiu da sua... melhor amiga — murmurou para si mesma o que Mavis sempre dizia. — Isso é difícil para a autoestima de uma mulher. Você precisa de uma vitória agora, e precisa muito.

Considerando tudo isso, Eve colocou as fotos dos seus amigos na tela.

Não seria Mavis, decidiu, avaliando a fotografia oficial em que Mavis optou por uma mecha de cabelo rosa algodão-doce e olhos verdes elétricos. Era baixa a probabilidade de um ataque contra Mavis e sua família.

O mesmo acontecia com Peabody, McNab e Feeney, que parecia ter dormido com o terno marrom e a camisa bege que vestia na foto. A essa altura, era arriscado demais atacar um policial, e, na opinião de Eve, aquilo se aplicava a todos os policiais em sua divisão.

Os Mira, sim, eram uma preocupação. Ela sabia que a doutora Mira era muito esperta e cuidadosa, mas colocou um atentado contra eles no topo das possibilidades. Além do mais, mesmo que não houvesse uma ligação direta com a lei — e ela tinha certeza dessa ligação com a assassina —, qualquer pessoa que tivesse lido o livro de Nadine ou assistido ao filme sobre o caso Icove saberia que Eve mantinha uma conexão particular, pessoal e profissional, com a Dra. Charlotte Mira.

Eve também tinha uma quedinha sentimental constrangedora por Dennis Mira, mas ninguém sabia disso. Na verdade, Mira sabia, corrigiu Eve, para si mesma, sentindo-se tola. Mira sempre soube.

Mas é só olhar para o cara, com seus olhos incrivelmente gentis, o cabelo despenteado e aquele sorriso distraído que mostrava que ele estava sempre com a cabeça em outro lugar, longe dali.

Eve pensou em entrar em contato com Mira de novo para tentar convencê-la, mais uma vez, de que a assassina poderia abandonar o disfarce de entregador no próximo ataque e tentar uma invasão direta usando a chave mestra.

Só que aquela chave mestra não funcionaria, lembrou a si mesma, e repassar tudo de novo era irritante.

Nadine era a mesma coisa: probabilidade alta. A conexão entre ela e Nadine era bem conhecida. Mas Nadine Furst não era boba, pensou Eve, e tinha um sistema de segurança de alto nível no prédio e no seu apartamento.

Mesmo assim, a lembrança do rapto de Nadine e do atentado contra a sua vida, dois anos antes, passou como um filme diante dos olhos de Eve.

O mesmo aconteceria nas lembranças de Nadine, decidiu Eve. Ela não correria riscos.

Reo, a assistente da Promotoria, era outra preocupação. Se o assassino conhecia detalhes da vida pessoal e profissional de Eve, também saberia detalhes da vida de Reo. Ela era muito inteligente, mas não era difícil de subjugar fisicamente.

Morris? Esse era muito mais esperto que uma assassina. Tinha um ótimo sistema de segurança, refletiu, mas não tão bom quanto poderia ser.

Louise e Charles. Os dois tinham um bom sistema de segurança na casa deles, mas ambos trabalhavam com pacientes e clientes. Qualquer um poderia entrar na clínica de Louise, onde a segurança era péssima. Ou marcar uma sessão de terapia com Charles. A probabilidade no caso deles também era alta, mas não naquela noite, decidiu. Seria mais inteligente tentar um ataque na clínica ou se fazer passar por cliente de Charles. Um ataque diurno, provavelmente.

A menos que a assassina atraísse Louise para fora de casa, a fim de atender alguma emergência médica. Uma chamada para a clínica ou para o seu serviço médico móvel.

Merda.

E ainda havia Trina. Ela não era exatamente uma amiga, estava mais para uma pedra no seu sapato, mas existia uma conexão entre elas. Trina era uma pessoa descolada, capaz de posar para sua foto da identidade oficial com seu cabelo vermelho fogo de pontas douradas.

— Mas também podia ser burra — refletiu Eve.

Ela havia encerrado um caso recente no qual Trina tinha feito uma besteira.

Quantidades imensas de e-mails teriam de ser enviados, decidiu Eve. Aquilo não era a mesma coisa que ser irritante, era apenas uma questão de colocar tudo em pratos limpos, para todos terem as múltiplas possibilidades diante de si.

Ela se acomodou e tentou pensar num jeito de escrever que não parecesse inconveniente.

Enquanto fazia isso, a assassina expunha os próprios pensamentos em palavras.

Estou magoada. No corpo, no coração e na alma. Quase tinha esquecido esse tipo de dor. Não os hematomas, que só descobri depois que cheguei em casa e tentei me acalmar com um banho quente. Não cheguei a senti-los na hora, mas devo ter sido empurrada nos quadris e nos cotovelos, ao correr pelo meio da multidão na rua, ou empurrando os carrinhos e mesas de apoio no restaurante.

Ela me perseguiu como se fosse a caçadora e eu algum tipo de presa.

Quando a vi em frente ao prédio da Mavis, por um instante — que logo desapareceu — pensei, pensei mesmo: "Ah, finalmente poderemos conversar cara a cara, poderemos nos sentar, tomar um drinque e conversar, conversar muito. Falar sobre nossa parceria. Finalmente ela vai me dizer o que eu significo para ela, o quanto sou importante para ela, em vez de ser sempre, sempre, SEMPRE, ser eu a lhe dizer isso."

Mas eu soube, no instante seguinte, que isso nunca aconteceria. O que vi no rosto dela não foi gratidão, não foi amizade. Foi selvageria. Caçadora e Presa.

Fui uma tola ao me permitir acreditar que ela se importava comigo, me respeitava e apreciava tudo o que tinha feito por ela.

Ela é como todos os outros. Pior que os outros.

Eu equilibrei a balança para ela, fiz o que ela secretamente queria fazer — e sei que ela queria que essa balança fosse equilibrada. No fim das contas, porém, ela se importava mais com a Mavis do que comigo.

O que aquela mulher ridícula algum dia tinha feito por Eve?

Será que, e odeio pensar nisso, será que Eve valoriza mais a fama e a riqueza do que a justiça? Veja só com quem ela se casou: um homem que todos sabem violou diversas leis ao longo da vida, mas que tem dinheiro e poder suficientes para manter a justiça longe do seu mundo.

No caso da Mavis também há fama, fortuna... e outro passado obscuro.

Afinal, é isso que move a Eve?

Não suporto acreditar nessa possibilidade.

No entanto, agora me questiono.

Ela se envaideceu diante das câmeras hoje, não foi? Olhou através delas diretamente para mim, para dentro de mim. Mas não olhou como amiga, não me olhou como parceira. Olhou como alguém que usou o meu bom trabalho para seu ganho próprio. Alguém que destruiria a única pessoa, a única pessoa que realmente a colocou em primeiro lugar, acima de tudo.

Será que eu a perdi? Essa dor no meu coração, esse turbilhão na minha cabeça, me parecem uma perda. Parece familiar demais, indescritível demais.

Sei o que precisa ser feito agora. Ainda esta noite.

Ela deve perder. Deve pagar um preço. É uma questão de equilibrar a balança.

Iremos nos aproximar quando ela sentir um pouco do que eu sinto? Será que ela finalmente olhará para mim e me verá como sou?

Rezo para que nosso vínculo possa ser reparado, e rezo para que ela entenda que essa conexão foi forjada em fogo e só permanecerá forte na morte.

Assim como Eve, a assassina trouxe imagens para sua tela principal. Estudou-as uma por uma.

Delia Peabody, Charlotte Mira, Nadine Furst, Mavis Freestone, Li Morris, Cher Reo, Charles Monroe, Louise DiMatto, Ryan Feeney, Ian McNab, Jamie Lingstrom, Lawrence Summerset. Roarke.

Amigos, parceiros, companheiro.

Não estava na hora de Eve entender que ela só tinha *uma* amiga, *uma* parceira? E, pensando bem, no fundo, *uma* companheira? Todo o resto, todos os outros, eram apenas distrações; obstáculos para o único relacionamento que devia importar.

Mesmo assim, até agora a indulgência com aquelas distrações tinha sido tolerada. Por amizade, por carinho e por uma generosidade altruísta.

Mas a verdadeira amizade era a verdade, e Eve precisava aprender e aceitar essa verdade. Então, um por um, todos eles seriam eliminados.

Era hora de escolher o primeiro a morrer.

Bastou abrir os arquivos individuais e ter os dados pessoais já pesquisados e separados, rolando na tela. Hábitos, segredos, outras ligações, rotinas e histórias.

Seus olhos da cor de um bom uísque, olhos do mesmo tom dos mostrados nas inúmeras fotografias de Eve que cobriam a parede, liam os dados com atenção.

Aqueles olhos eram astutos, inteligentes. E enlouquecidos.

Eve estava com os pés em cima da mesa, a cadeira recuada e os olhos fechados quando Roarke entrou. Galahad, deitado sobre a mesa, olhava para ela.

Ela não estava dormindo, percebeu Roarke. Estava pensando.

Em vez de interromper a linha de pensamentos na qual ela já tinha mergulhado, ele foi até a cozinha, programou café fresco e dividiu em dois o grande pedaço de torta que ela tinha ganhado. Para recompensar o gato por estar ali de guarda, acrescentou algumas guloseimas felinas em formato de ratinho.

— Será Nadine ou Mira — declarou Eve, os olhos ainda fechados, quando ele colocou o café na mesa.

— O próximo alvo?

— É o que faz mais sentido, e Nadine supera as probabilidades de Mira, se for um ataque noturno. Ela mora sozinha. Pode ter companhia a qualquer momento, claro, mas obviamente a assassina ficaria atenta a isso. E ainda mais vigilante, depois de Hastings.

Ela abriu os olhos e observou Galahad devorar os biscoitos de rato como se não houvesse amanhã. Sabiamente, Roarke lhe deu um empurrãozinho para fora da mesa antes de pousar a torta, ou ela teria o mesmo destino.

— Você podia dar uma conferida no meu trabalho aqui — disse ela a Roarke. — Eu configurei um banco de dados de buscas e correspondências da Polícia de Nova York. Policiais, pessoal de apoio, laboratório, necrotério, todas as pessoas das cenas dos crimes, incluindo os faxineiros contratados para limpar a cena após ser liberada. Se eu não acertar em nada, expandirei para os parentes dessas pessoas. Poderia ser algum deles. Estou pensando em fazer outra busca abrangendo os candidatos à Academia de Polícia, ao curso de peritos, ao trabalho no necrotério e assim por diante. Analisamos todas as ligações mais diretas. Depois, usando os melhores palpites de McNab e Yancy, vou tentar analisar tudo de novo.

— Levante-se — ordenou ele, e trocou de lugar com ela.

Ele estudou a busca, os parâmetros que ela programou, as imagens e o sistema utilizado.

— Isso está bom.

— Ainda bem, porque eu demorei uma eternidade para configurar tudo.

— Vou refiná-lo e juntar tudo ao que eu pesquisei. Não muda muita coisa, mas pode deixar a busca mais precisa.

Ele pausou a tarefa, inseriu novos dados e ordenou um realinhamento de tudo, enquanto ela provava a torta.

— Você tem imagens mais nítidas?

— Humm... — Ele as ordenou na tela enquanto reiniciava a busca.

— Sério? — Eve revirou os olhos quando viu a primeira imagem. Ele tinha vestido a mulher de pernas longas e cabelo castanho curto com um sutiã de renda preta transparente e calcinha fio dental, acrescentando uma postura petulante e atrevida.

— Cada um se diverte como pode — comentou ele, depois girou a cadeira. Antes que ela percebesse o que ele pretendia, Roarke agarrou seus quadris e puxou-a para seu colo. — Apesar de essas serem mudanças sutis, consegui calcular várias relações e todos os outros aspectos e proporções dos quais você certamente não quer ouvir falar. Esta é a minha imagem mais provável dela.

— Você honestamente acha que essa lunática homicida usa roupas íntimas tão vagabundas?

— Na verdade, eu não entendo por que as mulheres usam qualquer outro tipo de roupa íntima. No entanto, o que quer que ela use por baixo da roupa, penso que isto representa a melhor estimativa, considerando todos os dados já conhecidos sobre o seu tipo de corpo, suas características gerais e a cor da sua pele.

— Cabelo e olhos podem mudar por simples capricho. Na identidade oficial mais recente da Mavis, ela está com cabelo rosa. E esta noite ela estava com cabelo azul. Só dando um exemplo.

— É raro alguém ter o estilo fluido da Mavis. Sua suspeita desconhecida certamente pode mudar essas coisas, mas eu diria que esta é a cor natural dos cabelos dela, ou algo próximo disso.

Ele manteve um braço levemente enganchado em volta da cintura de Eve e pegou uma garfada da torta com a mão livre.

— Esta torta está muito gostosa. Não é exatamente a melhor do mundo, mas é saborosa. É possível que as pernas dela não sejam assim tão compridas, mas isso também é só um palpite. Ela é alta... ou pelo menos é mais alta que a média das mulheres. Mesmo considerando possíveis saltos nos sapatos, ela não deve ter menos de um metro e setenta e quatro. Corre muito rápido e manteve-se bem à frente de você. Eu sei, querida, que ela saiu na frente com boa dianteira, mas foi você mesma que contou que ela era rápida. Muito provavelmente tem pernas longas para combinar com a altura. E, como eu disse em relação à velocidade, me parece pouco provável que tenha algum excesso de peso. Parece ser uma mulher forte, principalmente na parte superior do corpo.

Só porque ela estava bem ali na sua frente, ele plantou um beijo na nuca de Eve.

— Ela se mistura com a multidão sem se destacar, podemos inferir isso, certo?

— Acho que sim. Não é o tipo de mulher que chama a atenção, muito provavelmente se mantém fora do radar até mesmo no trabalho. É inteligente e talvez subestimada, ou pode ser que se sinta assim.

— Imagino que ela disfarce seus atributos ou tenha um corpo esguio. Curvas muito óbvias chamam a atenção daqueles que se sentem atraídos por curvas. Como você acredita que ela é independente e talvez more sozinha, um corpo curvilíneo chamaria atenção.

— Sim, atrairia atenção indesejada — concluiu Eve.

— Estamos analisando as probabilidades. Uma mulher jovem e solteira, com corpo talvez curvilíneo. E temos o mínimo denominador comum... seios fartos impressionam.

— Seios não são a única razão pela qual as mulheres são abordadas ou chamam a atenção.

— Não, claro, mas eles chamam atenção. Não é muito provável que ela tenha uma aparência atraente. Deve ter um rosto agradável.

Da mesma maneira que uma beleza real ou alguém abertamente feio também chama a atenção. Então vamos lá... Computador, exibir a imagem dois.

Entendido. Exibindo a imagem dois.

— Ok. — Eve fez que sim com a cabeça e teria se levantado se Roarke não a tivesse segurado no lugar.

O mesmo corpo, mesmo rosto, cor e cabelo, mas ela vestia um terninho cinza sem graça, meio monótono e até um pouco deselegante, na opinião de Eve. De repente, a mulher atrevida com roupas íntimas de má qualidade tornou-se comum.

— Você não olharia duas vezes para ela na rua — afirmou Eve. — Ela iria se misturar com a multidão.

— E agora... Computador, exibir a imagem três.

Entendido. Exibindo a imagem três.

Desta vez a mulher da imagem usava uma jaqueta marrom volumosa, calças marrons, gorro de esqui e botas.

— Isso! — Mais uma vez Eve tentou se levantar, e mais uma vez ele a manteve aconchegada em seu colo. — Pare com isso porque eu preciso trabalhar.

— Não recebo uma recompensa?

Ela se virou e olhou dentro daqueles olhos selvagens e divertidos.

— Você ganhou torta.

— A torta estava boa, mas o meu trabalho, se posso chamar assim, é superior.

Ela não podia discutir isso, então colocou as mãos no rosto dele, cobriu sua boca com a dela, deixando um pouco da excitação de ter um rosto com forte potencial incendiar o beijo.

— Assim está melhor — decidiu Roarke, e a deixou se levantar.

— Vou mandar isso para as testemunhas e para todos os nomes da minha lista de alvos em potencial. Um tipo de rosto comum, nada que se destaque, mas se essa imagem estiver próxima de como ela é e os alvos tiverem isso na cabeça, alguém a reconhecerá.

Ela se virou para ele.

— Você consegue colocar as imagens lado a lado, colocar óculos escuros e cachecol nela? Nessa mesma imagem, colocando só os extras?

— Claro.

Em segundos, ele tinha imagens duplas na tela dividida.

— Parece ótimo, bem similar ao que eu vi.

Ela fechou os olhos e congelou o momento exato em que olhou para o outro lado da rua, a distância, e viu o maxi ônibus que se afastava lentamente do ponto.

Apague da cabeça o ônibus e todos os veículos, ordenou a si mesma. Foque somente ela. Só você e ela, uma de frente para a outra. Ela fixou o momento em sua mente, um instante isolado, e tornou a abrir os olhos.

— A face é um pouco mais larga. Ainda estreita, mas não tanto. Você consegue... — Ela parou de falar ao ver que ele já fazia os ajustes. — Não muito, só um pouco... Sim, está melhor. Pernas compridas, exatamente. O casaco de hoje estava na altura dos joelhos, mas havia algum espaço entre o casaco e as botas.

Ela fechou os olhos novamente e tentou trazer o momento de volta. Reviveu a perseguição, tentou eliminar todas as pessoas, o barulho e o movimento.

— Ela manteve a caixa debaixo do braço o tempo todo. Não dá pra saber o que havia dentro, nem avaliar o seu peso, mas ela mantinha a caixa junto do corpo o tempo todo, como um jogador de futebol americano que corre com a bola pelo campo. Ela empurrava as pessoas com a outra mão — acrescentou Eve, repetindo ela mesma o movimento. — Empurrava sem parar e dava cotoveladas, mas nunca desacelerava. Estava focada na fuga.

Ela abriu os olhos novamente e se virou.

— Ela já conhecia aquele restaurante. Sim, aquilo não foi um simples golpe de sorte. Ela saiu correndo exatamente naquela direção, conhece bem a vizinhança, sabia que poderia entrar lá, correr até a cozinha e sair por trás. Ela já esteve lá antes.

— Quando examinava as redondezas do prédio da Mavis?

— Isso também, claro. Mas ela já esteve naquele lugar, conhecia o espaço. Não haveria necessidade de conhecer um restaurante só para avaliar o bairro. Vamos levar essa imagem ao restaurante e mostrá-la para o dono e os funcionários. Talvez alguém a conheça.

Ela voltou a tomar seu café.

— Você já morou lá — lembrou Roarke. — No mesmo prédio da Mavis, a poucos quarteirões daquele restaurante.

— O restaurante ainda não existia quando morei lá, pelo menos não com aquelas pessoas... Ela está focada em mim. Aquele é o meu antigo bairro. Eu fiquei naquele apartamento porque era bem perto da Central e bem cômodo, para mim. Não fica longe do necrotério, nem do laboratório.

— Por que ela não faria o mesmo? — propôs Roarke. — Se ela trabalha em alguma dessas instalações... ou gostaria de trabalhar... e se é tão obcecada por você, por que não morar na mesma região em que você já morou? Andar pelas mesmas calçadas, comer, beber e fazer compras perto de onde você morava.

— Ela poderia ter corrido para dentro do restaurante chinês, mas ele tem uma configuração diferente; é estreito e não tem saída para o beco nos fundos, como a churrascaria. Ela já tinha uma boa vantagem para continuar a correr em frente e atravessar a rua no cruzamento seguinte. Talvez ganhasse alguma distância se eu ficasse presa no trânsito de novo. Mas ela virou naquela esquina, especificamente, sem hesitar. Porque era lá que queria chegar.

Ela se sentou na mesa.

— Coloque todos esses dados no sistema, por favor. Você é mais rápido que eu nisso. Limite a pesquisa a essa região. Vamos ver se conseguimos encontrar alguém que atenda a essa descrição básica e more num raio de seis quarteirões do meu antigo prédio.

— É muita gente — disse ele, enquanto fazia os ajustes. — E é improvável que obtenhamos resultados rápidos.

— Os resultados até agora foram excelentes. Vou usar o computador auxiliar e enviar a imagem.

— Não deixe de comer sua torta — lembrou ele.

Capítulo Dezenove

Valia a pena correr alguns riscos. Era uma questão de *princípios.*

A caixa de entrega que tinha dado tão certo não serviria agora. Mas, com alguns ajustes, o mesmo estratagema funcionaria.

O casaco era comum, simples. Não tão volumoso quanto o marrom e um pouco mais curto, mas serviria. O boné azul-marinho com protetores de orelha em abas, um pouco dos fios da peruca curta espalhados por baixo — num tom castanho-escuro fosco comprado meses atrás, em dinheiro. Mesmo assim, valia a pena selá-la com spray e tomar cuidado antes de retirá-la, durante a ação planejada.

Não podia usar óculos escuros, mas a aba do boné ajudaria. Botas pretas velhas, já seladas, com calças pretas grossas por cima.

A maquiagem deu um toque especial, escurecendo em alguns tons a pele do seu rosto. E também cobriu a massa cuidadosamente aplicada que alargava a parte alta do nariz. O aparelho sobre os dentes era irritante, mas alterava o formato da boca e lhe acrescentava dentes grandes e diferentes.

Era disso que uma testemunha se lembraria, caso alguém se desse ao trabalho de olhar e ver com mais atenção. A pele mais escura, os dentes esquisitos, o cabelo castanho-escuro curto e desgrenhado.

Para completar, o cachecol xadrez azul-marinho e cinza, enrolado duas vezes sobre o queixo, as luvas azul-marinho sobre as mãos já seladas e o volume de uma bolsa de carteiro preta, meio surrada.

Ela analisou a própria aparência no espelho triplo de corpo inteiro, avaliando cada ângulo, cada detalhe. Comparou centímetro por centímetro com os esboços que o departamento tinha divulgado.

Sem os saltos altos, ela ficava quase cinco centímetros mais baixa; sem o casaco marrom, não tinha uma aparência tão atarracada.

Ninguém olharia para o "carteiro" e veria o entregador de encomendas das outras vezes.

Aquilo era como usar um disfarce, pensou. Eve iria apreciar isso. Certamente perceberia o tempo e o trabalho necessários para se transformar em outra pessoa e fazer o que precisava ser feito.

Era melhor mesmo que ela começasse a apreciar seus esforços.

Antes de colocar a bolsa larga de carteiro, ela verificou o conteúdo mais uma vez. Uma lata extra de spray selante, só por precaução, macacão de proteção, uma lanterna de alto alcance para verificar vestígios deixados no local, pinças também apropriadas para detectar vestígios, e sacos para selar qualquer coisa, caso necessário.

Um prendedor para a língua da vítima, embora ela já tivesse planejado algo diferente desta vez. Um pequeno acréscimo à rotina. E outro tipo de mensagem.

Pensando nisso, ergueu o bisturi fino e afiado do seu estojo protetor.

Algo diferente, pensou mais uma vez, e sorriu abertamente. Algo mais criativo.

Colocou o bisturi de volta no lugar e tirou a caneta marcadora nova, e mais uma de reserva. Não tinha certeza do que deixaria escrito desta vez, ao contrário da primeira vez, quanto tinha feito um monte de rascunhos em seu diário. Hoje, ela deixaria que a inspiração acontecesse, depois de terminar o trabalho.

E, assim que estivesse longe do local, enviaria uma mensagem diretamente para Eve, de uma das contas falsas que já vinha abrindo há algum tempo.

Você feriu meus sentimentos, rascunhou mentalmente, *quando colocou outra pessoa acima de mim; logo eu, que tenho sido a sua amizade mais leal e altruísta. Você correu atrás de mim como se eu fosse um ladrão comum, um cachorro louco, um* criminoso. *A verdadeira justiça exige equilíbrio, por isso devo machucar você agora, para podermos recuperar o equilíbrio perdido. Para compreendermos o que é o verdadeiro respeito mútuo.*

Foi por sua causa que fiz isso, pois a atenção constante que você recebe, a glória, a fama... receio que tenham distraído você da sua real vocação.

Para servir a justiça, você deve ser pura. Entendo agora que você não poderia voltar a ser pura até que a culpada de toda a sua fama e atenção fosse eliminada. Tudo isso é para o seu próprio bem, Eve. Tudo o que fiz, tudo o que farei, será sempre colocando você em primeiro lugar no meu coração.

Eu permaneço,

Sua única amizade leal e verdadeira.

Sim, era isso que precisava ser dito. Talvez ela devesse redigir agora mesmo, enquanto ainda estava tudo fresco em sua mente. O trabalho tendia a turvar as coisas. Ou será que as esclarecia?

Ela iria esperar. O trabalho vinha antes. Eve vinha antes.

Aconchegada em suas calças de flanela estampada com desenhos de gatos fofinhos — algo que ela usava *somente* quando estava sozinha —, Nadine leu outro lote de correspondência dos seus leitores e espectadores. Tinha mandado alguns assistentes separá-los em várias listas: numa delas, a correspondência que tratava do *Now*, seu programa semanal de entrevistas; em outra, as cartas que falavam do filme; numa terceira, as que versavam sobre o livro e, por fim, correspondências que misturavam vários daqueles tópicos.

Tinha colocado uma lista de canais de notícias abertos em sua tela sem som e ouvia música alta para manter a energia no máximo. Quando alguma coisa chamava a sua atenção na TV, ela silenciava a música e reativava o som do telão.

Tinha ao lado um bule de café — café de verdade, agora que podia pagar, graças ao livro *O caso Icove*. Ou seja... graças a Dallas.

E graças aos Icove... ou aos clones que os tinham matado.

Será que era estranho ela se sentir grata a um cientista maluco e ao seu filho egoísta? Ou, mais precisamente, se sentir grata pelos dois terem sido assassinados?

Isso era algo para refletir em outra ocasião, mas ela secretamente esperava que um dos clones em algum momento entrasse em contato com ela e concordasse em participar de uma entrevista exclusiva.

Claro que recebia contatos constantes de pessoas que afirmavam ser um dos clones dos Icove, mas até agora nenhum deles tinha provado ser o que dizia. Estavam apenas em busca de atenção, pensava agora. Ou eram loucos.

Mas, um dia, quem sabe?

Como seria a sensação de saber que você tinha sido criado num laboratório secreto, programado desde o início para ter uma determinada aparência, certas habilidades e cumprir propósitos específicos?

Quantos deles sobreviveram, e agora viviam, com aquele segredo? Trabalhavam, dormiam, faziam sexo.

Ela se perguntou se algum daqueles clones, por um estranho sentimento de gratidão e conexão especial, poderia ser o assassino que Dallas caçava. Mas isso não faria sentido, pelo menos não muito. Para realmente fazer sentido ela teria encontrado alguma correspondência do assassino que combinasse com as mensagens de Dallas.

E, embora isso pudesse ser um desdobramento interessante, ela não queria gastar seu tempo e energia nas coisas relacionadas ao caso Icove. Tinha seguido em frente com a vida. O que ela deveria estar fazendo, pensou, enquanto acendia um cigarro de erva medicinal e deixava um pouco do estresse escapar com a fumaça, era trabalhar no rascunho da sua verdadeira continuação: *A Conspiração do Cavalo Vermelho*.

Ainda não tenho certeza sobre o título, refletiu. Talvez *Legado* fosse melhor. *O Legado do Cavalo Vermelho*, porque tinha sido exatamente isso.

Ela iria pensar com cuidado sobre isso, disse a si mesma enquanto redigia o próximo e-mail. O título seria importante, claro, mas a história... ah, *essa* era a verdadeira estrela. Assassinatos em massa provocados por delírios induzidos nas pessoas. O vírus criado pelo líder de um grupo de culto que surgiu nas Guerras Urbanas e foi trazido para os dias atuais pelo ambicioso neto sociopata.

Sim, talvez legado transmitisse melhor a ideia.

Ela ainda precisava conversar sobre aquilo com Dallas, arrancar mais detalhes dela, embora já tivesse conseguido mais do que o suficiente para o primeiro rascunho. E voltaria ao assunto assim que terminasse de verificar a correspondência... mais uma hora, no máximo.

Claro, ela ainda poderia estar aproveitando o sol — ou a luz das estrelas — aquecida pela brisa da ilha e por Bruno. Mas o trabalho vinha em primeiro lugar.

Ela e Dallas tinham isso em comum. A ética no trabalho — talvez o vício no trabalho, admitiu — e uma crença profunda na verdade e na justiça tinham construído a amizade entre as duas.

Será que essa assassina realmente seria capaz de entender isso? Ela duvidava muito. Tal como as vítimas do Cavalo Vermelho, aquela mulher delirava.

Nadine se perguntava o que a teria infectado, recostando-se no sofá e soprando a fumaça perfumada para o teto. Um trauma de infância, um caso de amor trágico ou apenas um DNA descacetado? Qualquer uma dessas coisas ou todas, pensou, com mais uma dúzia de raízes emocionais envolvidas. A loucura, as pequenas e grandes, todas começavam em algum lugar.

Ela mudou de tarefa no instante em que seu computador sinalizou a chegada de uma mensagem.

Srta. Furst,

O Sr. Cabott está enviando por correio expresso um pacote para receber sua atenção. Por favor, responda diretamente ao Sr. Cabott amanhã de manhã a partir das oito horas, depois de receber e revisar o conteúdo da entrega. Ele estará indisponível até esse momento.

Mistique Brady

Estagiária de Della Bonds

Nadine franziu a testa ao ver o e-mail. Indisponível o cacete, pensou, e ficou tentada a entrar em contato com seu produtor na mesma hora, mas supostamente ela ainda estava de férias.

De qualquer modo, Bing Cabott não iria enviar um mensageiro, a menos que achasse que era alguma coisa importante, então resolveu dar uma olhada no assunto e depois entraria em contato com ele. Ou talvez ligasse para a própria Della, que provavelmente saberia mais sobre isso.

Olhou para suas calças com estampa de gatinhos e decidiu que não iria colocar uma roupa mais profissional só para receber um mensageiro. Mas, obviamente, tiraria a máscara facial hiper-hidratante em rosa brilhante por questões de orgulho pessoal; o que já era péssimo, porque ainda deveria usá-la por mais uma hora, pelo menos.

Foi até o banheiro com chinelos azuis felpudos — que também só usava quando estava sozinha — e abriu a torneira para esquentar a água.

Demorou uma eternidade para que a água passasse de morno para quente, mas isso lhe deu tempo para analisar o banheiro.

Muito fora de moda, decidiu. Todo aquele espaço era antiquado. Talvez fosse bom e elegante no tempo em que ela trabalhava apenas na área criminal. Mas agora as suas finanças tinham melhorado muito, bem como sua carreira.

Ela nunca desistiria de cobrir crimes, mas escrever... bem, isso tinha se tornado uma paixão inesperada. No entanto, ela ainda poderia trabalhar na área criminal, escrever e apresentar seu programa. Não desistiria de nada do que já havia conseguido na carreira sem uma briga boa e sangrenta, mas daquele apartamento ela desistiria numa boa, sem reclamar.

Será que ela gostaria de investir num lugar revestido de arenito adorável, nos moldes do que Louise e Charles tinham escolhido? Ou será que preferia uma cobertura linda com uma vista de arrasar? Ou talvez um loft criativo no Greenwich Village? Um armazém convertido em residência onde ela poderia dar festas incríveis?

Esse era o dilema e o motivo pelo qual ela não tinha feito nenhum movimento nesse sentido. Ainda não.

Mas já estava na hora de decidir, era hora de fazer essa escolha. Decidiu que entraria em contato com um corretor de imóveis na primeira semana de janeiro. Ou então... simplesmente perguntaria a Roarke, o que seria ainda melhor. Afinal, quem manjava mais sobre imóveis do que o cara que possuía tantos?

Uma coisa era certa: onde quer que ela pousasse, teria um banheiro incrível e um closet espaçoso. Estava mais do que na hora de colher alguns benefícios do seu trabalho árduo e da boa sorte que lhe trouxe histórias emocionantes.

Olhando-se no espelho, pensou em tirar do cabelo a faixa que o prendia e formava um rabo de cavalo curto, mas lembrou a si mesma que a pessoa que iria chegar era apenas um mensageiro, e ela não precisava estar preparada para enfrentar as câmeras.

O som do interfone a fez decidir deixar tudo como estava e sair para atendê-lo.

Mantenha a calma, disse o mensageiro a si mesmo. Não, faça uma cara de tédio; entediado é bem melhor. É bem tarde, está frio, você quer terminar isso depressa e voltar logo para casa. Faça uma cara entediada e impaciente, não calma.

Ela passou a mão pela aba do boné, certificando-se de que ele estava bem inclinado para baixo — e segurou forte a pistola de atordoar no bolso.

Estava nervosa, admitiu. Um pouco nervosa, porque desta vez seria diferente. Mas... não, na verdade, não. Não seria muito diferente.

Nadine Furst não tinha lucrado com a morte e o crime? Quanto maior a tragédia, maior o seu lucro e sua glória? O que tinha feito de produtivo?

Nada.

Ela simplesmente tinha colhido fama, fortuna, e ajudado a manchar a pureza da Eve.

Não, não era nada diferente. A verdadeira justiça, as verdadeiras amizades significavam que aquilo era tão necessário e tão certo quanto matar Bastwick e Ledo.

Acalmando-se um pouco, ela esperou, apesar da vontade de apertar o interfone novamente.

Quando a voz de Nadine soou através do interfone, ela teve o cuidado de manter a cabeça inclinada e o rosto protegido pelas sombras.

Não havia mais nervosismo, apenas as primeiras ondas de excitação.

— Nadine Furst?

— Isso mesmo.

— Recebi um pacote de um tal Sr. Cabott, do Canal 75.

— Mostre a sua identidade.

Ela já vinha preparada para isso; era irritante ser questionada, mas ela estava pronta. Pegou a carteira de identidade falsa que tinha preparado. O documento passaria por uma verificação normal de um sistema de baixo nível, ela mesma tinha testado.

E, quando isso aconteceu, sentiu outra pontada de excitação.

— Pode subir.

Quando Nadine liberou a entrada com um zumbido da fechadura, o coração da assassina começou a bater ainda mais forte, parecia que ia sair pela boca. Com tanta força que ela não conseguiu engolir, mas atravessou o pequeno saguão e apertou o botão do elevador.

No instante em que fez isso, duas adolescentes entraram correndo pela porta principal do prédio, gritando de tanto rir.

— Viu só a cara dele? Foi impagável! Ele ficou boladão!

— Ficou mesmo! Foi ultra incrível. Vamos ter de ligar para Flo-lo e contar a ela o lance que rolou, com todos os detalhes.

Elas subiram no elevador ao lado da mensageira; ambas com botas de solado grosso e chapéus com bolas fofas e saltitantes; cheirando a açúcar e xampu de morango.

— Eu fiquei igual a uma manezona!

— Você? Eu fiquei assim ao quadrado. Flo-lo vai se mijar de rir quando souber. Que merda, é uma pena ela estar de castigo em casa. Precisávamos voltar lá com ela tipo... *agora mesmo*!

— A mãe dela está meio pra baixo, duvido que vá deixá-la sair do castigo.

Ela podia matar aquelas duas idiotas, pensou a mensageira. Gritando sem parar com seus cabelos com aroma de morango e risadas irritantes.

Podia atordoar as duas, cortar as gargantas e deixar seus cadáveres empesteando o elevador com cheiro de sangue e morangos.

Era isso que acontecia com meninas que não tomavam cuidado. Garotas que não eram respeitosas.

Será que elas não a tinham *visto* parada ali no canto?

Seus ouvidos zumbiam com a pressão, seu peito batucava de raiva. Tocou a pistola de atordoar de leve, só com as pontas dos dedos, bem de leve para aliviar a própria tensão. Enquanto o elevador subia e as vozes das meninas ecoavam sem parar em sua cabeça, ela começou a tirar a pistola de atordoar para fora do bolso.

De repente as portas do elevador se abriram. As meninas saltaram, rindo como duas hienas.

Aquele não era o plano, lembrou a si mesma, irritada e com os dedos tremendo. Manter o foco era essencial ali, e o foco era Nadine.

Mas meninas daquela idade sempre a deixavam muito *irritada*, cheia de tristeza, desespero e raiva.

Tinha de tirá-las da cabeça, todas elas. Tinha um trabalho a fazer.

E, quando tudo terminasse, a felicidade voltaria.

Para se acalmar, trouxe o rosto de Eve à mente e compreendeu, como uma luz que se acendia, que ela ia fazer exatamente a coisa certa. Para Eve, para si mesma, para a amizade das duas.

Alguma parte dela tinha planejado aquilo desde o início — não num nível totalmente consciente. Caso contrário, ela não teria dedicado todo aquele tempo ao plano, nem se esforçado tanto para aprender tudo sobre aquelas distrações e aqueles obstáculos.

Removê-los tinha sido fundamental para sua parceria, sua felicidade. Para a unidade entre elas.

Como Eve conseguiria entender que ela era a sua única *verdadeira* amiga, se sempre havia outras pessoas tentando afastá-las uma da outra?

Pessoas que sempre a deixavam de lado.

Durante toda a sua vida, as pessoas a tinham deixado de lado, a tinham encurralado, tinham dito a ela que fosse boazinha, que ficasse quieta; que se comportasse.

Nunca mais!

De volta ao controle, retomado o foco, ela saiu do elevador. Manteve o rosto afastado da câmera, inclinado para baixo.

Enfiou a mão direita no bolso e apertou a campainha com a esquerda.

Nadine, pensou, nunca mais a faria ficar de lado entre os afetos de Eve.

Lá dentro, Nadine revirou os olhos ao ver o último e-mail de Eve. Quem poderia imaginar que uma policial tão durona, que arrasava com todo mundo e colocava as pessoas no próprio lugar seria uma espécie de mãe coruja como aquela, tão pentelha e exigente?

Mas Nadine analisou o último esboço com interesse. Iria verificar a veracidade da imagem e se certificar de que estava tudo em ordem; iria confirmar se aquele material já estava mesmo liberado — porque não queria levar uma esculhambação de Eve. E, se o pacote estivesse realmente liberado, iria naquela mesma noite fazer um boletim especial e conseguir um belo furo de reportagem que deixaria a competição comendo poeira.

— Sim, sim, já vou! — berrou ao ouvir a campainha. — Já estou indo!

Foi até a porta, olhou pelo olho mágico e viu um pouco do perfil do mensageiro, um grande chapéu de inverno com abas, alguns fios de cabelo castanho bagunçados aparecendo na parte de baixo.

Estendeu a mão na direção da fechadura e o último e-mail de Eve soou em sua cabeça.

Não abra, em hipótese alguma, a porta para alguém que você não conhece. Não abra, em hipótese alguma, a porta para quem você não está esperando.

— Ora, pelo amor de Deus, é apenas um mensageiro!

Mas os olhos inexpressivos de policial de Eve pareceram perfurar seu cérebro.

— Tá bem, tá bem! — Nadine apertou o interfone do andar. — Sim?

— Olá! É o mensageiro da empresa Mercury. Tenho um pacote para Nadine Furst.

— Vamos ver isso. Segure-o na altura do olho mágico.

— Qual é o problema, dona? — Mas como estava preparada, sempre preparada, ela enfiou a mão na bolsa preta e pegou um envelope grosso. — Isso é para Nadine Furst, foi enviado por Bing Corbett, do Canal 75. Você vai receber ou não? Já estou trabalhando além da minha hora de expediente.

Dallas a tinha assustado, pensou Nadine, e estendeu a mão para a fechadura outra vez. Mas ela iria se comprometer com os avisos, deixaria a corrente grossa e abriria a porta apenas o suficiente para pegar o envelope, ou o que quer que seu produtor tivesse enviado. Pronto.

Ela abriu a porta e deixou a corrente aberta pouco mais de cinco centímetros.

— Pode me entregar.

A breve hesitação fez com que Nadine se inclinasse para trás e olhasse mais uma vez pelo olho mágico.

— Você tem que assinar — lembrou o mensageiro.

— Passe o envelope! — repetiu Nadine, e desta vez sentiu um arrepio na pele.

Ficou se sentindo uma idiota completa e nervosa quando o envelope começou a passar pela estreita abertura da porta. Ela se mexeu novamente e chegou a tocá-lo, mas tropeçou para o lado quando uma rajada de atordoar se seguiu.

A rajada lançou um calor forte sobre a corrente fria e deixou seu braço esquerdo formigando e dormente por causa do choque. Ela quase caiu contra a porta quando a pistola de atordoar foi disparada novamente, e sentiu que quem disparou tinha jogado todo o peso do corpo contra a porta.

A rajada seguinte a atingiu num ângulo mais baixo, acertou-lhe a panturrilha e a deixou de joelhos.

Ela disse a si mesma que a corrente forte aguentaria, que ela conseguiria rastejar para longe, fora do alcance das rajadas, e chegar ao *tele-link* para pedir ajuda.

Mas, no fundo, não tinha certeza de que a corrente aguentaria.

Por que tinha adiado o plano de se mudar dali?

Seu corpo tremia, não apenas de medo, mas por pura reação aos golpes das rajadas. Encostou as costas na porta e encolheu as pernas, pensando que outra rajada, mesmo que fosse de raspão, poderia ser suficiente para derrubá-la de vez.

Preciso de uma arma, disse a si mesma, enquanto a porta *vibrava* e a corrente balançava com mais força a cada golpe corporal. Qualquer arma serviria!

Desesperada, enfiou fundo a mão no bolso das calças com estampa de gatinhos e fechou a mão sobre o isqueiro pequeno e chique que Corbett lhe dera no Natal para acender seu fumo de ervas medicinais — um hábito que ela nem deveria ter.

Ativou a chama, rezou e avançou lentamente de costas pela porta acima, esperando pela próxima investida.

No instante em que isso aconteceu, ela enfiou o isqueiro, com a chama bem alta, pela fresta.

O grito resultante a encorajou e fortaleceu. Nadine jogou todo o seu peso contra a porta, soluçando forte quando ela se fechou. Mas foram necessárias três tentativas para ativar as fechaduras.

Quando reuniu coragem para olhar pelo olho mágico, não havia ninguém lá.

O isqueiro caiu de seus dedos trêmulos. Ela embalou o braço formigante, enquanto mancava pela sala. Mais uma vez caiu de joelhos, mas agora tinha seu *tele-link* de bolso com ela.

— Dallas. Que foi, Nadine? Estou trabalhando — respondeu Eve.

— Ela esteve aqui, Dallas. Esteve bem na minha porta. Já foi embora, agora.

— Você está ferida?

— Um pouco, eu acho. Não sei dizer ao certo. Acho melhor você vir aqui. Preciso de ajuda.

— Estou a caminho. Vou enviar as patrulhas mais próximas para o seu prédio. Não abra a porta pra ninguém, Nadine, até eu liberar. Você me entendeu?

— Entendi desde a primeira vez. É por isso que estou só um pouco ferida, e não morta. Você poderia vir logo, por favor? Pode se apressar? Acho que vou vomitar.

— Já estamos saindo pela porta de casa. Roarke vai dirigir. Fale comigo. Onde você está ferida?

Ela não conseguia respirar. Seu peito doía, era como se algo muito pesado e pontiagudo pressionasse seu tórax. Algo gorduroso parecia revirar em sua barriga.

Era uma reação, disse a si mesma. Só uma reação ao ataque.

— Ela me atingiu no braço e na perna. Feridas superficiais. — De repente, Nadine deu uma risada tão alta que ela mesma se assustou. — Uau, será que isso é do atordoamento? Acho que estou em estado de choque e não consigo respirar fundo. Preciso desmaiar, só um instantinho. Ela tinha os seus olhos, Dallas.

— O quê?

— Seus olhos. Desculpe. Eu realmente preciso desmaiar.

Então, agarrando o *tele-link*, ela fez exatamente isso.

Eve saltou do carro antes mesmo de Roarke parar por completo em frente ao prédio de Nadine. Apontou para as patrulhas em preto e branco, já estacionadas em fila dupla.

— Fale com eles! — pediu a Roarke, e correu para o prédio.

Com sua chave mestra, em segundos ela estava dentro do edifício. Embora preferisse a escada, o elevador seria mais rápido. Entrou e apertou o andar de Nadine.

Com sua chave mestra mais uma vez na mão, ela entrou no apartamento e viu Nadine sentada em uma cadeira cor de pétalas de rosa esmaecidas, segurando um copo d'água e rodeada por dois guardas.

Ela encarou Eve com um sorriso trêmulo.

— Eu não fiquei apagada durante tanto tempo assim. Você veio rápido!

— Os paramédicos já estiveram aqui?

Quando Nadine negou com a cabeça, um dos policiais falou:

— A Srta. Furst não quis receber atenção médica. Está lúcida, tenente, e não há sinais de ferimentos graves.

— Descreva-a! — Eve olhou fixamente para Nadine, que parecia um fantasma de tão pálida e estava com os olhos arregalados. Pensou em chamar os paramédicos mesmo assim, pois sabia o que era negar a necessidade deles.

Mas então...

Nadine respirou fundo e disse:

— Pele escura, cabelo castanho-escuro curto, apenas as pontas apareciam sob um boné grande com protetores de orelha. Boné escuro, casaco escuro. Eu tinha acabado de avaliar os últimos retratos falados que você me enviou e ela não combinava... pelo menos não por completo. Parecia dentuça e o nariz era estranho. Mas os olhos dela, Dallas! —Ela precisou parar de falar para beber água, porque de algum modo o líquido evitava que sua cabeça flutuasse. — Eles são exatamente da mesma cor que os seus. Como se tivessem sua cor modificada por encomenda.

"Eu... Não creio que ela tenha um metro e setenta e sete, como disseram. Parecia mais baixa... mais alta do que eu, mais baixa do que você. Corpo menor do que as descrições, sob todos os aspectos. Vestia um casaco de lã", lembrou. "Casaco escuro e cachecol escuro, o chapéu tinha protetores de orelhas e uma aba grande."

— Ouviram isso? — Eve se virou para os guardas. — Procurem os vizinhos agora mesmo. Comecem a bater nas portas e peçam ao responsável pela administração do prédio para me fornecer os vídeos do sistema de segurança desta noite. Podem fazer pressão em meu nome.

Ela foi até Nadine, agachou-se e analisou o rosto da amiga. Continuava pálida, mas seu olhar já não estava tão vidrado. Sua descrição tinha sido bastante lúcida. Eve rejeitou a ideia de chamar os paramédicos contra a vontade de Nadine.

— Por que você está com calças estampadas com gatos, Nadine?

— É calça de pijama, e são gatinhos filhotes. São aconchegantes.

— São ridículos.

— Eu sei. — Nadine estendeu a mão, agarrou a mão de Eve e soltou o ar lentamente. — É por isso que eu gosto deles.

— Ok. Conte-me tudo o que aconteceu. Seja precisa.

— Estava trabalhando, pesquisando, lendo minha correspondência. Eu... Roarke!

Quando ele entrou, foi direto até ela, inclinou-se e segurou seu queixo com a mão. Depois de um momento, baixou a cabeça e roçou os lábios na testa dela.

— Quer que eu traga um tranquilizante para você?

— Na verdade, eu… tem uma garrafa de *bourbon* no armário à esquerda da cozinha, prateleira de cima. Eu aceitaria uma dose dupla de *bourbon* puro.

— Deixe comigo.

— Nadine…

— Ok. — Ela manteve a mão de Eve na sua, precisava daquele vínculo. — Recebi um e-mail, supostamente de uma estagiária da TV, dizendo que meu produtor ia me enviar um pacote.

— O que, é claro, você confirmou.

Nadine estremeceu ao perceber claramente a raiva e o sarcasmo nas palavras frias.

— Não é incomum Bing atirar problemas pra cima de mim, de repente.

— Você abriu a porra da porta!

— Não exatamente. — Ela soltou um suspiro. — Mas eu teria feito exatamente isso, só percebo agora, e fico revoltada de lembrar. Eu teria aberto a porta se você não tivesse me enviado aquele último e-mail chato sobre não abrir a porta pra ninguém, de jeito nenhum.

Eu ainda estava revirando os olhos, irritada com aquilo, quando ela tocou o interfone.

Fez uma pausa e enxugou os olhos quando eles lacrimejaram.

— Droga! Eu *odeio* ser burra assim, ser enganada. Ela tinha todos os nomes certos. Do meu produtor, do meu assistente de produção, da estagiária. Até o nome do serviço de mensagens que nós mais usamos. E, como eu já disse, é comum que Bing me envie material de forma inesperada e fora do expediente. Pedi para ver a identidade da mensageira, Dallas, e ela mostrou. O sistema de segurança do prédio escaneou a identidade e a reconheceu como válida. E ela não correspondia à descrição. Era mais baixa, mais magra, com um pouco de cabelo à mostra. Eu estava prestes a abrir a porta quando praticamente *ouvi* você rosnando no meu ouvido.

Ela enxugou as lágrimas novamente e ergueu os olhos quando Roarke trouxe sua bebida.

— Obrigada. — Tomou quase tudo de um gole só e então suspirou quando ele se sentou no braço da poltrona, pegou um lenço imaculadamente branco e enxugou suas lágrimas.

— Está tudo bem, querida. Você está em segurança, agora.

— Deus! Por que os Icove não clonaram você, para eu poder ter um Roarke só pra mim? Desculpe, é só uma reação emocional. Rajadas de atordoar doem pra cacete, só agora eu descobri o quanto, mesmo quando pegam a gente de raspão.

— Você abriu a porta — repetiu Eve.

— Abri só uma fresta, deixei a corrente de segurança presa. Não me esculhambe por causa disso, já estou fazendo um ótimo trabalho me esculhambando sozinha. Pensei "isso é um meio-termo, não vou abrir a porta, mas vou receber o envelope que Bing me enviou". Pedi que a pessoa me mostrasse o envelope pela fresta, deixei a corrente presa e pedi para passá-lo pela fresta.

Depois de respirar fundo, tomou um gole do *bourbon*.

— Ela hesitou; isso fez disparar um alarme na minha cabeça, então... Olhei novamente pela fresta e ela estava analisando o tamanho da porta. Ela tem os seus olhos, Dallas. São mais ou menos da mesma cor deste *bourbon*.

Nadine tomou mais um gole da bebida, desta vez longo e lento.

— Mais alarmes soaram na minha cabeça. Eu devia tê-los ouvido e batido a porta nesse momento, mas ela inclinou a pistola de atordoar pela fresta e me atingiu no braço. A sensação é estranha. Até agora estou sentindo um pouco de formigamento, mas já não dói tanto quanto antes. Ela se jogou contra a porta, inclinou a maldita pistola e me acertou na perna. Isso me fez cair no chão.

Sua mão tremeu um pouco quando ela ergueu o copo para beber, mas logo tornou a se firmar.

— Tenho pensado em me mudar daqui, em procurar um prédio melhor, com mais segurança, mas ainda não parei para pensar sobre o lugar específico e o que eu quero, exatamente. Isso tudo também passou pela minha cabeça naquele instante, porque se a correntinha não tivesse aguentado...

Ela respirou fundo e soltou o ar. Concentrou-se em inspirar e expirar, agora que seu peito não parecia mais esmagado.

— Eu estava com meu isqueiro no bolso. Lembrei-me dele porque tinha fumado ervas medicinais enquanto trabalhava, porque oficialmente ainda estou de férias. Eu queimei o braço dela. O isqueiro tem uma chama poderosa quando está no máximo e eu a queimei, Dallas. A chama atravessou a fresta e pegou o punho dela, eu acho. Talvez mais em cima, no braço, não tenho certeza. Mas ela recuou e gritou, então eu sei que a feri. Fechei a porta, tranquei tudo. E liguei pra você.

Eve se colocou de pé.

— Em qual braço a rajada dela acertou você?

Nadine esfregou o braço esquerdo.

— Já está melhor.

Eve deu um soco no bíceps direito de Nadine; tentou evitar, mas deu-lhe um soco.

— Ai!

— Será que "não abra a porra da porta" significa "abra a porra da porta, mas use a correntinha idiota e quase inútil"?

Nadine estreitou os olhos e tomou um longo e lento gole de *bourbon.*

— Sua megera! — Depois de outro gole, ela completou. — Desculpe, Dallas. Você é uma megera, mas tem toda razão. Sinto muito, sou uma burra. E vou me mudar daqui. Você bem que podia me ajudar a encontrar outro lugar para morar — disse ela para Roarke.

— Claro, posso lhe oferecer algumas sugestões. Ficarei feliz em lhe dar opções, se você me der uma ideia do que está procurando.

Eve arreganhou os dentes para os dois.

— Será que não poderíamos esperar outra hora que não seja *agora* pra trocar ideias sobre imóveis?

Eve se afastou.

— Você devia trazer um tranquilizante pra *ela* — murmurou Nadine, bem baixinho. — Ou uma dose dupla de *bourbon.*

Roarke simplesmente deu um tapinha amigável no ombro de Nadine.

— Ela mudou de visual e de abordagem. Isso significa que é capaz de se adaptar. Já não fugiu ao primeiro sinal de que a coisa não corria conforme planejado. Está um pouco mais agressiva e desesperada. Acho que é mais um caso de desespero — decidiu Eve. — Irritada também, e seriamente chateada. Jogou duas bolas fora, vai ficar furiosa. E está ferida. Você não só continua viva como a feriu.

— Um viva para mim.

— Porra nenhuma! Arrume suas coisas porque você ficará em nossa casa até que a peguemos. Vou mandar um guarda levá-la até lá. Roarke, é melhor você avisar Summerset que teremos uma hóspede.

— Você acha que ela pode voltar? — quis saber Nadine.

— A probabilidade disso é baixa — respondeu Eve —, mas acho que ela precisa matar alguém esta noite, e prefiro que você não esteja aqui caso ela tente te atacar outra vez.

— Eu também prefiro não estar aqui. Obrigada. Mas se você socar meu braço de novo vou chamar a polícia.

— Muito engraçada. Mexa-se! Quero você fora daqui enquanto eu... — Ela pegou o *tele-link*. — É o alarme que McNab instalou. Ela acabou de tentar usar a chave mestra.

Ela pegou seu comunicador, que tocou naquele mesmo instante, e disse:

— Emergência, tenente Eve Dallas falando.

"Quero todas as unidades disponíveis para a rua Ludlow, 963. Tentativa de arrombamento. A suspeita está vestindo um casaco escuro, chapéu escuro com aba e protetores de orelha. Está armada e é perigosa."

— Quem mora lá? — quis saber Nadine. — Você sabe quem mora lá?

Quando Eve sacudiu a cabeça, Roarke respondeu:

— Jamie. É a casa da mãe dele.

— Espere! — Ela agarrou o braço do Roarke quando ele se virou em direção à porta. — Estamos longe demais; a polícia chegará lá em poucos minutos e ela não conseguirá entrar com aquela chave mestra. Ligue para o Jamie agora mesmo. Diga a ele para ficar onde quer que esteja e se trancar bem trancado. Vou ligar para a mãe dele também.

Jamie, ela não tinha pensado em Jamie. Ele era um garoto de cerca de 20 anos, não mais que isso. Talvez menos que isso, corrigiu para si mesma, enquanto ligava para o número da mãe do jovem. Ele era afilhado de Feeney e uma espécie de protegido de Roarke. Um garoto que queria ser policial. E a mãe dele não era uma amiga pessoal de Eve... nem inimiga. Era apenas a mãe do Jamie.

— Sra. Wojinski? — Eve sentiu um pequeno alívio quando a voz sonolenta respondeu. — Aqui fala Eve Dallas. Ouça-me com atenção.

Ela olhou para Roarke, que fez que sim com a cabeça enquanto ela falava e a mãe de Jamie respondia.

— Espere pela polícia — repetiu Eve. — Quando eles chegarem aí, peça que entrem em contato comigo para que eu possa confirmar seus nomes antes de você abrir a porta. Faça o que eu digo, não abra a porta para ninguém. A polícia está a caminho.

— Já ouço as sirenes. Estão chegando.

— Ótimo. Fique dentro de casa, ok? Não abra a porta antes de confirmar comigo as identidades. Espere só um minutinho.

— Eles estão seguros — disse ela a Roarke.

— Estou com Jamie no *tele-link*. Ele está com a mãe, foi passar alguns dias com ela durante as festas de fim de ano — informou Roarke.

— Diga a ele que, se abrir uma única porta ou tentar qualquer coisa antes de eu autorizar, garanto que nunca receberá o distintivo da polícia que tanto almeja.

Roarke arqueou as sobrancelhas ao ouvir aquilo.

— Ele ouviu o que você disse. Cuide bem da sua mãe, Jamie. É sua nova tarefa, no momento.

Mais tranquila, Eve pegou seu comunicador para falar com os policiais que estavam prestes a chegar lá.

Três bolas fora, pensou ela, e você está fora do jogo.

Capítulo Vinte

Eve entrou em contato com Peabody e acabou discutindo com ela.

— Não há necessidade e nem faz sentido você vir aqui para acompanhar isso. Já cuidei da Nadine. Jamie e a mãe já estão com os policiais que eu enviei para lá.

— Cuidou de mim porra nenhuma! *Eu* cuidei de mim mesma.

— Cale a boca, Nadine, e mexa essa sua bunda famosa. Seu transporte já está à espera.

— Tenho coisas que preciso levar — começou Nadine, e continuou a juntar discos e anotações em uma bolsa que poderia acomodar um filhote de elefante.

E já tinha uma mala do tamanho do estado de Montana abarrotada e pronta.

— Se você tiver testemunhas para entrevistar — reclamou Peabody no *tele-link* —, eu deveria ir para aí.

— Já tenho tudo sob controle. Se você quiser ficar acordada metade da noite, trabalhe nos novos parâmetros enviados. Peça ao seu namorado gênio da eletrônica que faça uma pesquisa e combine os dados usando os refinamentos que Roarke enviou. Se acontecer mais alguma coisa nesse meio-tempo, eu te aviso.

— Mas...

— Ela já foi embora daqui, Peabody. Não conseguiremos agarrá-la esta noite. Mesmo assim, entre em contato com hospitais, centros de tratamento de emergência e clínicas menores. Talvez ela tenha sofrido uma queimadura grave o bastante para precisar ir ao médico. Talvez ela se arrisque a fazer isso. Visite primeiro as instalações na vizinhança do seu prédio. Vamos considerar a possibilidade de que ela esteja morando perto da minha antiga casa. Qualquer novidade, me avise, caso contrário volte pra casa. A gente se vê amanhã — acrescentou, e cortou a transmissão.

Ela se virou para um dos policiais que estavam à espera.

— Conseguiram alguma coisa?

— Duas adolescentes que moram dois andares abaixo, tenente. Família Bocco, apartamento 712. As meninas se chamam Savannah Bocco e Thea Rossi, ambas têm 16 anos. Elas subiram no elevador com a suspeita. — Ele entregou-lhe um par de discos em um saco de evidências. — Essas são as imagens das câmeras de segurança da parte externa do prédio e do elevador, senhora. Não há câmeras nos corredores do prédio.

— Ótimo. Vigie este apartamento assim que a Srta. Furst for embora. Expanda a busca para centros de tratamento de emergência e clínicas nesta área. A suspeita sofreu queimaduras na mão direita e/ou punho direito. Pesquisem lojas e farmácias que vendem suprimentos médicos, remédios para queimaduras e analgésicos.

— Sim, senhora.

— Nadine!

— Estou indo, estou indo! — Ela vestia calças pretas, botas e suéter; ainda tinha tido tempo de passar um creme qualquer no rosto e dar uma ajeitada no cabelo.

Eve praticamente a empurrou para fora do apartamento.

— Cuidem para que ela esteja segura — ordenou aos policiais que iriam transportá-la. — Quero ela dentro da minha casa, trancada.

— Agradeço a hospitalidade — comentou Nadine. — Apesar de me ter sido oferecida de forma tão rude.

— Dê o fora daqui.

Ela se virou para Roarke.

— Vou conversar com as adolescentes, que Deus nos ajude. Você pode fazer o papel de Peabody, se jurar para mim que não vai ficar de cara amarrada, como ela ficou.

— Acho que consigo mascarar meus sentimentos feridos. Peabody quer apenas ajudar e participar da ação — acrescentou ele, quando Eve saiu do apartamento.

— Ela já está ajudando, e provavelmente não haverá muita ação hoje.

Ele deu um tapinha nas costas dela e chamou o elevador para o sétimo andar.

— Houve um pouco mais de ação do que se Nadine não tivesse aberto a porra da porta, não foi?

Eve simplesmente encostou-se na parede por um momento.

— Se a vaca assassina tivesse conseguido um ângulo melhor através da fresta, Nadine poderia estar morta. Aquela correntinha não a teria impedido de entrar. Não existem câmeras no corredor e os apartamentos são à prova de som. Deu pra ver que o parafuso da corrente no batente da porta tinha começado a ceder. Mais alguns golpes e já era!

— *Se* isso tivesse acontecido — repetiu Roarke —, mas não aconteceu.

— O que aconteceu é que Nadine não raciocinou. — Ela saltou no sétimo andar. — Tudo bem, sim, eu consigo entender como tudo rolou na cabeça dela. A rotina de sempre do produtor, enviando um mensageiro. Foi graças ao instinto que ela não cometeu a burrice fatal. Mas é o tipo de ação diária, de fazer as coisas no modo automático, que prova que essa pessoa pode alcançar qualquer um. Louise recebe uma chamada de emergência e sai. Alguém bate para avisar Mavis no camarim que faltam só cinco minutos para ela entrar. Reo recebe um maldito pacote de mensagens do chefe, há um monte de possibilidades. Ela está energizada e acelerada, agora. Precisa liberar essa energia, precisa de uma vitória. E vai se arriscar ainda mais.

— Arriscar mais a levará a cometer erros.

— Sim, mas não quero descobrir que erro seria esse quando estiver diante do cadáver de um amigo. — Ela apertou a campainha do apartamento dos Bocco e ergueu seu distintivo para o sistema de segurança.

A porta se abriu alguns centímetros e ficou presa na corrente. Eve considerou dar alguns chutes só para ver quantos seriam necessários para derrubá-la.

— Sr. Bocco? Sou a tenente Dallas, da Polícia de Nova York. Este é o meu consultor civil. Gostaríamos de falar com Savannah e Thea Rossi.

— Posso ver seu distintivo mais uma vez?

— Claro! — Eve segurou-o na abertura, imaginando que se ela fosse uma assassina ensandecida, poderia atordoar o homem entre os olhos em menos de três segundos.

— Desculpe, tenente, estamos todos um pouco nervosos. — Fechou a porta, soltou a corrente e tornou a abri-la. Uma cadela de orelhas compridas e pernas curtas veio mancando para cheirar as botas de Eve, as de Roarke, e por fim rebolou toda a parte de trás do corpo com alegria.

Encantado, Roarke se agachou para fazer um carinho no animal, e isso o fez tremer de satisfação.

— O policial Osgood nos avisou que você viria conversar com as meninas. — Ele recuou e deixou-os entrar numa sala de estar alegremente bagunçada, com uma árvore de Natal brilhante que girava lentamente em frente à janela.

— Vá pra dentro, Tink, vá se deitar agora!

Com um suspiro, a cadelinha se arrastou sem muita vontade até um travesseiro roxo, mas gemeu de prazer ao se aninhar lá.

— Ela é uma cadela velhinha, mas ainda está em boa forma. Meu nome é Nick Bocco, sou pai de Savannah. Desculpe, tudo aqui ainda está muito tumultuado desde o Natal. — Ele empurrou uma mecha de cabelo castanho e olhou como uma coruja ao redor do espaço alegre e bagunçado. — As meninas só terão aula no dia 2 de janeiro; um dia que circulei em vermelho em todos os calendários. Tenho trabalhado de casa quase o tempo todo, ao longo desta semana, mas isso não tem importância alguma diante de tudo.

Ele se conteve e esfregou as mãos pelo rosto.

— Desculpe mais uma vez, tenente. Ainda estou meio abalado com a ideia de que as meninas estiveram dentro do mesmo elevador que um suspeito de assassinato.

— O policial Osgood lhe contou que esse indivíduo é suspeito de assassinato?

— Nem precisou fazer isso. Ele me mostrou um esboço igual ao que vem sendo divulgado pela imprensa o dia todo. Não foi só paranoia, foi a percepção que me levou a dizer que as meninas estiveram no elevador com a pessoa que a polícia tem perseguido por dois assassinatos desde o Natal. Ele me contou que Nadine está bem.

— Está, sim — confirmou Eve. — Você a conhece?

— Ah, não exatamente. Quer dizer, eu a vejo na TV todos os dias. Nunca perco o seu programa *Now*, e leio muitos dos seus artigos. Ela está muito presente aqui em casa, mas só virtualmente — acrescentou, com um sorriso tímido. — Você acaba sentindo que a conhece pessoalmente também. De qualquer forma, fico feliz por ela estar bem. Desculpem, mais uma vez... podem se sentar. Vocês aceitam um café ruim? Foi Savannah quem fez as últimas compras, e trouxe uma marca horrível, mas pelo menos vai estar quente.

— Não é preciso, obrigada. Onde está Savannah?

— No quarto dela com Thea, provavelmente batendo papo pelo *tele-link* com Flo-lo... Florence Louise. As três são assim — ele entrelaçou os dedos, significando "unha e carne". — Vou chamá-las.

— A mãe dela não está em casa?

— O quê? Ah, não. Nós não estamos mais... juntos. Ela está fora por algumas semanas com uma pessoa que... eu realmente não sei o que ele é para ela. Mas não importa. Somos só eu e Vanna... e Thea por alguns dias, porque Thea não quis embarcar no cruzeiro pós-natal com os pais. De qualquer forma, vou lá dentro chamá-las. Por Deus, estou nervoso.

Ele foi até os fundos do apartamento, virou num corredor à esquerda e bateu em uma porta.

— Vanna? Você e Thea precisam vir aqui um instantinho!

— *Ah, pai!* Estamos contando para Flo-lo um lance mega importante!

— Venham agora, Savannah. É para falar com a polícia.

Os gritos foram tão agudos que podiam ter arranhado as paredes. Bocco esfregou os olhos e voltou para perto de Eve e Roarke.

— Optei por não instalar isolamento acústico no quarto dela. É preciso ouvi-las chamar, caso precisem de ajuda. Mas o preço a pagar por isso é alto. Ei, que tal eu lhes oferecer uma Coca-Cola? Isso foi uma coisa em que Savannah acertou em cheio no dia das compras.

— Aceitamos, sim, seria ótimo — respondeu Eve, simplesmente para dar ao homem algo com o que se ocupar.

As meninas saíram do quarto de mãos dadas no instante em que Bocco entrava na cozinha. Eve notou que Savannah tinha a mesma pele marrom de seu pai e cabelos castanhos (embora houvesse mechas violeta em toda parte). Tinha um corpo compacto.

Thea, aos 16 anos, tinha um corpo de violão. Era normal desenvolver um corpo de violão tão jovem, perguntou-se Eve, ou será que seus pais tinham autorizado procedimentos estéticos tão cedo?

Ambas eram bonitas, daquele jeito jovem com ar de sabe-tudo que Eve nunca conseguira compreender. Usavam meias grossas de cores vibrantes, calças largas de pijama e blusas listradas brilhantes.

— AI, MEU DEUS! É totalmente Roarke e Dallas! Vann! Gostamos tanto do filme de vocês que o assistimos um zilhão de vezes — continuou Thea. — Talvez mais! Matthew Zank é totalmente gostoso, apesar de ter se casado com Marlo Durn. Não que ela não seja top dos top, mas mesmo assim. É tudo mara, tudo buga-buga. Essas nossas camisetas são de viagem. Fofíssimas!

— Thea! — Bocco voltou com dois copos cheios de gelo e Coca-Cola. — Experimente usar palavras compreensíveis, pelo menos neste momento.

— Pai! — Sussurrou Savannah. — Esse são os mais-que-demais Roarke e Dallas. Não seja mané, você sabe muito bem quem são. Os personagens de *O caso Icove.*

— Certo. Eu não os reconheci. Não vejo um filme há... sei lá quando. Pretendo ler o livro quando tiver tempo, mas não há muita chance de isso acontecer tão cedo.

— Nadine Furst mora lá em cima — comentou Savannah. — Já conversei com ela, trocamos ideias algumas vezes. Alguém tentou matá-la, disso eu sei. Pegamos o elevador com o cara. O assassino — acrescentou, em tom dramático.

— Ela — corrigiu Eve, e Thea lançou um sorriso presunçoso para Savannah.

— Eu disse que aquele cara era uma mulher. Ela estava toda coberta dos pés à cabeça, mas parecia uma mulher para mim. Usava uma roupa super sem graça, com certeza, e bota sem graça nisso.

— Ela disse alguma coisa para vocês?

— Nem um pio. Tínhamos acabado de pregar uma peça no Rizz e estávamos rindo à beça com isso, mas ela me pareceu muito irritada e azeda.

— Ela lançou um olhar de seca-sementeira pra gente — acrescentou Savannah.

— O quê?

— Creio que ela quis dizer "olhar de seca-pimenteira" — interveio Roarke, com ar divertido.

— Sim, tipo assim... — Savannah fez um olhar carrancudo, apertando a boca e baixando as sobrancelhas. — Me deu vontade de mandá-lo ir enxugar gelo, como você diz no filme. Pensei "vá enxugar gelo, meu senhor, porque nós vamos continuar rindo à beça". Só que agora você diz que o cara era *ela*. Acho que... não é porque agora sabemos que ela é má, sério mesmo. O lance é que ela parecia meio malvada. Como se quisesse ser má conosco.

— Isso é verdade!

— Eu não olhei muito pra ela porque ela me deu calafrios — Savannah estremeceu. — Mas Thea disse, mesmo antes de o policial chegar e tudo mais, que aquela mulher do elevador, que eu achava ser um homem, era tipo uma psicopata. Se Thea ou alguém não estivesse ali comigo eu saltaria do elevador em qualquer andar, só pra ficar longe dela.

— É verdade — confirmou Thea.

— Thea é uma pessoa que sente coisas que mais ninguém sente — acrescentou Bocco.

— Ah, Sr. Bocco, eu *não sou* assim!

— Digamos apenas que você tem sentimentos intensos, e bons instintos.

— Sim, tudo bem, mas não sou esquisita. Apenas tive um pressentimento e fiquei feliz por sair dali e ir embora. Além disso, ela tinha um cheiro muito estranho.

— Estranho como? — quis saber Eve.

— Eu não senti cheiro de nada — afirmou Savannah, encolhendo os ombros —, mas Thea tem um nariz incrível!

— Ela exalava um cheiro estranho — repetiu Thea, e curvou os ombros.

Uma adolescente sensível que não queria ser diferente das outras adolescentes. Como, pensou Eve, ela poderia pressionar os botões certos para saber mais detalhes?

— Tenho um sobrinho adolescente que foi abençoado com ouvidos incríveis — encorajou Roarke, exagerando no sotaque irlandês e acrescentando um sorriso curto e encantador.

Eve quase ouviu os dois corações adolescentes estremecerem e darem um pulo de alegria dentro do peito.

— Você pode estar sussurrando a dois quartos de distância e ele capta cada palavra — continuou Roarke. — Imagino que ele seja parecido com você e seu olfato apurado, Thea. O cheiro dela parecia com o quê?

— O banheiro da escola, depois que alguém faz o número dois. Não me refiro à parte fedorenta, porque se ela cheirasse assim a gente nem teria entrado no elevador.

— Cheiro de desinfetante! — apontou Savannah, rindo.

— Isso mesmo! Cheio de banheiro que acabou de ser desinfetado. Cheiro parecido com o de um hospital, ou algo assim. Tudo limpo e estéril, mas de um jeito químico.

— Isso é bom. Essa é uma ótima informação — respondeu Eve. — Você consegue pensar em mais alguma coisa? Algum outro detalhe?

As meninas encolheram os ombros ao mesmo tempo.

— Vocês já a viram antes? Aqui no prédio ou na rua?

— Acho que não — Savannah olhou para Thea, que balançou a cabeça para os lados. — Ela é uma pessoa sem graça, não se destaca, então você não percebe. Estávamos prestes a contar a Flo-lo sobre a pegadinha que fizemos com Rizz, já que ela não pôde estar lá.

— Flo-lo está de castigo — explicou Bocca.

— Sacanagem, isso, mas ela vai sair do castigo amanhã. Foi a mãe dela que me contou. Podemos todas ir ver a descida da bola na Times Square, papai? *Por favor*!

— Claro! Assim que vocês completarem 21 anos.

— Pai!

— Totalmente nunquinha! — Ele sorriu do jeito que Eve imaginou que um pai cansado e indulgente faria. — Os pais de Thea também já a proibiram de ir, então não forcem a barra.

— Pelo menos Flo-lo pode dormir aqui em casa?

— Claro, por que não? — Ele esfregou os olhos de novo. — Quanto mais gente melhor!

Enquanto desciam até o nível da rua, Eve deu uma cotovelada em Roarke.

— Meu jovem sobrinho da Irlanda tem orelhas de um morcego de duas cabeças.

— Seu sotaque irlandês parece estar soando de dentro de um atoleiro, tenente.

— E o seu ficou mais forte vários níveis, de repente, mas funcionou bem, foi uma ótima sacada.

— Aquela garota quer ser como todo mundo. Imagino que seja normal na idade dela.

— Não sei. Nessa idade eu estava cansada de ser como todo mundo e contava os dias até poder ficar sozinha.

— Pois eu, nessa idade, estava agarrado em para-choques de carros para pegar carona, arrombando fechaduras e roubando carteiras. Mas a verdade é que nós dois nunca fomos como todos os outros da nossa idade, não é? — Ele agarrou a mão dela e deu um beijo ali.

— Ela pode parecer e se comportar como todo mundo, mas não é. E não quer ser.

— Acho que agora você está falando da assassina, e não da Thea.

— Ela quer ser importante, especial, reconhecida. — Eve pegou o *tele-link* assim que eles saíram no frio da calçada e franziu a testa pra ele. — Eu queria saber como Jamie e sua mãe estão.

— Mas nós dois nos sentiríamos bem melhor se fizéssemos isso pessoalmente. Não vai demorar muito.

— Talvez seja desnecessário, mas sim, pelo menos vou tirar isso da cabeça. O cheiro que ela sentiu — lembrou, quando eles entraram no carro. — Spray selante, talvez? Ela estava selada da cabeça aos pés, pode ser isso. Ou pelo menos parte disso.

— Havia algum cheiro de produto químico nela, sentido apenas por quem é muito sensível a cheiros, mas você não usa selante para desinfetar banheiros, e Thea foi específica em relação a isso.

— Desinfetante então... ou algo assim. Produtos químicos. Talvez ela tenha passado algo no casaco. Ou usado desinfetante na bolsa preta. Limpou tudo que precisava ser limpo. Algum antisséptico? Com cheiro bem discreto, porque a outra garota não percebeu. Talvez seja mais uma espécie de sexto sentido. O mesmo que avisou a ela que a pessoa ao seu lado era uma mulher e lhe transmitiu uma sensação de maldade onde a outra, Savannah, viu simplesmente uma pessoa chata e de aparência comum, talvez um pouco irritada com elas... como foi que ela disse? Que ficaram rindo a rodo.

Eve esquadrinhou as ruas enquanto Roarke dirigia.

— Ela está ferida. A menos que tenha recebido tratamento médico... mas até agora ninguém relatou alguém que corresponda à sua descrição pedindo ajuda para queimadura; ela deve estar abalada. Irritada, com dor, perdeu a confiança em si mesma. Três erros em dois dias. O que fará agora? Rastejar para dentro do seu buraco e lamber as feridas? Ou buscar um jeito de extravasar em outro lugar?

— Se estiver realmente ferida, acho que cuidará de si mesma antes de qualquer coisa.

— Talvez. Mas a raiva e a vingança são ótimos analgésicos.

Quando chegaram à casa de Jamie, as luzes do andar principal estavam todas acesas. A árvore de Natal brilhava com ar de desafio atrás do vidro das janelas, e foi através delas que Eve viu a luz da TV da sala ligada, com cores e movimentos.

O policial que atendeu a porta lhe pareceu um pouco envergonhado. E não foi nenhuma surpresa, pensou Eve, considerando o volume do som do jogo de basquete que passava na TV e os gritos do outro policial e de Jamie comemorando um arremesso de três pontos.

— Ahn... pensamos que seria melhor mantê-lo entretido, tenente — explicou o policial.

Eve olhou para o monte de batatas fritas espalhadas, refrigerantes, biscoitos festivos e uma espécie de molho que parecia saboroso.

— Dá para notar.

Jamie, muito jovem e em forma, com o cabelo cor de areia um pouco mais comprido que da última vez que ela o vira, levantou-se de um salto da posição desleixada no sofá. Correu e deu um abraço bem apertado em Eve antes de ela ter chance de impedi-lo. Aquilo compensava a visão de dois policiais se empanturrando de comida gordurosa e assistindo a esportes durante o horário de serviço.

Ele deu a Roarke o mesmo tratamento e depois sacudiu o cabelo para trás.

— Que bom que vocês vieram, mas não precisava. Estamos todos numa boa. Agradeço pela proteção policial, também, mas ninguém que eu não queira vai conseguir entrar aqui. Mesmo assim, a presença deles fez com que minha mãe ficasse mais tranquila.

— Onde ela está?

— Eu finalmente a convenci a ir se deitar. Faz uns vinte minutos.

— Ela consegue dormir com todo esse barulho?

— Dei a ela um calmante e protetores de ouvido. — Ele sorriu. — Que bom que eu estava em casa quando isso aconteceu. De qualquer modo, como eu disse, ninguém conseguiria entrar aqui. Até uma chave mestra iria disparar o alarme. Montei um sistema — explicou ele a Roarke. — Um programa de proteção para a casa inteira. Ele tem sensor de movimentos, mudança de peso, é sensível à luz e tem alertas para uso de chaves mestras. Tudo isso como camada extra do sistema de trancamento automático normal, só que mais completo e com alarme geral.

— Você soube que alguém esteve aqui?

— Sim, mas é um protótipo, ainda em fase experimental. Tenho trabalhado muito nele com a sua divisão de pesquisa e desenvolvimento durante as férias de inverno. Palavra é palavra!

— De fato.

Roarke pagava a faculdade de Jamie em troca do seu trabalho, pois considerava o menino um gênio promissor em eletrônica.

— A única falha foi essa, na qual eu ainda não havia pensado — continuou ele. — Alguém usar uma chave mestra que *não* funciona. Vou trabalhar um pouco nesse detalhe. Mas mesmo que ela tivesse funcionado, as trancas secundárias teriam entrado em ação e os alarmes teriam disparado. Do jeito que aconteceu, vocês mesmos cuidaram disso.

— Você tem câmeras? — perguntou Eve.

— Ah, com certeza! — Ele pegou um microdisco selado no bolso. — Já fiz uma cópia pra você. Já assisti ao básico. Não consigo ver muita coisa do rosto dela, mas talvez vocês consigam melhorar a qualidade. Ela está ferida no braço direito, e vocês podem reparar que o braço esquerdo tremeu um pouco quando ela tentou usar a chave. Enfiou-a na fechadura duas vezes, e depois bateu com o punho na porta algumas vezes. Foi isso que me alertou, aconteceu pouco antes de você ligar para minha mãe. Eu estava trabalhando, mais ou menos, e o contato com a porta disparou um alarme. Não me assustei, pelo menos pelo que percebi na tela. Joguei a imagem da câmera para a TV e não vi ninguém lá. Ei, vocês aceitam um drinque, ou algo assim? Mamãe comprou tudo para as festas. Estamos bem estocados.

Eve conseguiu ver isso pelas coisas espalhadas sobre a mesa de centro.

— Não, obrigada.

— Bem, de qualquer forma, eu já ia descer para conferir o sistema, e foi nesse instante que você ligou para minha mãe. Consegui ouvir e percebi que ela estava assustada com alguma coisa. Entendi a essência do papo, acionei o bloqueio total e liguei todas as luzes da casa no máximo.

Ele sorriu.

— Os vizinhos podem ter ficado um pouco nervosos, mas se alguém ainda estivesse lá fora e insistisse em entrar, isso o faria pensar duas vezes.

— Eu gostaria de dar uma olhada nesse seu sistema — disse Roarke.

— Sim, claro.

— Mais tarde! — Eve ergueu a mão para interromper os dois *geeks*. — Vou deixar os guardas aqui, para sua mãe ficar mais tranquila. E vou mandar vir mais uma patrulha, mas não creio que vocês recebam uma nova visita hoje. Ela já errou duas vezes, então se atacar novamente não será em um lugar tão seguro quanto a porra do Pentágono.

— Errou duas vezes?

— Ela tentou pegar a Nadine.

— Nadine!? — A animação desapareceu do rosto de Jamie. — Ela está bem? Ficou ferida?

— Abalada, não exatamente ferida. Mas está em segurança e bem protegida.

— Então esse é o tal suspeito desconhecido que matou Bastwick e Ledo. Eu acompanho o noticiário criminal — disse Jamie para Eve. — Eu não era fã da Bastwick, e deduzi que você prendeu Ledo uma ou duas vezes.

— Soube disso tudo pelos seus informantes, claro.

Jamie fez que sim com a cabeça, e de repente seus olhos já não pareciam mais tão jovens. Havia um policial em potencial ali, pensou Eve, embora Roarke quisesse que o garoto continuasse a trabalhar na sua divisão de Projetos & Desenvolvimento.

— Nadine... agora eu e mamãe. Ela trocou de foco. Está tentando atacar as pessoas que são importantes pra você.

— Essa é a nossa teoria, até o momento. Portanto, tome suas precauções. Ninguém que vocês não conheçam pode entrar aqui. Não abra a porta pra ninguém, ponto final. Sem exceções! Nem para algum policial que não tenha sido autorizado pessoalmente por mim; nem para algum funcionário da companhia de gás que venha conferir um vazamento, fazer a entrega de alguma coisa ou algo desse tipo. Não abram a porta para absolutamente ninguém.

— Entendi. Não vou me arriscar, ainda mais com minha mãe aqui, pode ficar tranquila.

Ela ficou mais calma. Ele era um bom filho, era tudo que sua mãe tinha, e por isso Eve ficou mais tranquila, mas ainda assim iria deixar os policiais na casa.

Quando chegaram em casa, Eve sentiu como se tivesse passado dias fora. Precisava de seu escritório e de uma hora de trabalho, pelo menos uma hora para colocar os pensamentos em ordem e tirar todo o resto da cabeça.

Roarke pegou o gravador de mensagens sobre a mesa do saguão. A voz de Summerset soou quase monocórdica.

A Srta. Furst está instalada na Suíte Gold, pois é uma das suas favoritas. Consegui convencê-la a tomar um calmante não muito forte e a permitir que eu tratasse os ferimentos leves que tinha no braço e na panturrilha. Embora tenha me dito que pretendia estar acordada, trabalhando, até vocês voltarem para casa, acredito que o remédio que lhe dei irá neutralizar essa intenção.

Espero que vocês dois sigam o exemplo dela e tenham uma noite de descanso razoável.

Eve jogou o casaco sobre o primeiro pilar da escada.

— É bom que ela tenha apagado, presumindo que ele esteja certo a respeito disso. Não quero ter de lidar com Nadine esta noite. Ela terá muitas perguntas, e não quero ouvi-las.

Roarke também jogou seu casaco sobre o primeiro pilar, por cima do de Eve.

— Vou verificar as buscas que deixei rodando no sistema, e em seguida vou programar outra pesquisa com as imagens desta noite.

— Preciso ver as imagens do prédio da Nadine, e as do Jamie também.

— Eu também quero ver tudo pessoalmente. Mas vamos programar tudo antes. — Roarke estendeu a mão para os discos. — Vou configurar tudo e você pega o café. Com uma condição — acrescentou ele.

— Não gosto de condições.

— É uma pena, porque esta é inegociável. Você vai tomar um calmante antes de ir para a cama. Você está muito pálida, Eve. Está mental e fisicamente exausta. Portanto, não vou pressioná-la a não trabalhar e vou ajudar nisso. Mas, quando terminar, você tomará o tranquilizante.

— Eu tomo se você tomar também.

— Estamos combinados. — Ele deu um tapinha na bunda dela quando entraram em seu escritório. — Vá para a cozinha agora, querida, e prepare um café para nós.

— Você acha isso fofo?

— É adorável, pelo menos a essa hora da noite.

Qualquer que fosse a hora, havia trabalho. Então ela fez o café e acrescentou um prato com alguns cookies do seu estoque secreto.

As sobrancelhas de Roarke se ergueram quando ela serviu tudo.

— Ora, isso deve ser amor. Você compartilhando seus biscoitos.

— São cookies. Biscoitos são aquela massa cozida na qual você despeja manteiga ou calda. Lembre-se de que lado do Atlântico você está, meu chapa.

— Seja qual for o nome, são bem-vindos. — Ele pegou um e mordeu. — Computador, exibir imagens do primeiro disco.

Segurando o café, Eve observou a suspeita desconhecida chegar na porta externa de Nadine. Cabeça e rosto virados para longe da câmera, mas desta vez descobertos. A mecha de cabelo estava ali. Não havia som, então a voz se perdeu novamente. Sem chance de conseguir uma impressão espectrográfica da voz.

— Nada de destaque nas roupas. Sem rótulos, emblemas ou logotipos. Mas Nadine tinha razão a respeito da altura dela. Não é um metro e setenta e oito. O correto seria um metro e setenta e três. E, assim como das outras vezes, conhece bem o prédio — continuou Eve. — Sabe como se posicionar no melhor ângulo para manter o rosto fora do foco da câmera. Certamente vamos encontrar alguém que a viu entrar. Alguma pessoa deve tê-la visto.

— Lá vêm as meninas. — Roarke tomou um gole do café enquanto as observava. — E essa é a aparência de pessoas de riso solto ou "rindo à beça".

Para Eve, parecia que tinham bebido até cair, não só pela forma como se inclinavam uma na direção da outra, mas pelos olhos, que brilhavam muito, e pelas risadas histéricas.

— Repare nas mãos dela — apontou Eve. — Ela cerrou os punhos. Está revoltada. Por causa das meninas? Por causa dos seus fracassos? Pela vida em geral? As meninas a irritaram, com toda aquela conversa estridente e risadas. Elas a enfureceram. Por Deus, ela está enfiando a mão no bolso. Bolso direito! E sim, a mão dela está tremendo um pouco.

— Mal consegue se controlar — concordou Roarke.

As meninas se acotovelaram em direção à porta do elevador que se abriu. Eve percebeu o instante em que Thea virou-se para trás... apenas para dar uma olhadela final.

— Ela é sensível o suficiente para ter percebido algo sombrio no ar, algo perigoso — disse Roarke. — Ficou aliviada por estar indo para longe dali.

— A assassina tenta relaxar novamente. Abre e fecha os dedos bem devagar, inspira e expira com força, balança os braços para os lados.

Quando ela saiu do elevador, Eve xingou pela falta de câmeras no corredor.

— Roarke, avance as imagens até o momento em que a suspeita reaparece. Vamos ver se ela nos mostra mais alguma coisa ao deixar o prédio.

— Computador, avançar os pictogramas até que a suspeita reapareça.

A suspeita não reaparece em nenhuma outra imagem interna do elevador. Somente nas câmeras externas.

— Mostre isso.

Ela saiu pela porta da frente. Eve viu apenas suas costas, os ombros curvados e o braço direito dobrado para dentro.

— Repita esse trecho, mas diminua a velocidade.

Viu a cabeça de cima apenas por um segundo, quando as imagens voltaram mais um pouco. Ela tremia, claramente tremia muito e sentia fortes dores no braço direito.

— Não há muita coisa mais que possamos usar daí. Vamos ver a gravação de Jamie.

Roarke deu a ordem ao sistema e então sorriu como um menino e apontou para a tela enquanto segurava o seu café.

— Veja a diferença, a resolução perfeita dessas imagens, você percebe? Nítidas como cristal, e foram feitas a partir de uma câmera que ele mesmo adaptou.

— As imagens podem ser cristalinas, mas ela é muito inteligente, ainda tem autocontrole suficiente para manter o rosto longe da câmera. Merda! Mas sim, sim, ela está bem ferida. Nadine a acertou em cheio com a chama do isqueiro. Talvez ela tenha feito uma parada rápida e não planejada pelo caminho a fim de pegar uma bolsa de gelo, um analgésico ou algo assim, porque houve um bom intervalo de tempo.

— Ela pode ter aproveitado esse tempo para se recompor — sugeriu Roarke.

— Sim, a probabilidade é a mesma. Mas ela continua tremendo, ainda está bufando de raiva. Congelar imagem! Pronto, bem ali! Só por um segundo ela perdeu o controle. A chave mestra não funcionou e ela se vira um pouco de lado. Há muitas sombras em seu rosto, mas temos algumas feições... mais precisas do que antes. Você consegue melhorar ainda mais essa imagem?

— Com um pouco de tempo e esforço, consigo, sim.

— Diga seu preço.

— Bem, eu não cobro barato. — Ele deslizou a mão pela cintura dela e dançou os dedos pelas costelas.

— Vou te dar uma nota promissória.

— Aceito.

— Temos mais algumas partes do rosto dela — observou Eve. — Poucas, mas temos mais do que tínhamos. Ela agiu de forma desleixada e nós conseguimos mais detalhes.

Ela chorou, chorou, chorou sem parar. Tudo o que mais queria no mundo, todas as suas esperanças, seus sonhos e suas necessidades tinham se estilhaçado como vidro.

Como tudo poderia ter dado tão errado ao mesmo tempo? Ela tinha feito de tudo, planejara tudo, tinha sido tão cuidadosa, tão paciente. Tão *sincera*. E tudo tinha sido em vão.

Não havia mais sentido agora, nem objetivo, nem alegria.

A pele do punho e parte do antebraço estavam em carne viva e cheias de bolhas; a dor era como a de facas quentes que cortavam fundo.

Ela poderia consertar tudo aquilo, sabia como fazê-lo. Mas qual seria o objetivo? A vida dela tinha acabado, não tinha? Seu propósito se foi, desvaneceu-se, foi apagado. Sua homenagem tinha tido um propósito falso, pois a única pessoa de quem ela dependia era uma farsa.

Era tudo mentira, pensou. Tudo mentira!

Então ela acabaria com aquilo. Ninguém se importaria; ninguém nunca tinha se importado. Ela já não tinha mais nada nem ninguém. Mas sabia como acabar com tudo. Havia muitas formas de morrer. Ela só precisava escolher uma e deixar-se deslizar para outra forma de esquecimento eterno.

Uma morte vazia para dar fim a uma vida vazia.

Ergueu a cabeça e lá estava Eve, olhando para ela. Ela até conseguia ouvir sua voz — e havia um propósito.

Pare de choramingar! Aja! Você sabe muito bem o que fazer. Você sempre soube. Todo o resto foi apenas brincadeira. Só existe uma maneira de realmente sermos parceiras, de sermos amigas, de estarmos juntas. Você é forte o bastante para enfrentar isso? Ou continua sendo uma covarde?

— Não diga isso! Não diga que sou covarde. Eu matei por sua causa. Veja só o que ela me fez!

Ela estendeu o punho cheio de bolhas para a foto e viu Eve zombar ainda mais.

Você perdeu seu tempo com ela e com aquele garoto. A questão foi sempre, e simplesmente, nós duas. O tique-taque do relógio soa cada vez mais rápido. A bola vai descer na Times Square amanhã. É o último dia do ano, então que vá embora tudo o que é velho e que chegue tudo o que é novo.

A esperança, os primeiros raios de luz surgiram em seu coração.
— É isso que você realmente quer?

É assim que tem de ser. Você vai me convencer. Você fará o que for melhor para nós duas. E é melhor começar logo.

— Sim, é melhor eu começar logo. Sei exatamente o que fazer.

Ignorando o punho que parecia estar em chamas, ela se levantou e pegou o colete à prova de balas do armário de suprimentos.

Sim, sim, ela ainda conseguiria fazer com que tudo funcionasse. Sabia como acabar com aquilo. Tudo tinha de acabar para depois começar novamente, do mesmo jeito que um ano terminava para que o outro tivesse início.

Elas terminariam juntas e começariam novamente.

CAPÍTULO VINTE E UM

Eve acordou no escuro com o braço de Roarke em volta dela. Não conseguiu ver que horas eram, mas seu corpo lhe dizia que estava prestes a amanhecer. Ainda era cedo, bem cedo, pelo jeito, mas já era quase manhã.

Também não saberia dizer a que horas foi para a cama — ou foi largada, já que Roarke a pegou no colo quando ela estava meio apagada sobre a mesa de trabalho e a levou para a cama.

Um hábito dele que, para ser sincera... não irritava Eve nem um pouco.

O que ela sabia é que os parâmetros de busca mais restritos lhe tinham rendido pouco mais de duzentos suspeitos em potencial.

Muitos, é claro, mas era melhor que milhares.

Ela ainda podia encurtar a lista, decidiu, agora que seu cérebro não estava tão enevoado com a fadiga.

Estava claro que tudo girava tendo como base a geografia ao redor de seu antigo prédio; mas isso era puro instinto, não uma evidência sólida.

Mas se ela abrisse mão desse parâmetro, voltaria aos milhares de suspeitos.

A opção era ir em frente, estreitar a área de busca em alguns quarteirões ao redor e reduzir ainda mais esse número.

Decidiu que faria as duas coisas. Despejaria uma parte das pesquisas em Peabody. Depois escolheria alguém da sua divisão que pudesse dedicar parte do seu tempo para pegar alguma outra parte da pesquisa. Encurtar a lista ainda mais.

Convocar Mira para participar, pedir que ela reduzisse ainda mais as probabilidades, que avaliasse os resultados. Depois, era só andar a pé, rastrear os suspeitos e levá-los para interrogatório.

Em seguida, precisava verificar mais uma vez a sua possível lista de alvos. Será que havia deixado alguém de fora, como tinha acontecido com Jamie?

DeWinter, talvez? A antropóloga forense não era exatamente uma amiga, mas elas já tinham trabalhado juntas e eram bem próximas. Merda!

Dawson? O chefe dos peritos nas cenas dos crimes era uma opção, mas essa era uma relação de trabalho, e não pessoal. E se ela expandisse suas garras para essa direção e pegasse Harvo, a especialista em fibras? E onde Dick Cabeção, o chefe do laboratório, entrava nessa mistura?

Santo Cristo, será que ela precisaria enviar um boletim geral para todas as pessoas com quem trabalhara, fizera consultas técnicas ou tinha socializado em algum momento?

Para sua informação, evidências indicam que atualmente sou uma pessoa tóxica. Qualquer contato comigo poderá resultar em morte. Tome as precauções apropriadas.

Pare com isso, ordenou a si mesma. Concentre-se no trabalho e no processo dedutivo.

Ela precisa matar. Quem será o próximo alvo lógico? Mantenha o foco, proteja as pessoas e utilize sua determinação para prender a suspeita.

Utilize os dados e as evidências atualizados. Temos um perfil e uma descrição provável, ainda que incompleta; temos conjuntos de habilidades, motivação e um padrão a ser seguido. Aplique tudo isso à lista atual de suspeitos e prenda a vaca assassina.

— Seu cérebro já está muito ocupado a esta hora da manhã.

Como estavam com os rostos quase colados um no outro, Eve olhou fixamente para a sombra do rosto de Roarke.

— Esse é um novo hábito seu?

— Que hábito?

— É a segunda vez em uma semana que você não compra um sistema solar antes do amanhecer. Como o mundo dos negócios e das finanças pode continuar a girar se você está aqui, deitado na cama?

— Pensei nisso e remarquei minha conferência internacional das cinco e quinze para depois.

— Quem é o maluco que aceita conferências *online* às cinco e quinze da manhã?

— Alguém com interesses em Praga.

— Que horas são em Praga?

— Mais tarde do que aqui.

— Que horas são aqui?

— Quase cinco e meia, e me parece que o efeito do seu tranquilizante já passou.

Ela mal se lembrava de ter tomado o medicamento.

— O que havia naquele comprimido?

— Cerca de cinco horas de sono, ao que parece. — Ele rolou para cima dela.

— Ei! Quem te convidou?

— Eu moro aqui — lembrou ele, e baixou a boca para tocar a dela. — Hoje é o último dia do ano. — Ele levou os lábios à garganta dela, ao ponto logo abaixo de sua mandíbula, que sempre o atraiu. — Portanto, terminaremos nosso ano da maneira adequada. Depois, poderemos repetir a dose após a meia-noite.

— Esse é o seu plano?

— Chame isso de impulso de momento.

— Sua alternativa para Praga.

Seus lábios se curvaram contra sua pele.

— *Dobrý den.*

— Hã?

— Bom dia em tcheco — murmurou, e tomou sua boca novamente de forma lenta e profunda; suas mãos deslizaram para baixo pelo corpo dela e tornaram a subir.

Ela esperava terminar o ano com sua suspeita desconhecida na cadeia. Mas como alternativa... aquilo funcionava.

Então deslizou a mão sobre a bochecha e o cabelo dele — toda aquela seda — e pelos músculos fortes e tensos das suas costas.

O peso dele, que lhe trazia tanto conforto quanto excitação, o sabor das suas línguas se encontrando ao mesmo tempo, de um jeito calmo e estimulante. Tudo, tudo dele era muito familiar, mas nunca era comum. Mãos inteligentes que conheciam seus segredos acariciavam, roçavam e se mantinham ativas, até que sua pele formigasse de expectativa. Seu sangue, ainda lento por causa do sono, começou a esquentar e ela pareceu flutuar.

Na escuridão profunda e onírica, nas últimas horas de um ano que tinha lhe trazido sangue e morte, alegria e conforto, ela abraçou o que o destino lhe deu. E o homem que tinha mudado tudo.

Por um momento ela ficou ali, naquela curva dourada de felicidade silenciosa, de reconhecimento, de pertencimento, com os braços ao redor dele, o rosto pressionado na curva da sua garganta.

— Eu te amo, Roarke. Eu te amo.

As palavras se derramaram diretamente no coração dele e brilharam como o cintilar de uma vela. Foi um momento luminoso. Ele devolveu as palavras a ela, em irlandês, a língua daquele coração. E deixou-se deslizar para dentro dela, como quem volta para casa.

Ela virou a cabeça até que seus lábios encontraram os dele. Deslizou as mãos até que seus dedos se uniram.

Ela ergueu-se com ele, sentindo-se bem-vinda; depois se deixou cair com ele novamente, como uma submissão. Suaves e doces foram as palavras ditas. Lentas, amorosas, definindo o ritmo.

Ali havia paz em um mundo sangrento e brutal que ambos conheciam muito bem. E a celebração de duas almas perdidas que enfim se encontraram.

Em meio à escuridão mais suave que antecede o amanhecer, ela se levantou, tomou banho e se vestiu. Enquanto Roarke lidava com sua conferência remarcada, ela verificava os resultados da busca noturna. Nas horas que passou dormindo, o computador cuspiu mais alguns nomes.

Ela analisou os rostos, os dados, perguntou a si mesma se algum deles lhe despertava lembranças. Alguém que ela tivesse visto de passagem. Alguém que tinha cruzado o seu caminho ou desempenhava uma função ligada a ela.

Discordou do computador em uma ou duas escolhas. Pele muito escura, ou muito clara, ou um cabelo muito juvenil. Mas ela não podia se arriscar a tirar nenhum deles do pacote, pelo menos por enquanto.

De forma laboriosa e frustrante, programou as duas buscas alternativas. Ordenou uma sem setor marcado e em outra busca retirou dois quarteirões do espaço definido.

Apesar do receio de que isso prejudicasse sua sorte tecnológica, acrescentou mais uma tarefa e rodou testes de probabilidade com base nos resultados atuais.

Ainda é muito cedo para conversar com alguém, decidiu, enquanto o gato batia com a cabeça em seu tornozelo.

— Ok, ok, já entendi. Hora do café da manhã.

Pensou em ir para a cozinha do escritório, mas mudou de ideia. Algumas rotinas valiam a pena preservar, decidiu, e com o gato correndo atrás dela, voltou para o quarto.

Ela não podia saber quanto tempo levaria a reunião com as pessoas de Praga, mas considerando o calmante e o reagendamento, apostou que Roarke planejava completar sua marca pessoal de cuidados e carinhos preparando uma tigela de mingau de aveia.

— Carne de porco — murmurou, franzindo a testa para o AutoChef do quarto. — Definitivamente quero bacon, mas não num daqueles cafés da manhã irlandeses completos. Talvez uma omelete. Qual vai ser? — Ela percorreu as opções de omelete. — Sim, sim, uma omelete espanhola. Por que espanhola? Por que não francesa ou italiana? Quem sabe, e quem se importa? Ok!

Com uma risada curta enquanto Galahad esbarrava e miava ao lado dela, num som que parecia um feitiço, Eve pegou a ração primeiro. Como ela o fez esperar, reforçou a oferta com um pires de leite.

Em seguida, programou café da manhã para dois — e bem quando Roarke chegou, antes mesmo que ela terminasse de pôr a mesa.

— Tudo bem em Praga?

— Tudo ótimo em Praga. E aqui está você, a esposa prendada, preparando o café da manhã.

— Aqui estou eu, a policial faminta, preparando o café da manhã. Por que o nome disso é "omelete espanhola"?

— É o que vamos comer?

— Sim, mas por que esse nome? Poderia ser uma omelete irlandesa, porque tem batatas.

— Não tenho ideia do motivo, mas parece uma ótima pedida. — Ele a puxou para baixo a fim de obrigá-la a se sentar com ele. — Obrigado.

— Eu não tinha certeza de quanto tempo você ficaria na reunião. Onde fica Praga? Na República Tcheca?

— Você tirou A em Geografia com essa resposta!

— Geografia faz parte do pacote. — Ela pegou uma fatia de bacon. — Tenho um palpite de que a minha suspeita desconhecida mora no meu antigo bairro.

— Um palpite lógico.

— Sim, talvez. Vou passar por aquele bar e churrascaria quando abrir, para ver as imagens que eles têm de lá. Mas agora vou fazer buscas alternativas, esquecendo a geografia em uma e tirando alguns quarteirões em outra.

— Isso explica seus xingamentos.

— Estou muito cansada de mexer com programação. — Ela realmente já estava com uma leve dor de cabeça provocada pela sessão matinal. — Não sei como vocês, *geeks*, lidam com isso.

— *Geek* também pode se referir a alguém "excêntrico" e é um clube ao qual você não pertence.

— Prefiro assim. Estive examinando as fotos de suspeitos em potencial. E me senti como uma testemunha analisando fotos de possíveis suspeitos, um clube do qual eu gostaria de sair logo. Ninguém em especial chamou minha atenção.

— Obviamente não é ninguém que você conheça bem, ou com quem trabalhe com regularidade.

— Concordo. Mas pensei em mais uma coisa: ela mostrou um pouco de cabelo quando foi pegar Nadine, então eu diria que provavelmente é uma peruca; por que ela mostraria o próprio cabelo?

Roarke assentiu enquanto comia e completou:

— Isso seria um descuido, e ela ainda não foi descuidada.

— O que vemos dela mostra que sua pele é mais escura do que Hastings disse, mas não creio que ele estivesse errado. Ele trabalha com feições, com rostos. Então ela pode ter clareado a pele quando foi vê-lo, ou escurecido mais para Nadine.

— Ou nenhum dos dois, porque ela pode ter usado disfarces sutis o tempo todo.

— Sim, exatamente. Portanto, não importa o que nós tenhamos, mesmo que você use um pouco da sua magia e melhore a definição das imagens que conseguimos ontem à noite, pode ser que ela não resulte numa figura realista.

— Como membro fundador do clube dos *geeks*, devo dizer que as pesquisas geralmente são definidas de forma muito ampla. É por isso que há tantas correspondências na área geográfica relativamente pequena que marcamos, e existem tantas variáveis nessas correspondências.

— Pelo menos você sabe explicar isso na nossa língua — respondeu Eve. — Acho que, seguindo as probabilidades e o meu instinto, ela pesou a mão um pouco mais no disfarce de ontem à noite. Sentiu que precisava deixar de lado o lance do entregador e da caixa que usava no ombro para esconder o rosto das câmeras e das pessoas. Por que ter tanto cuidado se você já alterou muito a sua aparência, ou pelo menos a do rosto? Algum cuidado ela certamente teria, porque ela é mais que cuidadosa. Ela é obsessiva... e travada.

Ela voltou a atenção para o café enquanto a teoria passava por sua cabeça.

— Mas ontem à noite, o rosto ficaria parcialmente exposto. As câmeras, a possibilidade de haver testemunhas... como acabou acontecendo. Ela gostaria de se parecer menos consigo mesma. Se ela trabalhar na área de aplicação da lei, já sabe que estamos realizando essas buscas. Mesmo que não trabalhe, embora eu acredite que sim, é inteligente o suficiente para conhecer o processo básico.

— Isso é mais do que simplesmente se misturar com as pessoas — concordou Roarke. — Mais do que apenas passar despercebido pelos transeuntes.

— Sim, mas podemos ir além. É mais fácil escurecer a pele do que clarear, então aposto no seu tom natural de pele nos dois primeiros ataques, ou até mais claro. Ela usou cabelo castanho-escuro ontem à noite, então já eliminei essa cor. Mas ela certamente não usaria sua cor real. Ela escolheu a cor dos meus olhos... castanho-claros. Então...

— A coisa vai além de olhos castanho-claros — interrompeu Roarke. — São os *seus* olhos, Eve. Isso é deliberado. São os seus olhos. Ela quer ver através deles. E quer que os outros enxerguem *você* nela.

— Aí já entramos na área da Mira. — Eve parou de falar e cutucou a omelete. — Mas não acho que você esteja errado, e isso é assustador pra cacete, admito. Mas vou superar isso, porque preciso descobrir como usar essa fraqueza ao meu favor. Porque vou fazer exatamente isso quando colocá-la na sala de interrogatório. Só que para levá-la até lá, primeiro preciso encontrá-la. Você tem tempo para brincar com as imagens de ontem à noite?

— Já comecei a fazer isso.

— Ótimo, mas dá para ajustar o que você já tem? Mesclar, transformar, seja lá o que for, a descrição do Hastings? É a descrição mais certeira que temos, na minha opinião. Faça-a um pouco mais baixa porque estaremos mais perto de como ela realmente é. E crie um corpo mais fino também, pelo mesmo motivo.

— Vou separar um tempo para fazer isso.

Conferência *on-line* com Praga, pensou ela, sistemas solares para comprar. Ele já havia dedicado muito mais tempo dessa vez do que ela poderia esperar. Era sempre assim.

— Quando você tiver algum tempo livre, pode passar tudo para Feeney? Quero a visão e a opinião dele. Ele pode deixar que McNab e Yancy brinquem mais um pouco com os parâmetros, se achar que esse é o caminho a seguir. Mas quero a opinião dele antes.

— Claro.

— Mais uma coisa.

— Devo começar a fazer anotações de tudo?

— Acho que dessa você vai se lembrar. Faça-me um favor, Roarke, e seja extremamente cuidadoso hoje, em especial. Não dirija para nenhum lugar. Por favor — acrescentou depressa, antes de ele poder dizer algo contra. — A noite passada certamente a deixou pior, ainda mais enlouquecida. E revoltada. Se ela quiser me machucar onde mais dói, esse lugar seria você. Leve uma ou duas daquelas armas que você não deveria carregar.

— Querida Eve — ele se inclinou e a beijou. — Sempre carrego uma das armas que não deveria carregar. Você não precisa se preocupar comigo.

— É o mesmo papo-furado que eu dizer para você não se preocupar comigo.

— Justo. Então você cuidará da minha policial e eu cuidarei do seu criminoso... já aposentado.

— Semiaposentado, já que você infringe a lei toda vez que faz as malas para algum lugar. — Ela bufou com força. — Leve uma arma de tornozelo também.

Ele deu um tapinha na mão dela e voltou a comer sua omelete. Ele sempre carregava uma arma extra no tornozelo.

Eve podia trabalhar de casa naquele dia. Na verdade, isso talvez fosse até mais eficiente, mas ela queria estar visível para todos. Então, pediu que Peabody a encontrasse no laboratório. Ela faria uma ronda por todos os departamentos.

Pressionou Dick Cabeção porque isso era rotina, e, se a suspeita a estivesse observando, Eve queria que ela percebesse que a rotina continuava. Mostraria a ele o esboço da versão de Roarke, toda vestida e de corpo inteiro.

Depois levou a mesma imagem para Harvo e pediu à rainha dos fios de cabelo e das fibras que a prendesse em seu quadro de avisos. Em seguida, subiu a escada e procurou Garnet DeWinter, que encontrou debruçada sobre restos de esqueletos.

O jaleco daquele dia era turquesa, para combinar com as botas de salto alto. DeWinter usava óculos de visão microscópica em meio à sua explosão de cabelos cor de caramelo, na qual eles pareciam praticamente perdidos.

— Olá, Dallas, oi, Peabody. Estou no meio de um processo longo aqui, então se o assunto não for urgente...

— Você a reconhece? — Eve empurrou uma cópia do esboço de Roarke sob o nariz elegante de DeWinter.

— Não posso dizer que sim. Ela me parece alguém... comum, e que precisa de um bom trato. Tem uma bela estrutura óssea, um ótimo potencial que não foi trabalhado como deveria.

Estrutura óssea, pensou Eve, inspirada.

— O que você pode me dizer sobre ela?

DeWinter olhou para os ossos espalhados sobre a mesa e suspirou.

— Deixe-me dar uma olhada melhor.

Pegou o esboço e inclinou-o em direção à luz.

— É uma mistura de traços e sinais, então será uma especulação completa. Mas posso garantir, logo de cara, que ela precisa de uma cor e de um estilo de cabelo melhores.

— Ela não se importa.

— Todos deveriam se importar, pois isso tornaria o mundo mais atraente. — Ela olhou com toda atenção para o esboço de Eve. — Esta é a sua suspeita desconhecida, certo?

— Sim.

— Se tudo aqui estiver correto, a estrutura óssea, o formato do rosto e a boca, ela deve ser birracial, mas estou sendo influenciada pelo tom da pele. Se ao menos eu tivesse a caveira dela em cima da mesa...

— Vou tentar conseguir isso.

— Eu não culparia você — rebateu DeWinter, franzindo a testa para o esboço. — Não ficaria surpresa em encontrar algum antepassado grego na sua herança familiar. Possivelmente ascendência turca, mas não recente. Traços diluídos, como muitos de nós temos. Eu diria Europa Ocidental, com algum sangue anglo-saxão. Seu corpo me parece bem-proporcionado. Tudo isso, veja bem, são só suposições. As conclusões mais prováveis com base em um esboço.

— Vou seguir seu palpite. Mantenha esse esboço aqui, dê uma olhada nele de vez em quando e mostre-o ao seu pessoal. Ela certamente será alguém comum, alguém que se mistura ao cenário. Mas é inteligente, brilhante, boa no trabalho que desempenha, seja ele qual for. Tem muitas habilidades na área de eletrônica, e muita paciência. É obsessiva e extremamente organizada.

— Você acabou de descrever metade das pessoas que trabalham nestes laboratórios.

Nesse momento, Eve seguiu seu instinto e continuou:

— Ela provavelmente não tem amigos. Nem mesmo seus colegas de trabalho pensam nela ao sair para tomar um drinque. Ela é solteira, sem relacionamentos românticos. Conhece todos os meus casos por dentro e por fora.

— Isso já restringe um pouco mais. Temos um bom clima de camaradagem por aqui. Muitas vezes nosso trabalho é feio e desgastante, então é a camaradagem que o torna suportável.

DeWinter estudou novamente o esboço.

— Não consigo pensar em ninguém, especificamente, mas vou analisar melhor. É verdade que Nadine foi atacada ontem à noite?

— Sim, sofreu uma tentativa de assassinato, mas está bem. — E, graças ao tal calmante que Summerset a tinha convencido a tomar, Nadine ainda continuava apagada quando Eve saiu de casa.

— Não a conheço bem, mas gosto dela — declarou DeWinter. — Fico feliz por saber que ela está bem.

— Está protegida. Qualquer ideia nova que surja, qualquer coisa que lhe venha à cabeça, por mais fora de órbita que pareça, quero ouvir. Mais uma coisa... na verdade eu também não conheço você direito, mas já trabalhamos juntas. Ela tem perseguido pessoas que conheço, então você precisa se cuidar

— Ora, mas isso é... angustiante.

— Você está numa posição baixa na lista de possíveis alvos. Simplesmente porque não está aqui há tempo suficiente. Mas tome cuidado, de qualquer forma.

— Feliz Ano-novo! — acrescentou Peabody, ao sair.

— Muito obrigada, de verdade.

— Vamos conversar com Dawson — disse Eve. — Depois passaremos pelo necrotério para falar com Morris. — Ela checou as horas enquanto caminhavam. — Aquela churrascaria ainda não está aberta a essa hora, e não deve abrir tão cedo. Vamos continuar as buscas na Central, até eles abrirem. Talvez tenhamos sorte.

Dawson tinha uma mesa com o dobro do tamanho da mesa de Eve. A tenente só percebeu isso ao ver a quantidade de frascos de vidro contendo insetos, fragmentos de ossos, terra, pedras e o que parecia ser um peixe carcomido que ela nunca tinha visto antes.

Nomes de locais, tarefas, técnicos e investigadores — incluindo o dela — cobriam seu quadro de trabalho. Uma ampla prateleira sob uma luz brilhante continha várias plantas de aparência estranha.

Ele ergueu o rosto do microscópio e viu para onde Eve olhava.

— São plantas carnívoras. Um hobby que eu tenho.

— Você tem plantas carnívoras no escritório?

— Mais que demais! — foi a reação de Peabody, ao se aproximar para analisá-las de perto.

— Não posso ter isso em casa, minha mulher proibiu. Mas elas não comem pessoas. — Ele sorriu e completou: — Ainda! Estou tentando criar um espécime híbrido.

— Vou me lembrar disso, caso precise prender alguém por encorajar a criação de vegetais homicidas. Você reconhece esta mulher?

Ela lhe mostrou o mais recente esboço da suspeita.

— É a mulher que matou Bastwick e Ledo. Soube que ela tentou matar Nadine Furst ontem à noite. As notícias se espalham rápido. — Ele segurou o esboço com o braço estendido. — Ainda não fiz o procedimento que preciso nos olhos.

Então ele os semicerrou para ver melhor.

— Ela se parece com muita gente.

Ela repetiu a rotina que fez com os outros. Solteira, comum, mente brilhante, organizada e assim por diante.

— Quem não é inteligente, organizado e meio obsessivo não dura muito tempo na minha equipe. Conheço meu povo como ninguém, Dallas. E isso vale para todos os nossos departamentos.

— Há alguém aqui com interesse específico nos meus casos?

— Vê aquele quadro? Investigamos casos de todo mundo. Isso não quer dizer que não acompanhemos de perto cada um deles. Sabe aquele em que você investigou com a ajuda de DeWinter? Todo mundo aqui trabalhou muito naquilo. — Ele girou lentamente na cadeira, obviamente confortável com seus peixes carcomidos e suas plantas carnívoras. — Você encontrou os restos mortais de doze crianças, não foi? Não trabalho com pessoas que não se entregam por completo em algo assim.

— Pense nisso com atenção — pediu ela. — E coloque isso num lugar onde as pessoas consigam ver.

Onde *ela* poderá ver, pensou Eve, caso trabalhe aqui.

Ela não estava no laboratório, nem no necrotério, nem em uma estação de trabalho, nem na cena do crime.

Tinha tirado um dia livre; sua primeira folga em mais de dois anos. O trabalho que fazia agora, o trabalho mais importante que já havia feito e que jamais faria, precisava de tempo. Precisava de toda a sua atenção.

Ela aguentou a dor, pois era cautelosa com analgésicos. Mas tinha coberto o punho queimado com pomada para queimaduras e depois envolveu-o em gaze.

A dor não era nada, na verdade, apenas a reação do corpo, até mesmo um aviso, mas seu propósito era maior que a dor que sentia.

É verdade que tinha caído no choro diversas vezes. Pela dor no corpo, pela dor no coração. E pelo medo que minava o objetivo. Mas seu firme propósito fortaleceu sua determinação e secou as lágrimas.

Tudo tinha acabado. Ela sabia disso e havia aceitado seu destino. A vida era um ciclo que só poderia ser renovado depois que terminasse.

Então ela iria acabar logo com aquilo. Purgar, purificar; destruir para reconstruir.

Com cuidado, vestiu o colete de combate à prova de balas no qual passara quase a noite toda trabalhando. Servia bem nela. Era pesado, é claro, por causa das cargas de explosivos que tinha instalado neles.

E ainda havia trabalho a ser feito, mas o que faltava ela teria de ir buscar diretamente na Central de Polícia. Sabia como passar pelo sistema de segurança, para pegar o restante que faltava e resolver o problema. Faltavam poucas horas, pensou, e virou-se para o espelho.

Tinha acrescentado um salto interno na sola da bota para parecer mais alta e combinar com a altura de Eve. Seus olhos castanho--claros tinham sido criados por um médico oftalmologista especializado, e ela não precisaria mais das lentes de contato incômodas para trabalhar.

Essa parte da sua vida já tinha acabado.

Ela mesma cortou o próprio cabelo e ficou bom. Curto, desgrenhado, castanho com luzes um pouco mais claras. Igualzinho ao de Eve. Todas as suas fontes disseram que a cor dos cabelos de Eve era natural. Não tinha sido fácil repetir aquele tom exato no seu cabelo.

Durante mais de um ano ela tinha treinado de forma constante e incansável; tinha desenvolvido muitos músculos e queimado gordura. Em outra vida ela já tinha estado acima do peso ideal, mas agora era forte, com os músculos robustos.

Assim como Eve.

— Somos iguais. Você compreenderá isso em breve. Deve haver um pagamento pela traição. A justiça precisa ser feita. Mas você não poderá pagar, a menos que eu também pague. Nós somos iguais. Você vai entender.

Por ora, ela colocou a peruca castanho-escura e as lentes de contato azuis. Tudo de que precisava estava embalado numa caixa para coleta de evidências em locais de crime.

Vestiu o casaco e ergueu a caixa. Aproveitou o tempo para olhar ao redor. As fotografias, os equipamentos dela, o quadro completo do caso. Toda a sua vida estava ali.

Ela nunca mais veria nada daquilo.

Aquele espaço tinha sido uma espécie de casulo, percebeu. Um lugar onde ela se transformara, em paz e em segurança.

Agora estava enfim pronta para abrir as asas e voar.

Capítulo Vinte e Dois

Eve entrou na sala de ocorrências da Central.

— Ouçam todos! Tenho trabalho pesado de pesquisa para todos que não estejam numa investigação em aberto, e para todos que tenham algum tempo livre.

— Se não houver, a gente faz o próprio tempo, tenente — respondeu Jenkinson.

— É trabalho pesado — repetiu Eve. — Então não quero que isso afaste nenhum de vocês de um caso em andamento. — Acenou com a cabeça em direção à mensagem escrita à mão acima da porta da sala de descanso. — Tenham em mente aquele lema. Se alguém estiver livre, Peabody tem todos os dados. — Olhou para a mesa vazia de Baxter. — Baxter está em alguma investigação?

— Surgiu um corpo no Greenpeace Park — disse Santiago. — Ele e Trueheart acabaram de sair. Carmichael e eu fechamos um caso ontem à noite. A esposa pagou uma bolada ao amante para se livrar do marido. Acho que ela não queria passar pela aporrinhação do divórcio. O namorado a entregou de bandeja com olhos de cobra, sem pestanejar.

— Olhos de cobra?

— Isso mesmo, tenente, cobras não piscam. — Santiago arregalou os próprios olhos para demonstrar. — É uma metáfora. De qualquer modo, estamos livres.

Carmichael assentiu e completou.

— Prontos para pegar no pesado.

— Espalhe esta alegre notícia, Peabody — ordenou Eve, e seguiu para sua sala.

Optou por obter os resultados da pesquisa geográfica mais restrita que tinha programado. Como o local em questão era apenas um palpite, ela precisava fazer a bola rolar.

Por que eles chamaram aquilo de olhos de cobra? Todo mundo pisca. Cobra não pisca? Por quê?

— Pare com isso! — ordenou a si mesma em voz alta, programou o café e sentou-se para trabalhar.

Depois de uma hora trabalhando duro, reduziu a lista de suspeitos para 56 possibilidades. Dividiu-os em dois grupos, para começar. Os que tinham antecedentes criminais, por mínimos que fossem, e os outros.

Logicamente, os indivíduos sem antecedentes poderiam cometer crimes pesados, mas... seu instinto lhe dizia que não desta vez. Seguindo o instinto, cortou mais alguns nomes e ficou com 43.

Fechou os olhos por um momento, refletindo.

Uma aspirante a algo ligado à aplicação da lei. Bem possível.

Ex-aplicadores da lei, aposentados ou expulsos da corporação. Boas possibilidades, também.

Policiais em atividade? Também era possível.

Alguém em atividade na área criminal, tornou a pensar, teria fácil acesso aos arquivos de todos os seus casos. Entretanto, a suspeita desconhecida mostrava habilidades digitais admiráveis, então os arquivos também poderiam ter sido hackeados.

Ela iria separar os nomes mais uma vez, decidiu. Aspirantes a policiais, policiais antigos e atuais.

Enquanto trabalhava, Peabody entrou.

— Posso ter encontrado algo. Loreen Messiner. Ela é... posso falar? — perguntou Peabody, apontando para o computador de Eve.

— Desembucha — Eve inclinou-se para trás e deu mais espaço a Peabody.

— Ela mora em Tribeca, um lugar que fica fora da nossa zona alvo, só que...

— Você tem um palpite.

— Aqui está ela — disse Peabody, enviando a foto para a tela do computador de Eve.

— Seu rosto me é familiar — disse Eve, baixinho. — Bem familiar, por sinal. Eu já vi esse rosto.

— Ela ficou em segundo plano na busca geral, praticamente nos limites do reconhecimento facial, mas essa foto da carteira de identidade dela foi tirada há nove meses, eu já verifiquei. Talvez ela tenha perdido um pouco de gordura facial, desde aquela época. O cabelo estava mais comprido, mas ela pode ter cortado. Olhos e cabelos castanhos, um metro e setenta e dois de altura, sessenta e cinco quilos. Trabalha como oficial de justiça no tribunal, então você certamente já a viu por lá. O pai dela era policial, mas morreu na linha de fogo há três anos. Veja só, a mãe dela mora no Novo México, seus pais são divorciados. Ela informou que mora no mesmo endereço do pai, então os dois moravam juntos. Não tem irmãos.

— Oficial de Justiça... — refletiu Eve, e uma imagem de Messner, de uniforme, surgiu em sua cabeça. — Sim, já sei quem é. Ok. Ela perdeu o pai, que era policial e foi a pessoa que a criou. O que aconteceu com o assassino do pai?

— Foram dois caras, um caso de roubo. O policial Messner os perseguiu a pé, mas um deles bateu em sua cabeça com um taco de beisebol e pisou no rosto dele quando já estava caído. O outro entregou tudo e fez um acordo para escapar de uma pena longa. O assassino foi para uma prisão fora do planeta, o outro pegou só dois anos, por roubo, e tinha ficha limpa. Saiu da cadeia depois de dezoito meses.

— Isso pode ter afetado a filha — afirmou Eve.

— Fiz uma pequena pesquisa — comentou Peabody. — Ela estava de plantão várias vezes quando você testemunhou. Dallas, ela foi a oficial de justiça no julgamento de Jess Barrow!

— Isso faz toda a diferença. Você conseguiu a localização dela?

— Está no tribunal neste momento.

— Ela definitivamente precisa ter uma conversa comigo. Imprima esta imagem, vou levá-la. Deixe-me só terminar de preparar esta última pesquisa, caso a sua pista não resulte em nada de arregalar os olhos. Por Deus, Santiago abusa das metáforas coloridas. Antes de seguir, vamos dar uma passada na churrascaria, a caminho de lá e perguntar se alguém a reconhece. Ótimo palpite, Peabody.

— Sim, acho que foi mesmo.

Enquanto Eve e Peabody saíam da Central, a mulher que elas procuravam entrava.

Ela estava numa boa. Tinha um ar de determinação e certeza. Uma sensação de que tudo estava no lugar. A identidade da sua colega de trabalho foi digitalizada e ela registrara a si mesma como Charis Cannery.

Foi apenas uma precaução. Se as buscas revelassem seu nome verdadeiro, ninguém saberia que ela tinha acabado de conseguir acesso irrestrito à Central.

Submeteu-se à inspeção corporal de rotina e ao escaneamento da caixa de evidências que carregava. Nada apareceria ali. Ela sabia como mascarar com facilidade, em um escaneamento padrão, qualquer item questionável.

O momento não poderia ter sido mais favorável. A segurança, assim como todo mundo, queria que aquele dia terminasse logo para poder sair e ir comemorar o Réveillon. E uma identificação oficial da polícia nunca levantava suspeitas.

Ninguém olhou para ela. Ninguém sabia o quanto ela era especial. O ponto de imortalidade que ela estava prestes a alcançar. E tudo aconteceria exatamente como deveria acontecer, no prédio que era o coração da manutenção da lei e da ordem.

Entrou no elevador e se colou à parede do fundo, por puro hábito. Uma mulher de vestido vermelho conversava com um policial atarracado e uniformizado, que lhe contava seus planos para a grande noite.

Ela também tinha planos. Não passaria a véspera de Ano-novo sozinha, não desta vez. Não desta última vez.

Ela saiu do elevador, curvando-se instintivamente para a frente, a fim de parecer menor enquanto se espremia entre as pessoas que passavam. Então lembrou-se do motivo de estar ali, endireitou o corpo e atirou os ombros para trás, com orgulho.

Foi até o banheiro mais próximo, verificou todas as cabines e só então tirou a peruca — com cabelos da cor dos de Charis — e jogou-a junto com as lentes de contato na recicladora de lixo.

Tirou alguns momentos para analisar seu reflexo no espelho. O que viu foi Eve.

Mas, ainda não, lembrou a si mesma. Colocou um quepe preto que escondia o cabelo, ou boa parte dele. E arrumou melhor o cachecol.

Depois pegou a caixa outra vez, quase esquecendo o próprio nome enquanto a carregava até o setor de Evidências Criminais.

Já conhecia o policial de plantão, mas estava preparada para isso. O velho tinha idade suficiente para ser seu pai, e era mais amigável do que a maioria. Ele sorriu para ela, por trás de sua tela protetora.

— Olá, como vão as coisas?

— Ah, tudo bem. — As câmeras estavam nela agora, e gravavam tudo. Mas isso não teria importância. — Tive de trazer isso aqui, e depois preciso levar as caixas de Dobey. Hã... trouxe a ordem de liberação comigo.

Ela ergueu a ordem de liberação que tinha forjado de forma meticulosa e a inseriu no *scanner*. Em seguida, passou seu crachá.

— O pedido foi confirmado, mas você digitou a identidade errada. Seu nome é Lottie, não é?

— Isso mesmo. Não sei por que o sistema... — Ela virou a identidade e olhou para a foto como se estivesse em estado de choque.

Tinha treinado aquela expressão no espelho.

— Ai, não! Estou com o crachá da Charis. E ela deve estar com o meu! Estávamos no vestiário pouco antes de eu sair. Ela deve ter levado o meu crachá por engano.

Ela ergueu o rosto e olhou bem fundo nos olhos dele.

— Isso é terrível. Ela já foi embora, saiu um pouco mais cedo para organizar a festa de logo mais. O que faço agora? Preciso levar as caixas de Dobey para reprocessamento.

— Não tem problema. O pedido foi confirmado e eu conheço você, então vou liberar tudo. Trate de entrar em contato com a Charis o mais rápido possível, para destrocar os crachás.

— Ah, obrigada! Vou fazer isso assim que sair daqui.

As fechaduras zumbiram e a porta de vidro se abriu. Ela se permitiu voltar a ser Lottie: se realmente tivesse trocado os crachás, ficaria nervosa e chateada. Erros daquele tipo eram terríveis, muito perturbadores. Então fingiu se atrapalhar com a caixa e deixou o crachá cair no chão, diante do guarda.

Ele era uma boa pessoa, apesar de ser homem. Ela lamentou muito ter que machucá-lo.

Quando ele se abaixou e pegou o crachá para lhe devolver, ela se abaixou ao mesmo tempo, sacou a pistola de atordoar e deu-lhe uma rajada que o jogou no chão.

— Não vou matar você — disse-lhe. — Bem que eu poderia. Seria fácil e eu adoraria fazer isso. É muito bom saber que conseguiria. Mas não vou. Porque você vai poder contar a eles o quanto eu era inteligente, o quanto eu era gentil. E relatar a facilidade com que entrei aqui. Quero que as pessoas saibam. Já passou da hora de eu receber algum elogio.

Ela o prendeu com algemas, amordaçou-o e ajustou o próprio *smartwatch* para alertá-la dali a trinta minutos. Ela lhe daria outra rajada e o manteria apagado até terminar o que tinha ido fazer ali.

No meio-tempo, trancou todas as portas e apagou as luzes da mesa.

Outras caixas de evidências poderiam chegar para serem estocadas ali, mas elas ficariam guardadas até que os armários maiores tornassem a ser abertos, no dia seguinte.

Ela sabia como tudo funcionava.

Pegou a caixa e usou o crachá falso para ter acesso às portas seguintes.

Havia mais câmeras, é claro, mas a pessoa que as monitorava estava inconsciente.

Havia um mundo de coisas ali, analisou, examinando com cuidado as prateleiras longas e altas. Inúmeras evidências de crimes. E muitas ficariam esquecidas, frias e empoeiradas, sem que a justiça fosse feita.

Erros que nunca seriam corrigidos.

Ela sabia o que precisava pegar dali. Subiu calmamente a escada até as caixas de que precisava e vasculhou-as, em busca dos componentes.

Despiu o colete e começou a trabalhar. Com as ferramentas adequadas e as habilidades certas, não seria muito difícil criar explosivos com os elementos que recolheu. Com alguns cálculos rudimentares, ela poderia, e iria, construir um colete de explosivos que explodiria toda a Divisão de Homicídios.

Na churrascaria, Lolo deu uma boa olhada na foto da carteira de identidade da nova suspeita e balançou a cabeça para os lados.

— Nunca a vi antes. Se alguém vier comer aqui mais de uma vez, eu conheço o rosto. Se a pessoa vem três vezes, eu já sei onde ela quer se sentar e o que quer beber. Você tomou aquela sopa?

— Sim, obrigada, estava uma delícia. A torta também. Talvez ela tenha estado aqui quando você não estava no seu turno.

Lolo bufou, pensativa.

— É pouco provável. Fico aqui direto, quase 24 horas por dia. Sinta-se à vontade e mostre a foto dela por aí, mas pode ter certeza de que essa mulher da foto não esteve aqui, pelo menos não mais de uma vez.

Assim que obtiveram a mesma reação do restante da equipe, Eve saiu.

— Você ganhou uma torta? — quis saber Peabody.

— Guarde a foto. Talvez ela apenas tenha tido sorte e pulou para dentro deste lugar por instinto. Apostei que ela podia ter entrado aqui para conseguir cobertura.

Isso poderia ter dado errado.

— Mas ela também pode simplesmente parecer, ou fez-se parecer diferente quando entrou aqui — sugeriu Peabody. — Que tipo de torta você ganhou?

— De maçã — respondeu Eve, com ar distraído. — Vamos mostrar a foto dela em alguns outros lugares. Se conseguirmos encontrar algo a ver com ela mais ou menos por essa área, o palpite ganhará mais peso.

Só que outros garçons da região, lojistas, o dono da carrocinha de lanches, ninguém a reconheceu.

Seguindo o que tinham em mãos, localizaram Messner no tribunal e tiveram de esperar até o intervalo de almoço terminar.

— Coloque-se em posição para cortar a fuga dela, caso isso aconteça — ordenou Eve baixinho, para Peabody, quando eles se aproximaram. — Você é Loreen Messiner?

— Isso mesmo. Olá, tenente Dallas. Não vi você na lista dos depoimentos de hoje no tribunal.

Bastou isso: o reconhecimento casual e os ombros relaxados disseram a Eve que elas estavam seguindo uma pista errada. Mas agora estavam ali e precisavam seguir em frente.

— Viemos aqui por causa de outro assunto. Você conhecia Bastwick, certo?

— Qualquer pessoa que trabalha neste tribunal conhecia Bastwick. Uma mulher astuta. Senti muito pelo que aconteceu com ela. — Messner deu uma boa olhada em seu *smartwatch*, lembrando a Eve que ela estava na sua hora do almoço. — Em que posso ajudá-la?

— Você apareceu em uma pesquisa durante nossa investigação atual.

— Eu?! Na investigação sobre a morte da Bastwick? — Messner começou a rir, mas logo ficou séria. — Você está me zoando, certo?

— Nem um pouco. Torne tudo mais fácil e me informe o seu paradeiro no dia 27 de dezembro, entre as 17 e as 19 horas.

— Isso é fácil. Eu estava na Disney World com alguns amigos. Nenhum de nós tem família por perto, então tiramos uns dias de folga, escolhemos um lugar e fomos viajar. Fomos de carro. Saímos bem cedo, na véspera do Natal, e voltamos só no dia 27. Chegamos a Nova York por volta das sete da noite. Fizemos a viagem nos revezando no volante, e, quando chegamos, saímos para jantar. Vou lhe dar os nomes das pessoas, seus contatos, o hotel que reservamos, o que for necessário.

— Eu agradeceria, isso iria cobrir tudo. E, quanto à madrugada do dia 29 de dezembro, por volta das seis da manhã?

As bochechas em seu rosto marrom ficaram bastante coradas, como se tivesse sido pega no flagra.

— Droga! Terminamos nossas miniférias saindo para a balada na noite seguinte. Conheci uma pessoa, e ela voltou pra casa comigo. Ela só saiu por volta das oito da manhã seguinte. Olha, tenho o nome e o contato dela, mas se ela receber uma ligação da polícia para perguntar a meu respeito isso poderá estragar tudo. Eu gosto muito dela.

— Que tal na noite do dia 29? Por volta das 19 horas?

— Eu a levei para jantar no restaurante Olive Branch, em Reade. Fiz reservas para as sete da noite. Tenho o recibo da reserva e eles poderão confirmar tudo. Meu Deus, tenente.

— Estamos trabalhando por eliminação, Messner. Vamos verificar o primeiro dia e o último. Quando eles forem confirmados, deixaremos de fora o que aconteceu no meio.

— Eu agradeceria muito. Não entendo como apareci nessa investigação.

— É uma busca ampla e estamos seguindo todas as pistas. Mande suas informações de contato à detetive Peabody. Mais uma coisa, Messner... sinto muito pelo seu pai.

— Ele era um bom policial. E um ótimo pai. Sinto falta dele todos os dias. OK, você vai precisar falar com Marisol Butler — começou Messner.

— Meu palpite foi uma furada — disse Peabody, quando elas saíram do tribunal.

— Mas vamos poder riscá-la da lista, já é alguma coisa. Os álibis provavelmente são reais, mas confirme-os mesmo assim.

Ela ouviu com pouca atenção enquanto dirigia e Peabody checava os álibis de Messner.

O monitoramento das clínicas de saúde não tinha obtido resultado algum. Essa era a primeira pista realmente promissora, mas não deu em nada.

Ela tentaria de novo, pensou Eve. Tinha de fazer isso! Algo maior desta vez? Mais violento, mais sangrento? Ou será que iria para o lado oposto, por conta dos fracassos que poderiam ter abalado sua confiança? Será que escolheria um alvo melhor, mais simples? Voltar a alguém como Ledo, que seria tão fácil de matar como esmagar uma formiga.

— Não... não era isso que eu faria.

— O quê? — quis saber Peabody.

Eve balançou a cabeça para os lados.

— Eu faria algo maior, ao eliminar o meu próximo alvo. Faria uma bela declaração de poder. Ela precisa provar o seu valor para mim e para si mesma. Eu a decepcionei, certo? Eu não era quem ela pensou que eu fosse, ou quem ela queria que eu fosse. Todo esse tempo e emoção investidos, e eu estraguei tudo. Ela deveria vir atrás de mim agora.

— É um grande salto ela tentar matar você. No seu perfil psicológico ela é descrita como covarde.

— As pessoas evoluem.

E as coisas mudam, lembrou, não importa o quanto você tente mantê-las no lugar.

— Ela não fugiu da Nadine, só depois que queimou o punho. Agora foi ferida em batalha. Ela não foi embora rastejando, eu diria que isso é uma evolução. Pelo contrário, foi direto para a casa do Jamie e tentou outro ataque. Ela encontrou sua paixão, sua coragem. Ela deveria vir atrás de mim.

Eve entrou na garagem da Central.

— Continue com a pesquisa. Escolha qualquer um que se enquadre nos parâmetros. Pegaremos os cinco primeiros nomes mais prováveis do resultado geral. Serão praticamente tiros no escuro, mas vamos cobrir tudo aos poucos. Não estamos errados no perfil — acrescentou, enquanto entravam no elevador. — Eu quase consigo vê-la diante de mim.

— Se eu quisesse fazer algo grande, escolheria fazer hoje à noite, na Times Square — opinou Peabody.

— Para quê? Ah, certo, certo. Véspera de Ano-novo. A descida da bola. — Mavis, lembrou Eve, e sentiu um aperto no peito. — Mas vai haver segurança reforçada por lá. Câmeras e pessoas por toda parte. A questão é que... se você resolve fazer um ataque realmente grande, é exatamente isso o que quer, não é? Quer provar que consegue passar pela segurança, que não tem medo de multidões, nem de câmeras.

— Fazer um ataque importante, tudo bem, mas tentar algo assim? Algo diante do mundo inteiro, basicamente? Isso é uma missão suicida.

— Mas isso a tornaria importante — explicou Eve, forçando a passagem pelo elevador. — Não é exatamente isso que ela busca? Ela não é importante para ninguém. Deveria ser importante para mim, mas eu distorci tudo e me virei contra ela. De qualquer modo, ela deveria vir até mim, essa seria a lógica. E eu não vou assistir à descida da bola.

— Vai perder um grande show.

— Milhões de pessoas, muitas delas bêbadas ou drogadas, apesar das restrições de segurança, e nenhuma tem lugar nem para fazer um xixi decente. Sim, vai partir meu coração não estar lá. Mas pode ser que ela imagine que eu vá. Mavis é uma das atrações principais, então talvez...

Ainda refletia sobre isso ao entrar na Divisão de Homicídios.

Baxter já estava de volta, notou, com os olhos fechados e os pés sobre a mesa. Ela se aproximou e empurrou os pés dele para baixo.

— Ei! Ah, oi, chefia. — Ele mudou o tom quando a viu. — Estava só dando um cochilo para me preparar para a noite inteira que já planejei.

— É ótimo que você consiga tirar um pouco de folga no trabalho.

— Pegamos o bandido. — Ele apontou com o polegar para Trueheart. — Meu garoto está preparando o relatório. Um sujeito agrediu um casal jovem e tolo no Parque Greenpeace. Eles entregam tudo, ninguém se machucou e o assaltante fugiu. O casal jovem e tolo vai pra casa, transam um pouco para acalmar os nervos e depois denunciam o assalto. Acontece que o assaltante era o morto cujo caso tínhamos apanhado. Pelo visto ele saiu correndo da cena do roubo com seus ganhos ilícitos, e o exame toxicológico vai mostrar que ele estava numa órbita muito mais alta do que seria normal. Por fim, levou um tombo feio, caiu todo torto, bateu a cabeça com muita força numa pedra. Caso... ou devo dizer, casos encerrados. Ele ainda tinha os *smartwatches* das vítimas e seus cartões de crédito com ele.

— Ótima sorte a nossa, porque agora você tem tempo para o meu trabalho pesado.

— Comecei a analisar tudo enquanto conversávamos aqui, chefia. A suspeita que apareceu não vingou?

— Não tivemos a mesma sorte de vocês. Trabalhe agora, durma depois.

Ela entrou em sua sala e pensou: o importante é manter o processo e a rotina, então tomou café antes de se sentar à mesa. O tempo que gastou na rua não tinha sido completamente desperdiçado, percebeu, ao ver que seu computador tinha lhe oferecido os nomes de mais alguns suspeitos.

Ela os analisou um a um, lendo os dados que os acompanhavam.

Gostou do visual de Marti Fester, que trabalhava direto na Central, no Setor de Manutenção. Solteira, 35 anos, cinco deles na polícia. Rosto magro, pele pálida, uma mecha de cabelo castanho-médio e olhos castanhos entediados.

O pessoal da manutenção podia entrar na sua sala, no seu veículo, talvez até mesmo nos seus arquivos. Droga, a Manutenção fervilhava por todo o prédio! Se alguém quisesse, poderia descobrir muita coisa.

Ela não tinha registro criminal algum e morava a três quarteirões de Mavis. Sozinha.

— OK, Marti, você pulou para a lista das cinco primeiras suspeitas.

Examinou os outros nomes com cuidado, rejeitando o próximo da lista. Zoey Trimbal parecia muito alegre; embora o cabelo ruivo espetado pudesse ser tingido de qualquer cor conhecida, ela dizia nitidamente "prestem atenção em mim!".

Não foi você, Zoey, pensou Eve.

— Resolveu ficar como a nova consultora civil da divisão eletrônica, recém-saída da Academia, mas a verdade é que a assassina simplesmente não se mistura, não é? Vamos olhar para a terceira... Espere um minuto!

Ela se inclinou para mais perto da tela e olhou Lottie Roebuck no fundo dos olhos.

— Eu já vi você! — murmurou Eve.

Unidade de cena do crime, sob o comando de Dawson, leu Eve. Quatro anos como técnica de laboratório, mais de dois anos na perícia técnica de campo. Solteira, 33 anos, residia... no mesmo quarteirão da Mavis!

Ela sentiu o impacto daquela informação.

Cabelo comprido e meio desbotado. Como eles chamavam aquela cor? Louro-acinzentado, o que não fazia sentido algum. Mas não importava. Lottie usava o cabelo "louro-acinzentado" puxado para trás em um rosto estreito. Boca fina, nariz fino, pele boa, morena clara. Testa alta e aquela boa estrutura óssea da qual DeWinter tinha falado. Olhos castanho-claros que pareciam... vazios.

Mãe e irmã, ambas tinham falecido no mesmo dia.

Eve cavou mais fundo. Elas tinham morrido num acidente de carro; dois garotos menores de idade tinham sido acusados de homicídio culposo. Circulavam em alta velocidade, bêbados, ambos com 15 anos. Um deles acabou no hospital e teve de se submeter a várias cirurgias. Cumpriu um tempo de reformatório, fez serviço comunitário, seguiu a reabilitação obrigatória e assim por diante.

Os dois tinham sido libertados e ficaram com a ficha limpa no dia do seu décimo oitavo aniversário.

A irmã tinha só 12 anos.

Eve desviou o olhar dos dados para a imagem.

— Olá, Lottie.

Dawson estava atolado na sua papelada de trabalho. Queria terminar tudo e ir para casa. Quase fez um juramento com sangue à esposa que não perderia a festa da irmã dela mais tarde, à noite.

O problema é que as pessoas continuavam a matar, independentemente de planos festivos. E dois técnicos de campo tinham faltado ao trabalho naquele dia. Ainda assim, com um pouco de sorte, talvez ninguém mais fosse assassinado no seu turno. Ou pelo menos ninguém encontraria o cadáver até amanhã — depois da ressaca que ele certamente teria passado.

— Oi, Dawson! A camisa da vítima já foi examinada e enviada para Harvo.

Dawson grunhiu para Mickey, um dos técnicos novatos. Ele não precisava conhecer os detalhes da sua rotina. Queria apenas terminar a papelada.

— Por que você pendurou aquele esboço da Lottie ali?

Irritado, Dawson mal ergueu os olhos.

— O quê?

— O esboço com a cara da Lottie. Está meio diferente, mas parece com ela. Pelo menos um pouco.

— Lottie? Lottie Roebuck?

— Ela mesma. Ou pode ser uma prima dela, talvez.

Uma fisgada atingiu seu estômago quando Dawson se levantou da mesa e foi até onde tinha colado o esboço.

— Não me parece com... pegue meus óculos de visão microscópica — ordenou. Inclinou-se, inclinou-se um pouco mais, ajeitou com cuidado os óculos que usava, chegou mais perto e semicerrou os olhos.

— Malditos olhos. Quem tem tempo para... — Ele pegou os óculos de visão microscópica e os colocou.

Sua visão ficou turva, mas ele estendeu a mão e começou a ajustá-los até conseguir uma clareza perfeita.

Lottie? Não se parecia exatamente com ela, a menos que... O cabelo estava diferente, pensou ele, corte um pouco mais redondo junto do queixo. Imagine-a usando um traje de perito.

— Ai, cacete! — Ele pegou o *tele-link* do bolso, mas, antes mesmo de usá-lo, o aparelho tocou em sua mão. Ele pensou em apertar o botão de ignorar a chamada, mas viu no visor quem era.

— Dallas, escute! Sua suspeita é Lottie. Lottie Roebuck, uma das minhas técnicas que faz perícias nas cenas de crime.

— Eu sei! Onde ela está?

— Tirou o dia de folga pela primeira vez em... sei lá quanto tempo. Ela não está aqui. Por Deus, Dallas, ela é uma das minhas funcionárias. É uma das minhas auxiliares!

— Verifique o login dela, certifique-se de que ela realmente não está aí. Entre em contato com Berenski, DeWinter, todos os chefes de departamento. Tranque o prédio todo, Dawson, até segunda ordem.

Em sua sala, Eve desligou e pegou o casaco.

— Pegamos ela! — disse a Peabody, enquanto saía correndo.

— O quê?

— Lottie Roebuck. Ela é uma perita em cenas de crime. Trabalhou nas cenas das mortes de Bastwick, Ledo e na casa de Hastings. Baxter, Trueheart, vocês vêm comigo, vistam coletes à prova de balas. Carmichael e Hannigan, mesma coisa para vocês. Peabody, ligue para McNab. Quero vigilância visual e sonora no prédio dela. Não entraremos lá até termos certeza de que ela está em casa. Então nós a prendemos de forma rápida e silenciosa.

Ela se virou, pronta para dar mais ordens. Então a mulher, uma imagem estranha e borrada da própria Eve, entrou na sala.

Eve sacou sua arma e avisou:

— Pare aí mesmo, mãos ao alto! — Nesse instante, todos os policiais na sala se levantaram, com armas em punho.

— Eu não faria isso. — Com a mão esquerda, Lottie abriu o casaco e revelou o colete suicida. — Isto na minha mão direita é um detonador já acionado. Se você me atordoar, eu solto o dedo e todos nós vamos morrer. Todos nós, no mesmo instante.

— Ninguém precisa morrer aqui.

Solenemente, Lottie assentiu.

— Preciso que todos vocês baixem suas armas e preciso que tranquem as portas desta divisão. Todas elas! Se não fizerem isso, soltarei o dedo do detonador. Gostaria de um pouco de privacidade, tenho coisas a dizer. Mas se não conseguir, vou simplesmente tirar o dedo do botão.

— Nós duas devíamos conversar — sugeriu Eve. — Vamos tirar todo mundo daqui para podermos conversar em particular.

Um lampejo de raiva brilhou em seus olhos.

— Você acha que eu sou *burra*? Ninguém sai! Tranquem todas as portas. Agora! Agora mesmo, ou todos nós vamos morrer.

— Baixem as armas todos vocês. Tranque as portas que dão para o corredor, Jenkinson.

Eles nunca ficavam trancados, pensou Eve, então só isso já faria disparar um alerta. E, se a louca naquela sala tirasse o dedo do botão já acionado, a explosão seria parcialmente contida. Ninguém fora da Divisão de Homicídios precisava morrer.

Lentamente, Eve deslizou sua arma de volta ao coldre.

— Você quer conversar aqui?

— Quero os *tele-links* e os comunicadores de todo mundo colocados no chão. Armas, *tele-links*, acessórios, tudo no chão! Ninguém poderá usar tipo algum de comunicação.

— Tudo bem. — Eve se virou. Queria que seu povo visse bem seu rosto, para ter certeza de que ninguém iria tentar virar um herói.

— *Tele-links* e comunicadores no chão! — ordenou Eve olhando para todos, mas reparou que Reineke não estava em sua mesa, nem na sala. Captou a expressão que Jenkinson lhe lançou e compreendeu quando ele deu uma curta olhada na direção da sala de descanso. — Ninguém nesta sala usará qualquer tipo de dispositivo de comunicação. — Ela ergueu as mãos no instante exato em que seu *tele-link* de bolso tocou. — Como quer que eu lide com isso? Você é quem está no comando, aqui.

— De quem é essa chamada? Quero saber, Eve. Veja na tela.

— É do Roarke. Eu devia ter entrado em contato com ele há cerca de dez minutos, mas esqueci.

— Então atenda. Mas seja rápida. Diga a ele que você está muito ocupada agora. Tente enviar qualquer sinal em código para ele e eu solto a porra do botão que estou apertando.

Eve atendeu.

— Oi, amor! Desculpe, esqueci de te ligar, você deve ter ficado preocupado. Sabe o que é, querido, é que eu estive muito ocupada. Ainda estou.

Os olhos dele, azuis e vívidos, fixaram-se nos dela. Ela quase conseguia vê-lo repensar tudo o que estava prestes a dizer.

— Tudo bem, amor, eu entendo. Não é a primeira vez que isso acontece. A questão é que estou indo para aí. Pensei em passar na sua sala para ver se posso ajudar em alguma coisa.

— Agradeço a ideia, mas estou sobrecarregada demais agora. Pretendo continuar a trabalhar aqui mais um pouco, para fazer o que conseguir. Você sabe o quanto estou ansiosa para ver a descida da bola na Times Square hoje à noite.

— Sim, eu também estou. Não vou te atrapalhar mais no trabalho, então. Cuide bem da minha tira.

— Deixa comigo. Mais tarde a gente se vê, docinho.

Ela desligou e colocou o *tele-link* no chão.

— Tudo bem, assim?

— Quero todo mundo no chão! De cara pra baixo! Exceto você — disse a Eve. — No chão, todo mundo!

— Todos no chão, de bruços! — repetiu Eve. — É você quem está no comando aqui.

— *Sei* como essas coisas funcionam! Você não consegue me enrolar como se eu fosse uma *civil*.

— Estou apenas reconhecendo os fatos. Por que eu enrolaria você? Afinal, você é uma de nós.

— Você nem sabe quem eu sou!

— Você é que pensa, é claro que sei quem você é! Lottie Roebuck! Faz parte do nosso grupo de perícia em cenas de crime. Tecnologia de campo. Já trabalhamos juntas em um monte de casos.

Surpresa, ou talvez um ar de felicidade, brilhou por um instante em seu olhar, mas desapareceu logo em seguida.

— Você nunca sequer me dirigiu a palavra. Tudo o que eu queria era um papo amigável.

— Estamos conversando agora, não é? Por que não vamos até a minha sala? Lá tem uma porta com uma boa fechadura. Seremos só você e eu, Lottie.

— Você se preocupa mais com eles do que comigo.

Eve pensou em seus subordinados. Policiais espertos. Se um deles tivesse chance de fazer um único movimento, eles fariam. Ela não queria arriscar isso.

— Sou muito ligada a você, Lottie. Nunca tive uma amiga como você. É que eu ainda estou me acostumando com a situação. Precisava de um tempo para me acostumar com isso.

— Eu fiz o que você queria fazer. Matei Bastwick, matei Ledo. Era o que você queria, mas você não soube me valorizar. Disse que eu era uma covarde. Estou parecendo uma covarde agora?

— Qual é, Lottie, você disse agora mesmo que sabe como as coisas funcionam por aqui. Eu precisava dizer coisas desse tipo. Não queria que eles me tirassem do caso, certo? Agora precisamos descobrir um jeito de tirar você daqui e levá-la para um lugar seguro.

— Tarde demais para isso.

— Não precisa ser. Podemos descobrir, juntas, como resolver tudo. Quer dizer... Caraca, olhe só para nós! Quem é mais esperto que nós duas?

— Eu sou a esperta.

— Isso mesmo.

— Mas não sou bonita o suficiente, não sou meiga o suficiente, não sou feliz o suficiente. Não sou suficiente... nunca... em nada, nem para ninguém. Mas sou o suficiente, agora. Por que nada disso foi o bastante pra você?

Eve pediu a Deus que pudesse ter Mira em seu ouvido, cochichando-lhe cada palavra que deveria dizer e como lidar com aquela situação. Mas tudo o que tinha era a si mesma.

— Você não me deu uma chance. Eu não sabia muita coisa sobre você, Lottie. Mas sabia que você era a melhor no trabalho que fazia, é claro. Esperta de verdade. Eu dependia de você, do seu trabalho, da sua inteligência. Mas não imaginava que você estivesse se sentindo dessa forma. Não sabia que você queria ser minha amiga do jeito que eu queria ser a sua.

— Você está mentindo!

— Qual seria o sentido de mentir numa hora dessa? Já superamos tudo isso, Lottie. Você precisa apenas me dizer o que quer! Precisa deixar que eu tente conseguir para você o que quer, como você me ofereceu tudo o que eu queria.

— Eu achei que conseguiria esperar até meia-noite. Seria um momento simbólico. Mas ainda falta muito até lá. Preciso te mostrar quem somos, nós duas. Não do jeito em que estamos neste momento. Isso também é simbólico. Pensei que... se eu fizesse tudo que você queria, tudo que você precisava que alguém fizesse, você me enxergaria, você saberia quem eu era. Mas você não fez nada disso. Simplesmente me tratou como se eu fosse mais um dos rostos no seu quadro do crime, mais um dos muitos nomes no livro de assassinatos.

— Mas eu precisava encontrar você, antes! — Um metro e oitenta, calculou Eve. Havia apenas dois metros entre ela e o botão apertado que detonaria as bombas. — Nós duas não poderíamos conversar até eu encontrá-la.

— Poxa, foi tão bom ajudar você. Isso me deixou feliz, muito feliz. Mas aquilo também foi uma mentira. Só há uma maneira de consertar isso, agora. Quando morrermos juntas, finalmente seremos parceiras, seremos uma família. Seremos uma coisa só.

— Como sua mãe e sua irmã.

O rosto de Lottie ficou rígido.

— Não me fale delas! Elas estão mortas!

— É difícil perder a família.

— Elas nunca se importaram comigo. Eu não era nada. Elas só se importavam uma com a outra. E morreram juntas, então sempre estarão juntas. Eu nunca estarei. Mas com você eu poderia ser alguém. Poderia fazer parte de algo importante. Será tudo muito rápido. Eu não quero machucar você. Mesmo que você tenha me machucado.

— Mas antes eu preciso saber mais algumas coisas. Isso seria justo. — O suor escorreu pelas costas de Eve. Ela não conseguiria levar aquela mulher na conversa, nem conseguiria derrubá-la, percebeu isso. Pare. Fique parada só um pouco mais, disse a si mesma. — Justiça e respeito, Lottie. Devemos isso uma à outra.

CAPÍTULO VINTE E TRÊS

Roarke forçou passagem através do prédio da Central da mesma forma que tinha feito através do tráfego do centro da cidade, abrindo caminho até Eve com nada além de foco obstinado.

Parecia que seu coração não tinha dado uma única batida desde que o rosto de Eve piscou na tela do *tele-link*.

Barricadas bloqueavam o corredor do lado de fora da Divisão de Homicídios, e atrás dessas barricadas havia dezenas de policiais. Ele os teria derrubado, cada um deles; teria aberto caminho com uma lâmina afiada, se necessário. Ao comando de Whitney, porém, todos eles se afastaram e o deixaram passar.

— Qual é a situação?

— Ela é uma das minhas funcionárias. — Com o rosto cinzento, Dawson balançava o corpo para a frente e para trás sobre os calcanhares. — Lottie Roebuck. Ela é uma das minhas.

— Roebuck está com um colete cheio de explosivos e já está com o dedo pressionando o detonador — contou Whitney enquanto

Feeney, McNab e Callendar trabalhavam na tarefa de trazer sons e imagens da Divisão para todo o sistema e tentavam hackear as fechaduras das portas. — Ela fez toda a divisão de refém.

— Como diabos ela entrou aqui com explosivos? — quis saber Roarke, mas se obrigou a não dizer mais nada. — Deixem pra lá. Quero ver a porra das fechaduras.

— Temos de impedir o alerta que dispara quando há tentativa de invasão — disse Feeney. — Como eles estão trancados por dentro, o alarme vai disparar, se tentarmos forçar a entrada. E não podemos simplesmente desligar o sistema.

— Reineke está na sala de descanso, nos fornecendo dados. Roebuck não sabe que ele está lá. — O suor escorreu pelo rosto de McNab. — Dallas sabe. Ele está nos mantendo informados enquanto trabalhamos nisso.

— Então me informem tudo o que acontece lá dentro — exigiu Roarke, enquanto começava a trabalhar.

— Ela mandou todo mundo ficar de bruços no chão, menos Dallas. É Dallas que a mantém falando, mas Reineke acha que ela está se preparando para fazer algo.

— Reineke já descreveu o colete para o Esquadrão Antibomba — disse Feeney, com voz calma. — Ele conseguiu tirar uma foto com seu *tele-link* pela fresta mínima que abriu na porta da sala de descanso. A equipe especializada disse que aquele colete é capaz de destruir a sala inteira.

— Então é melhor detê-la. — Cobrindo o medo que apertava seu peito com uma calma deliberada e fria, Roarke trabalhava com precisão. — Não vou perder minha mulher hoje. Preciso de mais luz aqui, cacete!

— Não conseguiremos apressá-la. — Feeney colocou a mão no braço de Roarke. — Mesmo que consigamos anular a trave das portas, não devemos apressá-la.

— Eve deve ter pensado nisso. — Ela pensaria, assegurou-se Roarke, e continuou trabalhando com cuidado, passo a passo. — Ela exigiu alguma condição para se entregar, essa tal de Roebuck?

— Ela quer morrer — disse Mira, atrás dele. — Quer morrer com Eve. Ela vê isso como uma espécie de pacto de suicídio entre as duas. Elas poderiam até me deixar entrar, e eu certamente tentaria negociar, mas acredito que isso a deixaria ainda mais irritada, e muito mais depressa. Tudo precisa ficar apenas entre ela e Eve.

— Consegui! — McNab limpou o suor da testa. — Já temos imagem e som da sala!

Roarke olhou rapidamente para o monitor e viu Eve diante da mulher que tentou se tornar sua irmã gêmea. O cabelo, os olhos.

Ela não chegou nem perto, refletiu, então se forçou a desviar a atenção da mulher que era a batida de seu coração e trabalhar para salvá-la.

— Ela está indo bem — garantiu Mira, para acalmá-los. — Transmite calma, está fazendo perguntas, sempre usando o nome dela e mantendo o assunto em nível pessoal.

Roarke se desligou de tudo. Manteve a cabeça apenas no som da voz da Eve, não as palavras, apenas o som da voz dela. Isso era tudo o que ele deixava entrar enquanto trabalhava para arrombar a fechadura mais importante da sua vida.

— Eu consigo nos tirar daqui, você e eu — disse Eve. — Você pode me fazer de refém, vou concordar com isso. Teremos um helicóptero no telhado e vamos embora para qualquer lugar que você quiser. Apenas você e eu, Lottie. É tudo de que precisamos, certo? Então, se na sua visão essa for a única maneira de consertar as coisas... a única forma de realmente equilibrar a balança, faremos isso exatamente à meia-noite. O simbolismo é importante. Terminamos exatamente no fim do ano, e é assim que vamos começar de novo. Como você mesma disse.

— Não há para onde ir. Tudo deve acontecer aqui, *este* é o símbolo. Esta é a nossa verdadeira casa.

— Estarmos juntas é o que realmente importa agora, certo? Só você e eu.

Continue dizendo isso, Eve lembrou a si mesma. Você e eu. Nós. Nós! E recebeu como recompensa um sorriso fraco e trêmulo da assassina.

— Você não tem medo de morrer?

— Eu coloco no bolso o meu distintivo todos os dias. Você sabe como são essas coisas. Só que temos de fazer isso direito, Lottie. Não vou me sentir bem se levarmos todos esses bons policiais conosco. Não conseguirei me sentir bem se fizermos isso.

Até o leve sorriso desapareceu num novo lampejo de raiva.

— Eles não podem ter importância alguma pra você! Por que você não enxerga isso? Ela! — Lottie se virou na direção de Peabody, com a mão no detonador tremendo — Por que ela representa mais do que eu?

— É claro que ela não representa nada! — O instinto, embora tolo, fez com que Eve se mexesse de modo a se colocar entre Peabody e Lottie. — Seremos parceiras agora, só você e eu, Lottie, mas... poxa, eu treinei Peabody. Tenho algum orgulho disso, e ela já ajudou a colocar muitas pessoas más nas mãos da justiça. Não podemos esquecer isso. Não podemos esquecer a justiça, Lottie. Esse é o cerne da questão, certo? Bastwick, Ledo, eles tiveram exatamente o que mereciam. As balanças foram equilibradas. Mas isso aqui? Isso vai fazer com que a balança da justiça penda para o lado errado.

— Não vai! Você precisa se livrar de tudo isso. Das pessoas que nos separam. Você não quer ver, mas eu vou te mostrar. E, quando tudo terminar, você vai me agradecer.

— E se a coisa não funcionar? Você precisa considerar isso. Vou só tirar o meu casaco, está ficando quente aqui. Pense nisso — continuou, tirando o casaco, mudando-o de uma das mãos para a outra, a fim de jogá-lo no chão. E aproximando-se um pouco mais dela enquanto fazia isso. — As possibilidades de que alguma coisa não funcione são poucas, eu entendo, mas é sempre um risco. Você mesma assumiu um risco, eu entendo isso agora. Foi difícil entrar aqui vestida assim. Em uma sala cheia de policiais armados.

— Tinha de ser feito.

— Eu entendo, mas de qualquer forma, foi muito corajoso. E você está no controle de tudo. Nenhum policial desta sala tem a mínima chance de dar uma rajada em você. Não há espaço para esse tipo de heroísmo enquanto você estiver no comando. Mas eu sei que se um deles pudesse atirar, ele o faria agora. Ele derrubaria você agora mesmo.

Ela ficou na ponta dos pés, contando com Reineke.

Ele atirou uma rajada diretamente no abdome da assassina. Antes de atingir e se espalhar, antes mesmo que o corpo de Lottie convulsionasse, Eve já estava no ar.

Havia uma chance... uma única chance. Para ela mesma, para sua parceira, para cada um dos bons policiais que estavam naquela sala.

Ela agarrou o punho de Lottie com a mão esquerda, prendendo-o como um torno. Pensou em Roarke e apontou o polegar da mão direita para baixo, sobre o polegar de Lottie e sobre o detonador.

— Saiam! Saiam todos, agora mesmo. Abram a porra dessa porta e saiam daqui!

— Derrubem essa porra de porta! — disse Roarke, escancarando as portas.

— Eu não poderia ter dito melhor — Baxter, o mais próximo, caiu de joelhos ao lado dela. — Segure-a firme, tenente.

— Caraca, puta que pariu! — Eve fechou os olhos e se inclinou para a frente. — Ela está tremendo de forma descontrolada debaixo de mim e a porra da minha mão está muito suada! Se você vai correr o risco de explodir pelos ares, tire-me de cima dela. O detonador está seguro na minha mão. Tire-me de cima dela antes que ela se desvencilhe de mim!

— Já peguei você! — disse Roarke, apertando a mão sobre a dela e depois rolando-a para o lado. — Já peguei você! — repetiu, ao sentir seu coração voltar a bater. — Vou segurar o detonador agora.

— Porra nenhuma! — Respire, ordenou ela a si mesma, simplesmente respire. Segure-o com força, simplesmente segure o detonador com força e ninguém sairá daqui morto. — Então você sacou minha mensagem espertinha em código, amor?

— Ainda mais com o "mais tarde a gente se vê, docinho". É claro que saquei!

— Vamos desarmar isso agora, tenente.

Eve virou a cabeça e olhou para o integrante do Esquadrão Antibomba.

— Aleluia! Peabody, uma vez desarmados os explosivos quero que essa vaca louca seja liberada pelos médicos e depois jogada numa cela. Temos muito o que conversar.

— Peabody está um pouco ocupada nesse momento — respondeu Roarke, e, quando ela se virou um pouco mais, viu sua parceira e o geek eletrônico que a amava colados um no outro de corpo inteiro e lábios.

— Ah, pelo amor de Deus!

— Está desarmado! — O chefe do Esquadrão Antibomba exibiu o polegar para cima. — Pode soltar o detonador, tenente.

— Tem certeza? — perguntou ela, enquanto os policiais aplaudiam. Sua mão, imprensada entre a de Lottie e a de Roarke, não queria soltá-la. Mas ela conseguiu soltar um dedo de cada vez.

E se viu arrastada até ficar de joelhos, para também experimentar um beijo de corpo inteiro.

Com o alívio se espalhando pelo corpo, ela esperou um minuto, talvez um pouco mais, antes de empurrar Roarke.

— Estou de serviço!

— E viva!

Ele apoiou a testa na dela e murmurou alguma coisa em irlandês. Eram palavras que ele já tinha traduzido para Eve antes, e ela teria ficado absurdamente envergonhada se alguém na sala fosse capaz de entender.

— OK. — Ela apertou a mão dele por um momento e segurou-a com força. — Digo o mesmo pra você. — Só então ela se levantou e se virou, em primeiro lugar, para Reineke. — Belo tiro, detetive.

— Belo salto, chefia e... Ah, que se dane!

Para a surpresa de Eve, ele jogou os braços ao redor dela, levantando-a na ponta dos pés em um abraço de urso.

— Tudo bem, tudo bem. Ei!

— Ainda bem que fui lá atrás tomar uma xícara de café. Fiquei preso lá, com minha família toda aqui fora... e eu lá dentro sem conseguir fazer porra nenhuma.

— Tomar o café e manter a cabeça no lugar salvou sua família e o dia de todo mundo. Então... — Ela lhe deu um soco no ombro. — Bom trabalho! Agora um recado pra todo mundo: tirem alguns minutos para relaxar. Acalmem-se. E, se alguém me trouxer um café, mesmo que seja fraco, eu serei capaz de abraçá-lo.

Seus joelhos estavam muito moles e... por Deus, ela precisava se sentar.

Mas ainda não.

— Tirem-na da nossa casa imediatamente — ordenou ela, com um olhar curto para Lottie. — Faça com que ela seja examinada e liberada. Quero-a na sala de interrogatório em uma hora. Vou desmontar seu cérebro, um pedaço lunático de cada vez.

— Feliz Ano-novo! — Peabody, com os olhos ainda úmidos, ofereceu-lhe uma xícara de café.

— Sim. Droga! — Eve pegou o café, entregou-o a Roarke. E abraçou sua parceira com força.

Ela demorou um pouco para se acalmar. Teve de admitir que estava até um pouco tonta.

— Você comeu alguma coisa desde o café da manhã? — perguntou Roarke, quando ela se sentou na cadeira da sua sala.

— Talvez não.

Com um suspiro, ele pegou seu *tele-link*.

— O que você está fazendo?

— Pedindo pizza, para toda a sua divisão, e muito mais para o Esquadrão Antibomba. E nada de me olhar de cara feia por causa disso. Estou um pouco nervoso aqui, pois não consegui passar pela porra do trinco eletrônico daquela maldita porta durante mais de cinco minutos... e isso foi depois que Feeney já vinha tentando havia um tempão, antes de mim. E minha mulher prestes a ir pelos ares do outro lado.

Ela conhecia o medo e o terror que esvaziavam a alma. Já tinha sentido isso por ele, uma ou duas vezes. Tudo o que ela podia fazer agora era tentar aliviar a sensação.

— Eu não deixaria isso acontecer.

— Ah, não?

— Não. Eu jamais permitiria que as últimas palavras que eu tivesse dito a você fossem: "Mais tarde a gente se vê, docinho!"

Como isso o fez rir, ela se recostou e fechou os olhos por um momento abençoado enquanto o ouvia pedir 25 (por Deus!) pizzas gigantes de todos os sabores disponíveis.

Ela ouviu o barulho rápido de saltos altos, abriu os olhos e esperou pela chegada de Mira.

— Sinto muito por incomodar.

— Ainda estou no meu turno — lembrou Eve.

— Você aceita um pouco de chá? — ofereceu Roarke, ficando de pé.

— Ah, Deus, eu adoraria um pouco. Obrigada. Mas deixe que eu pego, você deveria se sentar.

— De jeito nenhum. Vou deixar vocês duas conversando. Tenho algumas pontas soltas para amarrar. Abandonei minha reunião no centro da cidade de forma bastante abrupta. — Ele entregou o chá a Mira sorrindo, em seguida abaixou-se, beijou o topo da cabeça de Eve e se manteve ali por um momento. — As pizzas chegam daqui a meia hora, e você deve comer pelo menos uma fatia, antes de interrogar sua prisioneira.

— Eu bem que estou com fome.

Eve esperou enquanto Mira se sentava com muita cautela na beira da instável cadeira para visitantes e falou:

— Doutora, a senhora vai me dizer que ela é louca, o que não é nenhuma novidade! Depois vai acrescentar que ela será considerada legalmente insana. Por fim, vai me dizer que ela não ficará trancada em uma cela de segurança máxima fora do planeta pelo resto da sua vida maluca.

— Eve, não exatamente. Você a trancará em uma instituição pelo resto da vida.

— Mas vou lidar com a maluca, antes. Ela fez minha família de refém. Todo mundo! Por pouco não matou todos os policiais da minha divisão. Bem, talvez Reineke tivesse sobrevivido à explosão, mas nunca conseguiria superar a dor de ter sobrevivido.

Ela parou de falar por um minuto, apertou os dedos com força sobre os olhos porque, para seu choque e desconforto, as lágrimas queimavam neles.

— Aqueles policiais não significavam nada para ela, droga. Não eram nada para ela. Ela trabalhou com eles, talvez com todos eles, em algum momento. Trabalhou na mesma cena do crime, e não se importou. E por quê? Por que tem essa paixão doentia por mim?

Mira se levantou e colocou o chá sobre a mesa de Eve.

— Beba isso. — Com carinho, ela passou a mão pelo cabelo de Eve. — Beba isso por mim.

— Eu não... tudo bem. — Para acabar logo com aquilo, Eve bebeu o conteúdo da xícara de uma vez só.

E, estranhamente, isso a fez se sentir mais estável.

— É mais do que isso — explicou Mira. — É mais que uma paixão. Ela idolatrava você, idealizava você, e isso não era saudável. Então ela quis demonizá-la, mas não conseguiu aceitar. Aquilo que plantou todas essas sementes nela levará anos para ser entendido por completo.

— A irmã e a mãe dela foram mortas.

— Sim, já me familiarizei com alguns dados do seu histórico enquanto... O que vim dizer é que você lidou com isso, com ela, com muita perspicácia, inteligência e uma coragem incrível.

— Eu não consegui impedi-la.

— Não. Ela havia feito a última curva da loucura e não teria retornado. Mas você a fez falar, fez com que ela demorasse mais, e isso lhe deu um tempo extra. Se você não tivesse conseguido alcançar o detonador e não o tivesse segurado com força...

— Eu tinha de fazer isso. Todos os meus homens estavam ali, Mira. Todos eles. Minha família! Reineke me disse isso. Você faz tudo o que for preciso pela sua família. Levei algum tempo para descobrir isso.

— Você demorou algum tempo para formar essa família, então não precisou pensar em nada. Vou observar o interrogatório. É melhor eu não estar na mesma sala que vocês. Por mais que isso machuque Peabody, seria melhor se ela também não estivesse lá. Só vocês duas.

— OK.

— Eu mesma vou conversar com ela, amanhã.

— Mas amanhã é o primeiro dia do novo ano.

— Sim, mas isso não deve esperar. Dennis entende essas coisas. Temos sorte, você e eu, nessa área.

— Sem olhos de cobra para nós.
— Como assim?
— Nada. Apenas uma metáfora.

Ela comeu pizza e sentiu-se grata por Whitney ter ficado com seus homens, por ter comido com eles. E ficou surpresa quando Peabody não discutiu sobre ficar de fora da sala de interrogatório.

— Mira me explicou, Dallas. Mas vou observar.

— Você não tem uma bola para ver cair à meia-noite?

— Ainda faltam algumas horas. Quero ver esse interrogatório do início ao fim. Todo mundo quer assistir.

Eve entrou na sala de Observação antes de começar a interrogar a prisioneira. Queria dar uma olhada nela por trás do vidro espelhado da sala onde estava. E descobriu que quando Peabody disse "todo mundo quer assistir" se referia a *todo mundo* mesmo.

— Vocês não têm para onde ir?

— Leve-a para o cárcere, tenente — disse-lhe Jenkinson. — Acabe logo com essa vaca maluca.

— Você está com molho de pizza na gravata, detetive.

— Droga!

Feeney entregou um guardanapo a Jenkinson e, como ela já tinha feito com Reineke, apertou com força o ombro de Eve.

— Termine o trabalho e todos nós daremos o fora daqui.

Eles a tinham acusado logo de cara pelo uso de explosivos, e a prisioneira praticamente confessou os assassinatos. Mas os tribunais, os advogados e os psiquiatras queriam todos os pingos nos "is".

Ela entrou na sala onde Lottie estava sentada na cadeira, diante da mesa muito arranhada, com as mãos e os pés acorrentados.

— Tenente Eve Dallas entrando para interrogar Lottie Roebuck a respeito de... muitos crimes. Srta. Roebuck, você foi acusada de transporte não autorizado de dispositivos explosivos, aprisionamento forçado de várias pessoas, tentativa de homicídio e uma infinidade de outras acusações, inclusive de agressão a um policial com rajadas potencialmente fatais. A propósito disso, o oficial Hanks do Setor de Evidências está bem, obrigada. Temos ainda diversas outras acusações decorrentes deste incidente. Você também está detida sob acusação de assassinato em primeiro grau de duas pessoas; tem acusações de tentativa de homicídio de outras duas; acusação por tentativa de assassinato de mais uma. Os policiais estão, neste momento, revistando sua residência, seus equipamentos eletrônicos de casa e do trabalho. Outras acusações poderão surgir com base no que encontrarem. Seus direitos já foram comunicados pela detetive Peabody, oficialmente, mas ficarei feliz em repetir tudo.

— Conheço meus direitos. Sei o que é certo.

— Está bem, então. — Eve sentou-se. — Vamos voltar passo a passo e analisar tudo em ordem cronológica. Leanore Bastwick.

— Ela merecia morrer. Você disse que entendia, você queria isso! Ela ganhava a vida livrando criminosos da prisão. Você arrisca sua vida para impedir que os mesmos criminosos que ela livrava fossem para a rua novamente. Ela disse coisas terríveis sobre você, em público. Ela não demonstrava nenhum respeito por você.

— Então você foi ao apartamento dela, disfarçada de entregador, atordoou-a com uma rajada, carregou-a para o quarto e estrangulou-a com uma corda de piano. Depois cortou a língua dela.

— Foi simbólico.

— O que foi simbólico?

— Cortar a língua dela. Ela mentia para viver. Ela mentiu sobre você. Fiquei feliz em matá-la. Aquilo me deixou feliz. Gostei da sensação de felicidade.

— Então você a matou porque ela mentia.

— Eu a matei por você! Por justiça! — Lottie bateu com os punhos na mesa. — Estou muito decepcionada com você, Eve. Terrivelmente decepcionada!

— Aposto que está. Conte-me mais sobre essa decepção, do início ao fim. Talvez algo ainda esteja faltando.

— Já sonhava com isso havia muito tempo. Queria fazer diferença no mundo, fazer diferença de verdade. Do jeito que eu *achava* que você fazia. Vi você testemunhar no caso Barrow. Testemunhei em outros casos, e também tive que me sentar lá no banco das testemunhas e ouvi-la, Bastwick e outros advogados como ela, que tentavam distorcer a verdade. Então comecei a fazer um registro, simplesmente observando-a.

— Você a seguiu? — incentivou Eve.

— Ela nunca me viu. Nunca ninguém me viu. Nem no tribunal, nem na firma de advocacia dela, nem nos lugares em que ela fazia compras, nem em casa. Fiz entregas falsas no prédio dela três vezes, antes de me sentir pronta, e ninguém prestou atenção em mim.

— Você treinou antes.

— Sim. Não queria cometer um erro, e não cometi. Fiz o mesmo com Ledo, com Hastings… e com outros. — Ela sorriu de leve. — Há muitos deles. Nunca reparam em mim. Ninguém me nota. As pessoas notam você. Eu mudei meu cabelo.

Ela afofou o cabelo ao dizer isso.

— Deu para notar.

— Usei peruca no trabalho nas últimas semanas, mas em casa eu podia olhar para mim mesma e enxergar você. Fiz isso com meus olhos também. Tive de usar lentes de contato, mas conseguia ver pelos seus olhos. Vi Bastwick com os seus olhos. É esse o tipo de intimidade que compartilhamos, Eve. E então nós a matamos. Nós matamos Bastwick.

— Nós?

— Você e eu. Você estava dentro de mim, você era a minha coragem. Você me deu coragem, Eve. Fiquei muito grata. Deixei um bilhete escrito na parede para você. Por que você não enxerga que sou sua amiga?

— Por que você colocou Bastwick sobre a cama?

— Foi menos bagunçado assim. E mais respeitoso. Só porque ela era desrespeitosa, isso não significa que precisamos descer ao mesmo nível. É bom falar com você desse jeito, só nós duas. Era tudo o que eu queria.

— Conte-me a história completa, Lottie. O passo a passo da morte da Bastwick.

Assim que ela o fez, Eve a levou a descrever passo a passo o que fez com Ledo e depois com Hastings.

— Eu falhei com Hastings. Quase liguei para Dawson e avisei que não conseguiria trabalhar naquela noite porque estava doente, mas queria ver você analisar a cena do crime na casa de Hastings. Queria ver se você estava muito chateada comigo. E ouvi você dizer coisas para Peabody, a meu respeito, que não foram nada legais. Você também disse todas essas coisas na TV. Isso feriu meus sentimentos. Por que as pessoas não percebem que eu tenho sentimentos?

— E quanto à sua mãe e sua irmã?

Ela desviou o olhar.

— Não quero falar delas.

— Tudo bem, só perguntei. As crianças que as mataram escaparam da justiça numa boa.

— Porque não houve justiça. Meu pai chorava sem parar, sem justiça, era o que dizia. Soluçava sem parar. Mas elas tinham morrido juntas... ele também dizia isso. Elas tiveram uma à outra no fim, e sempre permaneceriam juntas. As duas. Elas não queriam que *eu* fosse com elas. Eu era a mais esperta! Mas minha irmã era a bonita, a inteligente, a mais doce. Então ela foi com nossa mãe e eu tive de ficar pra trás.

— Você teve de viver — completou Eve, e a boca de Lottie se retorceu.

— Fiquei com as sobras, como sempre. Assumi as responsabilidades, como sempre. E meu pai nem me enxergava. Ninguém reparava em mim. Seja boazinha, Lottie! Comporte-se, Lottie! Estude muito, Lottie! Eu fiz isso, sempre fiz tudo isso. E ninguém prestou atenção. Eu poderia ter sido policial, mas meu pai me disse: "Não, não, você é muito inteligente. Seja uma cientista. Seja boa no que faz!" Então eu fiz tudo o que ele pediu, e daí? Fiz tudo certo e o que aconteceu?

— O que aconteceu, Lottie?

— Fiz tudo o que ele queria, e ele se casou de novo! E a filha da nova mulher dele que é a filha bonita e a inteligente. E eles não me enxergavam.

— Isso não foi respeitoso, da parte dele — disse Eve.

— Não! Não foi respeitoso. Não foi certo. "Ah, Lottie, estou sozinho há dez anos!" Ele choramingava isso o tempo todo — reclamou ela, com uma expressão de nojo. — Ele dizia isso pra mim! Eu estava *bem ali* ao lado dele, não estava? Como ele poderia estar sozinho quando eu estava *lá*? Então minha avó ficou doente e foi o mesmo papo: "Lottie, você pode cuidar dela?" Fiquei lá cinco anos, e ela morreu na mesma. Simplesmente morreu, depois de eu gastar cinco anos da minha vida cuidando dela. Mas pelo menos ela me deixou muito dinheiro, para que eu pudesse vir para Nova York, estudar e fazer treinamento. Então eu vi você na TV, falando sobre prostitutas mortas. Ah, claro que você foi respeitosa, mas elas eram prostitutas e aquilo foi nojento. Mesmo assim, você trabalhou para fazer justiça por elas. Posso tomar uma lata de Pepsi? Talvez você pudesse tomar uma também. — Ela sorriu mais uma vez e seus olhos brilharam. — Podemos beber juntas e conversar.

— Sim, claro! — Eve se levantou. — Dallas saindo do interrogatório neste momento.

Ela saiu da sala. Esperou um minuto para respirar fundo, antes de ir em direção às máquinas automáticas.

Roarke chegou lá antes dela.

— Deixa que eu pego.

— Obrigada. Esta máquina provavelmente iria rir da minha cara, e estou com vontade de bater ou chutar alguma coisa. Caraca, Mira acertou na mosca! Ela é completamente descacetada por dentro e por fora. Vaca doente e egoísta. Mãe morta, irmã morta, pai enlutado que provavelmente estava fazendo o melhor que conseguia. Nada disso foi o suficiente. Ela tem inteligência, tem habilidades, mas decidiu que não era importante o suficiente pra ninguém, em vez de se tornar importante para si mesma.

— Isso, por si só, mostra que embora ela ache que conhece você, nunca conheceu e nunca conhecerá. — Ele lhe entregou os refrigerantes.

— O interrogatório ainda vai demorar. Preciso levá-la passo a passo por cada um dos crimes, planos, e devo deixar tudo muito bem registrado. Se eu não fizer isso, alguém com o coração sentimental poderá tentar livrá-la da punição. Ela precisa ser isolada das outras pessoas.

— Concordo. Ficaremos aqui.

— Olha... se alguém morrer, um dos policiais de lá terá de cuidar da situação.

— Tenho certeza de que isso já está subentendido.

Ela voltou para a sala. Lottie sorriu para Eve quando ela tornou a ligar a filmadora.

— Isso é muito bom. Estou feliz por você ter me impedido de explodir tudo, porque se não fosse assim, nós não teríamos este tempo juntas. Acho que fiquei chateada. Não gosto de ficar chateada. Uma vez fiquei chateada e tomei muitos comprimidos, mas logo depois vomitei tudo.

— Quando foi isso?

— Ah, no dia em que meu pai se casou novamente. Já tinha pensado em fazer algo desse tipo antes. Colocar os comprimidos no nosso jantar. No dele e no meu. Assim nós também poderíamos morrer juntos. Ficar juntos para sempre. Mas fiquei com medo.

Ela tomou um gole de Pepsi.

— Todo mundo me criticou porque eu não chorei quando minha mãe e minha irmã morreram, mas eu não queria ficar irritada e ver todo mundo olhando pra mim, achando que eu era a filha má. Eu era a filha boa.

— OK. Vamos passar para Ledo.

— Deus! Aquele lugar era um chiqueiro. Não entendo como as pessoas vivem assim. Você e eu vemos muito esse tipo de coisa no trabalho, mas eu nunca me acostumei. Gosto de quando você chama os peritos das cenas dos crimes de "varredores". Isso me faz pensar em limpar as coisas. É exatamente isso que fazemos, você e eu. Deixamos as coisas mais limpas.

— Diga-me como você limpou Ledo.

Foram três longas horas de interrogatório. Eve fazia perguntas, fazia comentários, ocasionalmente trazia a conversa de volta ao assunto principal. Na maior parte do tempo, porém, apenas ouvia.

— Muito bem, Lottie, já temos tudo de que precisamos. Você será acusada de assassinato em primeiro grau nos dois primeiros ataques. Você confessou os crimes e renunciou ao seu direito de convocar um advogado. Isso tudo está registrado.

— Não vamos conversar mais um pouco?

— Não, já terminamos.

— Mas você vai voltar?

Eve se levantou. Não adiantaria dizer todas as coisas terríveis que lhe passaram pela cabeça. Não adiantaria nada.

— Eles vão levar você para ser fichada novamente, Lottie. E amanhã a Dra. Mira falará com você.

— Você gosta dela… da Dra. Mira.

Eve congelou.

— Gosto, sim. Ela estava na sua lista, Lottie?

— Pessoas de fora sempre atrapalham uma amizade verdadeira. Você não conseguia me ver porque outras pessoas estavam no caminho.

Eve plantou as mãos na mesa e se inclinou.

— Elas não são "pessoas de fora", Lottie. Nem Mira, nem Mavis, nem Nadine, nem Peabody, nem qualquer uma delas. Não é por causa delas que eu não vejo em você o que você tanto quer que eu enxergue.

— Não entendo.

— Muito simples. Eu vejo você, Lottie. Consigo enxergá-la muito bem. E não gosto de você. Dallas encerrando o interrogatório. Interromper gravação!

Ela saiu da sala sob o forte grito de lamento de Lottie. Simplesmente encostou-se à porta do lado de fora por um minuto e apertou o nariz para tentar aliviar a pressão.

— Vou levá-la para ser fichada — ofereceu Peabody, com suas botas de caubói, McNab estava ao seu lado com as próprias botas bobas. — Nós faremos isso.

— Sim, deixe por nossa conta — confirmou McNab.

— OK, obrigada, mas podem ir embora. Podem ir enlouquecer na Times Square.

— É o que faremos!

Ela iria redigir o relatório, pensou Eve, e depois daria o fora dali. Mas encontrou Dawson sentado no banco do lado de fora da Divisão de Homicídios.

— Eu não consegui assistir até o fim. Não consegui! Mas não poderia ir embora antes de falar com você. Por Deus, Dallas, me desculpe!

— Não foi culpa sua, Dawson.

— Ela é uma das minhas funcionárias. Ela trabalhava comigo. E eu… não prestei atenção nela.

— Ninguém conseguia prestar atenção nela do jeito que ela queria. Nem ela conseguia. Não carregue esse peso. Deixe isso para Mira e provavelmente um pelotão de psiquiatras resolver. Há muita gente maluca por aí, Dawson, por todo lado.

— Ela entrou na minha casa.

Eve olhou para a sala de ocorrências.

— Na minha também. Tire tudo isso da cabeça.

Ele soltou um suspiro, meio que riu e fez que sim com a cabeça.

— Certo. Vou pra casa. Minha mulher vai me esculhambar por estar atrasado.

— Aposto que não.

Ela entrou em sua sala e começou a redigir o relatório.

— Você precisa fazer isso agora? — perguntou Roarke, da porta.

— Quero que isso seja feito ainda esta noite. Quero que este caso termine de vez, junto com o ano. Quero isso fora da minha cabeça, pelo menos o máximo que eu conseguir. Não vai demorar muito, vou fazer só um resumo, já que está tudo registrado.

— Então estarei na sua sala de ocorrências tomando um drinque com seus policiais.

Ela congelou no lugar.

— Um drinque? O que você quer dizer com "um drinque"?

— Eles já estão todos de folga há mais de duas horas, eu diria. E alguém que não deve ser identificado tinha uma garrafa de uísque à mão.

— Feeney — adivinhou ela, baixinho.

— Você não ouviu isso da minha boca. Seja rápida, sim, tenente? Eu também quero tudo isso fora da minha cabeça.

Eve fez tudo o mais depressa que pôde, mas ainda assim demorou mais de uma hora. Roarke já tinha voltado a essa altura e estava sentado na horrível cadeira de visitante, olhando algo em seu tablet.

— Feito. Acabado. Resolvido!

— Minha bunda maltratada por essa cadeira agradece.

— Quanto você bebeu?

— Todos nós só tomamos uma dose e foi o suficiente. Um pouco de solidariedade depois da batalha, pode-se dizer. Para mim é um pouco estranho, mesmo depois de todo esse tempo casado com você, me ver dentro de uma delegacia, brindando com uma dose de uísque irlandês numa sala cheia de policiais. Feeney ainda quer falar alguma coisa com você.

— O quê? Por quê?

— Ele ficou abalado da cabeça aos pés, Eve. Por Deus! Você precisa fazer uma refeição com ele, ou beber uma cerveja, o que for melhor pra vocês dois, o mais depressa possível.

— Claro. Tudo bem.

— E agora, você não quer mesmo ir para a Times Square, não é?

— Não! — O horror que sentiu só de pensar nisso transpareceu furiosamente em seu rosto. — Santo Cristo!

— Ah, graças a todos os deuses por isso. — Ele soltou um longo suspiro quando eles saíram para a garagem. — Vou te dizer o que quero fazer quando chegarmos em casa.

— É o mesmo que você quer fazer o tempo todo, em qualquer lugar.

— Faremos isso só depois da meia-noite, por mais ansiosa que voce esteja, e então começaremos o Ano-novo com o pé direito. O que quero fazer quando chegarmos em casa é ficar bêbado com minha esposa. E observar a bola da Times Square descer no silêncio da nossa casa, com a lareira acesa, o gato esparramado ao nosso lado. E deixar toda a insanidade deste mundo do lado de fora e bem longe de nós.

— Eu bem que poderia ficar bêbada. — Ela aceitou a ideia enquanto entrava no carro. — Não bêbada demais, nem bêbada de menos. Apenas bêbada na medida certa.

— Bêbados na medida certa — concordou ele. — Eu também preciso de mais um minuto.

— Pra quê?

— Só pra isso.

Ele a abraçou e ficou ali, sentindo o coração dela bater, cheirando seu cabelo. Apenas aquilo.

Toda a sua vida se resumia a apenas aquilo.

— Tudo bem agora — murmurou ele. — Está tudo bem, agora.

— Eu fiquei me cagando de medo. Normalmente a gente não tem tempo para ficar com medo. Depois que tudo passa você consegue pensar… "Puta merda!", mas não quando a coisa está acontecendo. Tive muito medo lá dentro. Todos os meus homens estavam ali, Roarke. Eu estava assustada pra cacete. E quando pulei… quando vi Reineke sair e atirar nela… pensei em todos aqueles policiais. E quando peguei o detonador pensei em você. Só em você.

Ela colocou as mãos no rosto dele por um momento.

— Só em você! Então, vamos ficar bêbados.

— O ano está quase terminando, e outro está pronto pra começar. Não consigo pensar em nada que queira mais, neste instante, do que estar em casa com você.

Enquanto a multidão comemorava na Times Square, e enquanto uma assassina chorava lágrimas amargas em sua cela, eles foram para casa, para ficarem bêbados na medida certa.

Este livro foi composto na tipografia Adobe
Garamond Pro, em corpo 13/16, e impresso em
papel offset no Sistema Cameron da
Divisão Gráfica da Distribuidora Record.